教育部人文社会科学重点研究基地重大项目"中国古代形式批评理论类编与研究"（项目批准号：16JJD750013）；

　　教育部人文社会科学研究青年基金项目"古代诗学形式批评范畴与批评意识研究"（项目批准号：20YJC751029）的阶段性成果。

九州文库

形式批评与中国古代文论的内在传统

王汝虎 著

九州出版社
JIUZHOUPRESS

图书在版编目（CIP）数据

形式批评与中国古代文论的内在传统／王汝虎著．
北京：九州出版社，2024.7. -- ISBN 978 - 7 - 5225
- 3116 - 8

Ⅰ. I206. 2

中国国家版本馆 CIP 数据核字第 2024JH5132 号

形式批评与中国古代文论的内在传统

作　　者	王汝虎　著	
责任编辑	蒋运华	
出版发行	九州出版社	
地　　址	北京市西城区阜外大街甲 35 号　（100037）	
发行电话	（010）68992190/3/5/6	
网　　址	www. jiuzhoupress. com	
印　　刷	唐山才智印刷有限公司	
开　　本	710 毫米×1000 毫米　16 开	
印　　张	16. 5	
字　　数	278 千字	
版　　次	2024 年 7 月第 1 版	
印　　次	2024 年 7 月第 1 次印刷	
书　　号	ISBN 978 - 7 - 5225 - 3116 - 8	
定　　价	95. 00 元	

序　一

　　王汝虎博士是我系名师汪涌豪教授的高足，他以中国古代文论为主要研究领域。不过，他曾经认真修读过我的西方美学课程，成绩优秀，所以，研究视域比较开阔，有中西比较的眼光。记得他在读博期间学习西方古典美学课程时勤恳朴实的学风，给我留下了深刻的印象，毕业时还获得了当年上海市优秀毕业生的荣誉。因此，当他携此著作，嘱我为该书作序时，我不但感到义不容辞，而且是乐而为之。

　　我认为，我国传统文化，特别是古代文化（包括古代文论）有着辉煌灿烂的历史，当代中国文论或者文艺学的创新与建构，必须接续古代文论传统的精神血脉，集成和发展其中仍有生命力和普遍意义的优秀成分，以建设具有时代精神和现代意识，对新时代中外文学新现象、新现实具有强大阐释力的中国当代新文论。故我在自己的一篇文章中曾呼吁，我们应该在立足现当代文化、文论新传统的基础上，排除各种障碍，更自觉地关注古代文论的研究，下更大功夫，用现代意识去审视古代文论传统；更主动地整理、发现、选择、阐释、激活和吸纳其中仍有生命力、契合当代精神价值的优秀成分。（见《关于中国古代文论现代转换的再思考》，《中国社会科学》2015 年第 4 期）

　　特别是在古代文论范畴体系的阐释上，我们应用现代观念与方法进行细致整理、悉心体会、融会贯通，在中西比较与对照中加以重新阐释，将其内在的"潜在体系"各要素分门别类、全方位动态地展现和揭示出来，这样的现代阐释才是货真价实的现代转换。汪涌豪教授的《中国文学批评范畴及体系》《中国文学批评范畴十五讲》，可谓当代学界此种现代阐释丰硕的研究成果之一，罗宗强先生赞赏其为古文论现代"话语转换"的实绩之一。汪涌豪教授将其研究落实到如"圆""涩""老""嫩""闲""躁""声色""局段"等极具形式审美意味的古文论范畴的精微解读上，对不同范畴作不同层面的解读和分级的同时，还探索不同层级范畴之间的关系，不同元范畴之间的联结，从而呈现出我国古文论话语体系的内在发展理路。

承此研究理路，作为汪涌豪教授的博士生，汝虎的博士论文即以《形式批评：中国古代文论的内在传统》为题，试图系统阐释古文论研究中常被忽视的形式批评话语体系，并作了一种理论上的论证和全景式的说明，可以说是有一定创新意义的学术尝试。特别是本书援引了当代西方文论的新趋势和新进展，以西学为镜来反思古代文论研究中的一些问题和弊端，显示了作者较为广博的理论视野和方法论意识。

如二十世纪西方文论困境之一，即为远离了文学审美和文学文本。文化研究的扩张，导致了文学理论自身的边缘化，乃至许多研究存在着文学缺位的现象，文学理论批评往往只有文化没有文学本身，存在不着边际的泛文化、泛政治化的批评趋向。由于远离文学和文本，远离文学实践，文学现实和批评甚至也远离了真正的文学批评。果然，进入后现代理论时代，西方文学理论界出现了对文化研究、新历史主义等思潮的反思和批评，其中"新审美主义"的关注点逐渐从社会历史语境中剥离出来，重新开始转向文学和文学自身，在某种意义上可以说这是继文学研究向文化研究的重大变化和转型后之后，欧美文论界所出现的又一次比较重要的变化和转型。（参见本人与张蕴贤合作的《新审美主义初探——透视后理论时代西方文论的一个侧面》，《学术月刊》2018 年第 1 期）在本著中，王汝虎同学在援引其中的"新形式主义"理论趋向时，以中西互鉴的角度指出中国古代诗学、诗法诗格、文章学中本即存在着丰富而漫长的形式批评传统，它们大多"标举章法句法""就诗论诗"，浸润着古人对艺术形式和结构美感的鉴赏和积淀。确实，除汝虎所着重分析的元人方回的《瀛奎律髓》、清人黄生的《诗麈》和《载酒园诗话评》外，我们亦可随手举出如明人魏良辅《曲律》所言，唱曲要"先从引发其声响，次辨别其字面，又次理正其腔调"，其中"声响""字面"和"腔调"即为古人戏曲审美的核心范畴。亦可举出明人张岱以冰雪喻诗文的美感体验，所谓"盖文之冰雪，在骨在神，故古人以玉喻骨，以秋水喻神，已尽其旨。若夫诗，则筋节脉络，四肢百骸，非以冰雪之气沐浴其外，灌溉其中，则其诗必不佳。是以古人评诗，言老，言灵，言隽，言古，言浑，言厚，言苍蒨（苍翠绚丽），言烟云（朦胧隐约），言芒角（锋芒明锐），皆是物也"。过去或有研究者批评此种诗文评点多从感性而来，缺乏系统的理论体系，但从新审美主义的角度，此种贴近文心、注重感物的鉴赏式批评，自有其本土传统和现代价值，而非是可贬低的诗学感性经验。再如古代诗文创作中常见的用典用事传统，特别是骈文传统中"事对"和"事类"的创作方法，钱锺书先生虽批评好像"一个家陈列着像古董铺子兼寄售商店，好好一首诗变成'垛叠死人'或'牵绊死尸'"，并言"宋诗的形式主义"培养了王安石诗歌创作的"根芽"。但从艺术的效果上，钱锺书先生亦承认"诗人要使语言有色泽、增添深度、富有暗示力，好去引得对诗的内容作更多的寻味"，那么"借古语申今情"的用典用事自有其不可替代的艺术审美效果（钱锺书《宋诗选注》）。乃至清末民初"同光体"的代表诗人陈衍，推崇诗歌要"骨重神寒，真实力量固自不同"和"苍凉古直"的语言风格，提出"诗贵风骨，然亦要有色泽，但非寻常之脂粉耳；亦要雕刻，但非寻常斧凿耳。有花卉之色泽，有山水之色泽，有彝、鼎、图、书种种之色泽"（《石遗室诗话》卷二十三）。此种重色泽直现的古诗批评，正为古代诗学以字法、句法、章法为重，不脱离文本形式审美之鉴赏传统的直接体现。正如有西方学者所论，"在文学批评当中，我们已经建构起无数的语义学、修辞学、文体学和语言学。甚至我们的历史都想要成为语言学的历史或修辞学的历史"（见布斯著，约斯特编《修辞的复兴：韦恩·布斯精粹》），而之于漫长而丰盈的中国古代文学批评传统，基于语辞审美的形式批评传统，何尝不是我们的古典诗学言说重心之所在。

王汝虎博士的这一部专著，还特别申引了西方经学诠释学传统，并与有着漫长诗文注释传统的古代文学传统相印证，试图说明古代文学经典文本形成的历史过程中，文例、文类、风格等形式要素所具有的文学批评史价值。特别是在先秦典籍文本的勘查中，语辞和文例不仅是古文字学、训诂学范围内的事情，更应关涉着如何理解中国文学形式审美的起源及与之相关的批评观念的衍生。确实，此种诠释学的视角，与文学作品的意义来自何处，这一既古老又不断出新的问题直接相关。二十世纪中期以来，西方诠释学开始突破传统，在意义理论上形成了两个具有现代性的重要理论思潮：一是从海德格尔到伽达默尔的哲学本体论或存在论诠释学，二是以意大利哲学家贝蒂为代表的作为精神科学一般方法论的诠释学。二者都对施莱尔马赫、狄尔泰为代表的前现代方论论诠释学有所突破，也有所继承。但新时期以来，中国哲学、美学、文艺学界主要受到前者的重大影响，而后者的影响几乎可以忽略不计。关于这一点，本人专门写过长文予以论述。（参见朱立元：《伽达默尔与贝蒂：两种现代阐释学理论之历史比较——从当代中国文论建设借鉴的思想资源谈起（上、下）》，载《当代文坛》2018年第3、4期）实际上，伽达默尔本体论诠释学偏重于阐释者而轻视作者的意义观，贝蒂坚持理解的认识论、方法论思路。他把一切过去人们（他人）的"精神的客观物"，包括"固定的文献和无言留存物"、文字和艺术象征形象等等，统称为"富有意义的形式"。（埃米里奥·贝蒂《作为精神科学一般方法论的诠释学》）贝蒂认为理解过程是作者主体、富有意义的形式（即语言文本）和解释主体三个要素的统一过程。他明确肯定语言文本是作者主体精神客观化的成果，也肯定理解中解释者同样具有不可替代的重要地位，更指出语言文本作为精神客观化物是联系、沟通两个主体的中介，是理解、解释活动的出发点和直接对象。此种观念，明显承继了施莱尔马赫、狄尔泰的传统诠释学思路。

汝虎博士在其著作第三章中，深入西方圣经诠释学传统，介绍了深受赫尔德影响的德国学者赫曼·衮克尔的形式批评学派。与前述贝蒂的诠释学理论相近，衮克尔的诠释方法认为应以文本、文类结构为经学诠释的主要对象，关注文类和风格产生的时空流转与历史过程。此种诠释学方法论，或可供诸位读者参考。不管如何，作为语言形态的文本，是意义保存和流转的中介，亦是历史中可确证的诠释对象。落实到文学经典的产生上，在本书第五章，作者还对杜诗注释学这一古代集部文献诠释典范做了梳理，指出古代诗文注释传统中依托对法、句法和章法展开的诠释行为的历史过程。这也不失为一种可贵的尝试。

汝虎博士据此认为，实际上作为传统文化的核心，"释古今之异辞"的古代经史训诂之学在我国学术传统中尤为发达。但训诂与诗心并非如明人所言"风人与训诂，肝肠意见绝不相同"（薛刚《天爵堂笔馀》），在意义的还原、阐释上，甚至增值、偏离、改造、重构上，二者为截然对立的两途。在长时段的历史时空中，批评学和训诂学往往互为表里且殊途同归。如宋人陈振孙在《直解书录解题》中曾表彰朱熹所作《楚辞集注》："以王氏、洪氏注或迂滞而远于事情，或迫切而害于义理，遂别为之注。其训诂文义之外，有当考订者，则见于《辩证》，所以祛前注之弊陋而明，屈子微意于千载之下，忠魂义魄，顿有生气。"通过训诂文义与考订文本，此种文学诠释法方能更接近于文本作者本意，并构成一种情感上的共振。故基于文类的稳定、形式的凝定上的文学诠释，必然涉及对上述诠释理论的说明与解释，进而发见我国古代文论中仍有生命力、普遍价值的内容。这些思考和论述甚有创见，值得称道。

总之，王汝虎博士这部依据博士论文修改而来的著作，在论文答辩时就给诸位答辩专家眼前一亮的感觉，有专家亦认为此著大体搭建了一种古代形式批评传统的体系框架。希望他在今后的治学道路上能更加奋发和努力，在学术上收获更多的成果，作出更大的贡献。

是为序。

朱立元

2024 年 2 月

序　二

二十一世纪以来，关涉古代文学和文论的诸多文献典籍以各种方式出版，极大丰富了学科研究的边界和视野。然揆诸当下的古文论研究，在史料追索与理论阐释之间，不能不说存在着明显的失衡。特别是其中古人关于形式问题的讨论，因议论琐屑，又多零碎，未能引起足够的重视，就整体而言，基本上多被弃置在系统解释之外，这使得它们的意义边际和内涵分野始终未获论定。

其实，就古人谈艺论文的重点而言，不全在今人多所着墨的明道辅时与托寓寄兴。如果通览历代各体话类文献或古人文集中的相关序跋札记，可知其围绕声韵、格律、体段、调式等技术构成展开的形式讨论非常丰富。在诗论中体现为正体、辨字、造语、琢句、贞韵、审声、属对等事，在文论中体现为识题、审势、布格、认脉、制法、造句、排调等事，在词论中体现为炼字、协韵、曼声、促拍、改字、设色等事，在曲论中体现为分节、揭调、依格、转音、合板、修容、吊场等事，在小说论中体现为影写、立局、配映、避犯、提照、转接等事。可谓分门多而设体繁，创格细而立法严，并还孳乳出一系列专门的名言，诸如"致语""翻脱"之于词学批评，"分间""渡接"之于文章学批评，"借宫""走腔"之于曲学批评，"作笱""布线"之于小说批评等等，可谓不胜枚举。但因为上面所说的原因，它们常被视为形式枝节，有太多至今未被重视，甚至从未被讨论，至于实质性地纳入古代文学批评的"元结构"，给予整体性的系统解释就更谈不到了。故如何完整揭橥形式讨论的真实意指和独到价值，使之能回应传统文学本有的程式化特征，进而由古人所执着的技术之魅，追溯到所尊奉的审美宗趣，最终开显古代文学批评的特质，揭示其在凸显"汉语性"这个传统文学根本特性方面所起的重要作用，显然具有举足轻重的意义。

王汝虎《形式批评与中国古代文论的内在传统》一书，正试图弥补这种"视野缺损"，在多个方向上对古代文论中的形式批评传统做了系统的阐释和说明。汝虎自2015年来从我学，就专注于古代形式批评理论的梳理与研究。三年后，以《内在的传统：古代形式批评理论研究》取得博士学位，成绩为优秀。呈现在读者面前的这部著作，由其博士论文扩充完善而来。

基于学术背景和个人兴趣，汝虎此书对古代形式批评理论的内涵和价值多有着墨，尤其努力尝试在古今中西文论的比较中寻找一种理论支撑点。如他非常关注诗法诗格的功能和意义，由诸如明代流行的《词府灵蛇》《诗法要标》《翰林诗法》等书，雄辩地揭出了这些虽存在刻板拘泥的缺陷，但在彼时具有某种主导地位且与科考或蒙学相关的简便有效的基层文学经验，实具有非常重要的普遍性意义。揆诸近些年来学界贡献的科举文献与明清诗学文献整理成果义多偏此，要祛蔽补阙，获得进入传统的整全视野，确实非反思与超越许多与古人文心相悖离的积久的成见不可。从这个意义上说，本书援引新形式主义、新审美主义等诸多西方哲学和文论的新思路新进展，在反思二十世纪形式主义、结构主义的基础上，提出建基于文本细读之上的形式分析，可以用来佐证其能进入古代文论的整体性统序而不具排他性，相反还与文本的历史性互为表里等主张，是可以成立的。音节、韵律、体式、结构等形式因素，有的基于作者的独创，更多是习惯和集体实践的产物，是历史与当下的一种确切的连接，故作者指出，形式分析因此正可以对应二十世纪程千帆先生所提出的"古代文学的理论"而不仅仅是"古代的文学理论"之论。业师王运熙先生在二十世纪八十年代即指出，从刘勰写作的宗旨看，《文心雕龙》本就"是一部写作指导或文章作法，而不是文学概论一类书籍"。由此通观古人的选本和评点等，大多基于创作实践，其呈现出的不可替换的文学传承价值，可谓古文论本然的传统之所在。

因为有这样的认识，作者在中西融通互鉴的基础上，介绍了西方经学诠释中具有方法论意义的"形式批评"流派，认为其对文本形式、结构、风格和文类的关注，特别是文本内部形式细节与作为形式整体的文类之间的互动性分析，可为传统古典学、经学诠释学参照。故在本著第三章，借由此经典诠释方法，讨论了存于《左传》中的"繇辞"这种特殊的韵语单元，认为关涉先秦经典文本中文类的形式特质及其历史衍变。扩而展之，包括《左传》《国语》在内先秦典籍中所嵌入的诗、谣、谚等韵语形式，在史书发达的古代具有特殊的政治意义和文化价值。又，近些年出土文献的整理，实为先秦至汉文学的研究提供了丰富的文类形式与体式衍变证据，如《光明日报》2023年就将"出土文献整理与先秦秦汉文学研究新进展"列为当年度十大热点之一。落实到古代文学与文论研究，汝虎依次论述了以文类和语辞为中心的形式批评之于现代楚辞研究的重要性。众所周知，楚辞学研究存在诸多争论和模糊之处，昔蒋天枢先生就曾指出，历史上环绕屈原诸问题，公婆争辩是非，不量力而为之，世俗所谓"撞马蜂窠"之举正多，近年来，普林斯顿大学柯马丁教授又借助流行的文化记忆理论，提出"重构屈原"的命题，引动学界瞩目。本书从形式批评角度反思和总结现代楚辞学研究的理路，相信可为研究提供一种新的思考路径。

犹忆汝虎写博士论文时，古典学研究特别是中国古典学研究尚处在拟议阶段，近些年俨然已成热点。由此可见他意识的敏锐和视野的广博。当然，古典学研究与古代文学研究的互动并非他的发明，但他对中国古典学学科的建构中，文类体认和形式审美是其中应有之义这一点认识尤其深刻，却是无可置疑的。记得内维里·莫利（Neville Morley）在《古典学为什么重要》一书中指出："古典学无疑需要古代语言和文学方面的专家"，因为其"有能力缀合残破的文本，理解这些文本结构的复杂性，探索其中的隐喻和其他文学效果"。汝虎颇信这样的判断，所以在此基础上系统梳理了作为古代文学经典的杜诗及注释，认为包括字法、对法、句法、章法乃至体格的判断，是为杜诗注释的内在依据和形式依归，凡此与注家所处时代的主流审美意识密切关联。《钱注杜诗》认为好的注释应"句字诠释，落落星布。取雅去俗，推腐致新。其存者可咀，其阙者可思"，即指出原始文本和注释有合之双美的阐释效果。韩大伟（David B. Honey）在《中国经学史》中说："利用诠释学来恢复经典对某一时期读者及注家的意义，比经典本身更能揭示出这些在正统儒学之外的领域产生的解释框架。"如杜诗韩文等经典文本，其历史形塑过程中，注释和读者对文本的意义构建，最终多凝聚在文本语辞的校雠、考异和注释之中。从此意义上说，《钱注杜诗》，包括朱熹《昌黎先生集考异》等名著，其价值就不应仅限于校雠学、注释学范畴，它们在文本细节处往往富含丰富的形式审美经验，有着不可忽视的批评史价值。

由此，由经学文本而及集部文献的塑造过程，诗话、选本、评点等都具有如布尔迪尔所说的文学场域效应。汝虎在其后几章里，系统分析了古代诗文选本、评点、格法著作中古人体现出的形式经验意识及其价值和意义。虽然，寓含其中的形式讨论仍多琐碎，基于经验，强调过程，太过技术性，很难超拔出更深刻的意义。如元方回《瀛奎律髓》及其后围绕此书展开的明清两代如冯舒、冯班、纪昀、许印芳等人所累加的评注，构成了一种不同于其时主流诗学，但在创作基层却行之有效的形式分析和审美样式。从中不证自明文学究属语言和修辞的艺术，中国的文学尤其如此。故东西方学者常用"修辞性"来标别这种文学的特质，如吉川幸次郎的《中国文学史》就认为"尊重理智的修辞决定了成为中国文学中心的，与其说是所歌咏之事，所叙述之事，倒不如说是如何歌咏、如何叙述；换言之，往往常识性地理解文学素材，却依靠语言来深切感人，这可说是中国文学的理想"。需要说明的是，这些形式经验的确立和审美体验的分享，与古人的言志传统和托寓寄兴的创作主张非在两概，实际上，中国人从来服膺"诗到语言为止"，重视形式美感和文学修辞本是中国文论的题中应有之义。

要之，说古人的形式讨论常基于主体感会，很难用逻辑化的语言呈现、界定与保存，不足以构成形式理论可以被忽视的理由。纵观东西方文论，讨论重点与言说范式从没有一定之规。正如中国有《文心雕龙》这样体大思精之作，西方也有明白如话如《歌德谈话录》《汉堡剧评》这样的语丝谈丛。纵观古代文学理论批评的发展历史，可以看到从不乏既精于创作又善于赏会的论者，他们能弃语法，尊语用，深体作者之意，得其措辞之妙。即使旨在"弥纶群言"的《文心雕龙》，也始终将字句音声的"文术"与"文道"合而论之，并不避繁碎。其他有关各体文构成的细则与规范，彼此有复杂的交互联动，不仅在各种诗词文话和戏曲批评中占据了最大篇幅，还享有实际的论述中心地位。

二十一世纪初，个人曾与蔡仲翔、涂光社两先生在《文学遗产》杂志上作了一场范畴研究的对谈，认同学者指出"失语症"是一个"伪命题"，并有感于今人对与古人文心结合紧密的范畴、概念、术语、命题等尚未有充分的掌握，想对范畴总量做一探家底式的统计。二十余年忽忽已过，由本人主持编纂的《中国古代形式批评类编》终于要问世了，虽仍未尽其全部，仍期待读者诸君能从这一全景式的鸟瞰中，洞晓古人情变之藻密，并一窥诗文体式之丰富与繁复。

汝虎既从我就学，全程参与了此项工作，为副主编，付出了巨大的劳动，其所著可视为从事类编工作的成果。虽不免有意新而杂、思虑不周的不足，于词学、曲学和小说理论又难免涉猎稍少，但有上述锐意启新的优点，仍值得鼓励和肯定。当此新岁，又值新书付梓，他来书嘱序，我自然乐而从命。惟深望其不坠初志，能秉静肃之心，走寂寞之长路，虽卜居海滨而仍精进不已，如韩愈《送李愿归盘谷序》所谓"穷居而野处，升高而望远，坐茂树以终日，濯清泉以自洁"，则未来有大贡献于学术者必矣！

汪涌豪

甲辰年元宵于沪上巢云楼

目　录
CONTENTS

引 言

进入二十一世纪以来，学界在反思二十世纪中国古代文论和美学研究过程中，逐渐意识到传统研究范式对古代文论资源特别是诗法、诗格以及科举文献等所造成的遮蔽与价值否定，特别是对蕴涵于其中关涉字法、句法、章法和篇法等形式批评传统更缺乏深刻的体认和分析。随着美学上对审美论回归和文本细读等理论趋向的张扬，古代文论研究急需对融于古代注释评点以及诗法诗格中的文本细读观念和实践技法予以重新挖掘与整理，进而确立其在传统文论话语中的价值和意义，由此方可重新体认和辨析古代文论话语资源的本土特征与内在传统，进而才有可能构建融会中西古今诸多理论资源而又具中国特色的文论话语方式及体系。本论著即从此出发，系统探讨被二十世纪中国古代文论研究所遮蔽和忽视的形式批评传统，试图对中国古代形式批评的理论资源做出初步的整理、阐释与辨析。欲在对中国古代形式批评资料整理的基础上，对中国古代形式批评的理论、概念与范畴做出一种通观的阐释，从而使之既契合古人的初心和本意，又能呈现古代文学批评丰富生动的原始景观。具体来说，其学术价值和意义体现在四点：

第一，展现中国古代诗文理论的原生态情形，进而能真正深入理解中国古典文学、诗学和文论的整体面貌。脱离开格律、作法、体式、声韵等形式批评视野而讨论意境、滋味、神采、风骨等概念与范畴，中国古代文论研究必然成为无源之水和空中楼阁。如前所述，对二十世纪古代文论研究所忽视的古代诗法诗格著作中的形式法则，进行更深入的分析与研究，重新认识其价值和意义。

第二，回归形式批评的传统。通过对古代形式批评的梳理，能回答不同文体的构造形式、类型意义、用词风格等文类层面的审美价值，实际上这是中国古代文论内在的传统。在二十世纪上半叶的中国古典文论研究，尚注重对形式和体式以及诗文作法的总结和批评，显示出对中国传统诗文的熟稔。而近几十年来的古文论研究，由于重视范畴和概念的构建，而忽视了最底层和基础的诗文作法、格律和体式的分析，导致对传统诗文形式的陌生和疏离，形式批评成为一种被压抑或忽视的传统。

第三，回归创作实践的文化传统。能了解不同体裁、体式和文类的运用方式和场景，进而发现其历史价值和文化价值，这应是文化批评和历史批评的先导和基础。因中国古代文学艺术具有程式化意味明显的民族特征，它体现在从字法、句法到章法等一系列技术性的具体讲求中。历代诗话文评中涉及面虽然广博，但古人着墨最多的即此种技术性的讨论。诗文形式批评与文本细读的阐释传统，实际上是中国古典文论的固有特征。在形式批评的形成与发展过程中，逐步确立了中国古代艺术程式化的审美传统，形成了中国艺术形式独特的形式意味。诸多诗话文评中形式批评，成为中国古代文学创作的技术传承的主要方式，因而具有最重要的历史意义和文化意味。

第四，摆脱以西格中、以西方文论之理论范式为出发点的研究模式，寻找中国诗学和文论研究的基础和理论表达方式。通过形式批评的研究，可以弥合古典与现代、中国与西方理论范式之间的冲突，寻找二者相契合的批评方式和言说方式。亦如赵景深在二十世纪三十年代所讲之《复旦大学中国诗歌原理讲义》（1935年）①，其以古代诗法为理论范式，从形式批评的角度，将五四新诗创作和古代诗论融在一起讲述，是一种非常有效的阐释途径。如其上篇为形式论，讲解声律平仄之规律，下篇为内容论，讲解诗歌意义和风格。实是从创作和欣赏的角度讲解中国诗歌，而不是从庸俗社会学的角度出发去构建诗学教学体系。

基于以上几种出发点，我们认为，在古今中西对话的过程中，唯有依此"历史优先"的原则，我们才能真正地将"中国古代文论资料放回到产生它的文化、历史的语境中"②。

---

① 赵景深.中国诗歌原理讲义［M］.上海：复旦大学图书馆古籍部藏油印本，1935.

② 童庆炳.中国古代文论的现代意义［M］.北京：北京师范大学出版社，2001：2.

第一章

回归文本与形式审美——古代形式批评理论研究的意义和价值

第一节 古代形式批评理论研究的当代意义

二十世纪特别是五四运动以来，在中西交汇的理论洪流中，在现代性的理论追求背景下，中国古代文论的研究呈现出了巨大的发展与繁荣景象。特别是新时期以来，在西方哲学美学与文学理论的强势影响下，古代文论研究获得了新的研究方式和理论视野，对中国古代文论的理解和研究亦有了极大的提升和深化。如在对古代文论范畴的全面整理和总结过程中，学界获得了诸多的研究成果和理论认识，范畴论研究亦成为古代文论研究的重点和热点。又如二十世纪九十年代后，随着历史主义、文化批评与后殖民主义等西方思潮的相继传入，文化批评成为学界研究的核心概念和研究范式，亦获得了一种整合性的研究视角和确实性的学术成果。但不可否认的是，二十世纪以来在形成古代文论的学科意识和理论构建的历史过程中，由于多以西方美学特别是以形而上学传统为中心的西方古典美学和文论为楷式与参照，中国古代文论研究往往以西学的概念和范畴来介入古代文论的资源与传统，在中西比较的视野中往往忽视中国古代文学和文论自身的历史传统和话语特征，时至今日造成了古代文论研究范式与研究对象、古代文学批评与当代文学创作、文学理论与文学鉴赏之间多重的隔阂与疏离。如在古文论的范畴研究领域，理论兴趣往往大多集中于"意境""意象""味""兴""韵"等可与西方美学和文论做简单化约和类比的元范畴研究，借以寻求构建古代文论的体系大厦的方式。然而这种追求形而上理论体系的美学冲动，往往呈现为对传统文论资源以简单化和格式化的方式进行重组和重塑，最终导致古文论研究陷入一种与传统话语圆凿方枘式的割裂与疏离，往往"抱守几个基本范畴作反求式的语义还原，甚至对这基本范畴的逻辑上源和衍生形态也谈不上有充分的认识，更不去探求其在人的认识谱系中居于一个怎样的位置，是不能奢谈意义发明的，要谈体系构建不啻是缘木求鱼"①。

故而，二十世纪九十年代以来学界普遍意识到当代文论研究中的"失语症"问题，进而提出"古代文论的现代转换"理论命题，以接续和弥补古代文论资源与当代文论话语之间的鸿沟。时至今日，随着对传统文论资源的全面整理和对西方文论的深入理解，我国哲学社会科学领域继而出现了建设本土话语体系的强烈理论倾向，其方式是在中西交汇的历史制高点上，"以动态演进的生成论视角对古代文论极为丰富、驳杂的范畴、概念的潜在体系要素加以发掘、梳理，将其理论化、层次化、体系化"②，以实现古代文论的现代化转换，进而构建符合当代中国语境的理论话语和言说方式。如近年来，国内兴起的"关键词研究"理论热点，即呼应此种本土话语理论追求，试图全面挖掘和梳理中西文论传统的重要关键词和术语，以作为"构建具有中国特色的当代文论话语体系的基础工程"③，进而得以全面深刻地把握中西文论的源流与理路。实际上，二十一世纪以来，随着对古代文论范畴的深入研究，一些在当代文论中失落而在古代文论中常用的概念、范畴、术语，或者说是出现频率较高的一些关键词，已有学者进行了比较深入的研究。如汪涌豪先生近些年来发表的一系列关于古代形式范畴和术语的研究文章，包括《"法"：中国古代文论形式批评的重要范畴》（2008 年）、《论"圆"的形式意味：中国古代形式批评理论箚记》（2010 年）、《文学批评中的"老"与"嫩"》（2010 年）、《涩：对诗词创作另类别趣的范畴指谓》（2010 年）、《"声色"范畴的意义内涵与逻辑定位》（2010 年）等，均致力于融会贯通西方形式美学与古代文论，对中国古代文论范畴和关键词特别是其背后的形式意味和语言美感，进行了全面深刻的整理、还原与诠释。

而过往脱离汉语语言规律、形式特征以及声律美感传统的古代文学和文论研究，因其一味追求形而上观念分析和体系构建的理论模式，在今日的研究情境下愈来愈显出其单薄和肤浅。在对历史批评和文化批评方法的过度泛用中，古代文学研究和古代文论研究愈来愈脱离文学文本和艺术审美的视界，其结果

---

① 蔡钟翔，涂光社，汪涌豪．范畴研究三人谈［J］．文学遗产，2001（1）：110.

② 朱立元．关于中国古代文论现代转换的再思考［J］．中国社会科学，2015（4）：160.

③ 朱立元．构建具有中国特色的当代文论话语体系的基础工程［J］．文艺争鸣，2017（1）：15-17.

便是文学和文论研究愈来愈显得浮泛而粗糙，没有对传统文本的细致体会和审美体悟，古文论研究或沦为"自然科学式"的文献整理，或泛化为以历史和社会分析为核心的历史研究或文化分析。因而有学者曾提出，在当前情境下"文化批评依然是一个观念化的问题，因为中国的文学理论批评没有经过文本细读的严格训练，转向文化研究的文艺学还是容易流于空疏，这几乎是学界的共识"①。基于此，近些年来回归审美和回归文本细读的呼声，亦成为古代文学和古代文论研究的一种重要倾向②。有学者提倡中国式的"微观解读学"，认为"其实践源头在中国的诗话词话和小说评点，承继中国文论的文本中心传统"③。有学者则特别强调"文学研究特别是诗歌研究，不能脱离对语言的'美文'形式（the best words and in the best orders）的探讨。换句话说，语言艺术的奥秘和规律，便是文学研究的本位之本位"④。亦有学者呼吁"回到中国文体语境解读中国文学"，认为近些年来文体学和文章学的兴起，"标志着古代文学学术界的两个回归：一个是对中国本土文学理论传统的回归，一个是对古代文学本体的回归"⑤。这些学术趋向，均取得较扎实的学术成果，亦标志着二十一世纪以来，我国古代文学研究和古代文论研究进入了一个崭新的、更精细化的、对传统话语有更自觉认同和体认的学术时代。

由此，我们认为无论是构建本土理论话语的时代呼唤，还是回归文本与审美论的学术趋势，基于语言本位和形式审美的形式批评理论研究作为一种整合性的价值视野，可以更深入到古代文论以语言审美为核心的鉴赏传统中，进而在充分理解古人文心的基础上，对古代诗文创作的经验意识和实践传统有更充分的理解和把握，亦是对传统文论话语资源进行全面整理与深刻体认的一种重要理论视角。或如有学者所言，进入二十一世纪以来：

> 中国文艺学近年来对于文学语言、文学叙事以及文学文体的热情，实

---

① 陈晓明．众妙之门：重建文本细读的批评方法［M］．北京：北京大学出版社，2015：4.
② 刘跃进．回归经典，细读文本：文本细读与文学研究推进［J］．文史知识，2017（02）：35.
③ 孙绍振．月迷津渡：古典诗词个案微观分析［M］．台北：万卷楼图书股份有限公司，2015：30.
④ 周裕锴．语言的张力：中国古代文学的语言学批评论集［M］．北京：中国社会科学出版社，2016：1.
⑤ 吴承学．回到中国文体语境解读中国文学：《中国古代文体学研究》简介［N］．光明日报，2011-09-07（14）.

际上都是环绕文学语言形式的研究，或者说是由语言形式出发、环绕语言形式对文学的研究，是文学研究领域中的典型的形式美学方法论。由此我们是否可以预言，形式美学是否可能成为中国文艺学新的生长点或突破点？①

如前所述，形式美学研究在各个学科指向和研究领域都有了切实的落实和具体的展开。而具体到古代文论研究，由此途径，我们方可在当代社会文化情境和学科话语系统中，"将传统诗文评里蕴藏着的普遍性意义发掘出来，给予合理的阐发，使之与现代人的文学活动、审美经验乃至生存智慧相联结，即让传统面向现代而开放其自身，这便是古文论向中国文论的转换生成，亦即众说纷纭的'古文论的现代转换'所要达成的中心目标"②。具体来说，对古代形式批评理论资源的整理和研究，具有以下四个方面的意义。

第二节　古代文论话语资源的再体认

在二十世纪四十年代中国文学批评史学科奠基的时代，当罗根泽先生在其《中国文学批评史》的绪言中谈及中国古代文论研究的历史意识时，曾言："史家的责任是求'事实的历史'之真，但'事实的历史'之真却隐藏不见。隐藏的方式很多，大体可归纳为'原始的隐藏'和'意识的隐藏'两种。"③ 他以史料的缺陷为造成"原始隐藏"的原因，以编著者的成见为造成"意识的隐藏"的原因，进而要求编著中国文学史或文学批评史者要有一种超然的态度。实际上，从诠释学的角度而言，纯然客观的文学史和文学批评史并不存在，任何有意识或无意识的隐藏均可视为一种历史性的诠释过程，是意义的形成和展开过程。或如西方史学家所言，"史学并不是重新创造，而是解释"④。统观二十世纪以来中国古代文学和古代文论研究，在西方美学和文论的强势介入下，对古

---

① 赵宪章. 文体与形式 [M]. 北京：人民文学出版社，2004：7.
② 陈伯海. 从古代文论到中国文论：21世纪古文论研究的断想 [J]. 浙江大学学报（人文社会科学版），2006，36（1）：8.
③ 罗根泽. 中国文学批评史 [M]. 北京：商务印书馆，2015：29.
④ （法）米歇尔·德·塞尔多. 论史学研究活动 [J] // （法）勒高夫等编. 新史学 [M]. 姚蒙，译. 上海：上海译文出版社，1989：91.

代文论资源的阐释过程中，或多着力于以"诗言志"和"诗缘情"为代表的本质论探究；或多重视概念、范畴体系的形而上分析。以此种理论价值观念来透视传统文论，必然重视成系统性的、体系性的传统理论资源，而忽视那些融于注解评释中的文本细读观念和实践技法。在此价值视野下的古文论研究，必然遮蔽对诗法、诗格、文法、文格等传统话语资源意义和价值的发掘。朱东润先生的《中国文学批评史大纲》，同样在二十世纪四十年代出版，在其序言中总结中国古代文学批评资源时，曾概括其有六端之成就，分别为理论专著、散见于本集中的理论篇章、选本、选家、见于他人专书中之说、见于他人诗文中之论，并认为清代《四库全书》所录"诗文评类"著述，范围较为狭窄，"而诗话词话杂陈琐事者，尤非文学批评之正轨"①。实际上，在上述六种资源中，研究者往往重视的是如《文心雕龙》《文赋》《典论·论文》《诗式》《二十四诗品》这样的专著与论文，或如韩愈、苏轼、王夫之等这样大家的论文论诗之语。而在古代诗文评中占绝大多数比例的诗话、词话、曲话或为《四库全书》所不收的大量诗法、诗格、文法等话语资源，则往往以之为杂陈琐屑而无较高理论价值，亦往往以之为批评史末端而忽略不计。

在今天西方现代主义和后现代主义文论之后的历史情境下，如果我们转换历史观念和价值视野，特别是摆脱西方近代形而上学和认识论的逻辑桎梏，重新进行历史思考，就会发现原生态式的古代文论话语传统中，以诗法、诗格、文话等为代表技法类著作和包含诸多注解评论的诗文选本，实是古代文学和文论最丰富的、最直接的传统资源，其中凝聚着大量的形式术语和技法传统，在其背后则蕴含着对于古代文论重新思考的新途径。如果说以《文心雕龙》《二十四诗品》为代表的理论著述为古代文论的标杆和高峰的话，大量以诗法文法为代表的传统批评资源则可视为古代文论的汪洋大海。近些年来，在资料整理方面，随着学界对明清两代诗话诗法的全面整理以及对历代文话的全面搜罗，这种历史思考的新途径已经呈现，给我们打开了重新诠释古代文论资源的新视野，给了我们对古代文论话语资源进行再体认的新入口。由此我们认为，基于修辞学和语言学本位的形式批评研究，正是这种重新体认的重要理论视角。

实际上，如西方史学家所言："'历史思考的新途径'，不仅包括对历史思考的文化程序和发展过程的逻辑、结构和功能进行深入的认识，而且还包括倡导

---

①　朱东润. 中国文学批评史大纲（校补本）［M］. 上海：上海古籍出版社，2016：2.

诠释人类过去的观点，这些新观念是从占主导地位的过去经验中形成的。"① 中国古代文论言说的重点往往是在汉字的独特构造特点、组合方式和声韵规律等形式成因，以诗文为代表的中国传统文学艺术，具有十分强烈的修辞意味和程式化倾向。故古代文人学者亦多从语言形式角度探讨创作问题，在如何认题、命意、造语、择事、琢句、押韵的过程中形成复杂而具程式化的审美形式传统。如在诗歌创作上，要求"凡作长律，如作大文字之法，句虽排比，意实圆转，虽要先立冒头，拊尽一篇之意，中间抑扬开合，节节有序，后而结尾，超出意外，需要盛水不漏，方是好诗"②，亦是要使诗歌形成整体圆转有序的有机形式美感。王夫之则以为近体诗在体制上之所以成立，即在于"非但声偶之和，参差者少，且其谋篇布局，为起，为承，为收"③，突出强调了近体律诗以起承转合为核心的结构美感。古人为文之道，亦多追求"章法、句法、字法皆好，转换关锁，紧严优柔，理长而味永"④ 的形式美感，亦重在讨论起承转合、字句篇章的作法与格式。这些关涉文体章法、用韵造句的诸多论述，既反映了古人对文学创作内在机理的经验凝结，又集中、典型地体现了传统文学独特的文化品格。正如日本学者吉川幸次郎所认为的，中国文学史最为强烈的意识即对形式及表现的技术的强调，"甚至不时产生这样偏颇的意识：表现的整饬是文学之根本性的必要条件。或者说，只有是满足了这条件，文学才得以形成"⑤。此种植基于文学史深处的形式观念，可以说是中国古代文化和审美逻辑得以成立的根本性条件。

上述价值观的转变，带来对传统文论资源的重新发现和重新体认，首先表现在近些年学术界对诗法诗格价值的重新评估上⑥。古代的诗法诗格作品，大多

---

① （德）约翰·吕森. 历史思考的新途径［M］. 上海：上海人民出版社，2005：6.

② 《永乐大典》卷八二三《诗话》六十五《编类》［M］. 张健. 元人诗话校考. 北京：北京大学出版社，2001：451.

③ （明）王夫之. 古诗评选［M］//王夫之. 船山全书：第十四册. 长沙：岳麓出版社，2011：843.

④ 谢枋得. 文章轨范评林［M］//王水照. 历代文话. 上海：复旦大学出版社，2008：1054.

⑤ （日）吉川幸次郎. 中国诗史［M］. 上海：复旦大学出版社，2001：3.

⑥ 关于诗法诗格的界定，张健认为："本来，诗法与诗格之间很难做出严格的界定，但是在后来人的心目中，诗格往往是一些比较具体的法则，而诗法则较之诗格更为宽泛一些，既可以指具体的法则，也可以指有系统的理论。"（张健. 元代诗法校考［M］. 北京：北京大学出版社，2001：2.）

以类书辑佚的形式出现，古人特别是清人往往以之为"俗书""陋书"而置之不理，如《四库全书》在整理古人诗文评类著作时，往往过滤掉在明代广为通行的大量诗法诗格著作和各种类编汇集之作。正如有学者所指出的："由于诗格的内容多为指陈作诗的格、法，不免琐屑呆板。再加上此类书的时代、真伪、书名、人名等方面，又存在着种种疑问，所以向来问津者寡。然而站在文学史和文学批评史的研究立场上看，诗格中包含着大量值得人们重视的内容，不宜简单地忽视或抹杀。"① 实际上，如以上述统合性的眼光来体认，唐代特别是晚唐五代以来大行于世的大批诗格书，虽然只通过《文镜秘府论》（日人遍照金刚撰）、《吟窗杂录》（宋陈应行编）、《诗法统宗》（明胡文焕编）、《诗学指南》（清顾龙振编）等得以传存，我们依然可以管窥到在以诗文为科考对象的古代社会情境下，这些或为应对科举或为发蒙之用的格法著作，在当时更具有普及性意义和大众传播价值。之于一般士子，这些格法著作中术语、法则，因其形象生动、简洁明了，或更具经验意义和实用价值。其与当时士大夫诗学观念并非相左，恰恰是对唐代诗歌创作和诗学观念的经验总结。如杜甫论诗，多涉及体格句法，如"美名人不及，佳句法如何"（《寄高三十五书记》）、"复忆襄阳孟浩然，新诗句句俱堪传"（《解闷》十二首）、"最传秀句寰区满，未绝风流相国能"（《解闷》十二首）、"何时一樽酒，重与细论文"等，"皆可窥见，然少陵会心之处，似尤在句法"②。以此为代表的文人诗论，追求的是一种形而上的诗歌审美理想，极具个体性和创造性。而在晚唐诗格中，亦存在着大量的句法形式经验，实际上"句法批评"可以说是唐代诗学形式批评的核心问题。当然在诗格中的句法批评是以诸多"势""门""体""体势""句例"等术语呈现，其中"势"这一范畴更可以说是唐代句法批评的核心概念，实是唐代诗学特别是律诗创作实践的历史总结③。但值得注意的是，诗格中所言的"势"，只具分门别类之用，而无明确的概念总结或归纳，如在《风骚旨格》中所列"狮子反掷势""猛虎踞林势""丹凤衔珠势""毒龙顾尾势"等"十势"，只列名目和

① 张伯伟. 诗格论［M］//张伯伟. 全唐五代诗格汇考. 南京：江苏古籍出版社，2002：5.

② 朱东润. 中国文学批评史大纲（校补本）［M］. 上海：上海古籍出版社，2016：103.

③ 张伯伟在《诗格论》中提出："这些名目众多的'势'，讲的实际上是诗格创作中的句法问题。这里讲的句法，指的是由上下两句在内容上或表现手法上的互补、相反或对立所形成的'张力'。"（张伯伟. 全唐五代诗格汇考［M］. 南京：江苏古籍出版社，2002：31.）

例诗。故《蔡宽夫诗话》云，"唐末五代，流俗以诗自名者，多好妄立格法，取前人诗句为例，议论锋出，甚有狮子跳掷，毒龙顾尾等势，览之，每使人拊掌不已。大抵皆宗贾岛辈，谓之贾岛格。而于李、杜特少假借"①，而如果我们以通俗诗学的角度来观察，蔡宽夫恰恰指出了诗格作品中所言之"势"，恰是"流俗"教学开蒙或科举之用，其重视的正是以具体例句为楷式以供模仿和讲习之用，其所标举诸多"势"之名目，形象生动，简洁明了，作为诗学入门之作恰恰是方便而合宜的。虽然其所举例诗只是符合晚唐诗歌审美风尚，但又不得不承认这种对诗歌句法形式的经验总结具有通俗性和简便性，又与杜甫的诗论有相通之处。故其对当时的大众诗歌创作和欣赏应起到了巨大的普及作用，而不可只简单地以之为琐碎支离而无理论价值。我们理应把前者富有理论意味的诗论，与后者富有经验意味的诗格看作是统一性的诗学传统，且后者为前者的基础，二者是相互生发的关系，而不是把二者看成是对立和分裂的两个方面。简单地以雅俗对立来分割两种资源之间内在的关联，或从认识论的角度臧否其价值高下，显然不符合古代社会的文化情境。

同样，随着近些年来对在明代流传的《诗法要标》《翰林诗法》《词府灵蛇》等诗法类著作的深入研究，在探求其版本情况、编纂特点的基础上，如若把它们放在古代社会商业出版的氛围中，我们恰可以见出当时大众时俗的诗学审美观念，对于理解古代诗学与科举考试、文化市场的互动关系又极具意义。基于此，陈广宏在其新近整理出版的《明人诗话要籍汇编》② 中，就分列诗话卷、诗法卷、诗评卷三部分，以揭示明代诗法和诗文评的重要地位。又如在清代的诗法汇纂著作中，乾隆二十四年（1759 年）所刻《汇纂诗法度针》凡例中言："是编为诗家绣谱，专明金针秘法。顾立法莫严于杜，而杜法莫备于律。故首编少陵律诗，而殿以杂体。盖仿攻八股者，先治单题，而徐及长截等类也。次编试帖，急科举之先务，变化于神明。"③ 明确表明了此种诗法汇纂的目的是为了应对科举，虽名曰"诗法汇纂"，但又直接包含八股文作法。在该书第六条凡例中又言："是集促于开雕，以应坊贾之售。不特别风淮雨之讹，触手即得；

---

① （南宋）胡仔. 苕溪渔隐丛话：前集卷五十五［M］. 北京：人民文学出版社，1962：375.

② 陈广宏，侯荣川. 明代诗话要籍汇编［M］. 上海：复旦大学出版社，2017.

③ （清）徐文弼辑. 汇纂诗法度针［M］. 复旦大学图书馆古籍书库藏乾隆二十三年本. 四库禁毁书丛刊·集部. 北京：北京出版社，1997：224.

抑且金根玉木之舛，未必全无，维持恕道者谅之。"① 乾隆二十二年（1757 年）清代科举考试加入五言八韵唐律后，此种书籍在当时大众中有巨大消费市场。② 又如刊于乾隆五十四年（1759 年）的《应试诗法浅说》，则在其"凡例"之中，特别指出其所列诗法"为塾课训蒙，而设词取达，意质而不文，说不厌详，烦而不杀，借引初学之路，敢避大雅之讥"③。此类著作，为"塾课训蒙"之用，往往"说不厌详，烦而不杀"，确实具有烦琐性和重复性之弊端。然而如若从普及性和通俗性来言，却正是其之所以为学堂之用的本体形式，简便易学，其中各种诗法均为浅说，故"语不涉深，言之易入，指画所及，意已豁如"。如其总结学诗须知为六则：诗体须知、诗韵须知、限韵须知、平仄须知、裁对须知、记韵须知，均是从诗学形式构建来着眼，故其中的格法经验实是诗学形式的一种历史凝结。基于此，故有学者提出：

> 作为商业出版物的这类指导大众作诗的入门书，若据传统文献学加以鉴定的话，无论其资料来源、编法编例以及文字本身的准确、可靠程度等，皆很难说有多大价值。然而，若正视这种商业出版，转而从书籍社会史的角度，看坊间如何通过诸如此类的"制作"，有效应对并引导、开掘如此庞大的市场需求，透过空前繁荣的出版文化，窥测更为广大的人群对于诗歌的日用之需，理解通俗诗学之于整个时代文学价值体系的意义，则显然会有一种新的拓展。④

不论是明代还是清代，此类诗法诗格汇纂著作所形成的诗学规范意识和格法规律，对于当时科举教学和诗文创作均产生了巨大的影响，本不应为学术研究所忽略或遮蔽。

在文章学和文体学方面，以章法结构批评为主的古代文话文格得到了重新

---

① （清）徐文弼辑. 汇纂诗法度针 ［M］. 复旦大学图书馆古籍书库藏乾隆二十三年本. 四库禁毁书丛刊·集部. 北京：北京出版社，1997：224.

② 除此之外，还有蔡均辑《诗法指南》（1758 年）、徐文弼辑《诗法度针》（1759 年）、叶葆评注《应试诗法浅说》（1789 年）等，均为乾隆二十二年科考制度改革后出现的坊贾盈利之诗法汇编著作。可参见吴中胜. 翁方纲与乾嘉形式诗学研究 ［M］. 北京：中国社会科学出版社，2013.

③ （清）叶葆评注. 应试诗法浅说 ［M］. 复旦大学图书馆藏乾隆五十四年悔读斋刻本. 续修四库全书：第 1718 册. 上海：上海古籍出版社，2002：462.

④ 陈广宏. 从《诗法要标》看晚明诗法著作的生产与传播 ［J］，文学遗产，2016（4）：163.

重视，带来对古代文章学和古代文体学研究的学术热点。以王水照先生所辑《历代文话》（复旦大学出版社，2007 年出版）为例，其中即辑有三十种左右的文章学专著，这些文章学著述在二十世纪的中国古文论研究中往往被忽视或遮蔽。究其原因，即在于五四以来国人多接受以白话文为核心的价值观念，造成了对古代文章学的疏离与隔阂，可以说"按'五四'新观念建构的文学批评史或学术史遮蔽了许多'旧派'的文章学批评专家和专书，这在清末民初尤为严重"①。当然，我们不能武断地说"五四"的文化立场是错误的，而是说在激进的现代化冲动下，将文言文与白话文对峙为截然相反而不容的政治观和语言观，造成了后世对古代文学传统和文论传统中的文章学意识和语言审美传统的一种割裂和遮蔽。譬如对在古代文学创作中占重要地位的骈体、四六、辞赋和时文价值的理解上，我们当然要继承五四以来的政治立场，以骈体、八股文为科举考试内容，显然是迂腐且不合时代要求的。但这是否就是要求我们彻底抛弃这些文体及对这些文体欣赏和研究的理论传统呢？

实际上，恰恰是这些充满结构美感和程式化意味的文体，集中且典型地代表着中国古代形式审美观念，极具历史的积淀性与传承性，且又可以说是代表着大众"家诵户习"之通俗审美习俗。即使是提倡古文义法的桐城派，虽然猛烈抨击科举时文之弊，亦多是从政治和道德角度，如刘大櫆批评八股文"炫其采色音声，而于古圣立言之旨，寝以违戾"②，"科举时文之习，诳诱于其前；而富贵贫贱得失之念，汩没于其内也"③。而在这些抨击中，刘大櫆并未否定时文的形式价值和词藻之美，故其又言"文章者，艺事之至精；而八比之时文，又精之精者也"④。其所要追求的是将古文与时文统一，回归"制义"的本质："后代更创为八比之文，如诗之有律，用排偶之辞，以代圣贤之口语，不惟发舒其义，而且摹绘其神，所以使学者朝夕从事渐渍于其中而不觉也。"⑤ 从章法意

① 王水照，朱刚．三个遮蔽：中国古代文章学遭遇"五四"［J］．文学评论，2010（4）：21.

② （清）刘大櫆．东皋先生时文序［M］//刘大櫆．刘大櫆集．上海：上海古籍出版社，1990：92.

③ （清）刘大櫆．严遥青诗序［M］//刘大櫆．刘大櫆集．上海：上海古籍出版社，1990：74.

④ （清）刘大櫆．徐笠山时文序［M］//刘大櫆．刘大櫆集．上海：上海古籍出版社，1990：93.

⑤ （清）刘大櫆．方晞原时文序［M］//刘大櫆．刘大櫆集．上海：上海古籍出版社，1990：97.

义上，清人言"时文虽无与诗古文，然不解八股，即理路终不分明"①，"作文字当从科举中来。不然，而汗漫披猖，是出入不由户也"②，亦是强调时文作法在写作实践上的内在意义，而且将时文与诗古文看作一体的而非对立的写作传统。即使是反对以时文入手来进行童蒙教育的章学诚，亦不得不承认时文章法之于古文写作的重要性，强调古文写作对诗文章法体式的充分吸收和借鉴，故其言"学问与文章并进，古文与时文参营，斯则合之双美，而离之两伤者尔"③。而与桐城古文派不同，清人李兆洛在编选《骈体文钞》而为骈体文辩护时，抨击了将文章先入为主地分为古文、骈文的僵化认识，而是从文体变迁和知世达理的角度历史地看古代骈文之兴，他质疑道：

> 自唐以来，始有古文之目，而目六朝之文为骈俪。而为其学者，亦自以为与古文殊路。既歧奇与偶为二，而于偶之中，又歧六朝与唐与宋为三。夫苟第较其字句，猎其影响而已。则岂徒二焉三焉而已，以为万有不同可也。④

在这里，以清人的眼光来看，无论六朝文、唐文和宋文的三分法还是古文与骈文的二分法，均是一种统一的历史文化传统，所谓"体格有迁变，人与天参焉者也；义理无殊途，天与人合焉者也"，无论是从文体起源上，还是从文体发展上，均不过是文体历史传统中的一极，不可妄自掩盖和抨击另一极资源和样态。

实际上，如果我们以形式批评的角度来重新审视八股文的价值，即可见出以八股文为代表追求词藻用韵之美的美学价值。近人王葆心在其《古文辞通义》中曾系统总结了古代时文技法术语：

> 尝考以定格论文者，宋人最盛，至明而极，由科举兴盛所生发也。故一经义与论也而有破题、接题、冒头、大讲、小讲、入题、原题、大结诸式，一史论也而有论头、论项、论心、论腹、论腰、论尾诸式，又有双关、

① 王士禛《池北偶谈》卷十三，章学诚《乙卯劄记》亦引此条。见（清）王士禛.池北偶谈［M］.北京：中华书局，1982：301.
② 王士禛《池北偶谈》卷十三，章学诚《乙卯劄记》亦引此条。见（清）王士禛.池北偶谈［M］.北京：中华书局，1982：301.
③ （清）章学诚.论课蒙学文法［M］//章学诚.文史通义新编新注.北京：商务印书馆，2017：417.
④ （清）李兆洛.骈体文钞［M］.郑州：中州古籍出版社，1990：19.

两扇诸式，一绝句诗也而有实接、虚接、前对、拗体、侧体诸式，一律诗也而有四实、四虚、前虚后实、前实后虚诸式。①

上述所举这些在科举传统中所生发出的定式格法，在漫长的古代时文传统中，形成和汇聚着中国古代最普遍和最具实用价值的形式规范和形式审美传统，实不可以一概抹杀其中的理论价值和历史意义。正如有学者所言：

> 八股恰恰是引导中国文学批评走进追求文学形式美大门的重要使者。八股作为一种考试形式，要求代圣人立言，束缚人们的思想，当然要抛弃，但八股是建筑在中国文字特点上的一种形式美的总结。应该承认它作为一种表现形式，确实是美的。……金圣叹等总结的种种"文法"，是明显地带有八股味，但正在这里他们很好地总结了一些小说、戏曲、诗文表现的艺术特点与表现技巧，对中国古代文学理论与创作的发展是大有贡献的。②

由此出发，我们一方面可以照见为过去文论研究所忽视的众多文话、文格和文学评点的价值，亦可扭转以白话文价值观而一味否定古代时文的审美价值的认识论观念，进而重新挖掘和发现大量与诗文制作相关论著中所包含审美形式论和形式批评的价值和意义，如《声律关键》（宋郑起潜撰）、《太学新编黼藻文章百段锦》（宋方颐孙辑）、《文诠》（元陈绎曾撰）、《游艺塾文规》（明袁黄撰）、《举业彀率》（明袁黄撰）、《举业卮言》（明武之望撰）、《新锲诸名家前后场肄业精诀》（明李叔元辑）、《文法碎玉集》（明徐耒纂)③　等具实用性和普及性的时文作法著作，即使它们多不为《四库全书》诗文评类所收。

第三节　回归形式审美的鉴赏传统

当然对古代形式批评理论的全面发掘和研究，其理论立足点还在于对作为文学核心价值——审美价值的重新确认和理解。实际上，无论是从西方古典文学批评还是现代批评视角来说，任何脱离开文本与审美的理论批评范式，均无

---

① 王葆心. 古文辞通义 [M] //王水照. 历代文话. 上海：复旦大学出版社，2007：7512.
② 黄霖. 中国古代文学中的评点：上 [J]. 古典文学知识，2016（5）：584.
③ 后四种，可见于：陈广宏，龚宗杰. 稀见明人文话二十种 [M]. 上海：上海古籍出版社，2016.

法获得持续和发展的理论空间。或如勒内·韦勒克在《批评的诸种概念》中所总结的："所有企图将价值排除在文学之外的尝试，过去都失败了，将来还会失败，因为文学的本质恰恰就是价值。文学研究不可能而且也不允许与作为价值判断的文学批评分离。我们不可能将形式与结构同价值、规范和功能等概念分开；也不可能有一门与美学和批评准则无关的形式与结构或文本的科学。"① 文学批评作为对以审美价值为核心的文学价值的厘定与剖判，必然要以形式和语言的审美评价为原点和旨归，脱离此则任何一种批评范式最终会失去其意义。二十世纪九十年代以来，我国学界兴起的文化批评热潮正是这样一种宽泛而最终失去其理论边界的批评范式。正如有学者所总结的，在经过诸多西方理论新潮的轮番冲刷，"国内文学理论界的观念、方法、路径、模式在很大程度上被刷新和重建，呈现出与旧时迥然不同的格局，但也带来了新的问题，那就是文学理论与文学渐行渐远、愈见疏离，最终成为各自为政、各行其是的不同知识领域，文学理论走向了理论"②。从学科发展角度而言，文学理论脱离文本鉴赏和审美体验的趋向，其脱离文学文本和大众审美体验的局限性非常明显。

实际上，进入二十一世纪以来，西方学界在对二十世纪文论资源的反思中，亦多意识到现代主义文论和后现代主义文论以来文论传统中的诸多弊端。其中，特别是从二十世纪后半叶以来兴起的诸种文学和文化理论，如结构主义、精神分析主义、女性主义、解构主义、新历史主义和酷儿理论等诸多理论思潮，实际上早已将传统文论中审美评价和鉴赏的基点排除在外，造成了理论与文本、哲学与美学、批评与鉴赏等多重的疏离。正如伊格尔顿在《如何读诗》（2007年）一书中反思二十世纪文学批评时所意识到的："因此，我们面临着令人担忧的情形。文学批评处于两个方面都违背其传统功能的危险中。一方面，大多数的文学批评实践者都变得对文学形式不怎么敏感；另一方面，他们中的好些人也对批评的社会和政治责任持怀疑态度。在我们自己置身的时代，许多政治探究都已经卸给文化研究，但文化研究反过来也经常抛弃传统的细致的形式分

---

① （美）勒内·韦勒克. 批评的诸概念 [M]. 罗钢，王馨钵，杨德友，译. 上海：上海人民出版社，2015：73.

② 姚文放. 从形式主义到历史主义：晚近文学理论"向外转"的深层机理探究 [M]. 北京：北京大学出版社，2017：49.

析。"① 西方二十世纪后半叶文论最大的缺陷之一，可以说是背弃了传统修辞学意义上的形式审美传统和审美经验方式，其造成的局限即在于文学批评与文学创作的分离，以及文学理论话语与文学鉴赏过程的隔离。

针对此种现状，二十一世纪以来西方学界出现了一种"新形式主义""新审美主义"的理论思潮，其"表征一种对文学和艺术的重新关注。这种指向文学形式的保守的、传统的美学理论和方法，在此前的理论发展中早已被弃置不用"②（本书作者译）。这种"新形式主义""新审美主义"或"审美论的回归"，被美国学者乔纳森·卡勒归纳为二十一世纪以来西方当代文学理论发展的六大新趋向之一。

如2013年美国学者韦雷娜·锡尔（Verena Theile）和琳达·特里德尼克（Linda Tredennick）编著的《新形式主义和文学理论》（*New Formalisms and Literary Theory*）一书，就汇集了二十一世纪以来诸多学者对新形式主义文论的论述，提倡新形式主义"作为一种语境阅读的扩展或一种对审美阅读的回归"③（本书作者译），重新重视对修辞格、音节和韵律等形式因素和审美效果的体认和鉴赏，可以说是对二十世纪西方文论特别是历史主义批评和文化批评的一种超越或回归。正如哈罗德·布鲁姆在维护文学的审美自主性时所言，"审美批评使我们回到文学想像的自主性上去"④，唯有如此文学才能更深层次地使读者与作者在阅读空间上有一种历史性的融合。

实际上中国古代文论言说的重点恰恰就是基于汉字的独特构造特点、组合方式和声韵规律，而就诗文的字句章法展开具体而又细致的经验总结和法则归纳，这些均成为前述诸多诗法诗格和文法文格探讨的核心。如翁方纲在《诗法论》所言，古人诗法之穷形尽变之法："大而始终条理，细而一字之虚实单双，

① （英）特里·伊格尔顿. 如何读诗［M］. 陈太胜，译. 北京：北京大学出版社，2016：20.

② （美）乔纳森·卡勒. 当今文学理论（英文）［J］. 文学理论研究，2012，32（4）：83. 在此文中卡勒介绍了当今文学理论的在六个方面的新发展和转向，分别为叙事学、解构主义、伦理学转向、生态批评、后人类理论、审美论的回归。

③ THEILE V, TREDENNICK L. New Formalisms and Literary Theory ［M］. New York：Palgrave Macmillan，2013：6.

④ （美）布鲁姆. 西方正典：伟大作家和不朽作品［M］. 江康宁，译，南京：译林出版社，2015：9.

一音之低昂尺黍，其前后接筍、乘承转换、开合正变，必求诸古人。"① 上述对体式章法、用事练韵或起承转合、字句篇章之程式与作法的系统总结，既反映了古人对文学创作内在机理的认识，直接构成了成熟期古代文学批评的基本内容，又集中、典型地体现了传统文学独特的审美习惯与文化品格。如在字法上，古人追求"腐字要新用，生字要熟用，虚字要实用，死字要活用，俗字要雅用"；在句法上，崇尚"炼句须五字打成一片，要自然，要浑成，如铁铸成，如珠串定，方妙"；在对法上，要求"对贵工整，又忌板滞。过于拘泥，则出语无生动处"；在篇法上，认为"诗有篇法，不可随意凑成。……盖由浅入深，由虚入实。原系一定层次，一样布置"（均见叶葆《应试诗法浅说》）。又如在各种诗文选本评注中，如果说笺释、义疏部分侧重于背景批评、道德批评的话，在评注部分则完全侧重于形式审美的分析、鉴赏和体认上。如叶葆在对唐人张乔律诗《试月中桂》（与月转洪濛，扶疏万古同。根非生下土，叶不坠秋风。每以圆时足，还随缺处空。影高群木外，香满一轮中。未种丹霄日，应虚白兔宫。何当因羽化，细得问玄功）一诗的评注中，既有对体势的评赏，如"此诗全从大处落笔，虚际，宕势浑脱精到，乃雅与题称"；又有对字法的欣赏，如"笔致圆转，团结一气，全在善用虚字，'非''不''每以''还随''未''应''何''得'等字，用得轻松，活脱便觉笔挟飞动之势，初学可向此种悟入"；还有对篇法程式的确认，如"诗忌凌乱，尤怕板滞。讲前后次第法，则凌乱去矣；解开合流走法，则板滞除矣"；还有对起句气势的评价，其言"首韵破空而起，所谓开门见山、突兀峥嵘也。不知此超浑，便写月桂不出，全势不起。此起调之绝佳者"②。

在这些从字句修辞角度出发，对诗歌语言进行的"细读"与鉴赏过程中，我们清晰地看出清人对律诗程式审美经验的高度总结。在这种审美形式的鉴赏过程中，以语言修辞为出发点，通过对字法、句法、篇法等形式规律的高度自觉运用和理解，达到了一种较为具体而又形象的诗歌美感体验。又如清人黄生在其《唐诗评》和《杜诗说》中，融入时文作法术语，在对唐诗评注的过程中，归纳出唐诗字法句法多达六十余种形式术语，如实眼句、虚眼句、硬装句、

---

① （清）翁方纲. 复初斋文集：卷八［M］//清代诗文集汇编：第 382 册. 上海：上海古籍出版社，2010：82.

② （清）叶葆. 应试诗法浅说［M］//续修四库全书：第 1718 册. 上海：上海古籍出版社，2002：475-476.

套装句、换柱对、缩脉句、辘轳句等①，又有诸如隔句叠字法、错应法、反挑法、振起之法、倒因起法、联字拆用法、起联总冒等句法格式之名目。如此繁杂琐碎且逻辑分类不严格的术语集合，不免有交叉重复且强行立目分割之弊端，但如果我们把这些术语放在对具体诗作的语言分析和鉴赏过程中看，其具体入微而又简易明白，对于初学诗者来说，又是适宜和有效的形式法则。借助这些法则术语，可以更有助于读者掌握诗歌创作的语言规律并充分体察形式审美之构成效果。

实际上不管是律诗还是八股文，其背后的程式化规律本就是审美因素的核心。且不说以艺术审美本质的自由性而言，还是从艺术的游戏起源说而言，八股文如除去其担负制义的政治道德功能外，呈现在譬如清人所作诸多"游戏八股文"（如尤侗《惊艳 怎当他临去秋波那一转》、黄周星《秋波六艺》等）的文体形态中，其存在的价值即表征为语言形体和章法结构的戏仿和游戏效果。在传统"文以载道"观念的影响下，古人往往以诗文格法为小技。而在二十世纪的中国文论研究中，又往往受社会批评和政治批评的影响，忽视艺术形式的自律性和审美性。从此出发点，我们可以清晰地看到以格律形制为核心的律诗时文背后强烈的程式自觉性和形式审美规律，这种艺术本体性不管是从古典文论还是现代文论的视角均应是无法遮蔽和忽视的。而对这类文体进行系统总结的批评著作，如《太学新编黼藻文章百段锦》《游艺塾文规》《游艺塾续文规》《诗律丛话》《制义丛话》等其所具理论价值自不必言。如被王夫之批评为"画地成牢以陷人者，有死法"②（《夕堂永日绪论内编》）的明人袁了凡（袁黄），在《了凡袁先生论文》中则以为时文章法即是股法，"一股中亦须一意到底，其文亦有三转、四转及五转者，但须脉络相承，转入转细，起伏顿挫，有力无迹，方成章法"。其又总结句法审美为"贵老忌嫩，贵圆忌方，贵活忌滞，贵庄重而忌累坠，贵溜亮而又忌轻浮，贵妥帖而又忌软弱"③。由此可见，袁黄所提倡的正是要在八股程式中体现传统圆熟妥帖的审美习惯，其强调的恰恰是一种创作中如"弹丸脱手"般的"活法"。又如前述明人武之望在其《举业卮言》讨论

---

① 何庆善. 黄生析唐诗字法句法举要 [M] // （清）黄生，等. 唐诗评三种. 合肥：黄山书社，1995：385.

② （明）王夫之. 船山全书：第十五册 [M]. 长沙：岳麓书社，2011：824.

③ （明）袁黄.《游艺塾文规》正续编 [M]. 黄强，徐姗姗，校订. 武汉：武汉大学出版社，2009：463.

诗文格法中，亦言"文字初时布置，虽有定格，至于中间，离方遁员，生无化有，全要活法"①。可见，虽然诸多时文格法著作中强调的是作法之定格定法，但亦反对以之为死法教条。当然，王夫之的文论思想亦是强调血脉相融的诗文"活法气脉"，如其言"无法无脉，不复成文字。……且法者，合一事之始终，而俾成条贯也。……谓之脉者如人身之有十二脉，发于趾端，达于颠顶，藏于肌肉之中，督任冲带，互相为宅，萦绕周回，微动而流转不穷，合为一人之生理"②（《夕堂永日绪论外编》）。实际上，王夫之的诗论虽自视与构建定法的诗文作法为两途，更重视的是诗歌创造中的领悟性与情感共鸣，但正如郭绍虞先生在其《中国文学批评史》中所论，"船山所指示的是读诗的方法，而不是作诗的定格。不过他论读诗当然也不能全与作诗无关，所以也讲到意与势，也讲到情与景"③。如果王夫之的诗论文论重在欣赏领悟，推崇艺术的创造性的话；那么如袁黄等人所作的时文格法著作则重在技法格式，推崇的是程式化的创作经验。二者其实应是相辅相成的两面，均是中国文论的重要话语资源，而不应偏废后者，且以之为画地成牢的"死法"。

在深层次的民族审美习惯和形式经验上，其实二者并无本质的区分。只不过作为明清士人，从道德和政治角度对以八股文为核心的时文创作及理论给予了猛烈的抨击和否定，特别是那些一味强调前后钩锁等章法而忽视文章内涵的八股创作恶习，至而导致后人一并对这些科举传统中文体审美价值的最终遮蔽和价值否定。而今天我们则可超越此种政治道德视角，从形式批评的角度，认真挖掘和体认其中相关的修辞传统和程式意味，认真分析古文和时文两种传统在修辞学意义上的内在关联及相互影响，把二者放在同一视野平台中去构建中国古代审美意识和文化传统。

总而言之，形式批评所蕴含的审美论立场是古代文学批评的核心价值观，其不离诗文创作，围绕语言修辞而总结出的诸多形式法则和美学意识，正是中国古代文论最重要的理论话语方式。实际上正如西方历史学者所指出的，二十世纪西方文论中存在的语言学转向其缺点在于"思考语言学转向却不考虑广义

---

① 陈广宏，龚宗杰. 稀见明人文话二十种［M］. 上海：上海古籍出版社，2016：450.
② （明）王夫之. 船山全书：第十五册［M］. 长沙：岳麓书社，2011：845.
③ 郭绍虞. 中国文学批评史［M］. 上海：上海古籍出版社，1979：521.

上修辞的塑造力量"①，在广义的修辞学复兴的背景之下，古代诗法诗格可以涵盖在此种传统话语资源的历史性发见和复归历程之中。如在诗格方面，早已有学者指出："唐代诗格所探讨的，大多为诗歌创作的艺术问题，无论是声病、对偶，还是意象、句法。中国古代文学批评给人的印象，似乎总是以实用的、政教的为主，而诗格中的理论，却恰恰是以审美的和艺术的为主。"② 而在文章学方面，1923 年顾实早已在其《文章学纲要·序论》中指出："文章学所研究者，不但教以文章传达思想更最有效力之原理学则，并须说其实施实用，故可称之曰学而兼术者也"；"文章学者，根株于心理，而归命于美学之一部者也"③。显然这种将文章学归于美学的界定，一方面借鉴于西方文论的体系原理，但另一方面则主要来自对古代文章学注重理论与创作的结合、注重审美体验与形式鉴赏的传统。

第四节　回归创作实践的经验传统

如前所述，当前古代文论研究的困境以及所谓"失语症"的造成，在很大程度上是由于古代文论研究与古代文学创作的分离、理论研究与实践创作实践的疏离。T·S. 艾略特曾经将诗歌批评分为三类，除缺乏活力的批评和历史道德批评外，他认为第三类"本体的批评"，"才是唯一真正的批评，是那种'为了创作诗歌而作诗歌批评'的诗人——批评家的批评"④。实际上中国古代文学批评的传统特征，正在于其与创作密切相连的特征，诗法诗格与诗文评选的出发点即文学创作，一方面诗法诗格中的各种形式法则均是从创作实践的角度出发，另一方面与文本细读密切相关的注解评注，除背景分析外，其贯穿始终的便是为创作诗歌而做的大量体验、实践经验和法则总结。它们恰不只是印象式和感悟式的批评，而是具体的形式术语和格法规律的认识为其前提，进而与文

---

① （美）汉斯·凯尔纳. 修辞的复归［M］//（加）南希·帕特纳，（英）萨拉·富特. 史学理论手册. 上海：上海人民出版社，2017：204.

② 张伯伟. 论《吟窗杂录》［J］. 中国文化，1995（2）：170.

③ 张寿康. 文章学论略［J］. 北京师院学报（社会科学版），1986（4）：9.

④ （美）勒内·韦勒克. 辨异：续《批评的诸概念》［M］. 刘象愚，杨德友，译. 上海：上海人民出版社，2015：229.

本相结合，为创作诗文而作批评，恰恰是中国古代文论的核心价值观念。

特别是如前所述中国古代文论中最丰富最原生态的诗法诗格等著作，往往被排斥在二十世纪古文论研究范围之外。而实际上如《吟窗杂录》《游艺塾文规》《诗法要标》《应试诗法浅说》《汇纂诗法度针》《诗学入门》《诗法萃编》等汇纂汇评类著作，虽无完整的理论体系和严密的逻辑构建，但因与当时诗文教学和科举考试密切相关，是当时普遍使用的教材或流行的诗文作法教程，实最具普及性和实践性的品格，在当时社会最具流行性和普遍性。这些著作或教程往往以选本、鉴赏、点评、汇评的存在形式出现，虽不构建宏大的理论体系，亦不重在阐释逻辑性的理论观念，但却累积着最具程式化意味的形式审美观念，极具稳定性和积淀性。与今天我们常见的当时士人所倡之诗文观念相比，这些诗学指南、诗法度针、试律试策之法，却更具大众性和公众性，实代表当时普遍的大众形式批评审美观念。实际上如果脱离开格律、作法、体式、声韵而讨论意境、滋味、神彩、风骨等概念与范畴，古文论研究必然成为无源之水和空中楼阁。如 1922 年广益书局出版的《诗韵合璧》序，曾提到韵书之重要性时言："诗韵之作，肇于宋阴时夫之《韵府群玉》，当其时承东坡、山谷之后，诗人用韵争以奇险为工。故摘录典实、词藻隶于各韵之下，创为以韵隶事之格。自是厥后，明之《洪武正韵》、清之《佩文诗韵》，悉踵成规，援以为例。而诗韵一书永为艺林之瑰宝，词章之程式矣。"① 此类韵书，"以韵隶事，适于应用"，实包含与凝聚着古人作诗之用字选词、属对用韵之形式美感，而我们的诗学研究往往忽视此类实用韵书之修辞学价值和美学意义，且多将之划入语言学研究的范畴而与古代文学理论研究相隔离②。

如从哲学上分析，忽视实践和创作的观念实来自形而上学的认识论传统，而在二十世纪西方现代哲学对形而上学的批判中，以理论与实践为二元对立式的古典美学思维方式早已遭到了质疑和抛弃。在亚里士多德所创立的知识体系中，理论科学、实践科学和制作科学三足鼎立，且以理论科学为真正自足的科学而贬置实践科学和制作科学，这种价值体系构成了欧洲形而上知识体系的价

① （清）汤文璐. 诗韵合璧［M］. 上海：上海古籍书店，1982：1.

② 又如元人周德清在《中原音韵》里列有"作词十法"："知韵、造语、用事、用字、入声作平声、阴阳、务头、对偶、末句、定格"十法，亦是将"知韵"作为曲辞创作之首（周德清. 中原音韵［M］//中国戏曲研究院编. 中国古代戏曲论著集成：第1卷. 北京：中国戏剧出版社，2020：231.）。

值传统。而以美学为"感性认识完善的科学"或"艺术哲学"的德国古典美学传统更是将美学视为一门纯粹哲学或科学，而与诗文实践和制作创作相分离。这种美学传统的缺陷必然是将具丰富实践意味的艺术创作与具理论体系的美学理论相分离。在知识论中作为不同的知识区域和学科界别，美学理论与修辞学实践传统成为迥然殊途的两种知识系统。二十世纪的现象学和诠释学哲学思潮，在对这种将理论与实践相对立的形而上学传统的反思中，提出的以语言学为主线的诠释学本体论的转向，即试图弥合上述二者的分立和割裂。正如加达默尔所言：

> 依我看来在科学方法论方面所产生的混乱的最后根据是实践概念的衰亡。实践概念在科学时代以及科学确定性理想的时代失去了它的合法性。因为自从科学把它的目标放在对自然和历史事件的因果因素进行抽象分析以来，它就把实践仅仅当作科学的应用。但这乃是一种根本不需要解释才能的"实践"。于是，技术概念就取代了实践概念……①

由此，加达默尔主张恢复修辞学的批评实践传统，以效果历史的视角恢复文学文本的实践性与历史诠释过程。由此种诠释学视角，当我们透视中国古典诗法、诗格、文法等极具实践传统和制作传统的历史资源时，我们就必须转换认知方式和价值标准，不能仅仅将之归为"技法传统"而与文学实践和文学理论相隔离。而西方诸多汉学家在界定古代诗法诗格时亦往往以此种形而上学的价值观念，将古代诗法诗格仅仅界定为技术概念而贬置其价值，如美国学者宇文所安在其《中国文论：英译与评论》中将之归结为"技法手册"或"通俗诗学手册"，且认为"它们既不是文学理论也不是文学批评，只是文学教学。一系列标题都涉及传统诗歌写作领域"②。又如英人魏根深在其《中国历史研究手册》中提及古代文学批评时认为"《文心雕龙》之后文论以诗品而非文论为典型。11世纪后成为笔记类'诗话'"③，竟未提到任何一部在古代曾起着重要作用的诗法诗格著作。在其对中国古代文学资源百科全书式的检视中，竟无诗法

---

① (德) 加达默尔. 真理与方法：哲学诠释学的基本特征 [M]. 洪汉鼎，译. 上海：上海译文出版社，2004：752.

② (美) 宇文所安. 中国文论：英译与评论 [M]. 王柏华，陶庆梅，译. 上海：上海社会科学院出版社，2002：488.

③ (英) 魏根深. 中国历史研究手册 [M]. 侯旭东，主持翻译. 北京：北京大学出版社，2016：629.

诗格和文法文格著作的地位且未提及，显然其背后的价值标准值得我们反思。更有甚者，由于对古代律赋格法的生疏，以为中国古代文论术语多"暧昧不明"，并由此得出"受过教育的中国人喜爱文学理论，以其暧昧不明为乐趣，正如他们喜欢诗歌和哲学里的暧昧不明。他们在智力和美学上从中得到满足"①之类明显有悖事实的判断和结论。正如当代西方学者在重估欧洲中世纪哲学特别是经院哲学的知识论传统时所认识到的，中世纪经院作家的核心立场在于"他们关于知识的理论更关注知识被获取的过程"，即重视知识的获取与实践的技术。

实际上，作为经验历史的形式批评话语，与形而上学的理论构建不同，其意义在于作为一种制作经验和实践经验的凝结，"不是作为一种方法论，而是作为一种关于真实经验即思维的理论"②，在字法、句法、章法中所蕴含的诸多具有游戏意味的技法实践中，艺术"游戏"的意义远大于某种主观的、个体的行为，它是一种经验实践的凝聚与沉淀，理解与诠释古代形式批评是通往此种古代文学审美体验的入口与途径。正如当代西方学者在重估欧洲中世纪哲学特别是经院哲学的知识论传统时所认识到的：中世纪经院作家的核心立场在于"他们关于知识的理论更关注知识被获取的过程"，即重视知识的获取与实践的技术，因而"最好的哲学常常是技术性的、困难的，也许只能为专业人士所理解"③。

由此当我们重估古代诗学程式化技术资源时，或可借取从此种价值重估视野厘定古代诗学技术性资源的位置与意义，传统诗学技法体系所创建的一系列精确性的、技术性的词汇体系，恰恰显示出古代诗学观念的清晰性与实践性。即使如中国文论之理论巨著《文心雕龙》，古代文论研究者往往以之体系严密、理论周全而为理论楷范，而如我们把它放在文学创作实践传统中来看，它的写作目的和写作中心无疑应是实用性的，是对文学创作经验的指导和理论提升。王运熙先生曾明确指出："从刘勰写作此书的宗旨来看，从全书的结构安排和重

① 王靖献. 为中国文学批评的现实正名 [M] //阎纯德. 汉学研究：第七集. 张卫晴，译. 北京：中华书局，2003：491.

② （德）加达默尔. 真理与方法：哲学诠释学的基本特征 [M]. 洪汉鼎，译. 上海：上海译文出版社，2004：12.

③ （美）罗伯特·帕斯诺. 中世纪晚期的认知理论 [M]. 北京：北京大学出版社，2018：9.

点所在来看，则应当说它是一部写作指导或文章作法，而不是文学概论一类书籍。"① 其后又补充道：

> 《文心雕龙》原来宗旨是指导写作，是一部文章作法，但由于它广泛评论了作家作品，系统研讨了不少文学理论问题，总结其经验以指导写作，因此具有很强的理论性，成为中国古代文论中的空前巨著。②

詹锳先生在其《文心雕龙义证》"序例"中亦言：

> 通过几十年的摸索，我感到《文心雕龙》主要是一部讲写作的书……过去有人把《文心雕龙》当作论文章作法的书，也有人把《文心雕龙》当作讲修辞学的书，都有一定的道理。但这部书的特点是从文艺理论的角度来讲文章作法和修辞学，而作者的文艺理论又是从各体文章的写作和对各体文章代表作家作品的评论当中总结出来的。③

两位学者的观点相近，无论是将《文心雕龙》看作是文学理论专著，还是文章作法精义或修辞学专著，实关涉对中国古代文论的界定、方式、传统和源流的不同理解。同样，保存有六朝至唐代大量声律、诗论资料的《文镜秘府论》，虽然被日本僧人整合为成体系的著作，显然其"原来简单的目的不过是为创作指南"④。如以上述新形式主义或经验哲学观念来看，两种观念可相互生发而不是相互对立。承认《文心雕龙》的理论体系建基于文学制作或实践基础上，并非就意味着贬低其哲学美学价值，恰恰表征着中国古代文论重文体实用性和重实践性品格的民族特色。

上述诠释学和实践哲学的观念，正是我们重估古代文论中的形式批评传统的理论基点和出发点。从人类学视野来看，古代的诗法和文法正可以看作是人类文化的一种惯习性的规则性与格法系统，是在不断重复的教学行动中加以强化的实践行为，从此意义上言，形式批评正是古代文论传统中最内在和最稳定

---

① 王运熙.《文心雕龙》的宗旨、结构和基本思想［J］. 复旦学报（社会科学版），1981（5）：75.

② 王运熙. 文心雕龙探索（增补本）［M］. 上海：上海古籍出版社，2005：6. 杨柳桥、蒋寅、张国光等人均持此种观点，见杨明照. 文心雕龙学综览［M］. 上海：上海书店出版社，1995：86.

③ 詹锳. 文心雕龙义证［M］. 上海：上海古籍出版社，1989：1.

④ （日）兴膳宏.《文镜秘府论》解说［M］//兴膳宏. 异域之眼：兴膳宏中国古典论集. 戴燕选，译. 上海：复旦大学出版社，2006：307.

的部分。正如法国哲学家皮埃尔·布尔迪厄在其《实践理论大纲》中所论及的，惯习作为一种可持续的倾向性结构，"也就是作为可以被客观'支配'且'规则的'但又不是遵守规则的产物的实践与意象的产生与结构化原则"①。中国古代诗文的形式格法实可看作是此种习惯性、实践性的倾向性结构，在漫长的诗文教学实践传统中，这些形式格法术语承担着一种传统与当下、古人与今人、古文与时文等历史互动的场域功能与传播功能。今天，我们要研究这些诗法诗格，必然要将这些格法放在古代诗文教学传统中，来厘定与评价其所具有的历史价值和审美价值。如八股文作法中的"冒头"②、戏曲作法中的"务头"③ 之类的结构术语，虽然今天多为文论研究者所忽略，但这类形式术语一方面是在文学教学和创作实践中逐渐形成的，另一方面其内涵在其后的历史中又有不断地增减或扩延，反映着不同文体形式的变迁和不同时代审美意识的累积与更迭。

从此实践经验视野出发，我们更可看出古代诗学批评的诸多形式，如摘句、选集和评点等之于诗文创作传统的重要性，这些紧密结合文本所进行的诸多批评，正可使初学者通过简单的技艺熟悉和快速有效的练习，在不自觉间掌握诗文的形式法则和审美意蕴。历史证明，古代形式批评中的诸多程式法则是与诗文教学密切结合且行之有效的。如清人吴瑞草在《瀛奎律髓重刻记言》中，曾总结了以圈点为批评形式的理论价值和意义，其言："诗文之有圈点，始于南宋之季而盛于元。虽曰一人嗜憎，皆作家巨子，各具手眼。其所圈识，如与作者面稽印可，能使其精神眉目轩豁呈露于行墨之间，非若近世坊刻勉强支缀者比。学者且当从此领会参入，即古人全体之妙，不难尽得。"④ 吴瑞草在这里指出了

---

① （法）皮埃尔·布尔迪厄，实践理论大纲［M］. 高振华，李思宇，译. 北京：中国人民大学出版社，2017：213.

② 如明人汪正宗《作论秘诀心法》中言："论之有冒，实是关紧处。一篇之论，已包涵其中，虽止于三五七行，然有许多转换、起伏、照应、反正、承递、回头之法，皆具焉。有司取人，全在此处，慎勿忽之。"（见陈正宏，龚宗杰. 稀见明人文话二十种［M］. 上海：上海古籍出版社，2016：208.）强调论体中冒头作为结构关键处，所含丰富形式意味。

③ "务头"作为元代词曲论中常用术语，后人多有争论，罗忼烈以为至明清两代有两种基本认识："其一李笠翁辈主张务头在一曲之中，并无定处，妙音好语之所在，即为务头。其一吴瞿安辈以为句中字声之阴阳平仄不同，而二三音相连之处，即是务头；部居何在，可由作者自定。"（罗忼烈. 说务头［M］//罗忼烈. 词曲论稿. 香港：中华书局香港分局，1977：283.）由此可知，"务头"词曲中关涉声律语言的关捩点或形式美的凸显之处。

④ 李庆甲. 瀛奎律髓汇评［M］. 上海：上海古籍出版社，1986：1815.

诗文评注圈点，是怎样由具体细微的语言分析，进而实现对诗学理论中"全体之妙"领悟和体会的批评途径。表面上看，诗文评注圈点难免有"支缀"之弊，然对于优秀的理论家，恰恰是通过具体的格调及字法句法之判析品评，来彰显诗法之妙与诗道之渺。这也是为什么虽然纪晓岚一方面极力抨击以《瀛奎律髓》为代表的诗文选本及其评注的价值，而他自己则又重选《庚辰集》《唐人试律说》等选本来作科举和发蒙之标准和楷式。基于此，有学者以为如清代金圣叹所作的圈点批评，"是从文字本身来解说的，略同于今日西洋文学批评界所谓的'形式批评'"①，此正指出了古代诗文评点的实践性和鉴赏性特征。

第五节　马克思主义文论与古代文论的契合方式

众所周知，在中国文论情境中，马克思主义文论作为主流的文学理论，其政治批评和意识形态理论指向与中国古代文论传统如何融合或契合，是二十世纪下半叶以来古文论研究所面临的核心问题。由于庸俗社会学特别是苏联文艺学理论的影响，强调文本内容的道德价值和历史意义，往往被构建为古代文论研究与经典马克思主义理论的共通之处，而关注语言形式和文体结构的形式批评，则往往被视为非马克思主义的研究范式而被搁置或贬置。强调形式和语言本体价值的西方形式主义、结构主义和新批评主义等西方文论思潮，更是被认为是与以历史唯物主义为指导的马克思主义文论完全对立的研究范式与价值模式。

这种将马克思主义和形式主义置于对立的理论思维和价值判定，其局限性是显而易见的。正如马克思在《1844 年经济学哲学手稿》中所提出的人的"本质力量对象化"的美学观念中，不仅没有否定形式美的价值，恰恰相反，《1844年经济学哲学手稿》中确证的是"只是由于人的本质的客观地展开的丰富性，主体的、人的感性的丰富性，如有音乐感的耳朵、能感受形式美的眼睛，总之，那些能成为人的享受的感觉，即确证自己是人的本质力量的感觉，才一部分发展起来，一部分产生出来"②。此种实践美学的观念，在二十世纪下半叶中国美

---

① 吴宏一. 清代诗学初探［M］. 台北：牧童出版社，1977：156.

② 马克思. 1844 年经济学哲学手稿［M］//中共中央马克思恩格斯列宁斯大林著作编译局. 马克思恩格斯全集：第 42 卷［M］. 北京：人民出版社，1979：126.

学界有着诸多的讨论，此处不再赘述。但无可否认的是，脱离语辞与体式章法而谈美学和艺术的意识形态价值，显然是不符合马克思文论的历史观点与美学观点相统一的批评原则。但是为了强调文学的意识形态性，在古代文学史的书写和古代文论的阐释过程中，往往是以历史原则遮蔽美学原则、以背景分析代替形式审美批评。特别是在古代文论的研究中，往往重视美学范畴的形而上分析和观念演绎，而忽视对形而下之语言修辞和形式审美的深入分析，其结果是古文论研究往往"多集中在古人基本文学观的评述上，如前所说，常常是由本质论、创作论、风格论而及功用论与鉴赏论，但对古人基于语言、结构和修辞等体式规定所提出的主张，包括各种文体格范与创作格法如'门''式''势''体'等，概称之为形式批评的理论则未予充分的重视，投入的关注程度和论说篇幅都远远低于前者"①。更有甚者，受庸俗社会学的影响，在文学史的书写中，往往对诸种集中于诗文形式探讨的古代文学流派予以简单的价值否定，而不去仔细甄别与分析其中所蕴含的形式美感的自觉与开拓。

当然古代文论研究中对形式批评理论的忽视，还来自中国古代文论"诗言志"的诗教传统中，对诗文道德价值的推崇中，常以诗文技法为文学小道而贬置其价值。此种文学批评中重道轻器的倾向，亦是上述古代诗法诗格往往被诸多文人视为浅薄鄙俗的原因。故朱自清在1946年的一篇书评中曾言：

> 文学批评，从前人认为是小道。这中间又有分别。就说诗罢，论到诗人身世情志，在小道中还算大方；论到作风以及篇章字句，那就真是"玩物丧志"了。这种看法原也有它正大的理由。但诗人的情和志，主要的还是表现篇章字句中，一概抹然，那情和志便成了空中楼阁，难以捉摸了。我们这时代，认为文学批评是生活的一部门，该与文学作品等量齐观。而"条条路通罗马"，从作家的身世情志也好，从作品以至篇章字句也好，只要能以表现作品的价值，都是文学批评之一道。兼容并包，才能成其大。②

确实，在"知人论世"和"以意逆志"的道德批评传统中，虽然附辞会义、明体辨法是古代文学批评重要的组成部分，但诸如诗之作法、嵌字、限韵、措辞、炼句，作文之认题、命意、用事、琢句、押韵等入门格法与形式法则，

---

① 汪涌豪. 当代视界中的文论传统［M］. 沈阳：沈阳出版社，2003：66.
② 朱自清. 日常生活的诗——萧望卿《陶渊明批评》序［M］//朱自清. 朱自清古典文学论文集. 上海：上海古籍出版社，1981：89.

士大夫往往视之为小道且为诗文创作之镣铐。但不可否认的是，诗人的情志正要通过这些字句章法而得以呈现，此种形式批评传统正是中国古代文论的内在和富有活力的传统之一。或如清人冒春荣批评王世贞时所言："王元美谓'章法之妙，有不见句法者；句法之妙，有不见字法者'。此最上法门，即工巧之至而入自然者也。学者功夫未到，岂能顿诣此境？故作诗必先谋章法、句法、字法，久之从容于法度之中，使人不易得此法。若不讲此，非邪魔即外道矣。"① 不讲字法句法章法而直言"最上法门"之诗境，之于初学诗者无疑是空中楼阁和"邪魔外道"，之于诗学的承继反而是一种阻碍。

基于此，我们认为重视语辞形式和章法结构的古代形式批评理论与马克思主义文论并非水火不容，恰恰相反，二者应互为表里。隔绝了语言审美和形式批评，马克思主义批评范式往往难以逃脱外部研究的指责。同样忽视文本与社会的互动关系，以文本为封闭结构的研究旨向，亦难逃脱抽象而缺乏历史意识的指责。尽管在二十世纪二十年代后期，巴赫金在《文艺学中的形式方法》（署名梅德维杰夫，1928 年）和《马克思主义与语言哲学》（署名沃洛希诺夫，1928 年）两书中，系统而深刻地批判了俄国形式主义封闭性和非历史性的局限，并进而在其后发展出其话语理论和历史诗学。但无可否认的是，巴赫金的诗学理论与庸俗社会学的区别在于其对形式主义作为方法论的一种批判与吸收，如在《文艺学中的形式方法》中，巴赫金提出：

> 再重复一遍，马克思主义文艺学与形式方法相遇，并在它们当前共同的最迫切的问题——确定特点问题上发生了冲突。所以，对形式主义的批评应当而且可能是"内在的"（对这个词的最好意义上）批评。对形式主义者的每一个论据都应当在形式主义本身的基础上，在文学事实的特点的基础上加以检验和批驳。②

在此方法论意义上，巴赫金甚至曾提出"形式主义总的说来起过有益的作用"③ 的论断，进而强调马克思主义文论对形式主义进行积极的吸收和对话。

---

① （清）冒春荣. 葚园诗话［M］//郭绍虞. 清诗话续编. 上海：上海古籍出版社，1994：1577-1578.

② （俄国）巴赫金. 巴赫金全集：第2卷［M］. 钱中文，译. 石家庄：河北教育出版社，2009：153.

③ （俄国）巴赫金. 巴赫金全集：第2卷［M］. 钱中文，译. 石家庄：河北教育出版社，2009：335.

当然这种清醒而科学的认识并不会在当时苏联文论界引起重视，但在巴赫金本人对长篇小说的话语及其时间形式和时空形式的研究中却得到了很好的贯彻和呈现。如在作于 1934 至 1935 年间的《长篇小说的话语》（此文首次发表于 1975 年）一文，巴赫金直言此文的主旨即"在于克服文学话语研究中抽象的'形式主义'同抽象的'思想派'的脱节。形式和内容在话语中得到统一，而这个话语应理解为是一种社会现象；它所活动的一切方面，它的一切成素，从声音现象直至极为抽象的意义层次，都是社会性的"①。在此，巴赫金充分批判和吸收了形式主义和索绪尔语言学理论，将马克思主义的社会批评方法与现代修辞学相结合，探索出了独具一格的马克思主义文学语言学的理论方法体系。近年来随着对巴赫金理论研究的深入，更有俄罗斯学者提出重审巴赫金与形式论诗学的关系，如伊琳娜·波波娃就提出巴赫金的理论构建中是有着形式主义诗学的语言倾向的，认为巴赫金在研究拉伯雷和果戈理小说的过程中：

> 巴赫金和继艾亨鲍姆之后的其他研究者一样，从曼德尔施塔姆的书中，找到了拉伯雷和果戈理语言的比较分析的例子，这运用的不是原始实证方法，而是严格的形式诗学概念体系。巴赫金的一系列研究问题尤其关注语言游戏的声音手法、面部表情和声音手势的研究。在建立自己的果戈理风格概念时，巴赫金不能完全摆脱"形式主义方法"的理论。②

而 1961 年巴赫金晚年在修改其《陀思妥耶夫斯基创作问题》一书的笔记中，更进一步提出对话性作为复调小说中相互作用的特殊形式，具有一种形式方面的深层次蕴涵和意味，他提出"在陀思妥耶夫斯基作品中，这些发现在形式方面的蕴涵，比具体易变的思想内容要更深刻、更凝练、更具普遍性。各个平等意识的内容会变化，思想要变换，对话的内容要更改，而陀思妥耶夫斯基所发现的艺术地认识人类世界的新形式却依然不变"③。在这里，巴赫金对艺术形式的深刻思考实代表着他对俄国形式主义、语言学派的吸收与超越，代表着对文学内在形式和结构的一种历史诗学思考的深入。无论如何，巴赫金的美学

---

① （俄国）巴赫金. 巴赫金全集：第 2 卷［M］. 钱中文，译. 石家庄：河北教育出版社，2009：36.

② （俄国）伊琳娜·波波娃. 巴赫金与形式论学派：一种未被观察到的交集［J］. 社会科学战线，2019（5）：184.

③ （俄国）巴赫金. 巴赫金全集：第 4 卷［M］. 钱中文，译. 石家庄：河北教育出版社，2009：336.

和诗学揭示了马克思主义文论与形式论之间的对话和互动之途，显示了建基于现代修辞学和文本形式分析基础上的哲学人类学和历史文化学、美学和诗学的巨大价值和意义。

实际上不只巴赫金，西方马克思主义学者如卢卡奇、阿尔都塞、阿多尔诺、本雅明、雷蒙·威廉斯等人均或多或少地将形式批评与意识形态批评相统合，进而构建其美学体系与批评理论。如雷蒙·威廉斯在其名著《关键词：文化与社会的词汇》（1976 年）中的"Formalist"（形式主义者）条中，曾试图从词源学意义上区分形式主义和马克思主义对"形式"概念的不同使用范围，认为在"形式""形式主义"词义的历史演变过程中，形式主义学者更多地侧重于使用形式概念的第一层含义即具有强烈实体感的"肉眼可见的或外部的形体"，而"马克思主义主要精神涵盖了 form 的第二层含义（'作为形塑原则'），其论述重点可以合理地解释为'内容的形式主义'（formlism of comtent）"①。威廉斯认为不应该直接将形式主义与马克思主义作简单的对立，不能因"形式"一词的负面联想而忽视或贬低二十世纪形式主义学派的理论价值和历史意义。

而以弗雷德克·杰姆逊（《马克思主义与形式》1971 年、《语言的牢笼》1972 年）和托尼·本尼特（《形式主义和马克思主义》1979 年）为代表的晚近学者则从二十世纪七十年代末以来，即认真关注马克思主义批评与形式批评之间的紧张关系，在深入思考的基础上，他们均提出形式主义和马克思主义之间共生和互动的可行性与契合之途。如杰姆逊就曾批评那些认为马克思主义意识形态批评方法无法接近文本，无法对文本做出如新批评派的文本细读的观点。他认为马克思主义发展了自身接近形式的方法，这种方法如同后形式主义者所探索的方法一样成功，"我不会再将马克思主义同形式主义相分离，我认为他们之间一直都是相互吸收、同化的关系"②。英国学者托尼·本尼特则在其《形式主义和马克思主义》一书中，提出"没有必要'要求'或'创造'形式主义和马克思主义之间的对话。这种对话已经进行，如果我们的分析是正确的，这是一次富有成效的对话。然而，在其对马克思主义批评主流的影响一直被忽略不计。事实上，这些年来，形式主义著作已经对马克思主义批评产生了重大影

---

① （英）威廉斯．关键词：文学与社会的词汇［M］．刘建基，译．北京：生活·读书·新知三联书店，2016：236.

② 杨建刚，王弦，（美）弗雷德里克·杰姆逊．马克思主义与形式：弗雷德里克·杰姆逊教授访谈录［J］．文艺理论研究，2012（2）：81.

响，并且力图让马克思主义批评家们在结构主义和符号学上取得的进展上达成一致并将其吸收"①。本尼特特别指出马克思主义文学批评应该重拾形式美学的遗产，通过积极和批判的介入，在充分理解文本和作品的基础上，充分吸收形式主义、结构主义、新批评等学派之于文学文本的形式分析方法的基础上，探讨其背后的政治意识和文化形态，唯有这样才能真正实现意识形态批评的去魅任务。

由此理论基点出发，具体到古代文论研究领域，我们认为古代形式批评与马克思主义批评应为相互生发的关系，意识形态批评应建基于充分的文本细读和形式审美的基础上，深入探讨文本语言、文章体式、内在结构与社会历史条件复杂而又生动的联系。或者说对古代形式批评理论的挖掘和深入，是马克思主义文论与古代文学研究相契合的研究路径，而不是如二十世纪后半叶古文论界将之视为相反相对的两种研究范式。正如汪涌豪先生所言："我们认为应特别关注古人的形式批评理论，尤其应深入发掘唐宋以来历代人的相关著作和论述，在扎实的文学搜求基础上，由汉字的特性而及诗型、声对和篇章、体式构成等方方面面，来解明传统文化背景下人文组织模式与天文、地文之间所存在的对应互馈关系，因为研究人文形式的组织机理以及古人对这种机理的论说，很可以为凸显传统文论的独特面貌提供可信的知识论基础。"② 不得不说的是，进入二十一世纪以来的古代文论研究，因学科逐渐细化的影响，一方面加强着观念性的研究与分析而演进为美学研究，另一方面古代文论与古代文学批评史研究者多集中于文献校勘与发现，一变为知识性的考古学。这两方面在体现着二十一世纪以来学科发展的宽泛与深化的同时，又往往使古代文论研究之于其本体性的言说理路与言说资源缺乏深入的体认与理解，知识性的区隔与研究者和研究对象的客观性疏离成为当今古文论研究的一大弊端。

---

① （英）托尼·本尼特. 形式主义和马克思主义 ［M］. 曾军，等译. 郑州：河南大学出版社，2011：80.

② 汪涌豪. 中国文学批评范畴十五讲 ［M］. 上海：华东师范大学出版社，2010：120.

第二章

形式主义美学与二十世纪中国诗学研究

第一节　中国文论与形式主义美学

毋庸讳言，中国文论和美学传统中并无与西方"形式"概念一一对应的原生范畴，但也不能由此否定古代文论中所存在着的形式批评传统，古代形式批评在概念和范畴上呈现出一种多样性、经验性和开放性的特征。古人虽不言整体的形式概念，但古代诗学却常以质文、体裁、格律、声调和辞句等为言说重点，其作为基本性的范畴术语，实即古代形式批评传统之所在。正如有学者所概括的：西方美学史的形式观念，指向客体性、理智化和确定性；而作为经验形态的中国形式美学，则"具有三大特点：主体性、浑整性和意会性"①。但实际上，英国美学家伯纳德·鲍桑葵在其《美学史》中应用了三个词：formalism、formalistic aesthetic、formal aesthetic，分别对应于形式主义、形式主义美学和形式美学。国内学界常将"formalistic criticism"简单理解为或等同于"形式批评"，其实应译为"形式主义批评"。而本研究所使用的"形式批评"一词，实更接近于一种广义的关于形式的批评理论，当然我们并不赞同现代主义美学体系中把"形式"高度抽象化或形而上学化，进而将其视为意义绝对来源的认识论观念。在此意义上，我们同意对形式批评做狭义和广义区分的界定观念，形式主义批评只是狭义上的一种形式主义美学的批评方法，而形式论美学则是广义的关于形式的美学研究，其对应的批评方法术语应为"形式批评"（formal

---

① 赵宪章. 西方形式美学：关于形式的美学研究［M］. 上海：上海人民出版社，1996：26.

criticism）①。二十一世纪以来，由美国学者所提倡的新形式主义理论，正是在此宽泛意义上使用"formalism"一词的。

而"Form Critical"一词，在严格意义上则是西方圣经诠释学的一种理论方法，是德国学者圣经学者赫曼·衮克尔（又译作古克尔）在 1927 年出版的《〈诗篇〉：形式批评导论》（*The Psalms：A Form-Critical Introduction*）中建立的一种"Form Criticism"的诠释理论，在二十世纪圣经诠释领域影响甚大，其中译名则可直译为"形式批评"（有人翻译为"形式批判"，以与前者相区分）一词。

我们认为不管是形式主义批评或形式批评、新形式主义，其立足于文本形式和文本审美的理论基点和价值取向，均值得古代文论研究加以借鉴和吸收，为古代文论研究开创新的理论视角和研究领域。本研究意在详叙形式主义美学、形式批评和新形式主义之于古代文论研究借鉴和参考意义的基础上结合古代文学和文论研究现状，试图总结和界定出古代形式批评研究的切入视角和实现方式。

在西方古典美学传统中，形式因作为与质料因相对的范畴，是事物得以显现的方式，内容与形式之辨则成为西方古典美学的核心问题。而在西方现代主义美学中，形式崇拜则成为一种理论主潮，直觉主义、形式主义、结构主义乃至解构主义等诸多贯穿于二十世纪的西方美学传统中，形式成为至为重要的理论出发点和原范畴，形式主义美学成为西方当代美学理论最重要的一极。而如克罗齐的语言即是形式论、什克洛夫斯基的"陌生化"理论、克莱夫·贝尔的"美是有意味的形式论"、瑞恰兹的文学语义学等现代形式主义美学思潮和新批评理论等均对二十世纪的中国诗学研究产生了极大的影响。虽然在二十世纪中国文学和美学理论中，马克思主义美学所代表的历史批评和政治批评一直是占据着核心的地位，且形式主义美学一度被视为与马克思主义美学相反的思潮，但在对诗歌形式规律特别是新诗格律的探讨中，形式主义美学思潮在二十世纪中国新诗发展历程中实际上起着重要的建设作用。而作为外来理论资源和话语，形式主义美学对中国旧诗理论的建设，亦起到了间接而复杂的参考作用，以一种隐性的存在参与了对中国传统诗学理论的理解与整合过程。本章只简要叙述在二十世纪上半叶，在新旧诗学理论的构建过程中，上述形式主义美学意识之

---

① 梁工. 西方圣经批评引论［M］. 北京：商务印书馆，2006：197.

于诸多诗人和学者或多或少、或显或隐的复杂影响过程。

如五四前后的胡适和王国维，看似一个是新文化运动的代表，一个为专注古文字和文化研究的代表，表面上看他们对待中国古代诗文及理论的态度本有极大的差别，但在差别背后对于诗歌格律却有着异曲同工的思维方式，均共同批评了重内容而轻形式的机械思维方式。任访秋 1933 年曾发表《王国维〈人间词话〉与胡适〈词选〉》一文，比较了王国维和胡适前后相差十余年脱稿的两部重要著作之异同（王国维《人间词话》作于 1908 年至 1909 年间，胡适《词选》作于 1927 年），颇有新意，其言："的确！这两部书在近代中国文学批评史上占的地位太重要了，而两书的作者又都是近代中国学术界之中坚，故彼等之片言只字，亦莫不有极大之影响。自此两种书刊行后，近几年来一般人对词之见解，迥与前代不侔。王先生为逊清之遗老，而胡先生为新文化运动之前导，但就彼二人对文学之见地上言之，竟有出人意外之如许相同处，不能不说是一件极堪耐人寻味的事。"① 他比较王国维和胡适的词论和词选后，认为二者的共同点为："他们形同的地方，即批评的方向还算一致，即比较重内容而轻格律。这是新文学运动中的一个新的趋向。但王先生在十年前即有此见解，竟能与十年后新文学之倡导者胡先生见解相同，即此一端，已不能不令我们钦佩他的识见之卓绝了。"② 的确，新文学运动为提倡新潮文学观念，一开始是有重内容而轻格律的倾向。如胡适号称"最恨律诗"，求"作诗如同说白话"，《文学改良刍议》中要求"诗须废律"（1917 年），但其实他并不是认为诗歌格律或形式不重要，而是认为新诗的途径必须是打破旧体诗的所有形式，寻求新诗新的形式，在其 1919 年所作《谈新诗》一文中，他提出："这一次中国文学的革命运动，也是先要求语言文字和文体的解放。新文学的语言是白话的，新文学的文体是自由的，是不拘格律的。初看起来，这都是'文的形式'一方面的问题，算不得重要。却不知形式和内容有密切的关系。形式上的束缚，使精神不能自由发展，使良好的内容不能充分表现。若想有一种新内容和新精神，不能不先打破那些束缚精神的枷锁镣铐。"③ 其所谓不重格律，正是认识到形式与内容有密切

① 姚柯夫．《人间词话》及评论汇编：王国维研究资料［M］．北京：书目文献出版社，1983：73．

② 姚柯夫．《人间词话》及评论汇编：王国维研究资料［M］．北京：书目文献出版社，1983：84．

③ 胡适．胡适古典文学研究论集［M］．上海：上海古籍出版社，1988：506．

的关系，要表现新内容和新精神，必须打破旧诗格律的束缚，才有新内容和新精神的可能性表现。这其实从反面印证了格律之于旧诗之重要性。王国维和胡适确实代表着二十世纪中国诗学研究两种理路与方式，代表着两种中国诗学研究的两种分途。前者乃是融西学入中国诗学研究，以传统的语言术语和传统的诗话体式进行批评，"能耐人寻味，以其言短而意长"；后者则是以西学术语和西学理论思维剖析传统诗学，"比较有组织，有条理，而且明白条畅，一目了然"。前者更贴合于中国古典诗学传统，而后者则更多地成为五四以来新诗研究的主流理路。而格律或形式乃是两种诗学研究共同关涉的核心问题，均或多或少、直接或间接地受着西方形式美学的影响。

第二节　形式主义美学对中国新诗创作与理论研究的影响

西方形式美学和形式主义美学对形式和格律的自觉意识对五四以来新诗的理论和创作影响是直接和深刻的。虽然胡适在新文学运动的开始之际，极力要求废除诗律，但如从理性思考的角度，中国新诗的创作者和诗学研究者们则均逐步意识到形式或格律之于诗歌的重要性，特别是在二十世纪二三十年代充分学习和吸收了西方美学和文论的相关论述之后。

如提倡平民文学的俞平伯在 1921 年发表的《诗底进化的还原论》一文中，提出"诗底素质是进化的，故是自由的；诗底形貌是还原的，故是普遍的"[1]，以为新诗要自由地表现新的生活样态，但不得不依据诗的形貌而写作，当然他认为要回归诗歌起源上的纯朴形式。但俞平伯认为诗歌形式具有普遍性和超越性，却是非常深刻的认识。而闻一多在 1926 年 5 月 13 日《晨报》副刊《诗镌》第 7 号上所发表的《诗的格律》一文，提出了著名的"三美"主张，即诗要具有音乐的美（音节）、绘画的美（词藻）和有建筑的美（节的匀称和句的均齐）。此文可被认为是"新诗格律化的纲领性文献，中国现代格律诗派的理论基石"[2]。在该文开头，闻一多就直接提出："假定'游戏本能说'能够充分地解

---

[1] 俞平伯 . 论诗词曲杂著 [M]. 上海：上海古籍出版社，1983：21.
[2] 毛翰 . 闻一多《诗的格律》献疑 [J]. 诗探索，2011（3）：90.

释艺术的起源，我们尽可以拿下棋比做诗；棋不能废除规矩，诗也就不能废除格律（格律在这里是 form 的意思。'格律'两个字最近含着了一点坏的意思；但是直译 form 为形体或格式也不妥当。并且我们若是想起 form 和节奏是一种东西，便觉得 form 译作格律是没有什么不妥的了）。"① 在这里，闻一多把西方美学的概念"Form"对应于中国古典诗歌中的格律，并且指出了律诗和新诗在格律上的不同。实际上诗歌形式并不只包括格律，中国古典诗学中体式、字法、句法、章法等均可对应于西方具有先验性的形式范畴，但闻一多将格律与形式相对译，确实抓住了中国古典诗学中声韵这一核心问题，这直接塑造了中国新诗创作中重视音乐性的特质，亦成为连接旧体诗与新诗的桥梁。而宗白华在1920 年发表于《少年中国》上的《新诗略谈》一文，则认为"诗的内容可分为两部分，就是'形'同'质'。……这能表写的、适当的文字就是诗的'形'，那所表写的'意境'，就是诗的'质'。换句话说：诗的'形'就是诗中的音节和词句的构造；诗的'质'就是诗人的感想情绪"②。作为诗人的宗白华，其敏锐之处在于：将传统的形、质概念统一包含于诗的内容中，在中西理论的通融中，特别突出诗中的音节和词句的构造均为诗的内容，而非是将内容与形式简单的对立，显示了其作为诗人的特有理论直觉与敏感。

其后，直承克罗齐直觉说的朱光潜，更是不同意胡适对格律的否定，在其《替诗的音律辩护——读胡适的〈白话文学史〉后的意见》一文中，他批评道："'所以情感在先，语言在后；情思是因，语言是果；情思是实质，语言是形式'的见解根本是一个错误的见解。在各种艺术之中，情思和语言，实质和形式，都在同一顷刻之内酝酿成功。世间没有无情思的语言，世间也没有无语言的情感。""情思和语言不可分离，实质和形式不可分离，他们中间并无'先后''表里''因果'种种关系。"③ 对应于中国诗歌，他认为中国诗歌的"形式则为语言所取的声调格律"（《诗的实质与形式》）。他进而提出关于诗的实质和形式的三个结论：凡具诗的形式者不必尽为诗；凡诗不必都具诗的形式；大多数诗都具有诗的形式④。实际上，朱光潜与胡适、郑振铎等人的争论，涉及新诗与旧诗的分途，古典诗与现代诗的区别，更关涉中国新诗的发展命运。朱光潜

---

① 闻一多. 闻一多全集：第 2 卷 [M]. 武汉：湖北人民出版社，1993：137.
② 宗白华. 宗白华全集：第一卷 [M]. 合肥：安徽教育出版社，1996：168.
③ 朱光潜. 朱光潜全集：诗论（新编增订本）[M]. 北京：中华书局，2012：215.
④ 朱光潜. 朱光潜全集：诗论（新编增订本）[M]. 北京：中华书局，2012：322.

的核心观念，即来自克罗齐美学中"审美事实就是形式，而且只是形式"的理论，强调材料与形式、内容与形式在审美过程中的密不可分性。他直陈道："在各种艺术中，实质和形式都是在同一刹那中孕育出来的。"① 如果说五四运动前后，王国维和胡适的诗论重内容而轻格律，可视为对旧诗形式的破坏之途的话，其后宗白华、闻一多、朱光潜等人的观念则可视为新诗形式建设之途。

再如梁宗岱，一开始并不同意朱光潜的观念，在其《论崇高》一文1936年的注中，他曾回顾道："当时光潜是绝对服膺于克罗齐的美学的，我则始终以为忽视'传达与价值'，为克氏美学底大缺点。我们底争端便在于此。——二十五年七月作者注。"② 而经过新诗十余年的发展后，新诗诗人特别是现代派诗人均认识到了诗歌形式或格律之于诗歌创作的重要性。在《保罗·梵乐希先生》一文中，梁宗岱从创作者的角度，比较坦白地承认："诗，最高的文学，遂不能不自己铸些镣铐，做它所占有的容易的代价。这些无理的格律，这些自作孽的桎梏，就是赐给那松散的文字一种抵抗性的。"③ 他在《论诗》一文中亦说："我从前是极端反对打破了旧镣铐又自制新镣铐的，现在却两样了。我想，镣铐也是一桩好事（其实文底规律与语法又何尝不是镣铐），尤其是你自己情愿带上，只要你能在镣铐内自由活动。"④ 这样到二十世纪三十年代，在五四时期胡适提倡打破格律镣铐的主张之后，梁宗岱又开始提倡自愿带上格律之镣铐，算是新诗诗学形式理论的一种辩证性的总结与提升。在《谈诗》一文中，他更是与朱光潜的诗学理论高度一致，提出"在创作最高度的火候里，内容和形式是像光和热般不能分辨的。正如文字之于诗，声音之于乐，颜色线条之于画，土和石之于雕刻，不独是表现情意的工具，并且也是作品底本质：同样，情绪和观念——题材或内容——底修养，锻炼，选择和结构也就是艺术或形式的一个原素"⑤。其认为艺术的本质即在形式，题材或内容只不过是艺术的一个原素，可以说自己亦变成了与朱光潜一样的克罗齐主义者。

与梁宗岱一样，李健吾在二十世纪三十年代亦是认识到了新诗创作在形式上的迷途，在1935年发表的《〈鱼目集〉——卞之琳先生作》一文中，他对五

① 朱光潜. 朱光潜全集：诗论（新编增订本）[M]. 北京：中华书局，2012：321.
② 梁宗岱. 诗与真 [M]. 北京：中央编译出版社，2006：175.
③ 梁宗岱. 诗与真 [M]. 北京：中央编译出版社，2006：106.
④ 梁宗岱. 诗与真 [M]. 北京：中央编译出版社，2006：115.
⑤ 梁宗岱. 诗与真 [M]. 北京：中央编译出版社，2006：156.

四以来的新诗创作做了具有一定高度的理论总结，他认为：

> 在近二十年新文学运动里面，和散文比较，诗的运气显然不佳。直到如今，形式和内容还是一般少壮诗人的魔难。我说少壮诗人，因为第一，新诗一直没有征服旧诗的传统，而且恐怕还有些降了过去；同时第二，诗本来也就属于青春。我不是有意用这两个古老的名词，形式和内容，证明新诗的落后。其实，正相反，站在客观而又亲切的地位，我们可以看出，最初新诗仅只属于传统的破坏。这里有两种倾向：第一，废除整齐的韵律，尽量采用语言自然的节奏，因为半路出家，形式上少不掉有意无意的模拟；第二，扩大材料选择的范围，尽量从丑恶的人生提取美丽的诗意，然而缺乏自有的文字，不得不使用旧日的典故辞藻，因之染有传统的色彩。一句话，人是半旧不新，自然也就诗如其人。他们要解放，寻不见形式，只好回到过去寻觅，于是曲，词，歌，谣，甚至于白乐天的诗，都成为他们眼前的典式。①

这段论述，实际上总结了五四以来新诗创作的窘境，特别是新诗与旧诗在诗歌形式上的纠葛和矛盾，新诗在十余年的发展中并没有开掘出能够表现新思想和新精神的新形式，导致了新诗创作在二十世纪三十年代的困境。李健吾以为西方现代主义美学观念特别是象征派美学批评新诗，尤重诗的形式美感。他认为"决定诗之为诗，不仅仅是一个形式内容的问题，更是一个感觉和运用的方向的问题"②。"然后这些青年，渐渐明白内容和形式虽二犹一，体会出这里金声玉相，潜下心来学习。……但是内容和外形析离，我们明白根本没有那样的作品。"③（《答鱼目集作者》）此时的李健吾已明确体会到，虽然理论上可以区分内容和形式，且如政治批评和道德批评学派把批评重点放在诗歌所传达的内涵和价值上，然而优秀的作品却是内容与形式合一的，在文学创作的角度上，如何传达才是创作的核心。同样，在二十世纪三十年代的上海，施蛰存和戴望舒通过主编《现代》杂志，试图提倡一种以"现代的词藻"来表达"现代生活中所感受到的现代的情绪"，其所提倡的具"完美肌理"的现代诗形④，亦是此

---

① 李健吾．咀华集：咀华二集［M］．上海：复旦大学出版社，2005：58．
② 李健吾．咀华集：咀华二集［M］．上海：复旦大学出版社，2005：64．
③ 李健吾．咀华集：咀华二集［M］．上海：复旦大学出版社，2005：72．
④ 施蛰存．又关于本刊中的诗［J］．现代，1933，4（1）：6-8．

种追求西方现代主义诗歌美学的集中表现。有研究者认为，施蛰存的观念"将诗歌的本质归结为诗意化的语言，就这一认识而言，施蛰存确实可说与西方现代主义诗歌的核心原则距离不远了"①。

由此，有学者提出在二十世纪二三十年代存在着一种"新形式诗学"，其欲超越五四以来的白话——自由诗传统，"它虽然与新诗不无联系，但已不完全是一种'新诗'理论，而逐渐发展成为一种更具理论的独立性因而其理论概括也更具普遍性的'新'诗学。要而言之，所谓'新形式诗学'其实不仅是一种'新诗'学，而是一种在新诗运动刺激下发展起来但最终却超越了'新诗'的范围而致力于用新的眼光探讨整个汉诗艺术形式问题的'现代'诗学"②。由此可见，在二十世纪二三十年代诸诗人和学者对新诗格律的探索中，形成了一种自觉的形式理论思潮，显示了建构中国现代诗学的形式美学自觉。而这种理论自觉，正是以西方形式美学和形式主义美学为理论资源和参照体系的。

梁宗岱在1936年发表的《新诗底分歧路口》一文中更是直言："譬如，形式是一切艺术底生命，所以诗，最高的艺术，更不能离掉形式而有伟大的生存。"③ 可以说这是象征主义文学、形式主义美学、直觉美学在中国新诗发展中的理论呼号。此种观念在林庚、李广田等人的诗学研究中亦有呼应。如林庚在《中国文学简史》（1941年）导言中认为："诗歌是最精炼的语言艺术，它需要从日常的生活语言中不断地进行诗化……语言诗化的过程包含着形式、语法、词汇等各个环节的相互促进，使语言更富于飞跃性、交织性、萌发性，自由翱翔于形象的太空。"④ 其言"诗化"即为艺术的形式化。又如李广田《在论新诗的内容和形式》认为（1943年）："最好的诗，应当要那最好的章法，最好的句法，最好的格式与声韵，以及最好的用字与意象。"⑤ 对应于西方文论，他提出中国新诗要注重形式，其形式即对应于中国古典诗歌之形式或形态范畴的章法句法、格式声韵、用字意象等。王力于1945年到1947年间写就的《汉语诗律学》，在系统总结中国古典诗歌格律的基础上，还比较分析了白话诗和欧化诗的

① 李欧梵.二十世纪中国历史与文学的现代性及其问题［M］//李欧梵.李欧梵论中国现代文学.上海：上海三联书店，2009：32.
② 解志熙.和而不同：新形式诗学探源［J］.文艺评论，2001（4）：116.
③ 梁宗岱.诗与真［M］.北京：中央编译出版社，2006：198.
④ 林庚.中国文学简史［M］.北京：清华大学出版社，2007：1.
⑤ 李广田.李广田全集：第四卷［M］.昆明：云南人民出版社，2010：206.

形式与格律问题。他亦认为商籁体即可称为西洋的"律诗",实际上打通了中西诗学体式格律上的理论隔阂,他进而对新诗格律建设提出了自己的期望:"近二十年来,中国一部分的诗人确有趋重格律的倾向,而最方便的道路就是模仿西洋的格律。纯粹模仿也不是个办法;咱们应该吸收西洋诗律的优点,结合汉语的特点,建立咱们自己的新诗律。"① 此亦是对五四以来新诗格律建设的一种理论总结,虽然这种总结是在现代语言学和修辞学的视角下完成的。

当然像梁宗岱和李健吾所呼吁的此种鲜明地受象征主义、直觉主义和形式主义影响的新诗理论观念,在全面抗战后迅速沦为边缘化的观念,面对新的历史形势和现实矛盾,唯美主义或形式主义成为洪水猛兽,为二十世纪四五十年代后中国主流文论、诗论所遗弃。这种遗弃固然有着历史的合理性和现实的必然性,但对中国新诗理论研究的发展与深化却是一种断裂和停滞,甚至直接影响着二十世纪八十年代之后中国诗歌的发展和命运。显然忽视语言的典雅性和格律的音乐性,必然导致文学艺术美感的丧失,最终反而使诗歌为人民所远离。这一痼疾,在二十世纪八九十年代以来的中国当代诗歌创作中显得尤为突出。

第三节　形式主义美学对中国古典诗学研究的影响

如果说形式主义美学对中国新诗的创作与理论研究的影响是直接和显著的话,那么其对二十世纪中国古典诗学的影响则是间接而复杂的。如前所述,西方美学系统中的"form"一词,在中国诗学批评中并无直接对应的词语,字句章法、格律用韵、体式格调等均可泛指"形式"或"形态"。如前所叙,闻一多直接将格律对应于西学中的"form",梁宗岱则将中国旧诗的形式界定为节奏、韵律与格式。台湾学者黄永武则认为:"就诗的形式而言,表现在文字上的有结构、辞采、声律;表现在文字外的有神韵。神韵虽在文字之外,却必须依附文字。许多美的主题,都须凭借美的组织形式来激发美感的经验。辞采的美诉诸视觉,声律的美诉诸听觉。结构的美可供理性去剖析,神韵的美可供想象去况味。"② 他将结构、辞采、声律和神韵均纳入诗歌形式的范畴,显示了中国

---

① 王力. 汉语诗律学 [M]. 上海:上海教育出版社,2005:911.

② 黄永武. 中国诗学·鉴赏篇 [M]. 北京:新世界出版社,2012:118.

诗学形式概念与西方形式美学所指的不同与差异之处。总之在中国古典诗学研究中，显然要对西方的形式美学观念与体系进行复杂的转换，方可与中国的诗学传统相调和，王国维的《人间词话》正是在此意义上显示了对西方美学的融合和吸收，成为二十世纪中国美学和诗学研究的典范之作。

有学者认为，二十世纪受西式严密科学系统思想影响，吸收西学研究方法的中国诗学著作中有两部是比较突出的。一为 1917 年谢无量的《诗学指南》，一为 1943 年徐英的《诗法通微》①。谢无量在 1917 年出版的《诗学指南》《词学指南》和《骈文指南》三书，均是一种实用指南性质的诗法、词法和文法的概括总结，其创新之处即在试图勾勒一种理论框架来归纳中国诗文的形式规律。如吴兴皡在《诗学指南》序中所言："先生有云：'示人以形式，而使人自得于形式之外。'盖规矩所在，巧即生焉。然则神而明之，变而通之，以求其广大精深之所归，不又在善读者欤？"②唯有掌握中国诗歌之体格用韵之规律，才能理解中国古诗之本质与渊源，《诗学指南》的出发点即是如此。虽是旧诗理论，然其继了传统诗法诗格重视格律体式的传统，重视从审美鉴赏和诗歌创作的角度来讨论诗艺，却恰与西方形式主义美学形成了一种历史性的呼应。故从世界文学角度和语言传播的维度而言，西方的语言观和西方人对汉语的观念，"不仅可以影响中国人对自身语言、文学和文化的认识，或者说，中国人在改造自己语言、文学和文化的过程中可以策略性地挪用西方汉语观"③。此种策略与思路，可以说是近代以来特别是五四运动以来，中国文学和文化古今转捩的重要过程。

与《诗学指南》相比，徐英二十世纪四十年代所著的《诗法通微》，则显得系统而深刻得多。其书分叙有诗体、制作之原则（择韵、用字、结语、声色、隶事等原则）、古诗法、绝句法、律诗法、律外之法六部分，实际上是系统总结了中国古诗之形式、结构等诸多法则，其言"世俗弄翰吟哦，号称诗人者众矣，而罕通诗法。天水以还，选诗话者亦众矣，而罕言诗法"④。此言虽多有夸饰，但其指出了中国传统诗话与西方诗学相比较，缺乏对诗歌形式和创作之系统完

①　徐英 . 诗法通微：汪茂荣序言［M］. 合肥：黄山书社，2011：1.
②　谢无量 . 谢无量全集：第七卷［M］. 北京：中国人民大学出版社，2011：3.
③　童庆生 . 汉语的意义：语文学、世界文学和西方汉语观［M］. 北京：生活·读书·新知三联书店，2019：13.
④　徐英 . 诗法通微［M］. 合肥：黄山书社，2011：1.

整的总结归纳，却是一事实。其《诗法通微》，亦主要从中国古诗之制作与形式规律的总结上出发，显出中国诗学独特的形式美学规律。如其"句法"一节言："诗道其意所欲言，固体不拘排偶，可以直抒胸臆，故虽有句法，而锤炼之工无多。若五七言八句之诗，声律对偶，格式一定，必须铸意成调，遣词命意，非锤炼句法，何以见工?"① 近体诗之声律对偶，格式声调，即为诗歌形式之本质规律，徐氏以此发凡而成一种系统分析。

此二书与王国维《人间词话》一样，虽均以骈言或古语写成，但却是在二十世纪西学涌入带来的影响或焦虑之下而成的，其中探索中国诗词之独特的审美特征和形式规律，是此种传统型诗学著作理论诉求的核心。正如谢无量所言："中国文章形式之最美者，莫如骈文、律诗，此诸夏所独有者。"②（《中国大文学史》）胡适所最抛弃的旧诗格律，却成为二十世纪上述中国古典诗学研究的核心，亦成为中国古典文化独特的形式审美特征。前文所述王国维和胡适的两种不同的研究理路，在二十世纪中国诗学理论中形成了如此独特的相反相成的研究景象。

第四节 形式主义美学对中西比较诗学研究的影响

当然，在中西比较诗学的视野中，对中国诗学进行新的阐发与理解的代表人物当为钱锺书先生。二十世纪三十年代钱锺书留学英国时，正是欧洲诸国形式主义和新批评派盛行时期，他大量吸收了形式主义论美学的诸多观点而与中国诗学的观念相勾连、融汇，而成独特的比较诗学视野，可以说亦是王国维"中西体用资循诱"（陈寅恪《观堂先生挽词》）学术理路的运用与体现。如他将什克洛夫斯基的"陌生化原则"与中国诗学中的"诗熟论"相比较，认为中国诗学中早已有西学观念的存在：

> 近世俄国形式主义文评家希克洛夫斯基（Victor Shik-lovsky）等以为文词最易袭故蹈常，落套刻板（habitualiza-tion，automatization），故作者手眼须使熟者生（defamiliariza-tion），或亦使文者野（rebarbarization）。窃谓圣

---

① 徐英. 诗法通微［M］. 合肥：黄山书社，2011：183.
② 谢无量. 谢无量全集：第七卷［M］. 北京：中国人民大学出版社，2011：45.

俞二语，凤悟先觉。夫以故为新，即使熟者生也；而使文者野，亦可谓之使野者文，驱使野言，倬入文语，纳俗于雅尔。……抑不独修词为然，选材取境，亦复如是。歌德、诺瓦利斯、华兹华斯、柯尔律治、雪莱、狄更斯、福楼拜、巴斯可里等皆言观事体物，当以故为新，即熟见生。聊举数家，山谷《奉答圣恩》所谓"观海诸君知浩渺"也。且明此谛非徒为练字属词设耳。①

在此段论述中，他将具有高度抽象性的"陌生化原则"，与中国古代诗论中"使熟者生"的创作意识相类比，显然二者处于不同的理论层级，而钱锺书的意图即在于寻求中西诗学之间的共通处，进而使不同文化背景的理论术语可以泛化的调和。如其在《管锥编》论曰：

> 盖知文当如何作（knowing how）而发为词章（application in practice），一也；知文当如是作（knowing that）而著为科律（formulation of precept），二也。始谓知作文、易，而行其所知以成文、难；继则进而谓不特行其所知、难，即言其所知以示周行，亦复大难。知而不能行，故曰"文不逮意"；知而不能言，故曰"难以辞达""轮扁所不得言"，正如《吕氏春秋·本味》伊尹曰："鼎中之变，精妙微纤，口弗能言，志不能喻。"②

由此可知钱锺书深受形式主义和新批评理论的影响，十分重视"Formulation"，认为艺术传达的核心实即构型，其译"formulation of precept"为"科律"，显然其以中国诗学和诗律来进行跨文化共时比较的理论视野。

在《谈艺录》一书中，钱锺书还常将燕卜逊的"含混"概念与《离骚》相比较，将新批评中的"反讽"与"悖论"概念与中国诗歌乃至宋词元曲中的"套语"相比较，指出其运用的共通性。实际上二者分属于两种完全不同的诗歌传统和诗学话语系统，钱锺书却极力将二者置于同一理论平台，显示了对中国诗学和诗话研究的一种民族自信。有学者甚至认为："钱锺书的形式批评，说到底还是为了达到鉴赏的目的，因此与其说是一种形式批评，不如说是一种鉴赏审美，形式批评与审美细读完美地融为了一体。也正是在此层面上，钱锺书实现了对西方形式批评的某种超越。"③ 实际上以鉴赏评点为主，正是中国诗学本

① 钱锺书. 谈艺录（补订本）[M]. 北京：中华书局，1984：320-322.
② 钱锺书. 谈艺录（补订本）[M]. 北京：中华书局，1984：1388-1390.
③ 季进. 论钱锺书与形式批评 [J]. 中国现代文学研究丛刊，2002（3）：109.

质性的存在形式和理论特征，钱锺书的《管锥编》和《谈艺录》二书在书写方式上正是对中国诗学理论存在形态的一种继承，当然这种继承是以包含、融汇西学的话语为基础的，而这正是钱锺书与其他只是使用传统诗学语汇的民国诗话之不同所在。

　　值得注意的是，陈寅恪先生的诗学研究，看上去与形式美学毫无关系。但仔细考察，其以"诗史互证"的方法阐释明诗（《柳如是别传》），除契合中国诗歌"诗言志"之传统外，其重诗体和诗格的研究思路（《元白诗笺证稿》），却正与中国诗学独有的形式审美观念相符合。特别是在《元白诗笺证稿》中，陈寅恪先生从诗体、诗格的角度，分叙艳诗、悼亡诗、新乐府、古体乐府等体裁的源流与意义，显示了其在西学背景下对中国诗体本质的独特把握。如对"元和体""元和格"的分析，直接关涉着中国诗歌形式中非常重要的体式概念，其言："以上所引，皆足证体格同义，可以互用也。而尤可注意者，元和格即元和体，此所谓格，乃格式或格样之格，其体则谓律诗，非古诗。与白氏之格诗迥不相侔也。其二惟格力骨骼之格。"① 格式、格样、格律、体式，均为中国诗学素来所重视之传统文类范畴，其背后均极具程式化的审美意义、文化内涵甚至政治道德指向，此乃中国诗歌形式美学的内在理路与话语传统。从文类形体的角度探索其审美价值和历史文化意义，可以说是陈寅恪的文学研究给中国古典诗学研究的一大贡献，亦影响着二十一世纪以来的古典诗学研究的理路。

---

　　① 陈寅恪. 元白诗笺证稿［M］. 上海：古典文学出版社，1958：338.

第三章

形式批评理论与古代经典诠释方法

第一节　作为方法论的圣经形式批评理论

如前所述，二十世纪西方文论是以形式主义美学和语言论转向为其主流和特征而对中国文论产生深远影响的。实际上，在圣经诠释学领域，以德国学者赫曼·衮克尔（Hermann Gunkel，1862—1932年）为代表的形式批评学派，作为二十世纪西方圣经研究领域最主流的理论思潮和研究方法之一，对于圣经文学研究乃至整个西方文论研究亦产生了深远影响。从方法论角度而言，与之前的来源批评方法不同，此种聚焦于文本的形式、结构、类型乃至文类等语言形态与特定的社会文化场景之间的互动关系的研究视角，对于我国古代文学研究范式和古文论研究视野尤有重要的借鉴意义。

圣经形式批评理论的主要观念，美国学者詹姆斯·缪伦堡（James Muilenburg）在1968年的一篇演讲中曾总结道：

> 衮克尔的基本主张是古代以色列人跟他们的近东邻族一样，在其话语和文学写作中深受传统和习俗的影响。于是我们在某个特定"文类"（Gattung）中，会看到相同的构造形式、相同的用词和风格，以及相同的"生活场景"（Sitz im Leben）。①

在对旧约特别是《创世纪》和《诗篇》的细读中，衮克尔认为在这些古老文本的口述和著述流传历史中，实际上融合了基于社会场景形成的不同文本单

---

① （美）詹姆斯·缪伦堡. 形式批评的反思与超越 [J]. 圣经文学研究，2008（0）：21-47.

元和语言风格，并由此而逐步凝聚成不同的文类或类型。如衮克尔认为《创世纪》是由不同的、一系列细小的单元故事组成的，其中不同单元之间不仅在句法、节奏、韵律之间有差异，在布局、谋篇、叙事方式上也有所不同。由此衮克尔认为这显示了《创世纪》作为文本的历史形成过程，不同文类和体裁在漫长的口述历史中得以融合和凝聚。继而，作为对来源批评和早期教会史批评的综合，形式批评理论认为以《福音书》为代表的早期教会文本，实际经过了"口传—蓝本—成书"的文本流传过程，今存的文本片段总能折射出古人的"生活场景"（或译为"生活境况"）①。

　　总而言之，由于深受德国哲学家赫尔德②的影响，衮克尔对希伯来文学源头的形式探索，其意义在于其"关注创世故事的艺术形式，敏感于文本的美学质地及其细微差别"③。这种对经学文本的语言细读和结构分析，与形式主义和新批评派遥相呼应，其审美论立场和文本细读的研究方法，之于古代文学研究特别是古代经学文本研究有着重要的借鉴意义。

　　美国学者 M. 塔克在其《旧约的形式批评》一书中曾系统总结了圣经形式批评理论的三条基本原则：

　　1. 《旧约》中的大部分文学作品都有一个漫长并且复杂的口述前史。

　　2. 关注类型（文类)④ 的历史及口头传统的影响。

　　3. 每种类型（文类）均起源于特定的背景或"Sitz im Leben"（生活

---

① 赵敦华. 圣经历史哲学（修订本）：下卷［M］. 南京：江苏人民出版社，2016：10.

② 赫尔德在《论希伯来诗歌的精神》一文中提出："神学的基础是《圣经》，而《新约》的基础是《旧约》。不理解《旧约》，就不能正确理解《新约》，因为基督教是从犹太教发展出来的，而两部书中语言的天才乃是一样。我们研究某种语言的天才，最好的方法莫过于研究它的诗，尤其是古诗，这才能有最大的真理、深度和广泛性。"［（德）赫尔德. 反纯粹理性：论宗教、语言和历史文选［M］. 张晓梅，译. 北京：商务印书馆，2010：170.］

③ 田海华. 古克尔的形式批评及其对圣经诠释的贡献［J］. 世界宗教研究，2013（4）：102.

④ 衮克尔常用德语词"Gattung"来表示其形式批评的分析对象，有学者翻译为"体裁"。在塔克的著作中，其用英语"Genre"一词来表达形式批评的对象，其既包含文本类型之意，又包含汉语文类之义。塔克本人倾向于"文类"之义。我们认为从汉语词本义角度来言，翻译为"文类"更为贴切。（参见梁工. 圣经形式批评综论［J］. 世界宗教研究，2011（4）：88-99.）

场景），通过对类型（文类）自身的研究，可以复原这些背景。① （本书作者译）

塔克进而认为，圣经形式批评的理论目标有两个方面：

> 一是致力于恢复旧约文学完整、鲜活的历史过程，特别是要深入了解它的口头发展阶段，并将发展的所有阶段放入到古以色列人的生活背景中。二是形式批评只是注释自身的工具。其目的是更好地充分理解与解释有着漫长而复杂的历史和史前史的古代宗教文学，其本质究竟何在？② （本书作者译）

上述形式批评的原则和目标，实际上来自从中世纪初即开始的《圣经》版本学和校勘学历史，只不过衮克尔的特殊贡献在于重视作为文学形态的宗教文本，认为其内在单元和外在文类特征所具有的稳定性和形式美感才是版本和解经所依据的重要支点和出发点。来源批评则与此相反，是依据来源与版本来确定文本的形式特征的。文类形式的稳定性，其背后是漫长的口述历史，因而无论是诗歌、散文还是小故事，每一种文类或体裁所具有的特定的语言风格，都具有漫长的历史传承过程。正如衮克尔所言："最为古老的文学体裁，通常拥有一种纯粹的语言风格。但是，随着时空的流转，这些体裁会发生各种变化，直到著述文本的产生。"③ 这些最古老的文类或类型，作为一种"制度化'文化记忆'的一种客观存在"④，在漫长的口述史时期其语言风格和文类形式有着某种自主的生命力而不断被重复和传唱，从中亦可见出不同时代审美习惯及其背后的社会文化场景。

要之，正如保罗·利科所言，圣经诠释学作为普通诠释学的一种应用，其理论的立基点在于"以文本概念为中心"，"信仰的东西是由作为'文本'之物

---

① TUCKER G M. Tucker. Form Criticism of the Old Testament ［M］. New York：Fortress Press，1971：6-9.

② TUCKER G M. Tucker. Form Criticism of the Old Testament ［M］. New York：Fortress Press，1971：9.

③ 田海华. 古克尔的形式批评及其对圣经诠释的贡献 ［J］. 世界宗教研究，2013（4）：101.

④ （美）柯马丁. 秦始皇石刻：早期中国的文本与仪式 ［M］. 刘倩，译. 上海：上海古籍出版社，2015：109.

的新存在构建的"①。利科进一步指出，"在圣经资料里得以表达的'信仰申明'与各种话语形式密不可分"，从文本主义视角而言，在包括叙事、语言、赞歌、结构等诸话语形式中，构成了一种富有张力和对比的塑形空间，其中"每一个形式和每一对形式都展开了它的意味功能"②。由此，关涉话语形式的文本、结构、文字间隔和理解，构成了圣经诠释学的主要对象。③

第二节 形式批评与先秦文本考证

这种建立在文本考证和风格确认基础上的圣经诠释学，实是一种"现代文本考证学"，其之于中国古代文论研究与当代文论建设均具有重要的参照价值。正如余英时所言："二十世纪以来，中国学术界十分热心于中西哲学、文学以至史学的比较，但相形之下，'文本考证学'的中西比较，则少有问津者。事实上，由于研究对象（object）—文本—的客观稳定性与具体性，这一方面的比较似乎更能凸显中西文化主要异同之所在。"④ 此种批评，对于反思新时期以来的我国古文论研究中存在着的重理论思辨而轻版本校勘和文本细读的研究范式，尤为深刻和警醒。在新时期学科分类影响下，版本校勘与文本细读往往被划分为语言学和修辞学范畴，古文论研究则往往以理论观念和意义探讨为研究对象，此种知识领域的区隔对于有着漫长经学背景和修辞学传统的古代文论传统来说，无疑是一种极大的遮蔽和疏离。

实际上以"六经"为核心的古代文化资源，其训诂学和修辞学传统正为古代文论的基础资源和意识源头，忽视或遮蔽此种语言修辞传统，往往导致对古

---

① （法）利科．从文本到行动［M］．夏小燕，译．上海：华东师范大学出版社，2015：138.

② （法）利科．从文本到行动［M］．夏小燕，译．上海：华东师范大学出版社，2015：127.

③ 如 Wilder, Amos N. 的《早期基督教修辞学：福音书的语言》（1971）一书中，根据模式和文体，聚焦于"新约的语言、对话、故事、平行体、诗歌、意象、象征和神话"（见（美）杰弗里．英语文学与圣经传统大词典［M］．刘光耀，等译．上海：上海三联书店，2014：1489.），强调《圣经》文学研究和神学研究相互交叉的现代观点。

④ 刘笑敢．老子古今：五种对勘与析评引论（修订版）："余英时先生序"［M］．北京：中国社会科学出版社，2009：3.

代文化和文论观念理解与阐释的浮泛和空洞。以杜预注《左传》和颜师古解《汉书》为楷则，古代经文传注之学的兴起，其笺释的价值正在于以文本为基础的意义沟通，正如宋人郑樵所言："古人之言所以难明者，非为书之理意难明也，实为书之事物难明也；非为古人之文言难明也，实为古人之文言有不通于今者之难明也。"① 更为重要的是，除了古代漫长的经学传统外，二十世纪特别是二十世纪后半叶以来，大量出土文献的问世，更是为建立现代"文本考证学"提供了丰富的地下材料，文本细读与考证在出土文献和古文字研究领域方面的成果尤为显著。而这些成果，如不被古代文论研究者所重视，必然导致古典美学和古代文论形而上的诠释流为疏空与空洞而成为无源之水。正如裘锡圭先生所言，二十世纪七十年代以来出土的大量战国至汉代出土文献中，所包含着的大量先秦典籍与佚书，"从总体上看，它们对古典学的重要性已超过了'孔壁古文'和'汲冢竹书'"②。由此他提出，新出土文献之于古典学重建的重要性，体现在三个方面：一是关于古书的真伪和年代；二是关于古书的体例和源流；三是关于古书的校勘和解读③。值得注意的是，关于古书的体例和源流与古书的校勘和解读两个方面，正好亦是上述二十世纪旧约形式批评理论的诉求目标，二者的不谋而合正指示出了古代文论研究中形式批评视角和方法的重要性。

在以 1973 年出土的马王堆帛书和 1993 年发掘的郭店竹简等为代表的诸多出土文献陆续出版和发表以来，先秦古籍出现了诸多不同的传承版本，其中的语句、段落、编次等方面均多有歧异，这些歧异和差别正显示了有着漫长的编著历史乃至口头史前史的文本传统。从文本形成的角度而言，这些出土文献，"使人们更清楚地认识到，古书的形成和定型每每经过许多年代，有着分合增删的复杂过程"④。而通过对其文本内部和不同文本之间的用词、辞例、语法结构、语言风格等方面的研究和发掘，正可见其所发生和形成的鲜活历史背景。如通过对传世的《老子》版本（包括河上公注本和王弼注本等），与二十世纪后半叶出土的马王堆帛书《老子》甲乙本和郭店竹简《老子》本相比较，自然可见其背后思想背景和时代传承的复杂性。如在帛书《老子》和后世版本中通行的

---

① （宋）郑樵. 通志二十略·艺文略［M］. 王树民，点校. 北京：中华书局，1995：1467.
② 裘锡圭. 出土文献与古典学的重建［N］. 光明日报，2013-11-14（011）.
③ 裘锡圭. 出土文献与古典学的重建［N］. 光明日报，2013-11-14（011）.
④ 李学勤. 论帛书《周易》经传［M］//李学勤. 周易溯源. 成都：巴蜀书社，2005：313.

"绝伪弃诈"（或释读为"绝伪弃虑""绝伪弃作"①）、"绝仁弃义"，竹简本分别写作"绝智弃辩""绝巧弃义"，这一核心词的书写直接影响和决定着对老子学说乃至整个古代思想史的不同理解。有学者提出，这种版本区别和文句改写并不是偶然的，如刘笑敢所总结的：

> 帛书和后出版本的第十九章对文句的改写和对儒家的批评都既不是突然的，也不是不可理解的，它们并非无中生有地歪曲了竹简本原来的思想。毋宁说，它们是思想聚焦的特殊事例，是放大了原文对儒家的某种批评态度。也就是说，第十九章的修订在不改变文本基本思想方向的情况下又强化了这种批评。②

这种在文本比较、校勘基础上的诠释方式，正是出土文献之于古典学研究和古代思想研究最重要的贡献，亦应是现代知识背景下古代经学研究范式所具有的当代意义之所在。又如在二十世纪九十年代，马王堆出土的帛书《系辞》公布以后，其中"易有大恒"句与通行本《系辞》"易有太极"句不同，因其关涉对于周易基本思想特别是周易与道家思想的关系的理解，而引起了学界热烈的讨论③。在这些讨论中，集中于语言训诂、文本对勘和义理论证等诸多方面，对于理解先秦思想和古籍的流传均有重要意义。饶宗颐先生在《帛书〈系辞传〉"大恒说"》一文中曾提出：

> 现代哲学家阐释古代哲学的抽象观念，喜欢借用外来的框子来比附，为之披上条理缤纷、十分美观的外衣；但覈实起来，往往不是那么一回事。本文则注重观念的内涵和它的同义字，寻求彼此间的相互联系，确切了解它们的历史背景和本文在行文命意的条理，加以融会贯通，可说是一种多角形的交错推理方法。④

这种建立在"多角形的交错推理方法"的"义理考证法"，实是结合"本

① 裘锡圭.纠正我在郭店《老子》简释中的一个错误——关于"绝伪弃诈"［M］//裘锡圭.裘锡圭学术文集·第二卷·简牍帛书卷.上海：复旦大学出版社，2012：326.

② 刘笑敢.老子古今：五种对勘与析评引论（修订版）［M］.北京：中国社会科学出版社，2009：59.

③ 陈鼓应.道家文化研究：第三辑（马王堆帛书专号）［M］.上海：上海古籍出版社，1993.

④ 陈鼓应.道家文化研究：第三辑（马王堆帛书专号）［M］.上海：上海古籍出版社，1993：17.

文"（文本）和字句来阐发"观念的内涵"，而不是直接简单地依今人之意来比附古人的思想。其立足于文本对勘和训诂学传统，"力求贴近文本的历史和时代，探求词语和语法所提供的可靠的基本意涵（meaning），尽可能避免曲解古典"① 的诠释立场，可以说是古文字和出土文献研究中校勘和注解文本特别是经文阐释的核心立场。而这些古文字和出土文献的研究，则是中国古代思想史，特别是先秦思想史的重写乃至古典学重建的基础②。

　　正如陈梦家先生在《殷墟卜辞综述》中提出的，判定不具卜人的卜辞的年代要依据字体、词汇和文例（包括行款、卜辞形式和文法等）三点来判定③。具体到实物的考证上，唐兰先生在《周王䵼钟考》（1936 年）一文中，认为旧时通称"宗周钟"实应称为"周王䵼钟"，他吸收清人孙怡让的声韵之说，进一步考证"䵼"为"胡"之音转，即为周厉王之名。此为传统金石学与文字学的知识范围。他还认为自己坚持此器非为周昭王之作，主要依据五点：器制、铭辞、文字、书体和铭辞中的史迹④，此为王国维所提出的"二重证据法"的具体实践，可谓为现代学术意识的一种贯彻。其中铭辞方面的依据实即以文本互证的方式，以确立同一历史时期的语辞惯例和语法结构。裘锡圭先生亦认为，"考释古文字的根据主要是字形和文例"⑤。如果说字形是古文字研究的基础，体现着中国文字的构造和书写特性的话；文例和辞例则要依据于对语法习惯、语言风格和形式稳定性等诸方面的确立，而在此种文本整体性的语辞体例和文体型式的确认和参证的过程中，上述形式批评或语辞批评则是一种包含于其中的文学批评视角。从文学审美的角度而言，先秦典籍中语辞和文例的考查不仅是考释古文字的工具，更应是确立早期文体和文类的形式审美和语词风格的基础，亦关涉如何理解中国文学的审美本质和韵文传统。兹举一例，如在释读马王堆帛书《老子》卷前古佚书（又称《黄帝四经》）《称》篇时，有"雷［以］为车，隆=以为马"句，原文"隆"字下有重文号，故写作"隆隆"，但

---

① 刘笑敢．老子古今：五种对勘与析评引论（修订版）［M］．北京：中国社会科学出版社，2009：71.

② 庞朴，王博．震惊世界学术界的地下文献：关于郭店竹简的对话［M］//庞朴．庞朴文集：第二卷．济南：山东大学出版社，2005：38.

③ 陈梦家．殷墟卜辞综述［M］．北京：中华书局，1988：137.

④ 唐兰．周王䵼钟考［M］//唐兰．唐兰论文集．上海：上海古籍出版社，2018：478.

⑤ 裘锡圭．以郭店《老子》简为例谈谈古文字的考释［M］//裘锡圭．裘锡圭学术文集·第二卷·简牍帛书卷．上海：复旦大学出版社，2012：275.

诸多古文字研究学者大多认为此处句读有争议。但不管此句是释读为"丰隆以为马"①（以"隆"为"丰隆"的急读或省略），还是"虹以为马"，或"龙以为马"②，学者从行文风格的依据上，均是从此篇骈俪相对的形式美感出发，确定"隆"字下的重文号为衍字符。如若参以《离骚》中的"吾令丰隆乘云兮"，《淮南子·主术》中的"乘势以为车，御众以为马"，或乐府诗《华烨烨》中"虹为马，蜺为车"（明胡应麟《少室山房集》卷三所载乐府三十首之一）等相关后世文句，正可见相似语句辞例的稳定性和传承性。而这种稳定的辞例和语体形态感，反过来正是古文字词释读的基础，亦是古代文论研究所要面对的文本审美对象。可以说，正如瑞典汉学家高本汉所言，中国古书文法系统的稳定性和独特性质，"决不非后代伪造者所能想象或模仿的"③，基于此种形式批评观念，他在以文本细读的方式比较了先秦与汉代诸文本的用字、造语和语法的基础上论证了《左传》《国语》作为先秦文本的可靠性。他甚至提出，"《左传》助词的特殊组织是它的真伪问题的最后且是做好的证据"④，此种经典诠释方法与理念正与二十世纪圣经形式批评理论不谋而合。

实际上在"疏不破注"的古代经学诠释传统中，尊重文本章句的基础上，"通古今之异辞，辨物之形貌"⑤ 的训诂传统，恰是形式批评所赖以发生的语言学基础。正如有学者所指出，如以孔颖达《五经正义》为代表的中古以来的经学诠释学，不只是"微言大义"式的经学诠释，"还以其特殊的思维方式和文化操作方式辐射到审美文艺领域，深入影响了中国封建社会中后期的美学理论和审美方式，在中国审美诠释史上有着极其重要的意义"⑥。

---

① 陈鼓应. 黄帝四经今注今译：马王堆汉墓出土帛书 ［M］. 北京：商务印书馆，2016：370.

② 刘钊. 读马王堆汉墓帛书札记一则 ［M］//语言研究集刊：第十四辑. 上海：上海辞书出版社，2015：328.

③ （瑞典）高本汉. 左传真伪考及其他 ［M］. 陆侃如，译. 太原，山西人民出版社，2015：16.

④ （瑞典）高本汉. 左传真伪考及其他 ［M］. 陆侃如，译. 太原，山西人民出版社，2015：91.

⑤ 孔颖达. 周南. 关雎诂训传 ［M］//（清）阮元校刻. 十三经注疏：清嘉庆刊本. 北京：中华书局，2009：561.

⑥ 乔东义.《五经正义》美学思想研究 ［M］. 北京：人民出版社，2016：409.

第三节 "繇"与"谣"——早期文学韵体形式的发生

综合上述西方圣经形式批评和中国古典文本释读观念，我们可以看出其对中国古代文论和美学研究所具有的重要启示和参考作用。基于文本的可靠性和文类的稳定性，在文本细读的基础上，阐发和研究文本形式审美观念之发生，及文本与历史生活背景的复杂互动关系，正是此种形式批评视野的核心价值之所在。此种形式批评的视野，之于作为有着悠久的文本历史乃至口述前史的先秦繇词和歌谣研究具有重要的启示，这类早期文体和文类的修辞价值和审美意义，往往为古代文论所忽略。而其之于中国文学审美观念的历史形成过程，亦有着重要价值，往往为研究者所忽视。尽管繇词、谣谚等诗体，往往为后世正统文学史书写者视作杂歌谣曲，以之为乐府、古诗、律诗之外的边缘性诗体①。而如从韵体发生和发展的角度，即从上述形式批评的研究视野而言，先秦繇词和歌谣等韵文体式所具重要意义不言自明，日本儿岛献吉郎就曾明确提出，"从韵文史上看，谣谚底发生，在风雅以前，则谣谚是源而风雅是流。谣谚为兄，而风雅为弟。……欲穷风雅之奥而讨其源的，不能不先由谣谚之塗以问津"②。

近人潘雨廷在《论〈左传〉与易学》一文中，提出"筮书《周易》的形成与流传，与《左传》作者的巧为安排有密切关系。《周易》能从筮中脱颖而出，亦未可忽视《左传》的若干条记录"③，在此认识上他详核考证了《左传》中涉及卜筮活动的三十四节文献，由此可见春秋时《周易》发生发展的情形。而在三十四节言及筮占活动的文献中，称引其卜筮之辞为"繇"者前后有六次，由此古人多以此"繇"为"卜兆之辞"④。孔颖达疏"庄公二十二年"中"懿氏

---

① 如在各类诗选体例中，无论是以体选诗还是以人选诗，杂歌谣曲往往显出其位置尴尬。清人张玉穀在编选《古诗赏析》时曾指出此种体制观念的模糊性，各类古诗选"或主分体，或主分人，然其中率多牵混，为例不纯。愚是书以逐体分析则太繁杂，第分乐府、古诗，则箴铭、戒诵、祝辞、繇辞等又无从位置，故主分人"[（清）张玉穀.古诗赏析：凡例 [M].北京：中华书局，2017：3.]。

② （日）儿岛献吉郎.中国文学通论：中卷 [M].孙俍工，译.太原：山西人民出版社，2015：30.

③ 潘雨廷.论《左传》与易学 [M]//潘雨廷.易学史发微.上海：复旦大学出版社，2001：75.

④ （清）阮元.十三经注疏：清嘉庆刊本 [Z].北京：中华书局，2009：3893.

卜妻敬仲占之"条言：

> 颂，谓繇也，每体十繇。然则卜人所占之语，古人谓之繇，其辞视兆而作出于临时之占，或是旧辞，或是新造。犹如筮者引《周易》，或别造辞，卜之繇辞，未必皆在其颂千有二百之中也。①

现代学者多遵从古人将之视为卦爻辞之别称，如余永梁在《易卦爻辞的时代及作者》（1928 年）一文中提出：

> 卦爻辞本称繇词。《左传》襄二十五年，武子筮之，遇《困》之《大过》。文子曰，"夫从风，风陨妻，不可妻也。且其繇曰：'困于石，据于蒺藜，入于其宫，不见其妻，凶'"，是以爻辞为繇辞。《昭》七年《左传》，"周成子以《周易》筮之，遇《屯》之《比》，其繇曰：'利建侯'"，是以卦辞为繇辞。故卦爻等于龟卜的颂，六十四卦等于龟卜的兆象，颂就是繇词。②

由此余永梁言："卦爻辞是繇词，卜辞是命龟之辞。"③ 进而他还系统比较了二者在句法上的异同，指出卦爻辞仿自卜辞的渊源。而高亨亦认为："《周易》……卦辞和爻辞共四百五十条，四千九百多个字。先秦时代称做'繇'，现在也叫做筮辞。"④ 李镜池亦认为"《左传》《国语》中所占之繇，跟《周易》之卦，爻辞大多相同"⑤。值得注意的是李镜池的研究方法。在《周易筮辞考》（1930 年）和《周易筮辞续考》（1962 年）两文中，他从文学形式特别是韵、散特征上，系统地比较了卜辞和筮辞之间的差异，并详细推演了周易的构成及演变过程。从用字、句式和辞例等文体和文法的比较而确立文本的时代特征，此种语言学和修辞学的视角在二十世纪周易哲学美学研究史中显得尤为特殊而重要。在《周易筮辞续考》一文中，李镜池总结道：

> 从文学形式方面看，由卜辞的散文，到春秋时代卜筮用整齐韵语，这一长时间的演变，不特应用散文受美化韵文的影响，而且卜筮本身，也有

① （清）阮元．十三经注疏：清嘉庆刊本［Z］．北京：中华书局，2009：3852.
② 顾颉刚．古史辨：第三册［M］．海口．海南出版社，2005：96.
③ 顾颉刚．古史辨：第三册［M］．海口．海南出版社，2005：97.
④ 高亨．周易古经今注（重订本）［M］．北京：中华书局，1984：6.
⑤ 李镜池．左国中之易筮研究［M］//顾颉刚编．古史辨：第三册．海口：海南出版社，2005：117.

采用韵文来写作的必要。这不光是关系于写作技巧的问题，也是文学形式的使用问题，卜辞的契刻，是记录事实，帮助记忆而写作的。《周易》的编纂，是供占筮者参考与研究用的，它的写作，最好是有系统而便于记诵的。①

作为整齐韵语的卜筮辞，在原始诗歌的形成中起着决定性的作用，唐兰先生曾在《卜辞时代的文学和卜辞文学》（1936 年）中特别指出，虽然见于卜辞和彝铭的商代文字多素朴和简单，因其多只是档案性的记录，但这不能说明商代没有文学，"整整齐齐，六十四卦，三百八十四爻的《周易》繇辞，也不是文学刚在萌芽时代所能有的"②。也就是说，从远古文字到商代卜辞再到《左传》所引繇辞，是有着悠久历史的文字传统，以此可窥见从商代到周代文学的一种影响与发展。今天我们看到的这些卜筮辞大多是韵语，且《左传》中所称"繇辞"大多为四言体，可见四言诗体在早期诗歌中的形式传统。故朱熹在注韩愈《毛颖传》所摹写的筮辞时，亦提出"筮辞皆用古韵"的结论，清人沈钦韩更是补注曰："繇辞古趣，置诸内外传中，何由古今之别？"③ 以为繇辞是为古代韵语形式的一种表征。延及明代中叶，四言体的《焦氏易林》经由杨慎等人的彰显，其古雅玄妙的审美特质逐渐被重视，乃至王世贞《艺苑卮言》以为其"虽以数术为书，要之皆四言之懿、《三百》遗法耳"④。钱锺书先生亦在讨论《焦氏易林》的文学史价值时，提出"占卜之词不害为诗，正如诗篇可当用卜词用"的结论，并举《易林》诸繇辞，以为其中的"境物诙诡""异想佳喻"，与其后魏晋南北朝古诗正可"相映成趣"⑤。故作为春秋战国时期最为发达的四言诗体，现代学者普遍认识到，四言诗体简练又富有节奏感和平衡感的形式美感，"它便于咏唱，便于记忆，且有可能对事物作相当程度的描写"⑥。即从文学审美性上，确立繇辞作为古代诗歌体式的价值和意义。

① 李镜池.周易探源 [M].北京：中华书局，1978：143.
② 唐兰.唐兰论文集 [M].上海：上海古籍出版社，2018：88.
③ 朱熹注和沈钦韩的补注，详见（唐）韩愈.韩昌黎文集校注 [M].马其昶，校注.马茂元，整理.上海：上海古籍出版社，2021：813.
④ （明）王世贞.艺苑卮言校注：卷二 [M].罗仲鼎，校注.北京：人民文学出版社，2021：77.
⑤ 钱锺书.管锥编 [M].北京：生活·读书·新知三联书店，2013：815-816.
⑥ 余冠英，江殷.四言、五言和七言——谈古诗的体裁 [M]//余冠英.冠英说诗 [M].北京：商务印书馆，2014：23.

这些卜辞和筮辞作为富有口头传统的文本单元，嵌入到《左传》《国语》《周礼》等先秦典籍中，特别是以简短韵语写成的筮辞，其雕饰和俪对的语体特征表征着早期韵文的兴起以及早期审美观念的发生，对于探讨中国早期语言骈俪观念及形式审美的发生及其背后的历史和生活背景均极具重要意义。虽然各家对于《周易》的编著年代有着不同的观点，如顾颉刚认为其著作年代应在西周的初叶①，李镜池认为其写成时代在西周晚期②，陈梦家则直接以为《周易》为殷代遗民的作品，成书年代可定位"西周"③，但显然在周代，特别是在三家《春秋》的著述过程中，卜辞和卦爻辞逐渐脱离了其卜筮环境，从宗教文本逐渐变为审美文本。在为记诵方便的整理过程中，卦爻辞逐渐愈来愈具形式化和语言程式美感。故在卦爻辞这种逐渐"被文本化和经典化"④，特别是艺术化的过程中，关涉文类辞例和语言骈俪的形式审美因素，逐渐成为《春秋》中繇词的时代特征和文类特征。实际上，在《左氏春秋》中提到的几处繇辞，明显地更加骈俪和富雕饰意，代表整理者在整理和应用这些卦爻辞时文体审美意识的确证和语言形式美感的逐步程式化。聂石樵先生从《说文解字》"繇"作"𦅕"出发，以为"繇"字"其本义必兼有'系连'与'歌谣'两种意思。要言之即指系连在卦爻之下《周易》系辞一类的谣谚形式"，由此推论曰："《周易》之卦爻辞原是采取谣谚形式，不过卦爻辞的辑撰者并非以采集诗歌为目的，而是为了占筮时记诵的方便，因此其中杂有许多'占断辞'，若舍去这些'占断辞'，便是句法基本整齐、句尾谐韵的简短古朴诗歌。"⑤ 此种论断为当代古代文学史研究之通见，其问题在于忽视了在《左传》的书写时代，繇词或许早已脱离其卜筮环境成为通行之谣谚。

除上述余永梁文中所引用的"襄公二十五年"和"昭公七年"两条繇词

① 顾颉刚. 周易卦爻辞中的故事［M］//顾颉刚. 顾颉刚古史论文集：卷十一. 北京：中华书局，2011：23.

② 李镜池. 周易探源［M］. 北京：中华书局，1978：149.

③ 陈梦家. 郭沫若周易的构成时代书后［M］//陈梦家. 陈梦家学术论文集. 北京：中华书局，2016：225.

④ 陈来认为，在春秋时期"《周易》卦爻辞脱离筮占行为而被文本化和经典化"。见陈来. 古代思想文化的世界：春秋时代的宗教、伦理与社会思想［M］. 北京：北京大学出版社，2017：39.

⑤ 聂石樵. 聂石樵文集第一卷：先秦两汉文学史（上）［M］. 北京：中华书局，2015：37.

外，《春秋左氏传》中称"繇"的卦爻辞尚有下述四条①，逐录如下：

　　1. 初，晋献公欲以骊姬为夫人，卜之，不吉；筮之，吉。公曰："从筮。"卜人曰："筮短龟长，不如从长。且其繇曰：'专之渝，攘公之羭。一薰一莸，十年尚犹有臭。'必不可。"（《左传·僖公四年》）

　　2. 初，晋献公筮嫁伯姬于秦，遇《归妹》之《睽》。史苏占之，曰："不吉。其繇曰：'士刲羊，亦无亡也。女承筐，亦无贶也。西邻责言，不可偿也。《归妹》之《睽》，犹无相也。'《震》之《离》，亦《离》之《震》。'为雷为火。为嬴败姬。车说其輹，火焚其旗，不利行师，败于宗丘。《归妹》《睽》孤，寇张之弧，侄其从姑，六年其逋，逃归其国，而弃其家，明年其死于高梁之虚。'"（《左传·僖公十五年》）

　　3. 孙文子卜追之，献兆于定姜。姜氏问繇。曰："兆如山陵，有夫出征，而丧其雄。"姜氏曰："征者丧雄，御寇之利也。大夫图之！"（《左传·襄公十年》）

　　4. 卫侯贞卜，其繇曰："如鱼窥尾，衡流而方羊。裔焉大国，灭之，将亡。阖门塞窦，乃自后逾。"（《左传·哀公十七年》）（句读依杨伯峻编著《春秋左传注》（修订本），中华书局 2016 年第 4 版，下同。）

基于此四条繇词的书写形式，我们可以渐次讨论三个问题。

（1）"繇词皆韵"——作为早期韵体，繇辞的形式价值

第一个问题即"繇词皆韵"的问题，实涉及卦爻辞流传历史中韵散形式的逐渐区分和诗体型式的最初形成。

上引几条称"繇"的卜兆之筮辞，古人多以韵对看待，称"占辞谓之繇其法当韵"（宋魏了翁撰《春秋左传要义》第二十五），为在散文体中的《春秋左传》书写中嵌入的韵文单元。孔颖达在疏"襄公十年"条时，提出"繇词皆韵"②的观念，以"陵""雄"为韵；在"庄公二十二年"的疏中，又言繇词"其辞也韵，则繇辞法当韵也"③，并举郭璞自称其所卜事为"辞林"，且其辞皆韵的例子，来说明郭璞习古之所在。杨伯峻亦以为"僖公四年"条中，"渝"

---

① "《左传》《国语》中与《周易》和其他筮书有关的记载，共有二十二条。"引自刘大均．周易概论：增订修订本［M］．成都：巴蜀书社，2016：68.
② （清）阮元．十三经注疏：清嘉庆刊本［M］．北京：中华书局，2009：4238.
③ （清）阮元．十三经注疏：清嘉庆刊本［M］．北京：中华书局，2009：3825.

"瀚"为韵,"莸""臭"为韵,且四字合韵①,故此条繇词亦是韵文体式。而"哀公十七年"条中的卫侯贞卜之繇词,历来争论颇多,除字义和繇词的喻象诸家有不同理解外,最关键的是对文句的句读,实关涉如何确定繇词的韵体特征。杜预注此条繇词,不同意刘炫将此句读为"如鱼窥尾。衡流而方羊。裔焉大国",而释读为"如鱼窥尾。衡流而方羊裔焉。大国灭之"。孔颖达在疏此条时,则从杜预之说,其疏中认为杜预句读的合理性,实亦是基于对于繇词韵文体式的把握:

> 刘炫以为卜繇之辞,文句相韵,以"裔焉"二字宜向下读之。知不然者,诗之为体,文皆韵句,其语助之辞皆在韵句之下。即《齐诗》云:"俟我于著乎而,充耳以素乎而",《王诗》云:"君子阳阳,左执簧,其乐只且"之类是也。此之"方羊"与下句"将亡"自相为韵,"裔焉"二字为助句之辞。且繇辞之例未必皆韵。此云:"阖门塞窦,乃自后踰",不与"将亡"为韵。是或韵或不韵,理无定准。②

此段疏文中"繇词之例未必皆韵",显然与之前孔颖达所多次引用前人所言及"繇词皆韵"的观点相矛盾,后人顾炎武、钱大昕等人均不同意杜预和孔颖达之说,而多认同刘炫之句读。杨树达认为,杜预和孔颖达的注疏,其错误之处在于,"阖门塞窦,乃自后踰"中"窦""踰"二字为韵,这是此繇词之中的变韵,而不能说与前一句"将亡"不相为韵。杨树达在其《古书句读释例》中,并将此条疏的错误,归为"因不识古韵而误读"③ 的具体案例。

上皆是从训诂学和音韵学的角度,通过分析词类和确立词位的文法学方式来确证繇词的句读和语义。而从文学批评的角度而言,在对繇词字句的训诂中,实又涉及对文体的审美本质或文类的形式特质的确证和发见。实际上,特别是在对"哀公十七年"条繇词的训诂中,无论是杜预和孔颖达,还是刘炫和顾炎武等人,虽然句读不同,但他们均承认繇词作为韵体的意义,其句读恰恰是通过文体的整体类型特征来得以确定的,而这正与前述圣经形式批评的思路有着异曲同工之妙。孔颖达在疏证此条时,又举两首诗歌为例,虽然其对具体字词

---

① 杨伯峻. 春秋左传注(修订本)[M]. 北京:中华书局,2016:33.
② (清)阮元. 十三经注疏:清嘉庆刊本 [M]. 北京:中华书局,2009:4734.
③ 杨树达. 马氏文通刊误,古书句读释例,古书疑义举例续补 [M]. 上海:上海古籍出版社,2013:194.

的词性和韵部确定不同，然此处依诗歌文例而确定文本意义的思路，确可成为一种前述形式批评的重要立场。但最为值得注意的问题是，为何在《春秋左传》中上述几条卦爻辞称"繇"，而其他几处卦爻辞则有时不言"繇"？如《僖公十五年》中有秦伯伐晋，卜徒父筮之条：

> 卜徒父筮之，吉："涉河，侯车败。"诘之。对曰："乃大吉也。三败，必获晋君。其卦遇《蛊》，曰：'千乘三去，三去之馀，获其雄狐。'夫狐《蛊》，必其君也。《蛊》之贞，风也；其悔，山也。岁云秋矣，我落其实而取其材，所以克也。实落、材亡，不败，何待？"①

该条即附有卦辞而不言繇。朱熹亦意识到此命名问题而关涉古代易法断辞之源流，不同于前引孔颖达将繇视为颂词，朱子引孔子语以之为"彖辞"，《朱子语类》卷六十七载：

> 问："卦下之辞为《彖辞》，《左传》以为'繇辞'，何也？"
> 曰："此只是彖辞，故孔子曰：'智者观其彖辞，则思过半矣。'如'元亨利贞'，乃文王所系卦下之辞，以断一卦之吉凶，此名'彖辞'。'彖，断也。'陆氏音中语，所谓'彖之经'也。'大哉乾元'以下，孔子释经之辞，亦谓之'彖'，所谓'彖之传'也。爻下之辞，如'潜龙勿用'，乃周公所系之辞，以断一爻之吉凶也。'天行健，君子以自强不息'，所谓'大象之传'；'潜龙勿用，阳在下也'，所谓'小象之传'，皆孔子所作也。'天尊地卑'以下，孔子所述《系辞》之传，通论一经之大体、凡例，无经可附，而自分《上系》《下系》也。左氏所谓'繇'，字从'系'，疑亦是言'系辞'。系辞者，于卦下系之以辞也。"②

显然，朱熹亦是臆测推断以"繇词"为卦爻辞，系于卦爻辞以为观象之断辞，但其论断显然很难说服人，没有明确说明为何《左传》卜筮活动中的断辞有时言"繇"，有时不言"繇"。其实朱熹已经意识到《左传》中的繇词与普通的卦爻辞的不同，已经意识到了卦爻辞的历史传承性，只不过把这种卦爻辞的传承性归结为三圣之易，以为依次是伏羲、文王、周公三家累积而成，至于孔

---

① 杜预以为"千乘三去，三去之馀，获其雄狐"为"卜筮书杂辞"，顾炎武以为其是夏、商之占辞，杨伯峻以为"此盖其繇词"。见杨伯峻. 春秋左传注（修订本）[M]. 北京：中华书局，2016：386.

② （宋）黎靖德. 朱子语类 [M]. 北京：中华书局，1986：1664.

子而成"繫辞"。朱熹以为"所以是书夏商周皆用之":

> 其所言虽不同，其辞虽不可尽见，然皆太卜之官掌之，以为占筮之用。有所谓"繇辞"者，左氏所载，尤可见古人用《易》处。盖其所谓"象"者，皆是假此众人共晓之物，以形容此事之理，使人知所取舍而已。①

朱熹明确指出《左传》中所言"繇词"，是以物象来占筮吉凶，但其与普通卦爻辞不同在于其"尤可见古人用《易》处"，亦即此繇词为大众熟悉和熟知的物象与词语。由此我们一方面可以说"繇词"具有便于韵读的审美性和普及性，另一方面我们可以推测这些繇词本来即是具有民间歌谣性质而逐渐经典化的历史过程，从文体特征上我们其实更可清晰看到"繇词"的命名意义。

顾炎武在《易音卷》中曾断言："古者卜筮之辞，多用音和，以便人之玩诵。虽夏商之《易》不传于世，然意其不始于文王也。"② 他直接地说明了卜筮之辞所具有的传承性，并且特别指出卜筮之辞"多用音和"的声律特征，而《左传》中所保存的繇词，应即是这种传统的最直接证据。或如尚秉和所言："说《易》之书，莫古于《左传》《国语》。其所取象，当然无讹。乃清儒信汉儒，而遗《左》《国》。"③ 而顾颉刚则说得更明确，"《易》卦辞爻辞是与商人的甲骨卜辞的文句相近，而筮法也是从卜法蜕变出来的"④。也就是说《左传》《国语》中较真实地保存了古代卜筮之法和文辞传统。疑《左传》中凡称"繇"的卦爻辞，实际是旧辞，是卜筮者乃至或是大众所熟悉的文词或歌谣，早已具有文学程式化意味，故语句骈俪而合韵，故《左传》"闵公二年"中言"成风闻成季之繇"，即已"繇""谣"（或"颂"体）通用⑤。明人谢肇淛其实早已有所怀疑此种繇词的来源，因时代局限且其笃信卜筮之法，故不明其为民间歌

---

① （宋）黎靖德．朱子语类［M］．北京：中华书局，1986：1647.
② （明）顾炎武．易音卷［M］//顾炎武．顾炎武全集：第2册．上海：上海古籍出版社，2011：256.
③ 尚秉和．周易尚氏学［M］．北京：中华书局，2016：14.
④ 顾颉刚．易卦爻辞的时代及其作者［M］//顾颉刚．古史辨：第三册．海口：海南出版社，2005：97.
⑤ 美国汉学家夏含夷在《〈周易〉爻辞探源》（1995年）一文亦指出，《左传》"姜氏问繇"条繇辞，"由三句四言韵文组成，开头是对兆纹的描述，接着以骈句说到人事。这一结果显然被称作'繇'"［见（美）夏含夷．海外夷坚志：古史异观二集［M］．上海：上海古籍出版社，2016：94.］。虽然指出了繇辞的骈句性质，以为繇辞多是兆纹与人世相联系之辞，但他没有指出繇辞与其他卦爻辞的区别和相对独立性，更未认识到《左传》繇辞的民间谣谚性质。

谣，如其言："筮用《易》占，其繇不可得而闻也，不知故卜筮繇词皆何所本，如'凤凰于飞''大横庚庚'之类，似非当时杜撰也。"① 陆侃如、冯沅君二先生则在其《中国古代文学简史》（1956 年）一书中谨慎地推断，卜辞和金文"虽然多是散文，可以当做原始的散文作品看，可也有些很像最早的歌谣"②。亦有学者直言，"如果抛掉象数的包袱，删去占断词，径直从字句来揣测推敲，也许会发现某些卦爻辞可能是古谣谚"③。通过前引《春秋》中的繇词，显然可以看出从散文到韵文的历史过程，从商周卦爻辞到进入到周代典籍中的繇词歌谣，代表着中国诗学形体的逐步确立和形式审美意识逐渐定型。

（2）从民间口头歌谣到书面繇辞——隐在的文体传统

第二个问题即作为审美的文体的繇词与歌谣，实际关涉文学发生的本源性问题。

从文体发生学意义来说，此种极具审美意味的繇词，实际是属于商周以来民间歌谣的文体传统，是中国诗歌早期文体确立过程中的韵文体式的一部分。故清人孙诒让言："卜繇之文皆为韵语，与诗相类，故亦谓之颂。"④ 毛奇龄亦言："假使得周太史者将此断文，出以韵语，即是春秋繇词矣。"⑤ 清人周亮工的推断更为合理，其言"或曰：《春秋左氏传》所载繇词，与《周易》不同者，盖夏、商之易，则以为有繇词也。然今莫可考证"⑥。他们实际上都指出了作为繇词作为诗体韵语的形式本质和文体特征。清人劳孝舆正是在此发生学意义上，将繇词作为早期诗体之一种，在其《春秋诗话》中，其概括了早期十一种诗体为："盖天籁之发，触而成声，凡有韵可歌者，皆诗也。其体凡十有一，因传所名而区之，曰赋、曰诵、曰讴、曰歌、曰谣、曰箴、曰投壶词、曰繇词、曰谚、曰隐语。"⑦ 实际上，在清代之前，学者多依《说文解字》定义，将"繇"训为

① （明）谢肇淛. 五杂组［M］. 上海：上海古籍出版社，2009：115.

② 陆侃如，冯沅君. 陆侃如冯沅君合集：第 3 卷［M］. 合肥：安徽教育出版社，2011：442.

③ 罗忼烈.《周易》里的古谣谚［M］// 罗忼烈. 罗忼烈杂著集. 上海：上海古籍出版社，2010：509.

④ （清）孙诒让. 周礼正义［M］. 汪少华，整理. 北京：中华书局，2015：2318.

⑤ （清）毛奇龄. 仲氏易：卷十二［M］. 上海：上海古籍出版社，1990：123.

⑥ （清）周亮工. 书影：卷六［M］//四库禁毁书丛刊补编：第 34 册. 北京：北京出版社，2005：341.

⑦ （清）劳孝舆. 春秋诗话［M］//张寅彭主编. 清诗话三编. 上海：上海古籍出版社，2015：1205.

"籀"，音直救反或直又反①。而孙诒让和劳孝舆等清代学者，则显然充分认识到繇词与歌谣在文体上的相似性和同源性，故言"以繇借为谣"②。章学诚曾批评宋人李石《易十例略》"《诗》补遗"中所载逸诗，"与卜筮繇词并列，则不知繇词当为《易》补遗也。"③ 繇词当然是《易》之补遗，但宋人李石的分类或并非不知繇词为卜筮之辞，他更多的是从诗体相似性上将繇词和逸诗并列。从此意义上，刘师培亦认为谣谚之作先于诗歌，其言"上古之时，先有语言，后有文字、有声音，然后有点画、有谣谚，然后有诗歌。谣谚二体皆为韵语。"④由此，我们亦可以理解《左传》僖公五年中，当晋侯问卜于卜偃，卜偃对童谣（"丙之晨，龙尾伏辰；均服振振，取虢之旂。鹑之贲贲，天策焞焞，火中成军，虢公其奔"⑤ ）而非繇词，即在卜偃那里繇词和童谣本来即是同一体式，特别此处所引更具占象，疑本为占筮之辞而流传于民间，或是当时所卜而借儿童之口播散的繇词而以喻政事。实际上我们从文体起源上来说，繇和谣实是同源而异流的文体。当民间歌谣为卜筮者占卜时所用，往往变为具神秘色彩的繇词；而当占卜者之临时口占之韵语经记录和传播，又可流而为民间讴歌。正如陈梦家所总结的："《易》为殷亡之后，殷学之遗留民间者，因求简易，故以筮代卜，仍沿用卜辞成语及殷代故事。当殷亡之后……卜史流为人民占卜，各有口诀相传，经后人汇集成为《周易》。"⑥ 同样，当我们检《春秋左传》中所言之"谣"，实际上亦是为卜师占卜之时所常引用，作为韵文文体，其与繇词均可视为一种嵌入散文体式中的独立诗体单元。除上引如"僖公五年"中卜偃以童谣对晋侯条外，"昭公二十五年"中鲁大夫师己亦引用童谣，云："鸲之鹆之，公出辱之。鸲鹆之羽，公在外野，往馈之马。鸲鹆跦跦，公在乾侯，征褰与襦。鸲鹆之巢，远哉遥遥，裯父丧劳，宋父以骄。鸲鹆鸲鹆，往歌来哭。"⑦ 此是历

① 《说文解字》："籀，读书也。从竹，𥷥声。《春秋传》曰'卜籀云'。"（许慎. 说文解字 [M]. 北京：中华书局，1963：95.）
② 高亨. 周易古经今注（重订本）[M]. 北京：中华书局，1984：17.
③ （清）章学诚. 乙卯劄记 丙辰劄记 知非日记 [M]. 北京：中华书局，1986：21.
④ 刘师培. 论文杂记 [M] // 刘师培. 刘师培全集：第二册. 北京：中共中央党校出版社，1997：83.
⑤ 杨伯峻. 春秋左传注（修订本）[M]. 北京：中华书局，2016：339-340.
⑥ 陈梦家. 郭沫若周易的构成时代书后 [M] // 陈梦家. 陈梦家学术论文集. 北京：中华书局，2016：225.
⑦ 杨伯峻. 春秋左传注（修订本）[M]. 北京：中华书局，2016：1623.

史故事化为民间歌谣传唱，而在其后为卜师或大夫所引用为谣谶，使作为诗体的民谣带上神秘应验色彩的案例。当然汉代还保存着此种占卜之繇文体式，《汉书·文帝纪》记载："大王报太后，计犹豫未定。卜之，兆得大横。占曰：'大横庚庚，余为天王，夏启以光。'"李奇注曰："庚庚，其繇文也。占谓其繇也。"颜师古则注曰："繇，音丈救反，本作籀。籀，书也，谓读卜词。"① 此处汉文帝时卜筮之辞，附会夏启之事，且句式整齐，应是《左传》所记述之卜筮传统的延续。当然汉代对繇词韵文体承继和发挥最为著名的即是汉代《焦氏易林》一书，其以四言诗体形式阐发卦象，实际是一种"观象玩辞，非言灾变者也"②，显然在这里韵文诗体成为一种独立自觉的形式意识，将《左传》中繇词直接视为四言诗体而加以理解和发扬。在此意义上，聂石樵先生在《先秦两汉文学史》中直接断定说："《周易》卦爻辞中诗歌，无论内容、手法和用韵方面，都是《诗经》的先导。"③ 但如细分，《周易》中的卦爻辞采取谣谚形式，多为占筮记诵的方便，而《左传》中所引的繇辞则或许已为民间流行歌谣，而被引为占筮之用。《左传》繇辞显示出卜筮传统与民间歌谣之间的互动性与双向性。

实际上在汉代谶纬之说盛行的时代，所谓谣、谚、谶语、歌、颂等诸杂体盛行，亦往往被后世经学家视为或奇谲诡异或诙谐荒诞④。在古代经学视野里，《左传》所保存的古代歌谣因与占卜密切相关，亦经常被批评为"《左氏》艳而富，其失也巫"⑤。降及清代王夫之，在其《周易内传》卷五"系辞上传"第一章中，详叙了从上古到《左传》再到《焦氏易林》及《火珠林》以来的繇词传统，不过他对后世繇词与谶纬相结合的传统是持批判态度的，其言：

> 顾自《连山》以后，卜筮之官，各以所授受之师说而增益之，为之繇

---

① （清）王先谦.汉书补注［M］.上海：上海古籍出版社，2008：157.
② 牟庭.校正崔氏易林序［M］//傅璇宗，等.续修四库全书总目·1055·子部·术数类.上海：上海古籍出版社，2015：145.牟庭以《焦氏易林》为王莽时崔篆丧所作，顾炎武以为《焦氏易林》为东汉人所伪托，丁晏在其所撰《易林释文》叙中则系统驳斥二说，以为是西汉焦延寿所作无疑.
③ 聂石樵.聂石樵文集：全13册［M］.北京：中华书局，2015：38.
④ 有人统计，汉代约有420余首谣谚，其中谣谶49首、神仙信仰类13首、志怪类10首，或可见当时谣谚与卜筮宗教的密切关系.（王轶.两汉谣谚兴盛探源［J］.古籍研究，2015（2）：10.）
⑤ 范宁.春秋谷梁传集解自序［M］//（清）阮元.十三经注疏：清嘉庆刊本.北京：中华书局，2009：5127.

词者不一，如《春秋传》所记，附会支离，或偶验于一时，而要不当于天人性命之理。流及后世，如焦赣、关朗之书，其私智窥测象数而为之辞，以待占者，类有吉凶而无得失。下逮《火珠林》之小技，贪夫、淫女、讼魁、盗帅，皆得以猥鄙悖逆之谋，取决于《易》，则唯辞不系于理数甚深之藏，而又旁引支干、五行、鬼神、妖妄（如朱雀、青龙之类，妖妄也。）以相乱。①

这里，王夫之亦以繇词为占筮所系之辞，特别批评了后世以汉代焦延寿（焦赣）的《焦氏易林》和唐宋之际麻衣道者的《火珠林》为代表的技术占卜之书，往往以繇词待占者而逐于占象且与五行阴阳相混合而成谶纬传统，进而遮掩了帝王经世、君子穷理尽性之道。实际上，正如有学者指出的，"谶验观念是初民感性经验的一种总结"②，带有一种原始思维的形象方式和太古语辞特征。而王夫之从反面指印出了一种语辞传统③，即后世民间占筮者之于《左传》繇词四言体和韵文形式的继承和发挥，此可谓早期（周代之前）韵文体式的隐蔽保存渠道。当然王夫之亦创见性地指出《左传》中所引之卦爻辞，与《周易》卦爻辞不仅不同，而且《左传》中所引"爻辞"与《周易》所系之爻辞在详略、位次上亦不相同。其言：

> 惟《春秋传》晋文、穆姜之占，以之卦为说，乃皆曰八，则疑为《连山》《归藏》之法，而非《周易》之所取。其他《传》之所载，虽曰某卦之某，所占者抑唯本卦动爻之辞，且概取本卦一爻以为占，未必其筮者皆一爻动而五爻不动。意古之占法，动爻虽不一，但因事之所取象、位之与相当者，一爻以为主而略其余。④

我们以为，如果把卦爻辞与历史故事相联系，或把一部分"繇词"看作流

---

① （明）王夫之. 船山全书：第一册［M］. 长沙：岳麓书社，2011：505-506.

② 张峰屹. 谶纬思潮与汉代文学思想［M］. 南京：凤凰出版社，2021：61.

③ 王夫之言："盖所谓之卦者，一出于筮人，而极于焦赣四千九十六之繇辞。若以易简而知险阻言之，则三百八十四之爻辞通合于六十四象之中，已足尽天人之变。如以为少而益之，则天化物理事变之日新，又岂但四千九十六而已哉！故赣之《易林》，诡于吉凶，而无得失之理以为枢机，率与流俗所传《灵棋经》《一撮金》，同为小人细事之所取用，亵天悖理，君子不屑过而问焉。"［见（明）王夫之. 船山全书：第一册［M］. 长沙：岳麓书社，2011：678.］亦批评《焦氏易林》过于繁复、"诡于吉凶"之繇词写作形式。

④ （明）王夫之. 船山全书：第一册［M］. 长沙：岳麓书社，2011：678-679.

传于《左传》之前的民间歌谣，即把卦爻辞看作独立流传于世的韵语单元，或可解开此种疑惑。

而如我们打破后世所做的通俗与神秘、民间与庙堂的人为区隔，祛除从卦爻辞以来的神秘宗教色彩，繇词与歌谣在韵文体式的发生及发展上实与后世作为经学文本《诗经》为同源文体。特别是在对谶纬之书有禁令的南北朝，此类文体逐渐被忽视而不入士大夫之视野，如《文心雕龙·杂文》中就以当时流行的"文""笔"观念，将"吟""讽""谣""咏"等体归入"杂文之区"。所谓"歌谣文理，与世推移"（《文心雕龙·时序》），歌谣更多是以其政治和民俗价值而非审美价值得以存录。至此，繇词与歌谣一起被并入杂体之类，其意义和价值逐渐被边缘化，成为一种并无多少形式美感的文体。又如宋人郭茂倩在其《乐府诗集》中，将谣谶辑入"杂歌谣辞"类，并言"历世已来，歌讴杂出。令并采录，且以谣谶系其末云"①，亦不过将谣谶系于杂歌之后，不以为重。当然他受《尔雅》"徒歌谓之谣"的传统影响，将"杂歌谣辞"分为"歌辞"和"谣辞"两部分，又显示了其对此类文体声韵形式的认识。即使如唐代重视乐府诗歌的元稹，亦不过将此类边缘文体视为"六义之余"，其言："诗讫于周，离骚讫于楚。是后，诗之流为二十四名：赋、颂、铭、赞、文、诔、箴、诗、行、咏、吟、题、怨、叹、章、篇、操、引、谣、讴、歌、曲、词、调，皆诗人六义之馀，而作者之旨。由操而下八名，皆起于郊祭、军宾、吉凶、苦乐之际。"②（《乐府古题序》见《元氏长庆集》卷二十三）元稹所言起于郊祭、吉凶之际的体式，即"操""引""谣""讴""歌""曲""词""调"八体，实际上暗含了由繇词到谣谶、诗谶一脉而来的卜筮背景和文体基因。元稹的贡献在于，他指明了这类文体的文学价值在于其声韵意义："在音声者，因声以度词，审调以节唱，句度短长之数，声韵平上之差，莫不由之准度。而又别其在琴瑟者为操引，采民甿者为讴谣，备曲度者，总得谓之歌曲词调，皆斯由乐以定词，非选调以配乐也。"③ 从声韵的角度而言，这正是《左传》中作为韵语的繇词形式特征，由此韵语特征出发，清人冯班更是否直接定了南北朝以有韵无韵来区分文笔的价值观和文体分类传统，其言：

① （宋）郭茂倩. 乐府诗集 [M]. 北京：中华书局，1979：116.
② （唐）元稹. 元稹集 [M]. 北京：中华书局，2015：291.
③ （唐）元稹. 元稹集 [M]. 北京，中华书局，2015：291.

南北朝人以有韵者为文、无韵者为笔，亦通谓之文。唐自中叶以后，多以诗与文对言。愚按：有韵无韵皆可曰文；缘情之作则曰诗。诗者，思也，情动于中形乎言；言不足故长言之；长言之不足故咏歌之；有美焉，有刺焉：所谓诗也。不如此则非诗，其有韵之文耳。《礼》有汤之盘铭、孔子诔，《春秋左氏传》有卜筮繇词，皆有韵；三百篇中无此等文字，知古人自有阡陌，不以为诗也。①

从文体发生学上而言，冯班抓住了"有韵"这一形式特征，实际上是以审美形式来确立文学的本质，从南北朝时期以来把繇词看作有杂体的观念，实际上否定了繇词的诗体审美特征。当然，冯班并不能正确认识到，铭、诔、卜筮繇词等所谓"杂体"，实与后世凸显声韵的诗体同孕育于一个文体传统和修辞学形式渊源。故王夫之虽然对《易林》为代表的易学象数派多有否定，但在《楚辞通释·序例》里却对《周易》象辞的韵体价值予以高扬，以为从《周易》象辞"以韵制言"到《诗经》诗体大成②，此为一种诗歌审美语言形成的历史必然过程。

后世能够认识到繇词此种韵语形式的，往往能够创作出与上述《左传》繇词相类似的体式，如前述郭璞所作"辞林"，又如杨维桢所撰《黄华先生传（菊）》中亦载有此种"得筮之繇"，或可说明在民间卜筮过程中，繇词四字韵语形式的传承：

先生姓黄，字华，其先日精者（《本草》菊一名日精），初生得筮之繇曰：炜炜煌煌，绿衣黄裳。德与坤协，数用九彰。九九相仍，俾尔寿昌。佐用炎皇，起于兑之方，世为中黄。（繇词颇有逸气）③（括号内文字，为詹景凤所注）

再如明末清初的方以智，在其《易余引》中以繇词形式来隐晦署名，即是

---

① （清）冯班. 钝吟杂录［M］. 北京：中华书局，2013：65.

② 王夫之："自《周易》《象》以韵制言，《雅》《颂》《风》胥待以成响。然韵因于抗坠，而意有其屈伸，交错成章，相为连缀，意已尽而韵引之以为有余，韵且变而意延之未艾，此古今艺苑妙合之枢机也。"［见（明）王夫之. 船山全书：第十四册［M］. 长沙：岳麓书社，2011：209.］

③ 载于（明）詹景凤辑《古今寓言》第十二卷（季羡林. 四库全书存目丛书·子部二五二［M］. 济南：齐鲁书社，1995：189.）

言"筮余之繇"，显然即是以繇词为韵体形式，且附以谜语式的宗教偈语意味①。

　　同样，大量的谣谶或诗谶，除历代史书和历代乐府诗集中得以记载外，宋《册府元龟》中"牧守部·谣颂感瑞""总录部谣言"、元人马瑞临所撰《文献通考》、明人所辑《古谣谚谶语歌诵》②、清人杜文澜所辑《古谣谚》等中亦保持着其原初面貌，均可见这些民谣与卦爻辞和春秋繇词的传承关系，尤其在韵语体式、文法形态上的传承。特别是在《文献通考·卷三百九·物异考十五》"诗异"部分，其实即是汇辑从《春秋左传》开始的大量繇词、诗谶和民谣，从语言形态和体式制度上，可以看出所谓"诗异""诗妖"之说实际暗含着筮辞与诗歌相混同的源头形态。实际上明清学者偶有意识到《焦氏易林》文学价值的，如明人杨慎言就认识到《焦氏易林》多用古韵，与《毛诗》《楚辞》用韵多相近，言其"或似诗，或似乐府、童谣"，并认为"其辞古雅，魏晋以后诗人莫及"③。显然杨慎认识到了《焦氏易林》作为韵体诗体与《诗经》的异同点，但因他没有历史发展的眼光，故不能判定《焦氏易林》实际来自《左传》繇辞，因其为《诗经》形成之前的早期韵体，故既似诗又似乐府。又如清人李其永《漫翁诗话》言："《焦氏易林》辞旨古奥，而文情特盛。辞《三百篇》之一变，古乐府之先声。后人以占筮书目之，自是瞽见。"④《焦氏易林》当然是卜筮书，但因其继承了古代卜筮歌辞，故具有特殊的意义，虽然李其永称其为《三百篇》之一变不符合历史实际，但卜筮歌辞确实与古乐府一样属于古代歌谣传统。清人田雯的认识更为符合历史实际，他以为鼓吹曲辞、歌谣杂体虽不等

---

① 方以智《易余引》："爰有一人，合观乌兔。在旁之中，不圜何住？无人相似，矢口有自。因树无别，与天无二。章统十千，重光大渊。皇览以降，过不惑年。"庞朴先生以为前三句分别影射"大明""方""以智"［（明）方以智.东西均注释：外一种［M］.庞朴，注释.北京：中华书局，2017：6.］。
② 全称为《我侬纂削七卷附古谣谚谶语歌诵五卷》。（四库未收书辑刊·第八辑·第十五册［M］.北京：北京出版社，2000：118.）
③ （明）杨慎《琐语·焦氏易林》："《焦氏易林》，西京文辞也。辞皆古韵，与《毛诗》《楚辞》叶音相合，或似诗，或似乐府、歌谣。观者但以占卜书视之，过矣！"（吴文治.明诗话全编［M］.南京：凤凰出版社，1997：2863.）
④ 张寅彭.清诗话全编·顺治康熙雍正朝［M］.杨焄，点校.上海：上海古籍出版社，2018：5484.

同于诗歌，但因其韵体的独特形式，亦应为"诗家所必采也"①。正如有学者所认识到的，"从诗学形态来看，谣谶与诗谶多属于'杂体诗'，它们往往是人们利用古汉语的文字、音韵、词法、语法和修辞的特殊性而创制的"②，从形式批评角度而言，这一繇谣传统实际较好地保存和传承了早期语辞体例和文体审美意识，尤为值得研究。逯钦立先生所编《先秦汉魏晋南北朝诗》辑六朝前之诗歌谣谚杂辞等于一书，文献整理价值巨大，特别是对含韵文体式的诸多谣谶杂辞的著录，显示了对诗体发展的精深体认。在其先秦部分分列歌、谣（附吟诵）、杂辞、诗、逸诗、古谚语六部分，即将先秦古诗分为歌、谣、杂辞、诗、谚语五种大类，在"谣"体部分，其将前论及《左传》僖公五年条和昭公二十年条分列为"晋童谣""鸲鹆谣"③，惜亦未明晰其来自卜筮繇词传统，亦未单列"繇"体条目。

（3）历史中的文体样式——作为"偶辞之端"的繇辞

第三个问题，由繇、谣辞的发生和发展，即可充分探究早期文体与历史文化的内在关联。

上述繇词在《春秋》中的呈现方式，实际上亦说明了周易卦爻辞一方面来源于民间歌谣，有着漫长的口头历史，在历史传承过程中故事背景逐渐模糊。王国维、顾颉刚等人均在此方面做出了奠基性的研究，如顾颉刚所著《〈周易〉卦爻辞中的故事》（1926 年）、《〈易·系辞传〉中观象制器的故事》（1930 年）等文，均对二十世纪先秦史研究产生了深远的影响，自不必赘述。另一方面，这些民间歌谣所具有的神秘意味，又因其承殷商卜辞，代表着早期文体的文法与修辞方式的定型化和通俗化过程。正如清人吴育为李兆洛所辑《骈体文钞》所作序中，把骈俪之文的体式和意识追溯到上古时代的审美意识，其言"尧启四言之始，孔子赞《易》兆偶辞之端"④，虽然只是附会古人，但其讲骈体文体的发展放在整个四言体式发展历史中，确实是具重要"体格有迁变"⑤（李兆洛语）的文体历史观。更为重要的是吴育其实暗示出了与《易经》相关的卦爻辞

---

① （清）田雯《古欢堂集杂著·论诗》："鼓吹曲辞，歌谣杂体，五色相宣，八音协畅，诗家所必采也。"（张寅彭. 清诗话全编·顺治康熙雍正朝 [M]. 杨焄，点校. 上海：上海古籍出版社，2018：4319.）
② 吴承学. 中国古代文体形态研究 [M]. 北京：北京大学出版社，2013：29.
③ 逯钦立. 先秦汉魏晋南北朝诗 [M]. 北京：中华书局，1983：37-38.
④ （清）李兆洛. 骈体文钞：吴育序 [M]. 郑州：中州古籍出版社，1990：1.
⑤ （清）李兆洛. 骈体文钞 [M]. 郑州：中州古籍出版社，1990：19.。

历史与古代骈体文发展源头上的密切关系。

此一方面作为多是文学史所要关注的问题，从前述形式批评角度而言，透过文体形式的凝固和历史的积淀，早期文体的形成与宗教、政治、文化、民俗等诸多方面有着复杂而又深刻的关系，值得深究。张政烺先生在其名作《试释周初青铜器文铭文中的易卦》一文中，曾特别引用《周礼》之言以繇辞为颂体，指出其作为歌谣的价值：

> 《周礼》所说的颂就是繇，是一种歌谣的体裁，用以解释卦的吉凶，亦类后世术士的口诀或谶诗。《周易》中的卦辞就叫作繇。《周公卜法》卷首说："审看下卦歌颂，次定吉凶"，则用颂字。其颂有十六个，皆四言八句，类似歌谣。①

这里强调繇辞为"颂体"，实际上是说明了周易卦爻辞多为歌谣的本质，指出其吟诵的本质对于卜筮过程的重要性。日本学者儿岛献吉郎在总结古代谣谚所具有的政治、历史和教育价值时，特别是从历史的角度而言，认为"后世学者欲查先民的思潮，窥古代社会情态的无如谣谚。谣谚实是正史以外的历史，可以卜知千古来世态人情的断片的春秋"②。当然在中国文学史中，以谚、诵、谣、讴等体裁为代表，恰是嵌入到正史中的历史片段，本身实已具有类正史性质的合法地位。故《左传》《国语》中所嵌入诗、谣、谚等诗体形式，在史书发达的中国有了特殊的文化价值和政治意义。当代欧洲学者克劳德·伽拉姆在其专著《诗歌形式、语用学和文化记忆——古希腊的历史著述与虚构文学》中，以文化人类学的视角对古希腊文化记忆与诗歌形式之间的互动关系做了系统的分析与总结，认为作为一种人类学诗学的文化记忆，在古希腊文化的口头诗歌话语传统中：

> 通过仪式化的朗诵，叙事诗歌在召唤群体的过去并将之形象化的同时，维护着集体的文化记忆，一种被仪式激活也借由仪式传播，不仅是体现在文化实践中的节奏性记忆，而且是给定的宗教、社会、政治以及历史的情境之中的节奏性记忆。③

---

① 张政烺. 论易丛稿 [M]. 北京：中华书局，2015：24.
② （日）儿岛献吉郎. 中国文学通论 [M]. 孙俍工，译. 太原：山西人民出版社，2015：30.
③ （瑞士）克劳德·伽拉姆. 诗歌形式、语用学和文化记忆：古希腊的历史著述与虚构文学 [M]. 范佳妮，译. 北京：北京大学出版社，2017：11.

　　此种理论视野之于上述《左传》繇词作为韵体形式在卜筮传统中的呈现方式及其文化实践意义，亦具有同等重要的理论价值。当然，我们也不能把形式批评完全化为其文化人类学的核心理论范式，应有着独特的研究思路及展开方式，其与文化批评和历史批评等理论视角的区别，下节再叙。最后，我们可以引罗根泽先生之论，来说明《左传》繇词作为早期韵文和诗体发源的重要意义：

　　　　按文字发生的原理，例先有诗歌，后有散文。中国传世最古的诗歌是《易》卦爻辞，它是中国再造的歌谣，虽然至西周初年始著于竹帛，但我们可以决定它是商代的旧物。它虽然不及后世的诗歌，但亦微具诗歌之美。①

----

① 　罗根泽. 罗根泽古典文学论文集［M］. 上海：上海古籍出版社，2009：476.

第四章

形式批评与古代文学研究范式的价值重估

第一节　新形式主义美学的启示：历史
视野中的文本细读

如前所提及，二十一世纪以来欧美学界所兴起的"新形式主义美学"趋向，正是立基与对二十世纪西方文论偏重于形而上构思而忽视文本细读的弊病的反思基础上，要求重回文本和形式审美进而使文学审美经验得以具体呈现。前所提及的布尔迪厄的文学场理论、伊格尔顿强调回归的"传统的仔细的形式分析"，可作为对新形式美学的一种不谋而合的呼应。虽然说所谓"新形式主义美学"称不上是统一的理论流派，其诸多参与者也拒绝以统一的流派自居，但其之于当下中国文学理论却具有重要的启示作用。

其一，新形式主义回归审美论的主张，要求文学研究回归文本和审美。而所谓审美论的回归，即基于对文本形式的重新阐释。毫无疑问，形式问题始终是西方哲学美学的核心问题，特别是在二十世纪的西方学界，以形式主义、新批评、结构主义和结构主义等为代表，形式更成为最为核心和最为凸显的理论原点。如意大利学者马里奥·佩尔尼奥拉曾总结二十世纪存在于哲学、美学、艺术史和传媒理论中的诸多形式美学观念，大致涉及十个关涉形式美的指向和领域，分别为：形式和超验（康德美学的延续）、超越于形式的巴洛克风格（海因里希·沃尔夫林的艺术史研究）、先于形式存在的艺术意志（阿罗伊斯·里格尔的形式艺术史研究）、超越形象的无机风格（威廉·沃林格《抽象与移情》）、作为生命形式的艺术作品（帕维尔佛·洛伦斯基与欧文·潘诺夫斯基研究）、形式作为图式和历史性序列（亨利·福西永《形式的生命》）、形式作为仪式（诺伯特·埃利亚斯的社会学研究）、形式作为格式塔（格式塔学派）、审美形式与神学（汉斯·巴尔塔斯和阿南达·库马拉斯瓦米的神学美学研究）、处于媒介和崇高之间的形式（麦克卢汉的媒介研究）。① 在这些诸多的形式美学观念中，其缺陷亦是明显的，即在于依然是将形式视为一种抽象的或形而上的范畴，科学主义式的剖析往往导致对文本审美的疏离和拒绝，其中美术史中的形式观念并不能直接移植于文学语言研究，形式只是一种可待阐发的文本证据而不是审美愉悦的对象。由此"新形式主义"欲抛弃与超越上述种种关涉形式的哲学美学窠臼，脱胎于文学教学实践中新形式主义美学虽然关注形式，但是不同于形式主义、结构主义和新批评派将形式或结构视为意义的唯一源泉，而是"拒绝认为文学文本具有意义内在性，由此强调把形式视为解释形式与内容、文学话语与历史话语互为结构的某些交汇点；从根本上说，'新形式主义'是一种阐释方法，通过分析形式发现具体历史语境中'阐释主观性和形式对于意义规定性之间的张力关系'"②。由此可见，将形式分析放入开放的历史进程中，为新形式主义与二十世纪形式主义、结构主义封闭式的文本研究方式理论立基点不同之所在。

正如朱立元先生所指出的，在文学作品意义来源问题上，"百年来的西方文论恰好经历了构成文学活动三个要素或环节逻辑进程两大重大理论转变：创作→作品→接受，以及作者中心→文本中心→读者中心"③。然而在二十世纪西方文论的此种转变过程中，基于不同侧重点和出发点的理论流派往往偏执一端，导致作者、文本与读者和文学内部研究与外部研究之间的紧张对立、难以调适的理论泥沼。新形式主义正是基于对文学形式的重新阐释，将文学审美回归到具体的而非抽象的语言形式上，在文本细读的过程中文学审美而非历史分析、文化批评成为文学阅读的核心和出发点。从此意义上说，新形式主义是要恢复文学之为文学的审美愉悦维度，而这种审美愉悦应来自对字词、结构、韵律和文类等诸多形式因素的体验、分享和确认。在后现代文论的背景下，在历史批

---

① （意大利）佩尔尼奥拉. 当代美学 ［M］. 裴亚莉，译. 上海：复旦大学出版社，2017：45-86.

② 王丽亚. 什么是"新形式主义"？——《新形式主义与文学理论》述评 ［J］. 外国文学，2015（5）：152.

③ 朱立元. 略论文学作品的意义生成：一个诠释学视角的考察 ［J］. 中国社会科学，2017（5）：155.

评、文化批评否认形式与审美的意义之后，新形式主义提倡的审美论回归，即"强调文本审美层面的细读愉悦，这就使得文学艺术的研究和批评更加接近审美而非思辨"①。

其二，与形式主义文论不同，新形式主义强调在文本细读基础上的形式分析为其他批评的基础，而非文论研究的排他性方式。如果说形式主义、结构主义和新批评派等往往忽略了文本的历史性的话，那么，二十世纪后半叶兴起的历史批评、文化批评则排斥了文本的审美性。新形式主义的提倡者则试图以形式为基点，以文本细读为基础，沟通上述二者的内在鸿沟。有国内学者以新形式主义为后理论时代文学研究的一种可能，其价值在于"像真正的文学批评那样关注形式，同时不忘批评的社会和政治责任，其真正的目的是在形式上揭示历史和政治"②。实际上，进入二十一世纪以来，不只是新形式主义者，如前所述的伊格尔顿、布尔迪厄及意大利学者弗兰克·莫莱蒂等人，均在试图沟通形式批评与历史批评和文化批评之间的对立关系，试图弥补宏大的历史分析和文化阅读脱离具体文本和审美愉悦的弊端。在传统的批评形式中，历史和形式的关系往往是被分裂开来的，新形式主义的细读方式，则试图指出历史分析和形式探索之间创造性、丰富性的相互交流③。在文学作品里，"历史与当下的关联，不仅是通过想象和暗喻，而且也是通过对具体、特定音节形式的使用，而得以形成的"④。由此，音节、韵律、结构和文体之类的形式因素，不只是文学审美得以形成的基础，更是历史与当下的连接点，历史批评和文化批评不应忽视此种形式审美的历史性，不应脱离具体文本语句而探寻文本之外的意识形态或历史因素。

其三，新形式主义者并不追求完整的、抽象的理论目标和理论观念，它把形式分析更多地看作是种惯例与实践的产物，而非个体的、创造性的理论分析。新形式主义者反对二十世纪形式主义美学对于形式概念的过分抽象化、先验化和绝对化的理论倾向，而是更多将形式视作一种公共的惯例和阅读的规范，以

---

① 周宪．审美论回归之路［J］．文艺研究，2016（1）：16.
② 陈太胜．新形式主义：后理论时代文学研究的一种可能［J］．文艺研究，2013（5）：21.
③ THEILE V, TREDENNICK L. New Formalisms and Literary Theory［M］. London：Palgrave Macmillan, 2013：98.
④ THEILE V, TREDENNICK L. New Formalisms and Literary Theory［M］. London：Palgrave Macmillan, 2013：109.

此而使审美经验得以分享和沟通。此种实用主义的观念，或来源杜威所论。杜威在论述艺术与文明的关系时，以为审美经验虽为个人的生成与欣赏而来，但"这些个人的经验内容却是由他们参与其中的文化所决定"①。因而新形式主义者在文学阅读和文学教学中，更注重形式分析和形式批评的适用性和有效性而非如新批评派所言的意义的含混性和矛盾性。在《另一种遗产：新形式主义教学法》一文中，作为英文系教师的琳达·特里德尼克（Linda Tredennick）指出，在具体的文学教学过程中，如何能把新批评派、结构主义、后结构主义或女性主义等抽象理论具体化为对作者创作意图做有效的说明，这些诸多哲学美学理论如何"能够变成一种有效的教学法，而非一种风格和假定的大杂烩"②，才是文学理论具有说服力和可操作性的基础。当然这并不是说要像新批评派那样将文本封闭起来并视之为文学意义的唯一源泉，特里德尼克认为其新形式主义式教学法与新批评派的分析有着"基本的区别"，其核心立场即为在文本细读和形式分析中：

> 艺术家、文本和读者之间的相互诠释关系，是被映射到自我、他人和世界之间的关系上的，通过此种方式而使这些关系之间流畅而充满意义。③

亦即是说，新形式主义教学法突出强调作者、文本和读者三者之间的互动关系，以一种开放性的姿态将文本和语言分析放在历史和文化分析的背景中，使文学审美经验得以具有可分享性和可说明性，以此新形式主义者试图超越二十世纪文论中理论与教学实践脱节的弊端。如前章所述，古代文学评点正是基于古代诗文教学实践，结合语句辞法而形成的一整套适应古代教学情境的批评方式和阅读方式，在诗文选本、摘句和评注等方式中侧重于如何选词造句、明辨体式法则等形式分析，事实证明在古代社会此种结合诗文教学的形式批评和审美鉴赏是有效和形象的。从此角度，我们正可重新诠释古典文学评点和诗法文格的价值和意义。英国学者阿拉斯泰尔·福勒从诠释学的角度提出："历史传统源于原作意义和初始分组，一路串接起后代的新阐释和分组"，绵延而成了一种批评的传统。他认为好的批评家的诠释，是"将作品的早先有效阐释吸收到自己的阐释之中，令其成为自己阐释的一部分"④。同理，古代文学评点正是在

---

① （美）杜威．艺术即经验［M］．高建平，译．北京：商务印书馆，2005：326.
② （美）杜威．艺术即经验［M］．高建平，译．北京：商务印书馆，2005：223.
③ （美）杜威．艺术即经验［M］．高建平，译．北京：商务印书馆，2005：235.
④ （英）阿拉斯泰尔·福勒．文学的类别：文类和模态理论导论［M］．杨建国，译．南京：南京大学出版社，2018：300.

此意义的不断分组和有效阐释中形成了自己的阐释传统。更为重要的是，结合文类、体式和字词的形式批评正是其中最为有效的基点。

第二节　"古代文学的理论"：形式批评与古代文学研究范式

上文所讨论的欧美新形式主义理论趋向并不是为了以西衡中，或简单地套用西方当下文学理论来为古代文论研究提供直接的研究范式或方法。我们想要说明的是，放在整个西方美学和文论的发展趋向下，我们可以依次检讨二十世纪以来受西方哲学、美学和文论研究范式影响的古文论研究，其本身内在的思维前提的桎梏和价值标准的缺陷，进而回归古文论研究对象的真实性和自在性。譬如，言及古代文学批评方法时，过去研究通常以为古代文学批评重在"以意逆志"式的道德批评，或"推源溯流"式的背景批评为核心的文以载道式的批评传统。的确，古代诸多诗话、文话、词话等理论话语资源中，多重在讨论诗人的情志、文学的道德社会意义等。但古代文学批评言及诗人情志和文学价值，却恰恰是在对文章字句、语言美感的细致分析与体验基础上生发而来的，绝不是如上述二十世纪西方美学文论传统中脱离文本的抽象言说。在诸多诗话、摘句、诗格、诗法以及评点、笔记中，古人论诗评文时常不离字法、文法和音律来讨论作者与文本，乃至到清代乾嘉学派研求文字音训和桐城派以章法解文为极致。程千帆先生在《古典诗歌描写与结构中的一与多》一文中，曾高瞻远瞩式地指出：

> 从理论角度去研究古代文学，应当用两条腿走路。一是研究"古代的文学理论"，二是研究"古代文学的理论"。前者是今人所着重从事的，其研究对象主要是古代理论家的研究成果；后者则是古人所着重从事的，主要是研究作品，从作品中抽象出文学规律和艺术方法来。这两种方法都是需要的。但在今天，古代理论家从过去的及同时代的作家作品中抽象出理论以丰富理论宝库并指导当时及后来创作的传统做法似乎被忽略了。①

---

① 程千帆. 闲堂诗学 [M]. 沈阳：辽海出版社，2011：63.

　　程千帆先生对"一与多"的结构形式在文学作品中存在诸形态的探索，正是为了展现被忽略的第二种研究范式的价值和意义。实际上在西方后现代理论、历史主义等理论之后，新形式主义者显然认为从作品中抽象出文学规律和艺术方法才是文学理论的核心和根本。如美国著名的结构主义和解构主义学者乔纳森·卡勒在反思二十世纪西方新批评理论时，亦提出在西方抒情诗理论和教学中存在着阐释学和诗学两种倾向：对于给定的文本，"诠释学试图去寻找文学作品的意义"；而诗学"则更关注那些作用于读者，赋予作品意义及效果的传统为何？它不是去寻找意义，而是发现使意义成为可能的那些技巧。这些技巧从属于特定的类型传统"①（注：本书作者译）。卡勒还认为实际上诠释学和诗学虽然在理论中是截然不同的，但在实践中却是难以分开的。在其 2015 年出版的专著《抒情诗理论》中，他正提倡此种回归诗学的抒情诗理论，即通过对具体作品修辞策略和形式细节的分析，来追索一种诗体传统和鉴赏传统，可以说卡勒在此书中重提的"文学性"问题，正是对西方后现代主义文论以来过分"理论化"倾向的一种拨乱反正。而此种重回文学性和形式审美的视野，乃至所谓"诠释学"和"诗学"对立性的理解，正印证了程千帆先生所提出的"古代的文学理论"与"古代文学的理论"之分的理论价值和意义。同理，吴调公亦曾提出"审美鉴赏"实为"古典文论研究之窗"，他以为"把审美鉴赏和古典文论脉络的探索相结合，有助于人们对浩如烟海的文论纵览"②，极力主张将理念探讨和审美鉴赏相结合，是为此代学人共同的学术意识。

　　因而，不管是从古文论研究的角度，还是西方文论的发展趋势而言，我们更应将古代文论的艺术规律、概念范畴追根溯源式地回到古代文学作品本身来加以理解和阐释，如此才能使这种从文学作品中抽象出的文学规律和艺术方法的理论范式不离具体文本和语句，才能正视古代形式批评传统的存在价值，而这恰恰是我们今天古文论研究与现代西方文论研究之区隔之所在。或如汪涌豪先生所言，这些基于汉语语言特性的言说范式：

　　　　立足于汉字的构造特点、组合方式和声韵规律，包含调声、属对、缀章、病累等多方面的要素，因切入创作构成的内在机理，常对时代风会和

---

① （美）乔纳森·卡勒. 抒情诗理论＝Theory of the Lyric：英文［M］. 北京：外语教学与研究出版社，2019：6.

② 吴调公. 古典文论与审美鉴赏［M］//吴调公. 古典文论与审美鉴赏. 济南：齐鲁书社，1985：14.

审美崇尚构成重大影响，故研究它，包括由此探寻而衍展出的众多的形式批评范畴，从声色之法的归纳，到格法、韵法的指说，必能为传统文论独特面目的凸显，以及东西方不同文学观念的整合提供有力的支持，是一点都不过分的。①

亦即是说，古代形式批评实为理解古代文论内在机理和外在逻辑的前提和基础，更为重要的是古代形式批评所具有的审美性指向，又是历史批评和道德批评所不具有的内在价值指向。在诗文批评成熟期的明清两代诗学汇总，此种古代形式批评的内在理路显现得至为明白。如清人程鸿绪在评价黄生《唐诗摘抄》与《诗麈》两书时所总结的：

> 诗家选本，向推黄白山先生《唐诗摘抄》独约而精。自朱君闲园更取吴修坞先生集录汉魏唐诗增删订入，于是体无不备，行之久远矣。顾于各类中标举章法句法，要皆就诗论诗，犹未穷流溯源，而统论其旨趣也。偶检家藏黄先生手订一木堂外稿《诗麈》一册，则囊括古今，无不原原本本，诗家三昧，和盘托出，乃叹先生嘉惠后来，心益良苦。盖初学为诗，不读《摘抄》，不明诗律所由细；不读《诗麈》，莫知诗学所从入。是二书不可偏废也。②

此段论述正可对应前所引程千帆先生之论，黄生的《唐诗评》、吴修坞的《唐诗续评》和吴临智的《唐诗增评》三种选本，与传统的唐诗选不同，其重在批评而非汇辑，可以说是文学批评和鉴赏著作，亦可以说是一种"关于古代文学的理论"，正是"从作品中抽象出文学规律和艺术方法来"的理论范式。其重在"标举章法句法""就诗论诗"，正是一种以文本细读为中心的形式批评范式。而黄生的《诗麈》和《载酒园诗话评》两种，则更多地属于诗歌理论专著，是一种理论的抽象与提升（当然其与西方文论形而上体系还是不同），可以说是关于"古代的文学理论"，其重在"穷流溯源""统论旨趣"，正是前述"以意逆志"式的背景批评、历史批评范式。难能可贵的，程鸿绪等人已明确地认识到，后者正要以前者的文本细读为基础，二者不可偏废。前者如吴临智《唐诗增评》评曰："五言排律与五言律诗，句法虽同，篇法实异，其要有四：

---

① 汪涌豪. 中国文学批评范畴十五讲［M］. 上海：华东师范大学出版社，2010：131.
② （清）黄生，等. 唐诗评三种［M］. 合肥：黄山书社，1995：717.

一贵铺叙得体，先后不乱；二贵对仗整肃，情景分明；三贵过度明白，不令人沉思回顾；四贵气象宽大，从容不迫。至于长篇讲段落，严结束，须有次第本末，方为合格。"① 正可看出其重在标举章法、句法的言说重点，而且是对诗歌形式和结构的一种审美鉴赏和经验总结。

又如从魏晋书法美学生发出，在宋代诗论发展而来的"意象批评法"，尽管存在着边界模糊、生发随意之弊病，但其言说重点亦在通过意象的比较和物象的触类旁通来实现美感的分享和传递。如黄生言："古诗如浑金璞玉，雕镂无烦；律诗如美锦珍裘，裁制匪易。古诗如老、庄之道贵自然，律诗如申、韩之治尚名法。古诗如李将军叼斗不击，律诗如程卫尉斥堠必严。古诗如青绿铜器，款识模糊，土花锈蚀，辨之有奇理，嗅之有古香；律诗如螺钿盒子，底盖周正，采色陆离，合之则均匀，扣之则无迹。"② 又如归有光评文曰："文凡四转，而结思圆转，如游龙，如轱辘，愈变化而愈劲厉。"③ 又如清人牟愿相所作"诗小评"亦仿照书论品评方式，以自然意象来比拟诗人风格，其言"《十九首》如星罗秋旻，芒寒入耀""陶渊明诗如天春气霭，花落水流""梁简文帝诗如秋蝶依草，欲懒欲愁"④ 等，均是以丰富的自然物象来实现诗歌阅读的美感传递。故有学者认为古代文论中存在着的"意象批评法"，是"用络绎缤纷的审美意象，引发读者的审美感受，在作品世界中再度得到印证或修正"⑤。这种以文本比较和审美愉悦为核心的古代文学批评方式，对于纠正西方现代文论重理论构建而轻文本的弊病显然有着重要的启示作用。

由上分析，虽然"他山之石，可以攻玉"，但我们并不认同二十世纪古代文学研究中套用、移植或格式化古典诗学资源的倾向：或直接以西方形式主义阐

---

① （清）黄生，等．唐诗评三种［M］．合肥：黄山书社，1995：718.

② （清）黄生．一木堂诗麈：卷二［M］//张寅彭．清诗话三编．上海：上海古籍出版社，2014：100.

③ （明）归有光．唐宋八大家文钞评文［M］// 王水照．历代文话．上海：复旦大学出版社，2007：810.

④ 牟愿相．小澥草堂杂论诗·诗小评［M］//郭绍虞编选．清诗话续编．上海：上海古籍出版社，1983：911.

⑤ 张伯伟．中国古代文学批评方法研究［M］．北京：中华书局，2000：271.

释古典诗学的比兴理论①，或直接以西方结构主义方式批评方式解读唐诗及其唐诗评②，又或直接以新批评理论来细读古典诗学，所谓结合中国传统方法与西方形式美学理论，以"反讽""模棱""隐喻""对等原则""历史原型"等概念为视角，来解释了古代诗歌深层的结构形式之美，并以之为行之有效的文本解释方式③，以之为中西诗学汇通的可能路径。同样，我们也并不认同有学者简单地判定"中国的形式文论从来就没有好好开展过"的观念，且以为"钱锺书先生的巨著《谈艺录》，只是中国形式文论绝佳的开场，三四十年代的李健吾、梁宗岱众家争论下之琳诗，也是一个极为少有的范式佳例。但是在这些先驱者的身后，后继乏人"④。实际上，如前一章所叙，无论是钱锺书对古典诗学的再阐释，还是如李健吾、梁宗岱新诗形式理论的建构，其根基即在于基于汉语特性的古典诗学中的形式论思想。这种形式批评范式和话语资源，笼罩在古代道德批评和历史批评中，乃是一种内在和隐的基础性话语资源，且对古代文学创作具有阐释的有效性和教学上的实用性，并不需要直接地、简单地移植西方形式主义美学或新批评理论来加以透析传统诗学。我们需要做的是要重新挖掘和阐释传统诗学中被忽略或被轻视的形式批评资源，见出其中蕴含的文学创作形式规律和言语结构。或如有学者所曾指出的：

> 欧洲有文章之学，篇章之学，言语言者诧为神奇，然细审之，大抵皆望溪、惜抱诸老之所曾言者也。彼之薄为"策锋之法"者，实乃语言之常规，篇章之通例也。⑤

当然我们并不认为西方的形式主义和语言论等同于桐城派章法之学，因西方美学中的"形式"概念并不能简单化约为古代文论中的"章句之法"，但显

---

① 戴为群. 论"兴"：一个形式角度的新解释［M］//徐中玉，郭豫适主编. 古代文学理论研究：第三十一辑：中国文论的方与圆. 上海：华东师范大学出版社，2010：569.
② 如海外学者高友工、梅祖麟于1968至1978年间共同撰写的三篇研究唐诗的经典论文：《杜甫的〈秋兴〉：语言学批评的实践》《唐诗的句法、用字与意象》《唐诗的语义、隐喻和典故》。（（美）高友工，梅祖麟. 唐诗三论：诗歌的结构主义批评［M］. 北京：商务印书馆，2013.）
③ 俞宁.《秋兴八首》之形式美发微［J］. 中山大学学报（社会科学版），2017，57（5）：1.
④ 赵毅衡. 中国的形式批评与文化批评——赵毅衡先生访谈录［J］. 外国文学研究，2004（4）：2.
⑤ 吴孟复. 方望溪先生遗集序［M］//方苞. 方望溪遗集. 合肥：黄山书社，2014：5.

而易见的是中国古代诗学、诗法诗格和文章学中存在着丰富而漫长的形式批评传统，尽管其往往被轻视或被隐含。下兹举一例，来说明形式分析和形式批评是如何内在于古代文学研究思路中以及形式批评与历史批评之间丰富而复杂的互动关系。

第三节　形式批评理论与现代楚辞研究范式：
以《卜居》《渔父》研究为例

在近现代楚辞研究中，之于《卜居》与《渔父》两篇真伪问题，一直是诸学者争论的焦点，其中以句法与体式为中心的形式分析更成为其训释与立论的基础，因其涉及辞赋体式在历史中的源起与发展，又关涉古代文学研究中形式与历史的复杂互动，故可作为一种案例加以详叙。其背后除体现诸现代学者对传统诗学和文章学的继承外，更可见西方知识资源特别是西方古典学传统、形式主义美学等起到的旁照作用，在对句法、体式和韵文观念发生发展的探讨中，他们实际触及了在经典文本形成的历史过程中形式审美和历史意识的互动关系。闻一多曾在《楚辞校补》中指出楚辞研究同时具备三种困难，包括年代久远、史料不足所造成的背景说明之难，多用"假借字"而造成的诠释字义之难和传本讹误所造成的校正文字之难①。由此，在现代楚辞研究中，对屈赋语句与形式的厘定、体认和评判，是为其中最为确实和重要的理论切入视野。如刘永济先生曾总结"今人衡建古文艺，喜从句度韵律，断其时地，辨其真伪，于屈赋为尤甚"②，更直接点出了此种形式批评理论与视野之于屈赋研究的重要性。故分析现代楚辞研究实践中的形式批评理论，对于当下古代文学史和古代文论史话语体系建设与学科有效性的探寻，均有着非常重要的学术史意义与方法论价值。

当然，《卜居》《渔父》两篇的真伪和作者问题古人早有论及，如汉代王逸在《楚辞章句》中虽然一面肯定"《卜居》者，屈原之所作也"，"《渔父》者，屈原之所作也"；但在《渔父》解题中，又言"楚人思念屈原，因叙其辞以相

---

① 闻一多. 楚辞校补·引言 [M] //闻一多. 闻一多全集：第三册. 上海：上海书店出版社，2020：7.
② 刘永济. 屈赋通笺：附笺屈余义 [M]. 北京：中华书局，2010：22.

传也"①。此种注释给后世二篇文献的作者与真伪问题留下了争议空间，如清人崔述在《考古续说》中言"是知假托成文，乃词人常事。然则《卜居》《渔父》亦必非原之所作也"②。然从司马迁、刘知几、朱熹到汪瑗、顾炎武等人均承继王逸肯定之言，大都以二篇为屈原所作无疑。而受古史辨派疑古思想和西方科学精神影响，二十世纪诸多楚辞研究学者，除刘师培（《楚辞考异》1911 年）、梁启超（《屈原研究》1922 年）和谢无量（《楚辞新论》1923）持肯定意见外，鲁迅、胡适、郭沫若、游国恩、陆侃如、冯沅君、刘永济、朱东润、王泗原等人则多认同此二篇并非屈原所作而为后人伪托。当然更有廖平（《楚辞新解》）、卫聚贤（《离骚的作者——屈原与刘安》）、何天行（《楚辞新考》）、丁迪豪（《离骚的时代及其他》）等人或否定此二篇为屈原所作，更或激烈地否定《离骚》为屈原所作，诸说此文且不论。

现代楚辞研究中，除陆侃如（《中国诗史》1931 年）和郭沫若（《屈原研究》1953）外，较客观地、学术性讨论《卜居》《渔父》，并否定屈原为其作者的，以游国恩先生的观点为代表，他提出：现今所传的屈原作品二十五篇中，最成问题的是《卜居》《渔父》两篇……《卜居》和《渔父》两篇，从前崔述就怀疑过。他认为都是后人假托的，这和庾信的《枯树赋》托之桓大司马，谢惠连的《雪赋》托之司马相如，谢庄的《月赋》托之曹植是同样的作风。假托成文，是赋家的常事。据我看，这是颇有道理的③。

而以陈子展先生和姜亮夫先生为代表，则认为《卜居》《渔父》二篇为屈原所作而非后人所托名。陈子展先生在《〈卜居〉〈渔父〉是否屈原所作》（载《学术月刊》1962 年第 5 期）、《论卜居、渔父为屈原作》（载《中华文史论丛》1978 年第七辑）两文中独标旧说，以为现代诸学者否定屈原为作者的立论并不成立，他引朱熹《楚辞集注》和洪兴祖《楚辞补注》之说，言"这就说明了《卜居》的主题，而作者当为屈原，他人不见得一定处此境地，有此思想情感，

---

① 洪兴祖. 楚辞补注［M］. 黄灵庚，点校. 上海：上海古籍出版社，2015：279，286.
② 崔述. 考古续说：卷一［M］//顾颉刚. 崔东壁遗书. 上海：上海古籍出版社，2013：447.
③ 游国恩. 屈原作品的真伪问题［M］//游国恩. 游国恩楚辞论著集：第四卷. 北京：中华书局，2008：157.

有此作的必要"①。姜亮夫先生在其名作《重订屈原赋校注》（1931 年成书，1957 年出版）中亦全面肯定了汉人王逸的观念，以为包括《九歌》《卜居》《渔父》和《远游》等在内常为近人质疑的篇目，均为屈原所作或屈原润色而成，他从思想情感与寄情托兴角度肯定曰：

> 一则以离骚为本干，总其义类；以九章为枝叶，以渔父、卜居条其理趣，渐为波澜；以远游充其情思，以尽其流。凡此皆以个人感喟为主，从己身之修姱自洁，以引入于去国出世之思理。②

当然姜亮夫先生的考证除建基于对传统训诂学的继承上，更充分汲取了现代考古学、神话学、宗教人类学等学术理念，来建立起其丰赡完备的楚辞学理论体系的。

上述诸多论证，除古人以意逆志式的推断和一些其他历史材料的旁证外，两种对《卜居》《渔父》作者问题截然相反的观念，其立论核心正如陈子展先生所言："很多论点都像是偏重于形式方面而立说的。"③ 在对《卜居》《渔父》的研究中，诸家对此两篇在古代文体发展中的价值，进行了深入的探讨，如唐文治所言，"《卜居》《渔父》两篇在有韵无韵间，后来设难之体，实权舆于此，六朝问答之文，皆其支流也"④。亦即是说《卜居》《渔父》两篇独特的韵散体式和设难问答形式，于汉赋和六朝文影响巨大，故对理解中国古代文学史的发展具有十分重要的意义。

而从文献诠释的角度而言，勘定包括《卜居》《渔父》在内的屈赋作者与文本的可靠性，必须回溯到汉代楚辞文献形成的初始时期，特别是汉代刘安、刘向、王逸、司马迁等人关涉楚辞文献形成初期的编纂情形，通过对文本篇目、次序、语句单元、异文的比对校勘中，去探讨作为累积性文本其内部的构成过程。正如有西方学者所指出的，要勘定传世文献特别是先秦文献的真实性，实

---

① 陈子展. 楚辞直解［M］. 南京：江苏古籍出版社，1988：650. 需要指出的是，陈子展先生早期也曾以为《卜居》《渔父》为后人伪托之作，在其二十世纪三十年代的讲义《中国文学史讲话》中言："我以为伪托宋玉的这些东西，正和伪托屈原的《卜居》、《渔父》一样，似乎不是文人有意的作伪，而是出于民间的传说，由文人采录或修改下来的。"（徐志啸. 陈子展文存［M］. 上海：上海古籍出版社，2018：635.）

② 姜亮夫. 重订屈原赋校注［M］//姜亮夫. 姜亮夫全集·六. 昆明：云南人民出版社，2002：140.

③ 陈子展. 楚辞直解［M］. 南京：江苏古籍出版社，1988：66.

④ 唐文治. 论文琐言［M］//王水照. 历代文话. 上海：复旦大学出版社，2007：8392.

要参考三个维度，即文献的流传历史、语言的使用情况和其内容是否与相应的历史状况相一致①。我们认为，其间涉及用字、押韵、语法结构、章法体式和整体风格等形式特征，实起着决定性的作用，并由此构成了经典诠释中的形式批评方法与视野。此是在现代楚辞研究中，特别是在《卜居》《渔父》研究中多偏重于形式上立论的主要原因。

具体而言，关涉《卜居》《渔父》作者归属与历史定位的形式与风格因素约有以下三个方面，其中包含有丰富而细致的形式批评理论和观念：

1. 韵散形式

《卜居》《渔父》之所以被怀疑非屈子所作，而是后人讬言，最核心的论据在于此二篇为问答式的散体韵文，与《离骚》式严格押韵的"骚体"迥然不同。因对此"散体韵文"（即骈散结合的体式本质）体制形态所产生时代的认知，导致了对二篇产生年代和作者的直接质疑，如游国恩先生所总结的：

> 我们再试从文体上看来，也可以证明这两篇是假古董。屈原作品除了《天问》一篇保存着《诗经》的形式外，其余的全是所谓"骚体"诗。他们对于"三百篇"虽然是比较的解放了，但比较汉后辞赋（散体或俳体）却仍是很束缚的，因为它们的句法都已经确定了一定的长短和韵式。而《卜居》《渔父》则不然，他们全是一种散文诗，句法既极其参差，用韵又很随便。（《渔父》一篇用韵更少。）比较"骚体"诗自然更解放得多，同时可以说是艺术上的进步。②

在这里，囿于时代局限，我们当然可对据艺术上所谓的"进步"观念，进而以《卜居》《渔父》比《离骚》更解放和更自由的论断持异议。但我们要分析的是游先生所作论断的基础，即认为《卜居》《渔父》所代表的散体韵文不是屈子时代的产物。由此，在其文学史观中，从骚体到散体韵文再到汉代辞赋构成了一种完整的形式审美发展链条，且后者比前者更自由更解放。同样，胡适亦曾明确提出："《卜居》《渔父》为有主名的著作，见解与技术都可代表一个楚辞进步已高的时期。"③ 而王泗原亦以为："卜居与渔父，都是楚国遗制，作者佚名。王逸以为都是屈原作。从本文叙述语句看，非屈原作。……这二篇，

---

① （美）夏含夷．孔子之前：中国经典诞生的研究［M］．上海：中西书局，2019：36.
② 游国恩．游国恩楚辞论著集：第三卷［M］．北京：中华书局，2008：139.
③ 胡适．读楚辞［M］//胡适．胡适全集：第2卷．合肥：安徽教育出版社，2003：97.

散文用韵，是楚辞的变体，为后世散文用韵之先声。"① 马茂元同样认为，《卜居》《渔父》"作为介乎诗歌与散文之间的一种新的体裁，是'不歌而诵'的汉赋的先导，是从《楚辞》演化为汉赋的过渡时期的产物"②。此种体制进化观念，均是从后来的文学作品与时代来逆推《卜居》《渔父》的形式价值，构建了一种从楚辞到楚辞变体再到散文用韵的形式发展闭环。

聂石樵在其《先秦两汉文学史》中则取一种中和的立场，一方面认同郭沫若的否定观点，以为《卜居》《渔父》虽为后人所作，但"可能是深知屈原生活和思想的楚人的作品"；另一方面又通过古韵的比较，裁定《卜居》《渔父》为先秦作品。归根结底，此种观念实以为第三人称的对话问答体即决定了此不是屈原作品，但又通过文本的用韵和同时期的互文本，以为这样的文本可以出现在屈原时期。当然，聂石樵先生对《卜居》《渔父》的形式价值及其历史地位多有推崇，说得比较全面，他以为：

> 《卜居》《渔父》在形式上有共同性，即问答方式之灵活，句法之参差错落，用韵之随便等，像是一种散文诗，这是对屈原作品的发展，而对汉赋的产生也有很大的影响。沈德潜《说诗碎语》卷上韵："《卜居》《渔父》两篇，设为问答，以显己意，《客难》《解嘲》之所从出也。词义显然，《楚辞》中之变体。"可以说它是从楚骚到汉赋之过渡形式。③

当然此种认识是对古代楚辞研究的一种继承，如李贺言"《卜居》为骚之变体，辞复宏放而法甚奇崛"④，王世贞则曰"今人以赋作有韵之文，为《阿房》《赤壁》累固耳。然长卿《子虚》已极漫衍，《卜居》《渔父》实开其端"⑤，二人均将《卜居》《渔父》看作赋辞文体的发源之所在，当然他们并不质疑二篇非屈原所作。又如明人徐师曾发挥班固"赋者，古诗之流"（《两都赋·序》）之论，将屈骚视为前接《诗经》、后续汉赋而构成完整的诗言志文学传统，

---

① 王泗原. 楚辞校释 [M]. 北京：中华书局，2014：302.

② 马茂元等. 楚辞注释 [M]. 武汉：湖北人民出版社，1985：465.

③ 聂石樵. 先秦两汉文学史 [M] //聂石樵. 聂石樵文集：第一卷. 北京：中华书局，2015：527.

④ 蒋之翘. 七十二家评楚辞：卷五 [M] //吴平，回达强. 楚辞文献集成：第二十三册. 扬州：广陵书社，2008：16176.

⑤ 蒋之翘. 七十二家评楚辞：卷五 [M] //吴平，回达强. 楚辞文献集成：第二十三册. 扬州：广陵书社，2008：16176.

其言：

> 屈平后出，本《诗》义以为《骚》，盖兼六义而"赋"之义居多。厥后宋玉继作，并号《楚辞》。自是辞赋之家，悉祖此体。①

此种观念，可说是自《文心雕龙·诠赋》以来古代诗学最正统和主流的文体价值观念。亦即是说诸多现代学者虽多认为《卜居》《渔父》乃至《远游》《九章》不为屈原所作②，但在文体审美上，却多承继了诸多古人的观念。从形式分析的角度而言，这可以说是对古代形式批评传统的一种隐在的传承，尽管上述诸位学者多不认同古人用"以意逆志"的方式确认二篇的作者，但在语言风格、赋体形态、文法结构上却潜在地认同古人的观念。故如日本学者铃木虎雄就认为：

> 班固曰："赋者古诗之流也。"考其理由，即如前述，盖诗以诵声写铺陈，赋之形式所由生也。如曰赋为诗流，要当主此，固不得仅以六义之赋属修辞直叙之法，为赋体之事物铺陈同其性质，而递谓赋由诗出，其故在斯也。③

亦是从形体发生学阐释赋体渊源，但多依据班固的观念。

姜亮夫④、陈子展二先生则独取古人之意，以为二篇实为屈原所作。同样是对此二篇散体用韵的确认，陈子展先生则以为《卜居》《渔父》的散体韵文形态恰恰是战国文体的最普遍形态，此则是一种在共时性指向上文体形态的确立。

---

① （明）徐师曾．文体明辨序说［M］//王水照．历代文话．上海：复旦大学出版社，2007：2071.

② 如闻一多认为：《九章》绝非屈原的手笔，也不是一个人的作品。（闻一多．闻一多西南联大授课录［M］．北京：北京出版社，2014：86.）

③ （日）铃木虎雄．赋史大要［M］．太原：山西人民出版社，2015：10.

④ 姜亮夫认为，《卜居》之作，"盖有其切望于国俗之一改，政事之一新，不胜其情愫之幽谬。当稍后于离骚作时"（姜亮夫．重订屈原赋校注［M］//姜亮夫．姜亮夫全集·六［M］．昆明：云南人民出版社，2002：495.）。又言："实际分析《渔父》《卜居》，不过是屈子思想的集中表现；此类思想，实多散见《骚》《章》《远游》。"（姜亮夫．楚辞今绎讲录［M］//姜亮夫．姜亮夫全集·七［M］．昆明：云南人民出版社，2002：83.）

从文体渊源上讲，陈子展先生引章学诚、刘师培①等人之论，以为《卜居》《渔父》与同时期的《庄子》《孟子》《战国策》等文体形态相比：

> 无一不可以看出屈宋辞赋中的问答体裁，修辞方法，和他们的学派相通。而且它们的艺术成熟之处，或有在屈宋辞赋之上者。即说屈宋出于纵横家，看来并没有是什么不可。何况在屈宋之时，《老子》和《周易·象辞》以及《文言》《系辞》的一部分，那种散体韵文的成就，已经很高。②

亦即是说，如若我们放在历史情境中，散体韵文形式在当时的产生是可能和必然的，并不存在从骚体到《卜居》《渔父》再到汉赋的形式发展规律，这只不过是一种虚构的形式"进化"线索。如赵奎夫所言，"屈赋中的各种句式和几种主要的诗体形式在屈原之前就已经存在"③；林庚则更是以为，"《楚辞》的体裁是战国时期诗歌的新形式"④，这种新形式产生的依据正是此时勃发的诸子散文。从历史主义角度而言，并不能简单地以后人见到的屈赋为此一诗体和句式的突然生发点，它必然是有着历史的孕育和渐变的过程。又如姜亮夫先生所言：

> 离骚、九章、渔父、卜居、远游者盖受战代诸子散文化之影响，屈子以为因依，而以楚人语法，即散文而稍整齐字句，施之韵文，以写其个人之情怀，盖屈子之创作也。⑤

实际上在"疏不破注"的古代经学诠释传统中，在尊重文本章句的基础上，

---

① 章学诚："古之赋家者流，原本《诗》《骚》，出入战国诸子。"［（清）章学诚．校雠通义·汉志诗赋第十五［M］//章学诚．章学诚遗书［M］．北京：文物出版社，1986：106.］章学诚又言："屈氏二十五篇，刘、班著录以为《屈原赋》也。《渔父》之辞，未尝谐韵而入于赋，则文体承用之流别，不可不知其渐也。"［（清）章学诚．文史通义·诗教下［M］//章学诚．文史通义新编新注．仓修良，编注．北京：商务印书馆，2017：60.］刘师培："古人诗赋俱谓之文。……《汉志》所载诗赋，首列屈原，而唐勒、宋玉次之。其学皆源于古《诗》，虽体格与三百篇渐异，然屈原数人皆长于辞令，有行人应对之才。"（刘师培．论文杂记［M］//刘师培．刘师培全集：第二册．北京：中共中央党校出版社，1997：89.）
② 陈子展．楚辞直解［M］．南京：江苏古籍出版社，1988：678.
③ 赵奎夫．屈骚探幽［M］．上海：上海古籍出版社，2018：136.
④ 林庚．九歌不源于二南［M］//林庚．诗人屈原及其作品研究．上海：上海古籍出版社，1981：135.
⑤ 姜亮夫．重订屈原赋校注［M］//姜亮夫．姜亮夫全集·六．昆明：云南人民出版社，2002：118.

"通古今之异辞，辨物之形貌"① 的训诂传统，恰是形式批评理论所赖以发生的文本基础。我们认为，从文本与文献形成的角度，在楚辞学研究中应充分重视王逸《楚辞章句》和《史记·屈原列传》的原生性与可靠性，虽然今存刊本存在着整体上"篇第混并"和文本内诸种窜乱、凌乱、增补、续补的情况，但并不能依此否定《卜居》和《渔父》为屈原所作。如我们通过比较《楚辞章句》（"难能以皓皓之白而蒙世俗之尘埃乎"）、《史记·屈原列传》（"又难能以皓皓之白而蒙世之温蠖乎"）和《荀子·不苟》（"其谁能以己之漉漉受人之掝掝者哉"）中《渔父》所用古谚语的异文异句，一方面可以确定《渔父》存在着两种不同的传本体系②，另一方面更能确定《卜居》《渔父》与《荀子》作为先秦文本的同时代性。

2. 主客问答的体式

《卜居》《渔父》与《离骚》《九章》《九歌》不同，其以屈子与太卜郑詹伊、渔父的对话和问答为体式，其文皆以"屈原既放三年""屈原既放"第三人称叙述为开端。日本学者青木正儿曾把赋的结构方法分为两类，"一为直叙体，一为设问体"③，近而把宋玉赋与《卜居》《渔父》作为设问体的代表。此种设问体式，尤为怀疑论者所以为《卜居》《渔父》是后世之人所叙述而成。如清人顾天成不同意汉代王逸及宋代朱熹所作"襄王立，复用谗言，迁屈原于江南，屈原复作《九歌》《天问》《远游》《卜居》《渔父》等篇"④ 的旧说，在《读骚列论》中引申曰：

> 《卜居》一篇固非秦以下手笔，盖战国人问其事而为之者。文虽斐娓，意实浅陋。……予所以断其为伪者，则以起数语。以为放于怀耶？则怀未尝有放之三年不得复见之事。以为放于襄耶？则原自甘退闲，无智可竭无中可尽，何所有冀于见，而心烦虑乱，不知所此从也。考其时，度其势，

---

① 孔颖达. 周南. 关雎诂训传［M］//（清）阮元校刻. 十三经注疏：清嘉庆刊本. 北京：中华书局，2009：561.

② 汤炳正. 释"温蠖"：兼论先秦汉初屈赋传本中两个不同的体系［M］//汤炳正. 屈赋新探［M］. 北京：华龄出版社，2010：88. 同样，蒋天枢亦认为汉初所传《屈原赋》有两个版本：一为《史记·屈原列传》所据版本；一为淮南王刘安所订定本.（蒋天枢. 楚辞新注导论［C］//蒋天枢. 楚辞论文集. 西安：陕西人民出版社，1982：3.）

③ （日）青木正儿. 中国文学发凡［M］. 太原：山西人民出版社，2015：108.

④ （宋）朱熹. 楚辞集注·离骚经第一［M］//吴平，回达强. 楚辞文献集成：第三册. 扬州：广陵书社，2008：1749.

无当。故疑之。①

这是从语义上判读此种问答体式的时代，而清人崔述则以为主客问答形式而确定此二篇非屈原所作：

> 自战国以下词人属文，皆伪立客主，假相酬答，至于屈原《离骚词》称遇渔父于江渚，宋玉《高唐赋》云梦神女于阳台。夫言并文章，句结音韵，以兹叙事，足验凭虚，而司马迁、习凿齿之徒皆采为遗事，编诸史籍，疑误后学，不其甚耶！②

现代学者则多依上述清人怀疑之论③，在此形式体制发展向度上，怀疑此为屈原之后世人所作无疑。如廖平以为楚辞数十篇中，"惟《卜居》《渔父》二篇中有屈子名姓，故曰后人遂以为屈子作《楚辞》"④，当然他认为包括《卜居》《渔父》在内的"楚词"实为秦博士所作。前述游国恩先生立论基础即在于从此种问答体式出发，以《卜居》《渔父》必为后人伪托成文，非屈原所作。刘永济先生亦以为"卜居、渔父二篇，明是他人叙述之文，非屈子自作"⑤，在其《屈赋通笺》中直接忽略不入其笺释范围。又如王泗原先生亦以为："卜居渔父那种设为屈原与人问答之辞，又称屈原姓与字，也不合是屈原自作。"⑥

而坚持认为《卜居》《渔父》为屈原所作者，亦是从此体式角度说明此二篇是屈原所作，因在庄、屈的时代，作者自可假托成文以第三者的语气而作问答体，此正是同时代的文学描写手法。实际上，古人后世赋多以此问答形式为赋之体制，而《卜居》《渔父》为其开端，古人多不怀疑屈原可以作此问答体

---

① 吴平，回达强. 楚辞文献集成：第二十五册［M］. 扬州：广陵书社，2008：17705.

② 崔述. 考古续说：卷一［M］//顾颉刚编订. 崔东壁遗书. 上海：上海古籍出版社，2013：441.

③ 当然清人亦多有坚持传统意见者，如王夫之《楚辞通释》即以为《卜居》《渔父》为屈原所作无疑，其言"《卜居》者，屈原设为之辞，以章己之独志也"；"《渔父》者，屈原述所遇而赋之"［见（明）王夫之. 船山全书：第十四册［M］. 长沙：岳麓书社，2011：366，371.］。

④ （清）廖平. 楚辞讲义［M］//舒大刚，杨世文. 廖平全集：第10册. 上海：上海古籍出版社，2015：348.

⑤ 刘永济. 屈赋通笺：附笺屈余义［M］. 北京：中华书局，2010：9.

⑥ 王泗原. 楚辞校释：自序［M］. 北京：人民教育出版社，1990：2. 王泗原进一步提出："《卜居》与《渔父》，都是楚国遗制，作者失名。……这二篇，散文用韵，是楚辞的变体，为后世散文用韵之先声。"（王泗原. 楚辞校释［M］. 北京：人民教育出版社，1990：289.）

或寓言式对话。古代最有代表性的肯定观点，为洪迈《容斋五笔》中所言：

> 自屈原词赋假为渔父、日者问答之后，后人作者悉相规仿。司马相如《子虚》《上林赋》以子虚、乌有先生、亡是公，杨子云《长杨赋》以翰林主人子墨客卿，班孟坚《两都赋》以西都宾、东都主人，张平子《两京赋》以凭虚公子、安处先生，左太冲《三都赋》以西蜀公子、东吴王孙、魏国先生，皆改名换字，蹈袭一律，无复超然新意稍出于法度规矩者。①

洪迈所论，为徐师曾《文体明辨》所引，特别标明了屈原问答体之于后世辞赋乃至后世诗歌创作的巨大影响。故章学诚言"辞章实备于战国，承其流而代变其体制焉"②，由此他以为汉代司马相如的《客难赋》与扬雄的《解嘲》二赋体式，不过是承继战国时期中《卜居》《渔父》的问答体和《庄子》中庄周与惠子的辩论体式。不管是如何确定《卜居》《渔父》的作者真伪，即使是前引清人之论以及后世现代学者之说，均特别指出了此种问答体之于中国文学史的重大意义。如郑振铎就由洪迈之论，引申言：

> 我们可以说，在中国文学里的名为"词赋"的一个"文体"是在屈原影响之下而发展的。一部"词赋史"，可以说，就是一部受屈原影响的一类特种作品的历史。③

而实际上，二十世纪后半叶的出土文献，更是在地下材料意义上推翻了诸多清人以主客问答形式不可为屈原时代所有、《卜居》《渔父》绝非屈原所作的结论，更是在一定程度上印证了陈子展先生的推证。从卜筮的角度而言，更有当代学者提出"简帛文献确实为《离骚》提供了一个切实可信的、可以互相取证的、占卜文化的背景"④。除陈子展先生所引用的马王堆帛书中所存主客对答形式外，1972 年银雀山汉简出土的二十多片辞赋类竹简，对于解决诸多楚辞中如唐勒、宋玉赋的真伪问题亦提供了考古学上的支持与佐证，正如有学者所言："它们对于解决《卜居》《渔父》可否是屈原所作，其实具有同样的价值。……

---

① （宋）洪迈. 容斋随笔［M］. 上海：上海古籍出版社，2015：604.

② （清）章学诚. 诗教上［M］//章学诚. 文史通义新编新注. 仓修良，编注. 北京：商务印书馆，2017：46.

③ 郑振铎. 屈原作品在中国文学上的影响［M］//郑振铎. 郑振铎古典文学论文集. 上海：上海古籍出版社，1984：230.

④ 黄灵庚. 楚辞与简帛文献［M］. 北京：人民出版社，2011：20.

既然这种文体能够出现在宋玉时代，稍前不久的屈原为什么不可以也用这些文体进行写作呢?"① 扩而及之，诸多出土文献的出现，对补充、证实或改写从诗到楚辞的文体发展的诸多历史不确定性亦有着重大的意义，如青木正儿所以为"赋诗的终熄与'楚辞'的兴起之间，找不到因果关系"② 的结论，显然很难再立得住脚。

在艺术创作手法上，除设问体式外，屈赋所广泛采用的设喻法，更是关联艺术本质的形式问题。姜亮夫先生曾将屈赋的表现手法分为两类：一是包括《离骚》《九章》《远游》《卜居》《渔父》的十三篇，以设喻之辞为多；一是不用设喻的《九歌》，则是直状事物，因其为民间之狂乐。虽然他并不否定《九歌》直陈情感的价值，但他特别指出上述十三篇中所用的设喻之法，具有重要的美学价值，因"十三篇委曲以求全，婉而多讽，故以隐喻为贵"③。此种对隐喻作为文学本质的强调，显然来自对西方文学传统，特别是对西方现代美学观念的体察。当然此种设喻法，又关涉古代诗歌的"兴体"本质，以"芳草""美人"而托事于物和托物起兴，正是构成楚辞文章之美的艺术本质所在，如蒋天枢所言屈原用古诗"兴"体来托喻隐晦的情感，"其所讬事类之繁赜，物态之纷纭，于以构成屈文'采'之主要成分"④。此种中西美学比较视野，显然是现代楚辞研究与古代楚辞研究的区分之所在。

3. 句法用字

姜亮夫先生在《〈远游〉为屈子作品定疑》一文中，除分析《远游》主题与屈原思想一致外，更是详细分析了《远游》与《屈赋》在文风、语法音韵规律上的一致性，依托于传统训诂学和现代语言学理论，其对《远游》文本进行了详尽的文本细读，依此得以确定《远游》为屈原所作。在此背后，实即蕴含着丰富的形式批评理论意识，如其言"作文集字法以成句、集句法以成篇，仔细观察作者用字、修辞、造句直至行文布局的素习，往往可以帮助判断作品的

① 廖群. 先秦两汉文学考古研究 [M]. 北京：学习出版社，2007：240.
② （日）青木正儿. 中国文学发凡 [M]. 太原：山西人民出版社，2015：102.
③ 姜亮夫. 重订屈原赋校注 [M] //姜亮夫. 姜亮夫全集·六. 昆明：云南人民出版社，2002：143.
④ 蒋天枢. 楚辞新注导论 [M] //蒋天枢. 楚辞论文集. 西安：陕西人民出版社，1982：20.

真伪"①。由此可见，形式批评恰是文本考证最可靠和最具说服力的一种维度，而非如思想分析、文化批评视角的宏观和不确定。同样，有研究者在肯定《远游》为屈原所作时，亦以上述基于文本细读的形式批评理论为依归，他们以为："作者在赋诗作文时，所使用的语法、音韵规律除了受时代（时间）、地点（空间）的影响外，不同的作者还有不同的意识内在规律，形成作家自己的独特的风格，这种规律可以作考证作品真伪最科学最严谨的依据。"② 虽然上述说法有些绝对，但对于流传复杂的中国上古文献来说，却不啻是一种最真实可靠的考据基础。此种以文本和风格为核心的形式理论观念，除受西方科学考证主义的影响外，最主要的还是基于屈原生平的复杂隐晦和楚辞版本的歧异纷繁，此是研究对象本身决定着研究方法的展开。从现代语言学的角度而言，可以说"据句法判断语意及词义的疑难，是研究古语文特别重要的方法"，甚至"必须究明语法，然后训诂之用才落实"③，王泗原先生以此为现代语言学超越古代训诂学之所在，故句法批评自是楚辞文本考证的中心方式。

落实到古今《卜居》《渔父》研究上，通过句法、字法和用韵法来确定作者真伪，更是一种内在的有效理路。顾炎武引孔子之言，曰："《卜居》《渔父》，'法语之言'也；《离骚》《九歌》，'放言'也。"④ 将《卜居》《渔父》与《离骚》《九歌》并置，认为二类文本写作意义、道德立场不同，虽是从文意出发做出的论断，但却很好地点出了二者之间语言风格之差异。明人黄文焕曾高度赞扬《卜居》句法章法的历史意义，他以为《卜居》既有"段段句法匀停"处，更能"破整齐为参差"，极尽章法内寓参差于整齐之变幻，更以为《渔父》章法能寓方正于圆。故黄文焕以为在章法句法之美上，屈赋既有如长篇《离骚》"艳丽益以增美"，又有如短篇《卜居》《渔父》者"清空亦足呈奇"，屈赋的这两大类风格足可见屈原"以章法善变为赋心"的结构创造⑤。

而两类屈赋章法句法之不同，实来自用词造句细处上的差异。最典型的是《离骚》《九歌》中多用"兮"作语助之词，形成了骚体诗最典型的语法风格。

① 姜亮夫. 楚辞学论文集［M］//姜亮夫. 姜亮夫全集・八. 昆明：云南人民出版社，2002：467.

② 姜昆武，徐汉澍.《远游》真伪辩：屈赋思想、语言与《远游》［J］. 文学遗产，1981（3）：30-44.

③ 王泗原. 古语文例释（修订本）：自序［M］. 北京：中华书局，2014：4.

④ （明）顾炎武. 日知录集释：卷十三［M］. 上海：上海古籍出版社，2006：781.

⑤ （明）黄文焕. 楚辞听直［M］. 上海：上海古籍出版社，2019：116.

故《文心雕龙·章句》言："《诗》人以'兮'字入于句限，《楚辞》用之，字出句外。寻'兮'字成句，乃语助余声。"① 而《卜居》《渔父》则不用"兮"字，《卜居》在句末用"乎"字，《渔父》除文末渔父所唱"沧浪歌"中用"兮"字外，句末反问语气时亦用"乎"字。显然语助词或虚词的用法实是句法判断的核心特征，故此种句末语助词的不同，实关涉对此二篇时代及其渊源的确定。或如闻一多所言："从《楚辞》'兮'字用法的考察说，对作品时代的考订，不仅仅是一个历史的问题，也可作为估订作品价值的标准。"② 实际上古人早已指出，"诗人用助词，多用韵在其上"③ 的语法规律，而在此助词体例上，《卜居》《渔父》与《离骚》显然分属不同的表达体例和押韵系统。

元人祝尧《古赋辨体》中言《卜居》《渔父》句末用"乎"字，"即荀卿诸赋句末'者邪''者与'等字之体"④。明人蒋之翘评校《七十二家评楚辞》中则言："《卜居》句末用'乎'字，'乎'字上必叶韵成文。《渔父》则逐段摹写有《国策》风，此乃传记体也，赋家安得误认之而效其法乎?"⑤ 游国恩先生等人正是由此来确定《卜居》《渔父》与《离骚》正为不同时代的作品，且代表着从楚骚到汉赋文体发展历史中的过渡阶段。而姜亮夫、陈子展则以为屈子和荀子相距不远，此两种之间的用字和句法理应在同一时代。

撇开上述两种不同的立场，在现代语言学的视野中，语助词的不同使用方法实代表着古代语言形制和美感发展的历史性进程。如闻一多就认为"兮"字用法的减少，代表着诗与散文体审美形态的不同：

> 按诗的语言与散文的语言之差异，在文句之有无弹性。虚字减少则弹性增加，可是弹性增加以后，则文句意义的迷离性、游移性也随之增加。⑥

郭绍虞先生在《释"兮"》一文中，认为"兮"字的文法意义有三个阶段，即从作为发声词、收声词或语间词阶到成为语气助词阶段，再到可转为其

---

① 詹锳. 文心雕龙义证 [M]. 上海：上海古籍出版社，1989：156.

② 闻一多. 闻一多西南联大授课录 [M]. 北京：北京出版社，2014：85.

③ （明）吴讷. 文章辨体序说 [M] // 王水照. 历代文话. 上海：复旦大学出版社，2007：1596.

④ （元）祝尧. 古赋辨体 [M] // 纪昀，（清）永瑢. 景印文渊阁四库全书·第一三六六册·集部·三〇五·总集类. 台北：商务印书馆，2008：739.

⑤ 蒋之翘. 七十二家评楚辞：卷五 [M] // 吴平. 楚辞文献集成：第二十三册. 扬州：广陵书社，2008：16179.

⑥ 闻一多. 闻一多西南联大授课录 [M]. 北京：北京出版社，2014：85.

他语气词三个阶段①。从《诗经》中的"兮"字到《离骚》中的"兮"字用法，代表着语言组织日趋严密的历史进程。当然他并不认为可以简单凭借个别字词来确定文体先后次序，其言：

> 语言的演变是一种极其复杂的现象，所以对于古时文艺语言语义的推求，也不能通过简单的方法作单纯的理解。有文法的关系，有词汇的关系，更有修辞的关系；而在文法中，有构词法的关系，有造句法的关系，至词义的引申转化又有从实到虚或从虚到实的不同。（《试论汉语助词和一般虚词的关系》）②

另外，除"兮"字外，像《离骚》中的"也"字、《招魂》中的"些"字③、《大招》中的"只"字，在屈赋句法中都承担着特殊的用法和丰富的含义，是为屈赋文本的核心句法特征。清人贺贻孙曾指出，这些看似无关于正文的语助词，"然文之轻重缓促，皆住于此，读者因此生哀焉，去之则索然不成调矣"④。基于此种认识，郭沫若⑤、汤炳正等人亦均认为这些代表"骚体"的特殊用词，大多是来自于楚国当时的方言，代表着楚辞的语言风格。正如汤炳正先生所总结的：

> 屈赋的特征，确实是充分利用了人民生活歌唱或吟诵时的尾声"兮"字，以加强诗歌的感情作用和音律色彩。这是屈子适应诗歌内容的需要而在形式上的伟大继承与创造。⑥

他还由此出发，推翻了以《诗经》为北方诗歌形式、屈骚为南方诗歌形式的成见，更指出古今学界常以为的骚体乃《诗经》形式的继承和发展，实是一

---

① 郭绍虞. 照隅室语言文字论集［M］. 上海：上海古籍出版社，2009：318.

② 郭绍虞. 照隅室语言文字论集［M］. 上海：上海古籍出版社，2009：316.

③ 胡仔《苕溪渔隐丛话》前集卷二十一引《蔡宽夫诗话》曰："楚人发语之辞曰羌曰蹇，平语之辞曰些。"蒋礼鸿先生认为"平语之辞，谓语已词也"。［（南宋）胡仔. 苕溪渔隐丛话：前集卷第二十一［M］. 北京：人民文学出版社，1962：139.］

④ （清）贺贻孙. 骚筏［M］//吴文治. 明诗话全编. 南京：凤凰出版社，1997：10466. 贺贻孙以为"兮""也""只"为中原音，"而《招魂》之'些'，独用楚中方音"。

⑤ 郭沫若："《楚辞》中使用的方言，即当时的白话最多。如像'兮'字、'些'字是人人所知道的《楚辞》的特征，后世的文人对于有这种字面的文辞特别称为'骚体'，也就是看到了这两个字的特异。'兮'和'些'都是写的当时的口音，可以说是白话。"（郭沫若. 屈原研究［M］. 上海：新文艺出版社，1953：45.）

⑥ 汤炳正. 屈赋与荀赋［M］//汤炳正. 楚辞类稿. 成都：巴蜀书社，1988：77.

种错误的观念①。可见对"兮"字的语法批评，实关涉对屈赋形式的本质性认识。当然，更有日本学者竹治贞夫从"兮"在屈赋中的不同位置出发，确立楚辞可分为三种诗体类型，分别为："兮"字在奇数句末的《离骚》型；"兮"字偶数句末的《橘颂》型；"兮"字在句中的《九歌》型②。基于"兮"字的位置和句法用字，竹治贞夫从结构分析的角度提出屈赋中的抒情作品内部大多可分为本文与"乱"（或"重"）两部分，且两部分的诗型往往是不同的，并由此认为屈赋的章法特质是一种"二段式结构"，且具有十分重要的文学史意义。

　　要之，上述对于语词语义的推求与逻辑的分析，既是古典训诂学和现代语言学的研究内容，更应是古典诠释学立基之所在。从文学诠释角度而言，基于上述文本批评的理论视野，姜亮夫先生在其楚辞研究中还触及了古代训诂学的局限，他以为"训诂之道，有时而穷，非作全句解析，与通上下文钩玄通理，不能明其义蕴"③。实际上，他的楚辞研究方法实又与西方现代诠释学的学理相通合，指出了经典诠释中的循环性，以及字词与章句的互动、局部与整体的互证等问题。如他还以为《天问》"全文以四字句为主，似荀子成相杂篇之属，及相斯石刻；而文亦极静慕朴质，非汉以后人所得赝也"④，以此证《天问》为屈子之作，此与陈子展先生楚辞研究的立论基础相同，均是从语辞的细节与整体、文本与文本之间的互证来厘定文献的历史性存在。同理，林庚先生在研究《天问》时，亦认为需从整体布局上理解局部细节，"因为细节上虽有可能受到故事失传以及偶然的错简、错字的影响，但错简、错字在古籍中即使在所难免，也毕竟只是偶然的现象；它对于局部可能影响很大，对于全句则影响较小"⑤。由此整体结构观出发，林庚先生将《天问》分成两大段落，即由前五十六句组成的问天地段落和由后一百三十句组成的问人事段落，他试图从此整体轮廓来厘定其中局部的错简情况，应该是比较科学和理性的文本方法。有新进研究者认为，如只有语辞的一致性和形式意图的契合，而无实际所指的契合，并不能断

①　汤炳正．渊研楼屈学论稿［M］．北京：华龄出版社，2013：126.

②　（日）竹治贞夫．楚辞研究［M］//尹锡康，周发祥等编．楚辞研究集成·楚辞资料海外编．武汉：湖北人民出版社，1986：121.

③　姜亮夫．楚辞通故总叙目［M］//姜亮夫．姜亮夫全集·一．昆明：云南人民出版社，2002：17.

④　姜亮夫．重订屈原赋校注［M］//姜亮夫．姜亮夫全集·六．昆明：云南人民出版社，2002：213.

⑤　林庚．三读《天问》［M］//林庚．天问论笺．北京：人民文学出版社，1983：2.

定楚辞的作者：

> 那么一方面，在语句及其形式意图上，《远游》与屈作核心比照系统有高度的关联性，其复比比皆是，另一方面，二者实际所指完全乖违，根本就不能纳入可以有效解释的实质性链条中，这种现象究竟包含什么样的历史信息呢？其实很简单，这意味着《远游》只能是后人规模屈辞之作。①

此种观念较为新颖，确实我们不能依据语辞和语辞单元的一致性而确定文本的真实性，而且要保证文本作者行文风格的一致性。但此二分法的矛盾之处在于，所谓"形式意图"的真实性和"有效解释"的真实性究竟是由谁决定的呢？究其根柢，是读者和研究者先确定屈原思想的一致性（此种忽略了屈原思想的变化和屈原受北方文化的影响因素），然后确定如《远游》的实际所指与《离骚》不同（需要说明的是，实际所指依然要通过细微的文本训诂来确定）。此种形式意图与实际所指的区分，如同结构主义美学能指与所指的复杂关系，本文不论证。只是要说明的是此种将"形式"简单归结为语词的一致性，实际忽视了文本结构的整体性的意义，是整体决定了局部而非相反。此种研究范式还忽视了先秦文献或汉代文献，往往经过多人传抄或改写，而不能去追寻一个简单的屈作的原始本。或之以今存版本中的文本局部因素而决定文本即产生于那个时代，如以《远游》今存版本中有"韩众"（或作"韩终"）一词，并以"韩终"为秦始皇时期的术士，进而断定整个文本必然为秦以后的作品②。此种以"局部因素"确定整体意义的方法，在面对流传繁复的先秦文本时，显然难称是"铁证"，归根结底还是一种以后人对文本的理解，来决定文本的作者意图。更容易否定此种观念的是，如若后人可以模仿屈赋的形式意图和语辞模式，那么是否屈原本人更容易以自己的形式意图和语辞模式去书写呢？如若不是，只能回到对屈赋文本意图的不同理解上。

在具体的语句疏校中，现代的句法批评和文本互证往往起着核心作用，如闻一多指出《渔父》中的"而蒙世俗之尘埃乎"中，应据他本删"而"字，因其应与上文"安能以身之察察，受物之汶汶者乎"在句法上应保持一致③。同

① 常森. 论《远游》非屈原所作及其创作时期、历史渊源与实质［M］//常森. 屈原及楚辞学论考. 北京：北京大学出版社，2016：504.
② 常森. 屈原及楚辞学论考［M］. 北京：北京大学出版社，2016：508.
③ 闻一多. 楚辞校补［M］.//闻一多. 闻一多全集：第三册. 上海：上海书店出版社，2020：103.

理，根据句法关系亦可确定字之衍异，如王泗原就认为洪兴祖《楚辞补注》（汲古阁本）中"物之汶汶者"应与"身之察察"相对，故"者"字应为衍字①。他还通过比较《卜居》"世浑浊而不清"段、贾谊《吊屈原赋》"时不详"段和刘向《新序》"五默默"段三者的章法，指出文选五臣注"默默"为"嘿嘿，不言貌"的错误，以为其中的"默默"的含义应是形容世之浑浊不清，而不是沉默不言貌。进而得出，在古语文中作为单字的"默"和作为叠字的"默默"，实因叠音而生新义，不应以原单字来疏解②。此正是通过章法、句法来厘定词语含义的现代语文研究范式，而其中的主要语言方法即是通过较近时期的互文本比较，在从整体意义上来决定个别词语的意义。又如在疏通词义上，《卜居》中"瓦釜雷鸣"句，王逸注曰"群言获进，一云愚让讼也"，《文选》五臣注曰"瓦釜喻庸下之人，雷鸣者惊众也"，姜亮夫先生以为古人注并不准确，在《楚辞通故》"瓦釜"条中，他除以引古代器具形制加以说明外，还特别指出"瓦釜雷鸣"与"黄锺毁弃"为对文，一为民间日用器为贵族乐器，故其语意应为："瓦釜本为无声之物，不以为乐，而贫者或以之节舞者也。此用舍之不清，所谓溷浊之一也。"③ 此为"对文"形式在疏通语义时所起到的关键作用，是为传统训诂学方法的一种现代性转换。

蒋天枢先生亦认同此种文本诠释的角度，他以为楚辞研究需要有两个视野：一是要把作品放到其所在的历史中去理解；二是"需从全部作品来研究局部；从和作者时代接近的著作中来研究作者身世"④。他指出的第二点实际指出了要从互文本和文本整体中理解语辞及其意义，此正是一种形式批评的视野。这种将文体研究与语言研究相结合，不脱离语用环境而进行文艺研究的视角，正与西方经学中的形式批评理论和二十一世纪以来西方新形式美学研究遥相呼应。换言之，西方的经典诠释学和接受美学等理论方法和研究视野，实早已内涵于现代楚辞学研究实践中，故值得当今重回经典和文本细读的理论主张所继承和发展。当然我们并不是赞同西方形式主义、结构主义或英美新批评等所彰显的"文本主义"或"文本中心主义"，而是说上述现代楚辞研究实践正说明了那些

① 王泗原．楚辞校释［M］．北京：中华书局，2015：308.
② 王泗原．古语文例释（修订本）［M］．北京：中华书局，2014：258.
③ 姜亮夫．楚辞通故［M］//姜亮夫．姜亮夫全集·三．昆明：云南人民出版社，2002：339.
④ 蒋天枢．楚辞校释：叙［M］．上海：上海古籍出版社，1989：1.

拒绝涉及"文本"和"文本性"的研究并不能解决任何文学与文化研究上的问题，或如西方学者所言："如果我不去面对那些围绕文本概念产生的问题，我们将会受限于自己已有的那些未经检验的猜想，而文本的问题总是与我们同在。"①

综上所述，在我们梳理二十世纪楚辞研究中关涉《卜居》《渔父》真伪问题的理论观念时，可清晰地发现吸收了西方美学观念的形式批评理论与视野之于楚辞研究的重要性。正如有学者所指出的："二十世纪的楚辞研究，就是在这种执着民族文化传统又广为吸纳西学观念的时代风气下起步的。"② 陈适曾将古代楚辞注家分为四类，即训诂派、义理派、考据派和音韵派，并认为古代楚辞诸家最大的问题在于以忠君报国思想来评判"《离骚》这篇幽美的富有情感的诗歌"③。显然，他的批评代表着现代文学审美观念对于楚辞文学审美性、想象性的重新挖掘和重视，代表着五四以来摆脱传统道德批评而重视形式审美的研究指向。而刘永济先生在反思屈原研究方法时，亦总结屈赋研究的理论范式为义理、考据、辞章三途，并以为：义理之学为哲学探讨，可对应为"宋学"；考据训诂为博考名物，可对应与"汉学"；而辞章之学，"讲求文律，工为篇章"，可对应于"文学"。当然刘永济先生笺释屈赋，是要通贯此三种范式，显示其作为现代学者对古代训诂学的吸收与超越。在其方法论意识中，我们尤需明白其对古代道德批评、历史批评和文学批评的区分和融汇，而且他尤重视在"文"（作品之篇章字句）、"辞"（谋篇、造句、用字）、"志"（作者思想感情）三者关系中，"辞"的重要性，以为"'辞'为'文'与'志'之中介"，"'文'必准'辞'以敷设，'志'亦借'辞'而显示"④。而此种语言本位立场，或可显示其对西方形式主义美学和新批评理论的吸收，并以文本细读和形式分析为道德批评、文化批评和政治批评的前提和基础，亦可谓二十世纪以来现代楚辞研究中最为内在的和有效的理论批评方式。

---

① （美）乔纳森·卡勒. 理论中的文学［M］. 徐亮，译. 上海：华东师范大学出版社，2019：86.

② 周建忠. 中国近现代楚辞学史纲［M］//周建忠. 楚辞考论. 北京：商务印书馆，2003：237.

③ 陈适. 离骚研究［M］// 吴平. 楚辞文献集成：第二十五册. 扬州：广陵书社，2008：18035.

④ 刘永济. 屈赋研究方法之商榷［M］//刘永济. 屈赋通笺：附笺屈余义. 北京：中华书局，2010：294.

第五章

诗文注释中形式批评传统——以杜诗注释学为例

第一节　诗文注释与形式批评传统

清代学术常以注疏之学为重心，批评明人不读注疏，"以读注疏为学术门径，标榜实事求是之学"①。故章学诚曾言："训诂章句，疏解义理，考求名物，皆不足以言道也。取三者而兼用之，则以萃聚之力补遥溯之工，或可庶几耳。"② 显然，通过训诂、疏解、考求三者的结合方可通古人之道，此正是古代经学诠释的核心途径。具体到文学文本的诠释上，如何通过注释使诗人之志、诗作之旨得以通达地呈现，成为古代诗文注解的诉求核心，而三者各自的作用与功能又与经学诠释有所不同。虽然古人校雠注释之学，特别是经学注释追求"解经不为烦辞"③，但在宋代即号有"千家注"的杜诗，却拥有着繁复漫长的诗歌注释传统，形成了最具典型意义、热闹非凡的诗文注释学，正如清人所言"注诗难，注杜诗更难"④，故钱谦益在注释杜诗时，对宋人注杜诗的优缺点曾总结道：

> 杜诗昔号千家注。虽不可尽见。亦略具于诸本中。大抵芜秽舛陋。如出一辙。其彼善于此者三家。赵次公以笺释文句为事，边幅单窘，少有发

---

① （日）乔秀岩. 义疏学衰亡史论 [M]. 北京：生活·读书·新知三联书店，2017：214.

② （清）章学诚. 文史通义·原道下 [M] //章学诚. 文史通义新编新注. 仓修良，编注. 北京：商务印书馆，2017：103.

③ （宋）罗大经. 鹤林玉露：卷一 [M]. 北京：中华书局，1983：3.

④ （清）宋荦. 读书堂杜工部诗集注解：序 [M] //孙微辑校. 清代杜集序跋汇录. 北京：人民文学出版社，2017：104.

明，其失也短；蔡梦弼以捃摭子传为博，泛滥蹖駮，昧于持择，其失也杂；黄鹤以考订史鉴为功，支离割剥，罔识指要，其失也愚。余于三家，截长补短，略存什一而已。(《注杜诗略例》)①

依钱谦益的看法，以杜诗注释为代表的传统诗文注释可分为三部分，包括笺释文句（语言学视角），其缺点在于发现较少；捃摭子传（传记学视角），其缺点往往为"泛滥蹖駮"，或如仇兆鳌所言"采摭稗官，犹得此而遗彼"②；考订史鉴（历史学视角），其缺点为"支离割剥"，仇兆鳌批评为"引征古典，但斥流而忘源"。当然钱谦益希冀是在三者之间"截长补短"以获得一种平衡，但众所周知钱注杜诗和其后朱鹤龄的辑注杜诗成为"诗史互证"的诠释典范，其尤重在以注释而接近古代典籍、官职、地理、名物等制度与历史③。其后仇兆鳌的《杜少陵集详注》亦是承继此种注释范式，以"广搜博征，讨其典故"（仇兆鳌《杜少陵集详注自序》）为重。此种注释范式，与杜诗所具"引物连类、捃摭前事"（王彦辅《增注杜工部诗序》）的诗史性质正相匹配和契合。当然我们也可以比照桐城派观点来看集大成的钱注、朱注和仇注，或可说其注杜是集诗意探寻（义理）、历史考证（考据）和语言分析（辞章）为一体的注释典范。但钱笺与朱注过于重视文史博征而导致湮没文本正解，过于"繁称远引"的缺点亦是明显的，故其后清人杨伦在《杜诗镜诠》中批评说："自山谷谓杜诗无一字无来处，注家繁称远引，惟务博矜奇，如天棘乌鬼之类，本无关诗义，遂致聚讼纷纭。至近时仇注，月露风云，一一俱烦疏解，尤为可笑。"④ 而雍正年间的浦起龙虽称赞钱谦益、朱长孺和仇兆鳌搜罗驳正之功，但其也指出了宋人注杜在语词和文句上的历史价值，其言："凡注之例三：曰古事，曰古语，曰时事。古事、古语，自鲁訔、王洙、师氏、梦弼之徒，援据亦略备矣。"⑤ 亦是

---

① （清）钱谦益．钱注杜诗［M］．上海：上海古籍出版社，2009：1-2．
② （清）仇兆鳌．进书表［M］//仇兆鳌．杜诗详注．北京：中华书局，2015：2844．
③ 仇兆鳌《注杜凡例》："近人注杜如钱谦益、朱鹤龄两家，互有异同。钱于《唐书》年月、释典道藏，参考精详。朱于经史典故及地里职官，考据分明。"［（清）仇兆鳌．杜诗详注［M］．北京：中华书局，2015：27．］
④ （清）杨伦．杜诗镜诠［M］．上海：上海古籍出版社，1998：11．
⑤ （清）浦起龙．读杜心解［M］．北京：中华书局，1961：7．

承认宋人王洙、王淇编《杜工部集》（二王本）①，鲁訔编次、蔡梦弼会笺的《杜工部草堂诗笺》，郭知达所辑含有师尹等九人集注的《九家集注杜诗》，以及黄希、黄鹤父子所编补的《黄氏补注杜诗》② 等宋人所辑杜集，在重视对历史制度（时事、地理、岁月）的注解外，之于文本语词注解（古语）亦是详细完备。而清人以钱谦益和朱鹤龄为代表，其注杜之功则重在勾连唐朝时事和制度名物上。著名学者洪业在其名作《杜诗引得序》一文中曾总结宋人注杜之功时言："窃谓宋人之于《杜诗》，所尚在辑校集注，迨南宋之末，蔡、黄二本已造其极。元人别开生面，一转而为批选。"③ 宋人注杜之功在辑校杜诗，元人尚在批选，明人重在"领会篇以意、评论工拙"，清人以钱、朱、仇三家为代表则功在以博学考证杜诗。此注杜史的区分，既体现着包括杜诗在内唐代诗学文本的层累性和复杂性，又呈现着不同时代诗学理论、训诂学、文章评点学等学术范式和风气时俗之不同，而不应如上述清人一味抨击宋人考证之失或明人注释之陋。

当然从南宋晁公武始即以经学意识批评蔡梦弼与赵次公编次杜诗和注释杜

① 莫砺锋引程千帆先生之论，以为"王洙是北宋最早整理杜诗的人，但他并未为杜诗作注。宋代的杜诗集注本中所谓'洙曰'实际上是'伪王洙注'"（莫砺锋. 杜诗"伪苏注"研究［M］//莫砺锋. 唐宋诗歌论集. 南京：凤凰出版社，2007：65.）。

② 书名依《四库总目》，又名《黄氏补千家集注杜工部诗史》，书首原题《补千家集注杜工部诗史》。宋人注杜版本中，晁公武以王洙本为南宋人托名所编。［（清）仇兆鳌. 杜诗详注［M］. 北京：中华书局，2015：2710.］而黄氏父子补注杜诗，版本问题更为复杂。如古逸丛书《草堂诗笺》所附黄鹤补遗十卷，翁方纲、傅增湘先后考证为后世（南宋）书商射利之刻，洪业亦认为"此乃奸商既道蔡氏之书，复盗黄氏之名耳"（洪业. 杜甫：伟大的诗人［M］. 上海：上海古籍出版社，2014：287.）。据洪业考证，钱谦益注杜所据宋吴若合校诸本之本，"辄有增削挪移而不说明"（洪业. 杜甫：伟大的诗人［M］. 上海：上海古籍出版社，2014：366.）。曾祥波则以为"《钱注杜诗》对吴若本编次之调整很有可能是遵从《草堂诗笺》之鲁訔编次系统而来"（曾祥波. 杜诗考释［M］. 上海：上海古籍出版社，2016：19.）。且清代黎氏刻古逸丛书翻刻《草堂诗笺》，本就凌乱脱失较多。（萧涤非. 杜甫全集校注：附记［M］. 北京：人民文学出版社，2013：7035-7039.）而谢思炜认为"一九五七年，张元济主持印行原潘氏滂喜斋旧藏《宋本杜工部集》，列入《续古逸丛书》第四十七种，提供了一个最接近二王原貌的本子"（谢思炜. 杜甫集校注：前言［M］. 上海：上海古籍出版社，2016：2.）。故陈尚君先生亦言"认为九家本、《草堂》本及其他宋本的大量宋本，多出自宋人手笔，我则有所保留"［陈尚君. 近期三种杜诗全注本的评价［N］. 文汇报，2016-10-21（W21）.］。总而言之，今人所见宋代杜甫诗集版本，虽编次顺序上和个别字词上不免有明人所窜改，但或与宋人所见在整体文本内容和基本样态上相差不大。

③ 洪业. 杜甫：中国最伟大的诗人［M］. 上海：上海古籍出版社，2014：301.

诗的方式，其以言"近时有蔡兴宗（应为蔡梦弼——本书作者注）者，再用年月编次之，而赵次公者，又以古律诗杂次第之，且为之注。两人颇以意改定其误字，人不善之"①。实际上晁公武及清人之于宋人注杜的批评，在现代学术视野下亦是有一定问题的，近些年来诸多学者均认识到赵次公的杜诗辑校、蔡梦弼的《杜工部草堂集笺》和九家本为代表的杜诗宋注，作为更接近于原始文本的注释传统，其版本学价值和文献学意义更须重新评定。如陈尚君先生就认为："尽管宋人确有主观改诗的个案，但无论李、杜、韩、柳诸集，还是《文苑英华》《乐府诗集》等总集，宋人校记的分寸把握是很严格的，很少如明人那样为射利而随意改变窜乱。"② 谢思炜教授在其《杜甫集校注》前言中亦认为，宋人注杜过程中所产生"异文"，作为"早期异文来源有自，可采信度高，其文本价值与二王本正文几乎等同"③。又有学者提出，应回到宋代注杜的起点，重新重视宋代杜甫注释的价值和意义，并且强调因杜诗注释之历史"层累性"，"对杜诗宋注的清理，需要将传统文学的版本目录之学与现代文本细读方法结合起来"④。

同样在二十世纪诠释学和接受美学的视野下，当"古典文献学"受到普遍的学科质疑，有西方学者认为"心系从作品诞生到我们今天的整个历史过程，自然要为文献学证明，我们将从时间轴左边看起，因为初次的接受值得研究，其地位要高于后来的接受：初次接受乃衡量作品之否定功能也就是它的价值的标杆"⑤。正如宇文所安在讨论《玉台新咏》《乐府诗集》等诗文集中所存在的版本差异和诸多异文现象时所论，其意义正在于"这些文本存在着不同的'版本'，它们被加工改造，以适应它们不同的保存渠道各自所有的规范和标准"⑥，从中我们正可见古代诗歌生产、衍变和接受的历史图景。

回到初次接受的文本起点，不再简单武断地以误字、讹字来抹灭文本的歧

① （宋）晁公武. 郡斋读书志 [M] //华文轩等. 古典文学研究资料汇编：杜甫卷上编. 北京：中华书局，1964：610.
② 陈尚君. 近期三种杜诗全注本的评价 [N]. 文汇报，2016-10-21（W21）.
③ 谢思炜. 杜甫集校注：前言 [M]. 上海：上海古籍出版社，2016：3.
④ 曾祥波. 清关不杂，友朋相乘：《杜甫研究学刊》之于我 [J]. 杜甫研究学刊，2015（3）：27.
⑤ （法）安托万·孔帕尼. 理论的幽灵：文学与常识 [M]. 南京：南京大学出版社，2017：255.
⑥ （美）宇文所安. 中国早期古典诗歌的生成 [M]. 北京：生活·读书·新知三联书店，2014：65.

异性，此种文献整理观念和经典诠释学观念，亦为重新厘定杜诗宋注带来了新的契机。在宋人注杜的版本源始上，严羽曾总结道："旧蜀本杜诗，并无注释，虽编年而不分古近二体，其间略有公自注而已。今豫章库本，以为翻镇江蜀本，虽分新注，又分古律，其编年亦且不同。近宝庆间，南海漕台开杜集，亦以为蜀本，虽删去假坡之注，亦有王原叔以下九家，而赵注比他本最详，皆非旧蜀本也。"① 同样北宋黄伯思在《东观余论》中亦曾言及其在洛阳古寺所获杜诗抄本与当时通行印本有所不同，"所录杜子美诗，颇与今行椠本小异。如'忍对江山丽'，印本'对'乃作'待'；'雅量涵高远'印本'涵'作'极'，当以此为正。若是者尚多"②。当然黄伯思所记或不可信，但其显然意识到北宋年间杜诗集本中字词差异与杜诗诠释之间的直接关系，显示了杜诗版本学的重要性。而至南宋，赵次公本杜集逐渐成为流行的定本，正如刘克庄所言赵本杜集"几于无可恨矣"，而这亦带来的对赵注盲目信从的弊端。刘克庄在《跋陈教授杜诗补注》中言"一说孤行，百家尽扫，则世俗随声接响之过"，他赞赏陈禹锡《杜诗补注》之于赵本的补充和修订：

> 郡博士陈君禹锡示余《杜诗补注》，单字半句，必穿穴其本。又善原杜诗之意，赵注未善，不苟同矣；旧注已善，不轻废也。第诗人之意，或一时感触，或信笔漫兴，世代既远，云过电灭，不容追诘。若字字引出处，句句笺意义，殆类图象罔而雕虚空矣。予谓果欲律以经典、裁以义理，虽杜语意未安，亦盍商榷，况赵氏。③

刘克庄在这里已经开始批评"字字引出处、句句笺意义"的经学注释模式，以之为对于诗歌文本的过度诠释，往往抹杀诗歌创造中的灵感和感触的作用。刘克庄的观念实际代表着南宋以及宋末元初之于文本审美的重视，以及新型的诗歌评点模式即将发生的一种历史趋势。由此，在对整个杜诗注释学史的重新观照过程中，上述援引文本细读方法，来廓清杜甫注释史中讹误、作伪、剽掠和歧异与阙疑等复杂问题，建基于文本细读上的形式批评方法正是此中内含的理论基点。如宋人赵次公在其辑校杜诗自序时，曾系统讨论注杜时笺释字词文句的重要性，其言：

---

① （宋）严羽. 沧浪诗话校释 [M]. 郭绍虞，校释. 北京：人民文学出版社，1983：231.
② 华文轩. 古典文学研究资料汇编：杜甫卷上编 [M]. 北京：中华书局，1964：257.
③ 华文轩. 古典文学研究资料汇编：杜甫卷上编 [M]. 北京：中华书局，1964：836.

余喜本朝孙觉莘老之说，谓"杜子美诗无两字无来处"。又王直方立之之说，谓"不行一万里，不读万卷书，不可看老杜诗"。因留功十年，注此诗。稍尽其诗，乃知非特两字如此耳，往往一字繁切，必有来处，皆从万卷中来。至其思致之貌，体格之多，非惟一时人所不能及，而古人亦有未到焉者。若论其所谓来处，则句中有字、有语、有势、有事，凡四种。两字而下为字，三字而上为语，拟似依倚为势，事则或专用、或借用、或直用、或翻用、或用其意，不在字语中。于专用之外，又有展用、有倒用、有抽摘渗合而用，则李善所谓"文虽出彼而意殊，不以文害"也。又至用方言之稳熟，用当日之事实者。又有用事之祖、有用事之孙。何谓祖？其始出者是也。何谓孙？虽事有祖出，而后人有先拈用或用之别有所主而变化不同，即为孙矣。杜公诗句皆有焉。世之注解者，谬引旁似，遗落佳处固多矣。至于只见后人重用、重说处，而不知本始，所谓无祖。其所经后人先捻用，并已变化，而但引祖出，是谓不知夫舍祖而取孙。又至于字语明熟混成，如自己出，则杜公所谓"水中着盐，不饮不知"者。盖言非读书之多，不能知觉，万世之注解者弗悟也。[①]

因杜诗"往往一字繁切，必有来处，皆从万卷中来"，故注释杜诗必从字语出处、字词前后关联（有势、体格）和用事用典处详细分析。仇兆鳌亦言"是故注杜者，必反复沉潜，求其归宿所在，又从而句栉字比之，庶几得作者苦心于千百年之上"[②]，强调在文字训诂和文本细读基础上，以意逆志以得杜甫诗心，此亦是后世杜诗注释学之所以为中国诗歌注释学典范的原因。

陈振孙《直斋书录解题》卷十六曾叙二王本成编过程，曰：

王洙原叔搜裒中外书九十九卷，除其重复，定取千四五百本篇：古诗三百九十九，近体千有六。起太平时，终湖南所作，视居行之次，若岁时为先后，别录杂著为二卷，合二十卷。宝元二年记，遂为定本。王琪君玉，嘉祐中刻之姑苏，且为后记。[③]

由此我们可以窥见宋本杜诗集形成过程以及定本之前杜诗流传的复杂性与

---

①　（宋）赵次公．杜诗赵次公先后解辑校［M］．上海：上海古籍出版社，2012：1．
②　（清）仇兆鳌．杜少陵集详注自序［M］//仇兆鳌．杜诗详注．北京：中华书局，2015：2．
③　华文轩．古典文学研究资料汇编：杜甫卷上编［M］．北京：中华书局，1964：811．

多元性，而王琪亦在《后记》中言及宋代学杜注杜之盛：

> 近世学者争言杜诗，爱之深者，至剽掠句语，殆所用险字而模画之，沛然自以绝洪流而穷深源矣。又人人购其亡逸，多或百余篇，少或数十句，藏弃矜大，复自以为有得。①

基于此杜诗文本汇集过程的复杂性，宋人王洙与王琪先后在整理杜诗集的过程中，对于"义有兼通者，亦存而不敢削，阅之者固有浅深者也"。将考订与削改文句交于后人，由此二王本最大限度地保存着宋代杜甫诗集中文本的基本性和多样性，为后世注杜者提供了最大限度的文本辑佚、考订和细读空间。当然宋人早已认识到二王本之于保存文辞开放性的重要性，如蔡宽夫所言："今世所传《子美集》本，王翰林原叔所校定，辞有两出者，多并存于注，不敢彻去。至王荆公为《百家诗选》，始参考择其善者，定归一辞。"② 而蔡梦弼则以鲁訔编次本为定本，在《杜工部草堂诗笺跋》中，其详叙了自己对杜集版本拣择和校对的过程：

> 梦弼因博求唐宋诸本杜诗十门，聚而阅之，三复参校，仍用嘉兴鲁氏编次先生用舍之行藏、岁月之先后，以为定本。每于逐句本文之下，先正其字之异同，次审其音之反切，方作诗之义以释之，复引经子史传以证其以用事之所从出。③

由此可见，宋人在注杜过程中对杜诗版本、本文和语辞的高度重视，可谓是一种"文本中心主义"式的考索，正如莫砺锋先生所总结的，善于以"对校法"来校勘杜诗的宋人，其一大特点即是"善于依杜诗文义或其上下文来校订异文"④，即是说将异文放在整体诗歌文本中来确定意义。清人查慎行曾总结宋人注杜的历史贡献时说：

> 昔王原叔注杜诗，既行世矣，王宁祖则有改正。王内翰注杜集，薛梦符又有补注本，黄长睿有较定本，蔡兴宗有正异本，杜田有补遗正谬本。

---

① 王琪. 后记 [M] // （清）仇兆鳌. 杜诗详注：附编. 北京：中华书局，2015：2711.
② 吴文治. 宋诗话全编 [M]. 南京：江苏古籍出版社，1998：3577.
③ 华文轩. 古典文学研究资料汇编：杜甫卷上编 [M]. 北京：中华书局，1964：697.
④ 莫砺锋. 论宋人校勘杜诗的成就及影响 [J]. 杜甫研究，2005（3）：7.

古人于笺疏之学，各抒所得，不肯雷同剿说如此，非欲炫己长而攻人之短也。①

当然，查慎行补注苏轼诗与钱谦益注杜诗一样，侧重于对苏诗中的人物、时事和地理的考辨，显示了清初经典注释学的一种风气转变。但如查慎行所言，对于注释本的改正、补正、补注、正异、正谬等文本细节的考究与权衡，充分体现着作为经典文本的逐渐形塑的过程。而异文所形成的文本诠释空间，正是诗学理论的具体实践场所。在诠释学看来，文本的差异性在文本的经典化过程中往往起着决定性的作用，甚至如西方学者所指出的，"文本的一致性则允许差异的存在，甚至鼓励这种情况"②，可以说正是宋人注杜的诸版本，为后人提供了注释、模仿、批判的"奠基性文本"，为杜诗注释学传统的形成提供了丰盈的文本空间。

总之，在后世"定归一辞"的文本校注过程中，形式审美和形式批评观念又是其字句考释和校对的核心。实际上在诗文注释传统中，在文字训诂和名物考证之外本就内含着文本细读的因子和形式批评的基础③。正如戴震所言"经之至者，道也；所以明道者，其词也；所以成词者，其字也。由字以通其词，由词以通其道"④。由字词训诂而进至道之阐发，为清代朴学的核心立场，亦是古代经典诠释的语言学视角。降及作为集部文学作品的杜诗注释中，建基于对杜诗用字法、对法、句法、章法乃至体格的判断，往往成为注释杜诗的内在依据。从单个文本到多个文本，再从杜诗到前人诗，即从文本内的语句关联到文本内外的关系再到互文本关联，亦往往是注杜关捩之所在。也就是说，基于文本细读的形式批评理论，正是对杜诗过度诠释的一种归章，萧涤非先生认为

---

① （清）查慎行. 补注东坡先生编年诗例略［M］//查慎行. 苏诗补注. 王友胜，点校. 南京：凤凰出版社，2017：1.

② （德国）扬·阿斯曼. 文化记忆：早期高级文化中的文字、回忆和政治身份［M］. 金寿福，黄晓晨，译. 北京：北京大学出版社，2015：96.

③ 岑仲勉先生曾言："南宋彭淑夏著文苑英华辩证，分二十门，曰用字、用韵、事证、事误、事疑、人名、官爵、郡县、年月、名氏、题目、门类、脱文、同异、离合、避讳、异域、鸟兽、杂录，多考订精湛，为总集校雠之善本。"（岑仲勉. 读全唐文札记［M］//岑仲勉. 唐人行第录：外三种. 北京：中华书局，2004：285.）亦可为对诗文集校雠注释基本门类和内容的总结。

④ （清）戴震. 与是仲明论学书［M］//戴震. 戴震集. 上海：上海古籍出版社，2009：183.

"以杜注杜"是诠解杜诗的最好办法，因为通过引诗互证才能"比较容易接近真相"①。其"引诗互证"实即是建立在文本互证基础上，对杜诗作品语辞习惯与形式特征的理解与确认基础上的，故此注释过程中实蕴含着丰富而内在的形式批评观念。兹举几例为证，说明形式批评意识与注释学的内在关联。

第二节　以对法关系确定注释

宋本杜甫集开篇多为《游龙门奉先寺》一诗，其中"天阙象纬逼，云卧衣裳冷"句，关于"阙"字注释，历来诸家多有歧异，或作"阙"、或作"阅"、或作"闚"（"窥"）、或作"开"，尤体现着杜诗文本的歧异性、层累性和多样性。而如何确证此字文本的真实性和可靠性，除了地理名物的考证外，历来诸家还围绕此字的用字、对法等加以论证，进而由此体现出对杜诗中古体诗与近体诗格律、体格的不同认识和理解。

如在《杜工部草堂诗笺》中，蔡梦弼以地理学知识考订为"天阙"，并举庾肩吾诗为证：

> 天阙，指龙门也。王荆公改"天阙"作"天阅"。蔡兴宗《考异》作"天闚"。以余观之，皆非是也，乃臆说也。按《洛阳记》：阙塞山，在河南县。《左传·昭公二十六年》：晋赵鞅纳王，使汝宽守阙塞。杜预注，洛西南阙口也。俗名龙门，今河南府东一百八十里有龙山，即禹所凿。《三秦记》：鱼鳖上之即为龙，否则点额而还，两山对峙如门焉，故名龙门。龙门者，乃天阙门也，天有九阙，二十八宿为经，五星为维。甫宿于招提最高之处，则身近天阙，势逼于象纬矣。庾肩吾《禹庙》诗："侵云似天阙。"②

而赵次公则直引蔡兴宗之论，作"天闚象纬逼"，其注曰：

> 惟蔡伯世云：古作天闚，极是。惜乎知引《庄子》以管闚天而已，所

---

① 萧涤非. 杜甫诗选注：例言［M］. 北京：人民文学出版社，2017：3.

② （宋）鲁訔次编，（宋）蔡梦弼会笺. 杜工部草堂诗笺［M］∥（清）黎庶昌. 杜工部草堂诗笺（古逸丛书）. 上海：华东师范大学出版社，2016：212.（《杜工部草堂诗笺》，亦可见于《续修四库全书·1307·集部·别集类》和《丛书集成新编·第六十九册》，均为黎氏古逸丛书本。）

以又起或者之疑。《庄子》曰：至人者上窥青天，下潜黄渊。《后汉郅恽传》：非闚天者不可与图远。若引此不亦明乎？孟浩然：云卧昼不起。①

钱谦益则不同意宋人"闚"字说，其"阙"下注"一作阔。荆作阅。蔡兴宗考异作闚"。其"天阙"条注，博引众书，新引《水经注》《白虎通》二书，力证"天阙"即指"龙门"寺。又引韦应物《龙门游眺》诗为旁证，以喻龙门寺之高：

> 蔡絛西清诗话。黄鲁直校本云。王荆公改天阙为天阅。对云卧为亲切。余读韦述东都记。龙门号双阙。以与大内对峙。若天阙焉。此宿龙门寺诗也。用阙字何疑。程大昌演繁露。王介甫改阙为阅。非也。水经注毂水曰。汉宫典职曰。偃师去洛西四十五里。望朱雀阙。其上郁然与天连。是明峻极也矣。白虎通曰。尽闾阖门外。夹建双阙。以应天宿。韦应物龙门游眺诗云。凿山导伊流。中断若天阙。又云。南山郁相对。此杜诗注脚也。宋人妄改。削之何为天闚。引据支离。悉所不取。②

朱鹤龄则引韦述说作论证，亦作"天阙"，又特别说明，此诗为古体诗，不必拘于偶对，其注曰：

> 按韦述《东都记》：龙门号双阙，以与大内对峙，若天阙然。此诗天阙指龙门也。王荆公谓对属不切，改为天阅。蔡兴宗《正异》谓世传古本作天闚，引《庄子》"以管闚天"为证。皆臆说。杨慎曰：古字窥作闚，天闚、云卧，乃倒字法耳。闚天则星辰垂地，卧云则空翠湿衣，见山寺高寒，殊于人境也。按：用修之说，盖主兴宗。然《丹阳记》载王茂弘指牛头山两峰为天阙，见《文选注》，禹疏伊水北流，两山相对，望之若阙，又见《水经注》，皆确据也。况此本古体诗，何必拘拘偶对耶？③

由上，钱笺和朱注实际上亦是承继蔡梦弼之论以地理名称来考订字句；而宋人蔡兴宗、赵次公、王安石等则多是依据诗体属对疑"阙"字误，杨慎则依据倒句法，确立文本用字的合法性和合理性。实际上此字的注释正关涉着杜诗注释法的内在依据和理路，集中体现了诸多杜诗宋注和清注之间不同的出发点

---

① （宋）赵次公．杜诗赵次公先后解辑校［M］．上海：上海古籍出版社，2012：1.
② （清）钱谦益．钱注杜诗［M］．上海：上海古籍出版社，2009：4.
③ （清）朱鹤龄．杜工部诗集辑注［M］．石家庄：河北大学出版社，2009：1.

和校雠立场，其中又蕴涵着对诗歌对法、体式等形式法则的不同理解和批评立场①。故仇兆鳌在注释此诗之后，又加“附考”，详细解说此字所牵涉的历代注家及其立场。仇氏先在《杜诗详注》“天阙象纬逼”句下，标示“《正异》作闚，姜氏作开”，其证据与观点基本与钱谦益一致，其注曰：

韦述《东都记》：龙门号双阙，以与大内对峙，若天阙然。陆倕《石阙铭》：假天阙于牛头。朱注：《丹阳记》载王茂弘指牛头山两峰为天阙，见《文选注》；禹疏伊水北流，两山相对，望之若阙，见《水经注》，皆确据也。况此本古体诗，何必拘拘偶对耶。钱笺：韦应物《龙门游眺》：“凿山导伊流，中断若天阙。”此即杜诗注脚也。晋王子年《拾遗记》：师延精述阴阳，晓明象纬。象纬，星象经纬也。②

又在本诗之后的“附考”中，仇氏详述历代注杜者关于“天阙”的八种意见，以此说明杜诗注流传讹误之情况，及其注杜之原则：

附考：杜诗各本流传，多有字句舛讹，昔蔡伯世作《正异》，而未尽其详。朱子欲作考异，而未果成书。今遇彼此互异处，酌其当者书于本文。参见者分注句下，较钱笺、朱注，多所辩证矣。如此诗“天阙”诸家聚讼约有八说：蔡兴宗《正异》依古本作“天闚”，有《庄子》“以管闚天”及鲍照诗“天闚苟平圆”可证。杨慎云：“天闚”“云卧”乃倒字法，言闚天则星辰垂地，卧云则空翠湿衣，见山寺高寒，殊于人境也。蔡絛及《庚溪诗话》皆作“天阙”，引韦述《东都记》“龙门若双阙”为证，言天阙迥而象纬逼近，云卧山而衣裳凉冷也。朱鹤龄从之。姜氏疑“天阙”既用实地，不应“云卧”又作虚对，欲改作“天开”，引《天官书》“天开书云物”为证，则属对既工，而声韵不失。张綖谓“天阙”乃寺门观，“云卧”犹言云室。《杜臆》解“天阙”为帝座，以《宋志》角二星十二度谓之“天阙”也。王介甫改作“天阅”。旧千家本或作“天阔”或改作“天关”，俱未

① 当然宋人亦有不同意以对法来校勘此句的，如吴曾《能改斋漫录》卷四中就批评杜田《正谬》以“天阅”对“云卧”亲切之论，其引薛梦符之以“天阙”为牛头山两峰之论，以为从地理、历史考订此句方为合理的注释思路。吴曾引南史《梁书·何胤传》，以为“阙者谓之象魏，悬法其上，盖杜诗本误以魏为纬，且不记《南史》，是致纷纷耳”（华文轩．古典文学研究资料汇编：杜甫卷上编［M］．北京：中华书局，1964：528.）。显然吴曾之论流于附会和穿凿，泛滥踳駮难以服人。

② （清）仇兆鳌．杜诗详注［M］．北京：中华书局，2015：2.

安。据文翔凤《药溪谈》：伊阳之北山，即鸣皋之派，长殆百里，如云卧然，龙门难直卧云，故云然耶。①

至此，仇兆鳌综合了各家意见。从用字法和对法形式分析，大致均以"天阙"（或"天阚""天开""天阅"）与"云卧"为对，唯朱子以此诗为古体诗，故"天阙"与"云卧"不是声韵偶对，只是地名对言。我们认为朱子之论或不可确信，虽此诗可谓古体诗，但通观全诗"已从招提游，更宿招提境。阴壑生虚籁。月林散清影。天阙象纬逼，云卧衣裳冷。欲觉闻晨钟，令人发深省"虽为五言古诗，但为第三联中的此句或应为严格的偶对②。在对此联上下句偶对的解释中，多以地名对为解释，而明人张綖（《杜通》）、清人姜氏之论则明显属于明清注杜者"务博矜奇"之论，不可靠。而以"天阙""云卧"为倒字法，虽可解决"天阙"与"云卧"不偶对的问题，但通观全诗，则明显是以宋人诗法之用字格法，割裂唐诗之句意，亦不可靠。至于以时文法解杜诗的清人，直以"倒剔句法"来注解此句，则更显武断和僵硬③。明人王嗣奭在《杜臆》中则赞同刘辰翁的观点，以对法虚实的宽松性来确定"阙"字的合理性，其言"'天阙'与'云卧'不偶，故有'天阅''天阚'之谬论。须溪云，卧字可虚可实。极是"④。刘辰翁和王嗣奭对诗歌对法的理解，又显示出了对五言古体诗对仗的不同理解，我们又可从中窥见元明以评点为主的杜诗诠释，其对诗体形式和对偶法的重视，并以此为核心确立杜诗文本字词，显示了历代注杜传统中以训诂为主和以评点为主在诠释立场上的本质区别。故王夫之认为此诗中"卧"字、"阙"字训释之难，实即是关涉对于杜甫诗歌用字法的理解不同，其言：

---

① （清）仇兆鳌．杜诗详注［M］．北京：中华书局，2015：3.

② 浦起龙亦认为批评朱子以"古体诗合必拘拘偶对"来解"天阙"者，"似属超解矣"，其言："然此诗中四，却非散体。按'天阙'字出韦述《东都记》，其为地名无疑。若'云卧'，正形容宿处之高迥，定属虚用。而'云'自与'天'对，'卧'自与'阙'对，正以不执死法为文家妙用。彼聚讼纷纭者，皆方隅之见耳"，其立论之基础即是对法和文法，其上下句以虚对实，似颇有见地［（清）浦起龙．读杜心解［M］．北京：中华书局，1961：2.］。

③ 黄生："《庄子》：'至人上阚青天。'五六'天'字、'云'字略断。'阚'而'象纬逼'，'卧'而'衣裳冷'，此倒剔句法。龙门虽有'天阙'之号，然'云卧'随处可用，虚实不伦。杜公无此对法。"［（清）黄生．杜诗说［M］．合肥：黄山书社，1994：1.］

④ （明）王嗣奭．杜臆［M］// 傅璇琮，等．续修四库全书总目·1307·集部·别集类．上海：上海古籍出版社，2015：381.

　　一部《杜诗》，为刘会孟湮塞者十之五，为《千家注》沉埋者十之七，为谢叠山、虞伯生污蔑更无一字矣。开卷《龙门奉先寺诗》："天阙象纬逼，云卧衣裳冷。"尽人解一"卧"字不得，只作人卧云中，故于"阙"字生许多胡猜乱度。此等下字法，乃子美早年未醇处，从阴铿、何逊来，向后脱卸乃尽，岂黄鲁直所知耶？①

当然王夫之对于宋、元人注杜的批评显然是失之偏颇的，但其点出了宋人注杜之于杜诗用字、对法等形式法则的充分重视，指出了杜诗注释史中形式批评意识的重要性。

由上所述，此种以对法意识来校勘此诗之字词，可见是宋人注杜在字词笺释方面内在的视角。如朱熹所总结的，杜诗多有误字其原因正是在于不合对法关系：

　　杜诗最多误字。蔡兴宗《正异》固好而未尽。某尝欲广之，作《杜诗考异》，竟未暇也。如"风吹苍江树，雨洒石壁来"，"树"字无意思，当作"去"字无疑，"去"字对"来"字。又如蜀有"漏天"，以其西北阴盛，常雨，如天之漏也，故杜诗云："鼓角漏天东。"后人不晓其义，遂改"漏"字为"满"，似此类极多。②

当然由此对法关系出发，朱熹亦同意蔡兴宗"天阙"之说："'天阅象纬逼'，蔡兴宗作'天阙'，近是。"③

又如赵注《宋韦书记赴安西》"白头无藉在，朱绂有哀怜"句，言"藉"一作"籍"，以为二字皆可，其注曰：

　　上句公自言也。谓无所倚藉，故用对哀怜字。或一作籍，为通籍之籍，非唯不对，又不连接上句，又不指言谁人。盖以为韦君则既为官矣，以言公身则作此诗时未曾有官也。盖后篇《重过何氏》云："何路霑微禄，归山买薄田。"岂不明甚。下句言韦为书记，则为服绯矣。有哀怜，则言朱绂之人有哀怜于我。④

---

①　（明）王夫之. 姜斋诗话［M］//（清）丁福保辑. 清诗话. 上海：上海古籍出版社，2015：17.

②　（宋）黎靖德. 朱子语类：卷一百四十［M］. 北京：中华书局，1986：3327.

③　（宋）黎靖德. 朱子语类：卷一百四十［M］. 北京：中华书局，1986：3327.

④　（宋）赵次公. 杜诗赵次公先后解辑校［M］. 上海：上海古籍出版社，2012：40.

　　赵注以"无藉"作无所倚藉，与"有哀"为对。作"无籍"，则不是对偶，而是文意上相对，指"通籍"。后世注杜多从此二说中择一而从，如钱注、仇注均作"籍"，但不同意通籍之说，以为"慰藉"之意，如钱注为：

　　　　无籍：籍在。谓无人慰籍如韦也。引通籍及尹赏传无市籍。俱非也。①

　　值得注意的是，钱注以为"慰藉"之意，与"有哀"仍是意对之法。而朱注则依赵说"无所倚藉"意，且以为"旧注作通籍之'籍'，非是"②。综合三家之意，不管是作"籍"或"藉"，赵注、钱注和仇注均以之为对偶，以与此近体诗格法相适应，此亦是对偶意识作为文本校勘的内在依据之所在。

　　又如杜诗《洗兵马》中"隐士休歌紫芝曲，词人解撰河清颂"，蔡注、钱注作"清河"，其他历代注家作"河清"，有研究者依杜诗对仗之工，以为清河与紫芝应为假对，应从蔡注、钱注③。又如朱鹤龄注杜甫《冬日怀李白》："短褐风霜入，还丹日月迟"句，以为旧本"短"刊作"裋"为误，其理由亦是此对法形式：

　　　　若少陵"短褐风霜入，还丹日月迟"与"江湖漂短褐，霜雪满飞蓬"，以属对言，皆不当作裋。④

　　当然朱注采自赵次公注，赵注此句曰："裋褐，当以短为正。又杜公《咏怀》云：赐浴皆长缨，与宴非短褐。以长对短，其义尤明。"⑤ 又赵注《奉寄河南韦尹大人诗》中"江湖漂短褐，霜雪满飞蓬"句，揭"短褐"来自班彪《王命论》，此是依笺释字词出处，然赵注又以对法来确立"短"字为是，其注曰：

　　　　短褐字，班叔皮《王命论》云：思有短褐之袭，檐石之蓄。张铣注云：短褐，粗衣也。……旧本短褐，一作裋褐，非。《列子》虽有衣则裋褐，食则粢粝之语，《音义》云：裋複襦也。《说文》云：弊布襦也。然自是不好衣服之名，公所用对飞蓬，又用对还丹，虚实皆是短浅之衣褐耳。诗话载

① （清）钱谦益. 钱注杜诗［M］. 上海：上海古籍出版社，2009：299.
② （清）朱鹤龄. 杜工部诗集辑注［M］. 石家庄：河北大学出版社，2009：52.
③ 周金标. 朱鹤龄及其《杜诗辑注》研究［M］. 北京：中国社会科学出版社，2016：128.
④ （清）朱鹤龄. 杜工部诗集辑注［M］. 石家庄：河北大学出版社，2009：34.
⑤ （宋）赵次公. 杜诗赵次公先后解辑校［M］. 上海：上海古籍出版社，2012：37.

洪兴祖者，专执《列子》之文，以杜诗短字为误，纷纭百言，是不知自出《王命论》也。次公于《句法义例》详矣。①

又于《太子张舍人遗织成褥段》（古诗）"今我一贱老，裋褐更无营"句注曰：

简册所载有短褐，有裋褐。公每对属处则用短褐，盖短窄之褐也。裋褐，取童竖之褐为义。今单句云裋褐更无营，则用裋褐亦可。大率贫者之服耳。②

可见，赵注以为"短褐"与"裋褐"之别在于是否是对属关系，要依据上下句对法可以确立字词意义③。而南宋郭知达《九家集注杜诗》则直接引证《禹贡》"裋褐不完"句④，以经典出处来力证"裋褐"为确，则否定了以对法来判定"短褐"为确的思路。而朱熹亦对韩愈与杜甫诗中所用"短褐""裋褐"作出了充分的论断，在考证韩愈《马厌谷》"士披文绣兮，士无裋褐"句中"裋褐"词时，朱熹以为"诸本多作裋，一作短"，其作按语曰：

裋褐字，《两汉》如《贾谊》《禹贡》《货殖传》，《班彪》《刘平》《张衡传》，凡六见，无有作短字者。班彪《王命论》"短褐之袭"，《汉书》作裋。《文选》则用丁管切，是唐儒方两用之，故少陵诗以长缨、短褐为对，而《史记》《孟尝君传》与《战国策》《墨子》语皆传写之讹。公好古最深，当以裋为正。⑤

---

① （宋）赵次公. 杜诗赵次公先后解辑校［M］. 上海：上海古籍出版社，2012：1453.
② （宋）赵次公. 杜诗赵次公先后解辑校［M］. 上海：上海古籍出版社，2012：656.
③ 宋人吴曾亦不同意说说，不过其是引《文选》来证"短"字为确，属于文本互证的思路，其言"余按《文选》班彪《王命论》曰：思有短褐之袭，担石之蓄。张铣注曰：短褐，粗衣也。韦昭曰：短为裋，裋，襦也。毛布曰褐。李善注曰：短，丁管切。退之与子美皆熟《文选》。李善既以短为丁管切，而韦昭又以短为裋。则短褐之为长短之短，自有明据。盖庆善偶忘《文选》耳"（华文轩. 古典文学研究资料汇编：杜甫卷上编［M］. 北京：中华书局，1964：546.）。
④ （宋）郭知达. 九家集注杜诗［M］. 陈广忠，校点. 合肥：安徽大学出版社，2020：808.
⑤ （宋）朱熹. 昌黎先生集考异［M］. 曾抗美，校点. 上海：上海古籍出版社，2001：22.

由此可见，从训诂学的角度而言，《两汉书》《史记》等应以"裋褐"为正①，而因传写讹误，唐人始有"裋""短"混用。故在杜甫《咏怀》诗中，用"短褐"与"长缨"为对，最终朱熹以对法来确认杜诗用字的最确版本。而又因韩愈诗用古义的习惯，朱熹又进一步确认韩愈诗中应以"裋褐"为正。

同样，赵注"五月寒风冷佛骨，六时天乐朝香炉"句（《岳麓山道林二寺行》），直以对法校勘字句，以"冷佛骨"对"朝香炉"为确："冷佛骨，故对朝香炉。旧一作冷拂骨，非。盖不惟不对，而骨却在人言之矣。"② 又如赵注"无钱留从滞客，有镜巧催颜"（《闷》）"无钱"曰：

> 或曰：此是落句，亦公临时之语，不必有对。殊不知公律诗自首至尾皆对者多矣。其于无钱字，除单使而不对，如蜀酒禁愁得，无钱何处赊、男士尽头有舡卖，无钱即买系篱傍、每恨陶彭泽，无钱对菊花是也。而于《寄高适岑参》诗云：无钱居帝里，尽室在边疆。用对尽室，则《左传》云尽室以行也；岂非其法门专如此乎？③

由上几例足可见，宋注杜诗对杜甫诗歌中对法"法门"的深刻体认。在赵注中笺释字句除据词语出处外，两首诗中字词所用之对法虚实，成为重要的佐证，显示出对法句法等形式意识作为注释诗歌的内在根据，之于杜甫诗歌注解的重要性。

当然古诗对法与律诗对法虽有不同，但对法并非是机械性的，实关涉诗歌整体体格的有机性，这一点在清代乾嘉诗学重在诗歌声律的讨论中更是有着历史性的理论总结。如在批评欧阳修《圣俞会饮（时圣俞赴湖州）》一诗时，王士禛分别在"倾壶岂徒彊君饮？"下和"陇山败将死可惭"下注有"别律句"三字，特别说明古体诗与律诗声律之不同。而翁方纲就此批评王士禛对古体对句的理解之误，并由此生发出对古体诗与律诗声调体式的不同理解，其言：

> 此首内注出"别律句"者凡二句，皆属对之句也。既是对句，自应合二句共读之，乃见音节也。不特此也，古人一篇之中，句句字字，皆是一

---

① 如《汉书·王贡两龚鲍传第四十二》有"妻子糠豆不赡，裋褐不完"句，颜师古注曰："裋者，谓僮竖所著布长襦也。褐，毛布之衣也。裋音竖。"［（清）王先谦. 汉书补注［M］. 上海：上海古籍出版社，2012：4774，4775.］
② （宋）赵次公. 杜诗赵次公先后解辑校［M］. 上海：上海古籍出版社，2012：1409.
③ （宋）赵次公. 杜诗赵次公先后解辑校［M］. 上海：上海古籍出版社，2012：1179.

片宫商，未有专举其一句以见其音节者，则焉有专于某句特有意"别律句"者乎？①

翁方纲由此认为，古体对法"在古人原出以无意，而其实天然之节奏，皆于无意中拍合之，未有特出有心，别乎律句，以为古诗者也"②。此种关涉古体对法的认识，之于我们理解上述历代之于作为古体诗的《游龙门奉先寺》的历代注释有着重要的理论价值，亦即要将"天阙象纬逼，云卧衣裳冷"作为整体对句来加以诠释，将字词的估订放在整体的形式关系中，从体式关系上确定个别字词的准确性。正如郭绍虞先生所论，虽然从明代的李东阳到清代王士禛、赵执信和翁方纲等人之于诗歌律体和声调有着不同的差别，但"他们既感觉到律诗重在吟，古体适于诵，自会感觉到古诗中多用律调，反使音节不响。于是窥到了唐、宋名家与有意无意间避免律调之祕。这样，既解决了拗律之谜，同时也真从音节中能够体会到古诗之格"③。而我们从上述关于古体诗《游龙门奉先寺》中对偶句法的确证与注释中，亦可验证清人之于唐宋诗中对法关系和体式规律的客观认识。最后，我们可以引蔡兴宗之论，来说明宋人注杜对有机性的对法形式重要性的体认，《诗话总龟》后集卷十八引其《杜诗正异》言此诗句用字勘定的缘由：

> "天阙象纬逼，云卧衣裳冷。"世传古本作天闒，今从之。庄子"以管闚天"，正用此字。旧集以作阙，又或作关，今不取。盖先生诗该众美者，不惟近体严于属对，之于古风句对者亦然。观此诗可见矣。近人论诗，多以不必属对为高古，何耶？故详论之，以俟知者焉。④

曹慕樊先生亦曾特别指出，"这个'阙'字倒很可能是杜甫用的原字"⑤，最主要的依据在于杜诗用字法中常有借对法，"天阙（缺）"和云卧正可构成

① （清）翁方纲. 王文简古诗平仄论［M］//（清）丁福保辑. 清诗话. 上海：上海古籍出版社，2015：235-236.
② （清）翁方纲. 王文简古诗平仄论［M］//（清）丁福保辑. 清诗话. 上海：上海古籍出版社，2015：235-236.
③ 郭绍虞. 清诗话·前言［M］//（清）丁福保辑. 清诗话：前言. 上海：上海古籍出版社，2015：16.
④ （宋）蔡兴宗. 杜诗正异［G］//华文轩. 古典文学研究资料汇编：杜甫卷上编. 北京：中华书局，1964：262.
⑤ 曹慕樊. 杜诗杂说全编［M］. 北京：生活·读书·新知三联书店，2019：150.

借对为意。他并以此为例说明要诠解杜诗和确定异文，不可不熟悉杜甫诗艺和杜诗的形式技巧。

现代学者中，郭在贻先生特别重视利用对法、互文和韵法来训释杜诗用字，多有新见且堪为定谳，如其训"流连戏蝶时时舞，自在娇莺恰恰啼"（《江畔独步寻花·其六》）中"恰恰"作唐代俗语中的"时时""频频"解，除辅以语源学上的充分证据外，其主要论证基础即认为"'恰恰'与上句的'时时'相对成文，则应当也是一个表时态或表情状的副词"①。同样，其释"年事推兄忝，人才觉弟优"（《重送觉弟优》）中"觉"字"有推、数之意，犹今言算得上、数得着，而非通常感觉之意"，除创见性地指出"觉"字乃唐宋时之俗语外，其文本上的依据即是上下句"推""觉"二字为对文。当然这些考证方式属于训诂学的基本方法，但连文、对文、俪偶等文例上的依据，实是以凝固的、稳定的结构来厘定字义，而其背后又要深植于对诗体俪对与结构美感的切实体认上。

第三节　以句法关系确定注释

上言赵次公详于句法，且曾有《句法义例》一书详细总结归纳杜诗句法，故上下句句法关系往往亦是其笺释字句的重要依据。又如《黄氏集千家注杜工部诗史补遗》中注《魏十四侍御就敝庐相别》"有客骑骢马，江边问草堂。远寻留药价，惜别倒文场"句中"倒"字，其注曰：

> 言魏倾写其诗章也。"倒"一作"到"，谓公自以居为文场矣。杜预赞元恺文场，称为武库。②

宋本《分门集注杜工部诗》（卷二十一"送别下"）除引上注（以为赵次公注），又引师尹注曰：

---

① 郭在贻. 杜诗札记［M］//郭在贻. 新编训诂丛稿. 杭州：浙江大学出版社，2010：251.

② 黄鹤，（宋）蔡梦弼. 黄氏集千家注杜工部诗史补遗［M］//续修四库全书总目·1307·集部·别集类. 上海：上海古籍出版社，2002：303.

师曰：留药价，言有所馈也。到文场，言倾写诗章也。①

显然宋人皆以为"倒"与"到"字皆可。而朱鹤龄注虽在"倒"字下注他本作"到"字，但其依据上下句句法，以"到"字误，其注曰：

蔡曰：倒文场，谓倾倒其诗章也。按：公诗"尺牍倒陈遵"同此句法。若作"到"，与"问草堂"复矣。②

值得注意的是，师尹与朱鹤龄虽对此字校勘不同，但其均是据上下文句意和对法准则，此则显示了律诗句法之于注释之重要意义。后人言赵次公在句法上往往效杜甫，显示宋人注杜过程中对杜诗句法的高度自觉意识。故后人尝言赵次公注杜诗《衡州送李大夫七丈勉赴广州》"日月笼中鸟，乾坤水上萍"句不仅于句法上解杜，赵次公诗亦是由句法上学杜：

次公盖学杜诗者，止学其用意及格，固不敢犯其语，屋下架屋而已。窃以为学者不深解此篇日月笼中鸟，乾坤水上浮之语，却以为日月为笼，而我身则笼中之鸟；天地为水，而我身则为水上之萍，因此用义赋成《春日》一篇，句法语势效之，而义则与杜公别。次公之诗曰：带柳晖晖日，催花细细风。莺流依腻碧，蝶戏拣香红。天地笼中雀，阴阳炭里铜。此身随处乐，勿用翾衰翁。上四句以言时，下四句以言己。而下段使事，盖使《庄子》云：一雀适羿，羿必得之，威也。以天下为之笼，则雀无所逃。……其句法、语势，盖欲效之，而义与出处大不同矣。③

在这里，赵次公诗"天地笼中雀，阴阳炭里铜"句，有意学杜诗"日月笼中鸟，乾坤水上萍"之句法，显示其对杜诗此种"开广之句"句法的深刻体验和认识。在此诗的注释中，赵次公总结了杜诗截取前人诗句，混成为此种特有句法的诗法，并由此认为此句应以句法关系理解为："盖言我身于日月之下，如笼中之鸟，居而不伸；于天地之中，如水上之萍，泛而无定。"其总结杜诗此种句法曰：

公每用日月、乾坤、江湖、天地、江汉，皆以广大之物著其上，而下

① （唐）杜甫. 分门集注杜工部诗［M］//续修四库全书·1306·集部·别集类. 上海：上海古籍出版社，2002：587.
② （清）朱鹤龄. 杜工部诗集辑注［M］. 石家庄：河北大学出版社，2009：332.
③ （宋）赵次公. 杜诗赵次公先后解辑校［M］. 上海：上海古籍出版社，2012：1512.

承所言之事耳。如"日月低秦树，乾坤绕汉宫"，以言土地之恢复；"江湖多白鸟，天地有青蝇"，以兴小人之多如蚊蝇；"江汉思归客，乾坤一腐儒"，以言一身在天地中特为客之一士；"身世双蓬鬓，乾坤一草亭"，以言身与所居之茅屋；如日"飘零何所似，天地一沙鸥"，又取沙鸥为比，用说其在天地之中；如日"江湖满地一渔翁"，又著其在江湖之上。惟黄鲁直识之，特日：广开之句也①。

当然，赵次公、黄鲁直之论，亦显示了重诗歌法式、讲求"脱胎换骨"法的"江西诗派"美学意识之于宋人注杜的深刻而内在的影响。"老杜句法"成为宋人诗论的论述重点，多有提及以为诗学楷模，如宋人李纲在《重校正杜子美集序》中言杜甫"句法理致，老而益精"②。吕本中《吕氏童蒙训》则言："前人文章，各自一种句法，如老杜：'今君起柂春江流，予亦江边具小舟'，'同心不减骨肉亲，每语见许文章伯'，如此之类，老杜句法也。"③《苕溪渔隐丛话》前集卷四十一则引《诗眼》论，言"句法之学，自是一家功夫"，除引用黄庭坚七言诗为证外，更引杜甫五言诗为例，言："至五言诗亦有三字二字作两节者，老杜云：'不知西阁意，肯别定留人。'"④ 以为杜甫诗单句中作两节为其特殊句法，且为宋诗创作所承继和吸收，成为一家之定法。《苕溪渔隐丛话》中胡仔常论江西诗派以杜诗为法，多言黄庭坚句法自杜诗而来，如其论"古诗不拘声律，自唐至今诗人皆然，初不待破弃声律。诗破弃声律，老杜自有此体"⑤。而明人王世贞则以为黄庭坚直接学习老杜句法而成宋诗体格特征，如其言"鲁直用生拗句法，或拙或巧，从老杜歌行中来"⑥。正如今人所论，"杜诗句法，承前启后，开诗家无数法门"⑦，正可见杜诗句法之于后世诗学特别是诗法意识的重大影响。乃至清人翟翚在《声调谱拾遗》所列杜甫五古《画鹘

---

① （宋）赵次公．杜诗赵次公先后解辑校［M］．上海：上海古籍出版社，2012：1453.
② 华文轩．古典文学研究资料汇编：杜甫卷上编［M］．北京：中华书局，1964：277.
③ 华文轩．古典文学研究资料汇编：杜甫卷上编［M］．北京：中华书局，1964：282.
④ （南宋）胡仔．苕溪渔隐丛话［G］//吴文治．宋诗话全编．南京：江苏古籍出版社，1998：3805.
⑤ （南宋）胡仔．苕溪渔隐丛话［G］//吴文治．宋诗话全编．南京：江苏古籍出版社，1998：3841.
⑥ （明）王世贞．艺苑卮言校注：卷四［M］．罗仲鼎，校注．北京：人民文学出版社，2021：302.
⑦ 陈永正．诗注要义［M］．上海：上海古籍出版社，2017：106.

行》后总结唐人句法的意义时，提出"读古诗有不悉者，须于五七言律体中求之。盖凡律诗拗调，皆古诗句法也。但古诗句法，有可参入律体者，有必不可参入律体者"①. 亦即是说，从句法关系上唐人古体诗与近体诗之间具有共通性和传承性，句法可以说是古体与律体区分的核心因素。

从现代形式主义文论角度而言，杜诗句法可以说是杜诗律诗体式所具精炼与错综特征的形式源泉，如以《秋兴八首》为代表的七言律诗在句法上之于传统句法的突破，作为一种新型的体式构建杜诗句法"一方面既合于律诗之变平散为精炼之自然的趋势，一方面又为律诗开拓了一种超乎于写实的新境界"②. 故有当代学者指出，宋人对杜诗句法的确认和总结，以及在此基础上对杜诗语言合法性的确立，"必然带来诗歌题材的更新以及诗歌审美倾向的转化，杜甫由此引发了宋代诗格的题材转向以及宋代诗学的审美转向"③.

第四节 章法意识与注释体例

清人吴见思言杜诗章法"纵横尽变，必有一定之法以求之"④，故章法和体式作为诗歌形制的整体性因素，对于细节性的字词意义有着决定性的影响，尽管个别字词的意义组合为诗的整体性意义，而整体性结构关系又反过来决定着某一位置上字词的意义，在一定意义上构成诗歌诠释上的"循环模式"。朱熹在《昌黎先生集考异》的序言中，就曾提出要考异韩文，须"悉考众本之同异，一以文势、义理及它书之可证验者决之。苟是矣，则虽民间新出小本不敢违；有所未安，则虽官本、古本、石本不敢信"⑤. 这里，朱熹强调在文献校勘过程中，校勘与义理、文势三结合的学术范式中，文势更多的即是对文章整体形式的把握与确定。

张相在《词语曲语辞汇释》一著中曾提出疏释诗歌语辞的五种基本方法，

---

① （清）丁福保. 清诗话［M］. 上海：上海古籍出版社，2015：364.

② 叶嘉莹. 杜甫《秋兴八首》集说［M］. 上海：上海古籍出版社，1988：57.

③ 卞东波.《苕溪渔隐丛话》杜诗论的历史文化背景及其内涵［M］//卞东波. 宋代诗话与诗学文献研究. 北京：中华书局，2013：67.

④ （清）吴见思. 杜诗论文五十六卷：杜诗论文凡例［M］. 中央民族大学图书馆藏康熙十一年常州岱渊堂刻本.

⑤ （宋）朱熹. 昌黎先生集考异［M］. 曾抗美，校点. 上海：上海古籍出版社，2001：3.

除体会声韵、辨认字形、揣摩情节和比照意义外，还专列"玩绎章法"的方法，以为"有倒装之字，更有倒装之句，更有倒装之段落。有本句为呼应，有上下句为呼应，有隔若干句为呼应"①，即是要求引上下文句法、章法结构来确定词语意义。同样，逯钦立先生曾言"诗之体制章法，已有惯格，因可明其正误者"②，在其《〈古诗纪〉补正叙例》一文中曾专列"章法可以互校例"来说明在古诗字句校勘中章法体制意识的重要性。而杜甫诗作中常有律体长篇，如《上韦丞相二十韵》《奉赠太常张卿均二十韵》《赠特进汝阳王二十二韵》《寄刘峡州伯华使君四十韵》等，后人在注释时因对此种长篇体制中内在段落与章法的理解与重视不同，形成了不同注释体例。仇兆鳌在《杜少陵集详注凡例》"杜诗分段"条，曾总结曰：

> 《诗经》古注，分章分句。朱子《集传》亦踵其例。杜诗古律长篇，每段分界处，自有天然起伏，其前后句数，必多寡匀称，详略相应。分类千家本，则逐句细段，文气不贯。编年千家本，则全篇浑列，眉目未清。兹集于长篇既分段落，而结尾则总粘各段句数，以见制格之整严，仿《诗传》某章章几句例也。③

传统的训诂学与《诗经》注释传统中，多是分章分句注释，此是最为正统的文本注释体例。然对于上述杜甫长篇律诗所具"意本连属，而学问博，力量大，转接无痕，莫测端倪，转似不连属者"④的章法特征，上述注释体例往往无法显示和标示其内在的章法和断句，且分句注释往往打断内含于创作和阅读过程中的文气法脉，对于杜甫长篇律诗的章法形式往往是种遮蔽。故从揭示杜诗章法段落"多寡匀称、详略相应"的结构之美，在注释过程中要以界画段落为单元进行注释，而不要打破内在段落单元的整体性，此正是明人所谓"析章句于体段之分，明脉络之联属"⑤的意义所在。这是仇兆鳌在注释过程汇总，对杜甫长律内在结构和章法之美的充分重视。当然，这是清人吸收了时文评点的优势而来。同样是重视对长律内在章法的重视，清人杨伦则针锋相对，认为

---

① 张相. 诗词曲语辞汇释［M］. 北京：中华书局，1953：5.

② 逯钦立. 逯钦立文存［M］. 北京：中华书局，2010：112.

③ （清）仇兆鳌. 杜诗详注：杜诗凡例［M］. 北京：中华书局，2015：24.

④ （清）沈德潜. 唐诗别裁集：卷二［M］. 上海：上海古籍出版社，2013：55.

⑤ （明）宋濂. 俞默翁杜诗举隅序［M］//何焯. 义门读书记. 北京：中华书局，1987：987.

仇注分段注释恰是割裂了杜甫长律的文势，其言：

> 古律长篇固有段落，然亦何必拘拘句数如今帖括之为。仇本分段处，最多割裂难通。兹于长篇界画，悉顺其文势之自然，其句数有限者，不复强为分截。①

同样，提倡以法脉解杜诗的周篆更是批评了历代解杜者支离杜诗内在气脉贯通的注释作法，其言：

> 所谓法者，非仅仅首尾呼应而已，必前后贯穿，气脉流通，有起伏而无断续，有层次而无颠倒，有逆折而无龃龉，有伸缩而无脱略。自宋以前，莫不皆然。惟近代诗家，或逐调循声，或雕联琢句，法脉一道，不复顾问，遂至断梗飞灰，飘零满纸。余尝读其篇章，似乎律不必拘于四者，本之则无如之何。②

基于对诗歌章法、文势的重视，以时文法解杜的黄生，更是将杜律看作"如读一篇长古文"，重在分析杜律"用意之奇、取境之远、制格之奇、出语之厚"，在解说杜诗时尤重对杜律篇章结构的分析，如其评杜甫《北征》一诗，充分吸收了明代时文批评和小说评点的优点，张扬杜甫长律段落、局势、结构之奇：

> 此诗有大手笔，有细笔；有闲笔，有警笔；有放笔，有收笔。变换如意，出没有神。若笔不能换，则局势平衍，真成冗长矣。此诗分四大段：辞阙一段，在路一段，到家一段，时事一段。若各叙自可互为数题，亦无害各为佳篇。然杜公把三寸搦翰，直似一杆铁枪，神出鬼没，使人应接不暇，此真万夫之特也。尤妙在末后一段，本是辞阙时一副说话，却留在后找完，以成一篇大局，自是古文结构。③

当然黄生此种解诗方式，来自金圣叹以文法解诗，除仇兆鳌、黄生深受其影响外，洪舫在《杜诗评律》和吴瞻泰在《杜诗提要》中均亦是此种重在分析杜律章法结构的注杜方式，显示了明清之际对律诗章法结构的高度重视和审美

---

① （清）杨伦. 杜诗镜诠 ［M］. 上海：上海古籍出版社，1998：11.

② 周篆. 杜诗逸解 ［M］//孙微辑校. 清代杜集序跋汇录. 北京：人民文学出版社，2017：170.

③ （清）黄生. 杜诗说 ［M］. 合肥：黄山书社，1994：16.

自觉。

翁方纲在《杜诗附记自序》曾总结历代注杜者为两派，即是或重在典故事实，或重在篇章段落：

> 从来说杜诗者多矣，约有二焉：一则举其诗中事实典故以注之，一则举其篇章段落分合意旨以说之，二者皆是也。然而注事实典故者，有与自注唐注相比附者则可也，其支蔓称引者则不必袭之耶。其注篇法句法者，在宋元以前或泥于句义，或拙于解诂，犹孟子云"以文害辞"者耳。在后则明朝以后，渐多以八比时文之用意例之，更非诗理矣。①

显然，翁方纲既批评了注杜重在解说事实典故之繁复支蔓（以钱注杜诗为代表），亦批评了重在解说篇章段落者其拘于句义之弊（以刘辰翁评点杜诗为代表），而在明代八股评点盛行的时代，常用时文法来解诗的方式（以黄生《杜诗说》为代表）亦与诗理相悖。同样，沈德潜亦批评注杜者过于分解杜诗章法而破坏杜诗章法完整性的注释模式，其言："杜诗别于诸家，在包络一切，其时露败缺处，正是无所不有处。评释家必代为辞说，或周遮征引以斡旋之，甚有以时文法解说杜诗，断断于提伏串插间者。浣花翁有知，定应齿冷。"②当然以仇兆鳌注本为代表，其注释显然是与评点相融合，在明清两代杜诗注释学中，对章法句法等形式因素的批评和鉴赏也越来越重视，成为注杜者分析注解之重点。而由注杜至评杜，显示作为集部注释一种，文学性和鉴赏性成为最核心的内容，而其中关涉字法、句法、章法和体式的形式批评和鉴赏亦成为最内在的批评方式。

杜诗评点可始于宋元之交的刘辰翁，其与传统的经学注释有着本质的不同，而历代注杜者基于不同的立场，对于刘氏评点的历史意义评价亦截然不同。如清人宋荦在《读书堂杜工部诗集注解》序中曾张扬刘氏评点对宋人注杜的超越和扬弃之功：

> 至于杜诗有评、有批点，自刘辰翁须溪始。顾刘亦无注，元大德间，有高楚芳者，始释刻须溪评点，又删存诸家注附之，顾称善本，须溪子尚友为之序。余见今千家注本，凡分注句下，或缀篇下，而不著姓氏者，悉

---

① 孙微. 清代杜集序跋汇录［M］. 北京：人民文学出版社，2017：299.
② （清）沈德潜. 说诗晬语［M］//（清）丁福保. 清诗话. 上海：上海古籍出版社，2015：569.

属刘评，第刊落圈点耳。须溪评点又意致，犹为近古。而近日虞山钱氏目以一知半解，要非定论。……原注能疏瀹千家之踏驳，弃瑕而存瑜。评点往往独标新隽，间亦佽助以近代诸名人，可谓稡诸家之长而擅其胜者。①

宋荦认为刘辰翁的评点或可更接近杜诗本义，对宋人千家注杜诗有一种"弃瑕而存瑜"，显示了其之于评点独特的眼光。而张溍所作《读书堂杜工部诗文集注解》亦承继刘辰翁评杜中文本细读与鉴赏品评的传统，重在从读者阅读角度赏析杜诗神韵。

而批评刘氏评点的，如黄生在《杜诗概说》中持截然相反的看法：

杜诗莫谬于虞注，莫莽于刘评。如黄鹤、梦弼之类，纰谬虽多，然其名不甚著，人亦未尝称之。惟刘与虞，公然以评注得名，反得附杜公不朽，是可恨也。虞注本元人张伯成伪撰，假虞以行，此则非独杜不幸，并虞亦不幸矣。②

上述两种截然不同的清人看法，如果从形式批评的角度而言，更容易看出杜诗注和杜诗评的不同侧重点，显然杜诗注以笺释文句、典故和地理等为重，然如前文在笺释文句中显然涉及对诗文形式的解说与评定，括而及之而成杜诗评点，显然以鉴赏为重的文学评点，必然以形式解说而非名物典故为重点。在形式批评和审美体验上，注释和评点有着内在的一致性，评点要以注释为基础，而注释必要有形式批评为内在意识，方可解诗。二者的统一性其实在宋注杜诗中体现得尤为明显，如俞成元《校正草堂诗笺跋》中曾将黄鹤、蔡梦弼等辑注内容作了说明：

蔡君传卿……至于少陵之诗，尤极精妙，其始考异，其次辨音，又其次讲明作诗之义，又其次引援用事之所从出。凡遇题目，究竟本原。逮夫章句，穷极理致。非特定其年谱，又且集其诗评，参之众说，断以己意，警悟后学多矣。

吁！炼句之精，无如"风约半池萍"。衬字之妙，无如"轻燕受风斜"。假对之巧，无如"献纳纡皇眷"。押韵之工，无如"忧国愿年丰"。

① （清）张溍. 读书堂杜工部诗文集注解［M］. 济南：齐鲁书社，2014：1.
② （清）黄生. 杜诗说［M］. 合肥：黄山书社，1994：4.

读诗者，苟以意逆志，当自有定见，不可徇他人之说，类皆如此。①

由考异、辨音，到讲解作诗之义、注明用事典故，最后到疏通章句，此为注释最主要内容，在此基础上方可有诗评。疏通章句和诸家诗评重在说明的应是炼句之精、假对之巧合、押韵之工等形式问题。且此种形式批评，又可是以意逆志解诗的基础。有学者认为"诗歌注释的意义不只限于释义，它还被要求提供艺术批评的素材，这正是中国古典注释学的基本特征"②，我们以为诗歌注释并不是"被要求"提供艺术批评的素材，而恰恰相反，在诗歌注释的场域中自可包涵诗歌批评的素材，或者更深入地说，诗歌注释场域实是诗歌形式批评的发生地。

综上所述，因"晚来渐于诗律细"的杜诗，自觉追求诗律诗法的精细和复杂，故历代注杜者必须依据杜诗体式句法关系来注解诠释杜诗，故在杜诗注释学中形式批评成为一种核心性的诠释立场与批评方式。有当代学者甚至认为，杜甫所言"诗律"在杜甫那里实际是一种诗法论，"诗法实践和理论虽然渊源甚远，但在杜甫之前，诗法理论包含在诗学乃至一般的文学理论和批评的整体里，独立形态的诗法学，是杜甫奠定的……可以说，杜甫诗法论的形成正是近体诗成熟的一个标志"③。从诗法学角度而言，历代注杜和评杜的过程中，之于形式法则的体认和承继本亦应是杜诗诠释中的核心立场和理论视野。从读者接受角度言，面对如具有充分丰富性、层次性和意蕴性的杜甫诗文，诗歌注释正是对诗歌文本细读的基础，正如今人吴小如先生所言，"杜诗须细读始获正解"④。

① 黄鹤，（宋）蔡梦弼．黄氏集千家注杜工部诗史补遗：附俞成元《校正草堂诗笺跋》［M］//续修四库全书·1307·集部·别集类．上海：上海古籍出版社，2002：373.
② 蒋寅．清代诗学史：第一卷［M］．北京：中国社会科学出版社，2012：588.
③ 钱志熙．杜甫诗法论探微［J］．文学遗产，2001（04）：68.
④ 吴小如．含英咀华：吴小如古典文学丛札［M］．北京：北京大学出版社，2012：309.

第六章

文学选本与评点中的形式批评传统

　　文学评点作为中国文学批评最为独特的批评方式，其以语言审美和鉴赏体验为核心，从读者接受学角度而言，鉴赏感和美感的传达不同于对诗文道德批评和历史批评，必须通过对具体字词的品鉴、对语言形式的剖析以及对章法结构的解说阐释为主。清人张柯在评价查慎行《初白庵诗评》时曾对诗歌笺注和诗歌评点的功能和价值作了较为精彩的总结，其言"盖句梳字栉，详核出处，窥作者之用心，探立言之本意，此则笺注之所及也"，而关乎"宗旨、风格、正变、盛衰，以及字里行间、疏密"[①]，则为诗评之所长。正如有学者所指出的："评点在形式上和训诂注释相近，但训诂注释重在字词的音义出处，而评点有时也涉及音义出处，但重点却在文章的布局脉络用笔技巧。"[②] 因而，形式批评往往是文学评点中的核心批评方式和对象。当然在明代评点学兴盛之时，文学评点往往结合诗文选本来进行，如围绕《瀛奎律髓》的历代评点中，显示了不同时代对诗歌形式规律的不同认识。而至于清代，诸多经学文本亦摆脱其经学神圣性，成为评点对象和审美解析的对象，一如明末清初之后《庄子》评点学的兴起。因而，有学者总结道："中国古代文学批评的方式，就其最有民族特点、同时又使用的最为广泛而持久者言之，有摘句、选集、论诗诗、诗格、诗话和评点。其中评点方式的形成最晚，因此它所吸收的因素也最为复杂。"[③] 通过分析，我们其实可以得出文学评点与其他批评方式相比，最具特色的地方其实正在于对语言形式的品评、分析和鉴赏，文学评点可说是中国古代形式审美意识

---

① 张寅彭. 清诗话全编·乾隆期 [Z]. 上海：上海古籍出版社，2020：2654.

② 吴承学. 现存评点第一书：论《古文关键》的编选、评点及其影响 [C] //章培恒，王靖宇. 中国文学评点研究论集. 上海：上海古籍出版社，2002：222.

③ 张伯伟. 评点溯源 [C] //章培恒，王靖宇. 中国文学评点研究论集. 上海：上海古籍出版社，2002：47.

的一种充分呈现和张扬。

第一节 诗学选本与评点中的形式批评传统
——以《瀛奎律髓汇评》为例

诗文圈点评注可始于宋末元初时期，其中作为由宋入元的著名诗人与学者，方回（1227—1307，字万里，号虚谷）以其《瀛奎律髓》和《文选颜鲍谢诗评》两部诗歌评注为代表，与刘辰翁①（明人辑有《合刻宋刘须溪点校书九种》）一起成为宋末元代初期诗文评点兴起的代表人物。清人叶德辉在其《书林清话》（卷二）言，"刘辰翁，字会孟，一生评点之书甚多。同时方虚谷回亦号评点唐宋人说部诗集。坊估刻以射利，士林靡然向风"②，由此可见方回与刘辰翁的诗文评点在当时影响之大，曾为"海内传布，奉为典型"（宋泽元《刊〈瀛奎律髓〉序》）。特别是《瀛奎律髓》一书，因其中对律诗体格、章法、句法、用韵等形式方面的评注圈点，之于元代诗学理论的发展意义更大。有日本学者认为，与宋代兴盛的诗话多重轶事典故不同，《瀛奎律髓》代表着元代初期的诗文评点"将诗话转化为以诗为中心"③。实际上，与重在"论诗及事"的诗话著作相比，诗文评点的价值正在于在结合诗歌语句进行的文本细读和审美品评中，其确立着古代诗学形式批评的概念、范畴和审美理念。由此，朱东润先生在《中国文学批评史大纲》中曾高度评价该书的批评史贡献，言"此书议论明晰，条贯井然，较之宋代一般诗话，堪称上选，惟有待于后之论者为之辑理耳"④。

①　有学者认为："不管后人的评价和争议如何，刘辰翁是我国古代第一位文学评点大师，则是当之无愧的。在他之前，诗歌和散文的评点虽已相继出现，但都还是零散状态，自从他的评点出现，规模才开始宏大起来，境界也才得以拓展，也开始系统化起来。"（孙琴安. 中国评点文学史［M］. 上海：上海社会科学院出版社，1999：71.）我们以为，刘辰翁与方回均是由宋入元，因朝代交替中保存传统承继文化的需求而作诸多诗文选本和评点，故其选本与评点，多是入元以后而作。故宋末元初的诗文评点，不像明人评点更多的是印刷文化发达和商业文化需求而生。

②　（清）叶德辉. 书林清话［M］. 上海：上海古籍出版社，2012：28.

③　（日）高津孝. 宋元评点考［M］//高津孝. 科举与诗艺：宋代文学与诗人社会. 上海：上海古籍出版社，2005：85.

④　朱东润. 中国文学批评史大纲（校补本）［M］. 上海：上海古籍出版社，2016：217.

　　而由复旦大学李庆甲先生所编的《瀛奎律髓汇评》汇集了历代人对元方回所撰《瀛奎律髓》之评语，出版三十余年来，嘉惠学界多多。然此书之价值，多被视作体现了江西诗派的理论观念，故仅作为文学史与文学批评史的参考资料，而并未充分重视其之于诗学理论的重要贡献和特殊价值。特别是该书集汇了从元代方回到清初二冯到清中期纪昀再到清末许印芳的诸多评点，其中关于诗歌体式、格律、章法、句法和字法等形式方面的见解，实承载着十分重要的诗学和美学价值，体现着中国传统诗学形式批评之特征和意义，显示了清代诗学形式批评的观念发展，当然，也在很大程度上代表了清代诗学理论发展史之一端。

　　正如李庆甲先生所言：

　　　　依诗说话，论对诗发，将诗选和评诗结合起来，使诗选和诗话融为一体，是《瀛奎律髓》的一个显著特色。这部诗选对所选之诗多详加圈点、标明句眼、指出写作特点，还对唐、宋诗歌中各个流派和重要作家、作品的艺术风格、特征作了十分细致的分析。……在某种意义上讲，《瀛奎律髓》这部律诗选集同时又是一部宋代的诗律学全书。①

　　这其实已经指出，当我们重新审视此书的价值，再结合方回在该书序中所言："文之精者为诗，诗之精者为律。所选，诗格也。所注，诗话也。学者求之，髓由是可得也。"更可以看出传统的圈点评注形式其实正是古代诗学形式批评的基本形式，而这种专注于形式的批评之于诗学传承又具有重要的实践意义。而从诗学、文化学角度，则可看出围绕诗歌选本的诸种评注，实关涉不同时代审美经验以及审美风尚的历史转变，体现着一种大众诗学的文化积淀和历史传统。

　　古代文学选集作为古代文论资源之一，其实有着非常重要的文体学价值，本应是古代形式批评传统的重要承载，正如方以智所言："自梁昭明为《文选》，选始分诸类。自是文体益繁备，为文者，乃各为之。"②显然，肇自《文选》的文学选集以体分类传统，与古代诗文的实用性密切相关，之于大众文学意识起着重要的格法规范和体式传承作用。故文学选集中的分体意识实具有非常重要的文论史价值，王运熙先生就曾在二十世纪六十年代撰文批评当时诸多文学史

---

　　① 李庆甲. 瀛奎律髓汇评［M］. 上海：上海古籍出版社，1986：3.
　　② （明）方以智. 文论［M］//方以智. 浮山文集. 北京：华夏出版社，2017：10.

与文学批评著作，"大抵重视《文心雕龙》和钟嵘的《诗品》，给以很高的评价；对萧统和《文选》，则估价很低，甚或不加齿及"①的错误倾向，并敏锐地认识到萧统在《文选》的编选过程中所体现的观念其实与刘勰和钟嵘很接近，进而要求重视诸多诗文选本及其序跋所蕴含的理论价值和时代意义。

而近些年来，随着古代文论研究的深入，摆脱二十世纪以来形成的以西方美学理论为标准来衡量传统文论的研究视角，转而充分重视对中国古代文论存在的本体方式和话语方式的体认，已成为学界的共识。在当今学界建设中国话语理论体系的强烈意识作用下，对以评注为代表的传统批评形式的重新理解和估价，更应该成为当前揭示中国传统文学理论的特征和价值的重要途径。而《瀛奎律髓》所载方回的评点及围绕方回所论展开的诸家评点，尤其是纪昀的观点，形成了以探讨最具程式化特征的律诗形式的批评场域，足可视作古代形式批评的具体展开和呈现，因此具有细化分析的典范意义。表面上看，诗文评注圈点难免有"支缀"之弊，然对于优秀的理论家，正是通过具体的字法、句法及格调的判析品评，来彰显诗法之森严与精妙的。其实，作为清代中期乾嘉诗学理论的代表，纪昀虽强调诗歌须"发乎情，止乎礼义"，以"兴象深远""风神遒劲"为理想的诗学标准，但在具体的诗歌批评中，是非常重视通过适切的字法、句法安排以实现此种诗歌理论和标准的。故在《瀛奎律髓刊误》中，他并不是一味标举抽象理念，如清初标举"神韵说"的王士禛，或提倡"格调说"的沈德潜和提倡"性灵说"的袁枚等人那样，而是注意在具体的形式批评中落实自己的主张，呈示自己的诗学观念，这使得其诗歌批评"不标高格，不守一家，体现了相当宽阔的包容性和涵盖面"②。较之同时代前后其他人都显得更为恺切与通达。

如纪昀在评点中推崇"清"与"圆"的审美理想，在对具体诗作和方回评语的评点中，显示出他高度自觉的美学意识。如评陆游《舍北行饭书触目》云："格意未高，而词调清圆可诵。三、四句自然洒脱。"《瀛奎律髓汇评》（卷十二）评唐庚《人日》云："通体圆润，四句尤微妙。"（卷十六）评范成大《乙未元日》云："纯作宋调，语自清圆。虽不免于薄，而胜吕居仁、曾茶山辈多

---

① 王运熙. 萧统的文学思想和《文选》[M] //王运熙. 古代文论的管窥. 上海：上海古籍出版社，2014：118.

② 王运熙，顾易生. 中国文学批评通史：清代卷 [M]. 上海：上海古籍出版社，1996：471.

矣。"（卷十六）评陆游《六日云重有雪意独酌》云："先写情，后入题，运笔有变化，语亦圆洁，不得以平调废之。"（卷十九）评高适《送王李二少府贬潭峡》云："通体清老，结更和平不逼。"（卷四十三）评刘禹锡《西塞山怀古》云："第四句但说得吴。第五句七字括过六朝，是为简练。第六句一笔折到西塞山，是为圆熟。"（卷三）这些评语都是结合具体字法、句法、章法乃至体式特点，凸显了"清圆""圆熟""清老"的审美风格和审美理想，而这正是乾嘉年代清代诗学的核心诗学理念。值得注意的是，虽然方回也重"诗熟论"，其言："夫诗莫贵于格高。不以格高为贵，而专尚风韵，则必以熟为贵。熟也者，非腐烂陈故之熟，取之左右逢源也。"（方回评张泽民《梅花二十首》条，纪昀评方回此评语曰："此论却是。"）其评张耒诗曰："平熟圆妥，视之似易。能作诗到此地，亦难也。"（纪昀评方回此评语曰："此亦公道语。"）评尤遂诗曰："初看似弱，久看却自圆熟，无一斧一斤痕迹也。"（纪昀方回此条评语曰："佳处、病处皆在此。"）两相比较，我们可以清晰地看出纪昀对方回"诗熟论"有较多的继承，但亦可见出，纪昀较多地使用了"清""圆"的审美范畴，又显示出了清朝中期独特的诗学理想和审美风尚。

当然，纪昀对于方回选诗背后的江西诗派观念是排斥的，故才有《瀛奎律髓刊误》一书。如他批评方回所选"非尽无可取，而逞其私意，率意成篇。其选诗之大弊有三：一曰矫语古淡，一曰标题句眼，一曰好尚生新。……虚谷乃以生硬为高格，以枯槁为老境，以鄙俚粗率为雅音"①。由此可见出其之于《瀛奎律髓》一书的复杂态度，亦见出古人诗学观念与具体批评之间的复杂关系。由温柔敦厚的诗教出发，从冯舒、冯班到纪昀，对江西诗派和《瀛奎律髓》大体都有排击，但在具体的评点过程中，不管是二冯还是纪昀，又大抵遵循着原选中形式批评的理路，从字法、句法、体式、格律等细微处来彰显特定的诗美观念，并不得不使用包括方回在内的历代诗学形式批评中的诸多既有的名言，如"圆熟""细润""粗硬""生涩""清圆""圆活""生新"等。这些概念和范畴在文学批评历史中早已成为一套成熟而行之有效的语汇系统，具有超稳定的传承性和内在的系统性。或如有学者所总结的："汇评将前后不同思想品格、艺术趣味的批评家的观点汇集在一起，它实际上成了有关名著、有关作家、有关问题的一部接收史、阐释史，从中可以看出不同时代的哲学观念、学术思想、

---

① 李庆甲．瀛奎律髓汇评［M］．上海：上海古籍出版社，1986：1826．

文学观念之异同与演进。"① 而美国学者宇文所安则从文化叙事的角度出发，认为南朝时期的诸多文集的编纂有着重要的意义，如其所言"五世纪末和六世纪初的文人们孜孜不倦地进行着修订和保存文本、确定文本作者归属以及追源溯流、描述文学史变化的工作。这一研究和批评活动是建立文化叙事的基础，南朝文人正是用这些文化叙事来界定自身所处的时代"②。而我们依此观念，可看到宋末元初在异族统治的政治情境下，处于底层的刘辰翁和方回是如何将评点作为一种文化承继方式来批评圈点诗文集的，更可看到《瀛奎律髓》将唐宋诗融为一体的编纂方式所具有的文化政治功能。

从此意义上说，文本评点中生发出的形式批评方法作为内在的诗学批评传统，其实比抽象的诗学观念更能体现中国诗学内在的言说方式，更代表中国诗学批评的本体性存在方式。中国文学理论的体系性特征也更多地呈现于上述形式批评场域中相关术语、概念和范畴的实际使用过程中，进而蕴育着一种超稳定、具传承性的批评话语传统。

第二节　文学评点的审美形式鉴赏传统

一、圈点与文学教学

如前所述，以西方理论范式来衡量中国古代文论，古代文论话语资源当然会显出理论体系建构和概念范畴整严方面的贫乏。若以体系性和逻辑性来衡量，传统的诗文评注也必然显得琐碎而庞杂。但如以文本细读和审美鉴赏角度而言，中国传统的评注圈点之批评形式，亦自有其独到的美学价值，却也是不言自明的。正如有学者所指出的："它以标识符号和语言文字的评论，逐字、逐句、逐段分析文本的线索脉络，指点出文章的布局章法与字句修辞，引导读者并与之

---

① 黄霖. 唐贤三昧集汇评：总序 [M] //周兴陆辑著. 唐贤三昧集汇注. 南京：凤凰出版社，2017：13.

② （美）宇文所安. 中国早期古典诗歌的生成 [M]. 北京：生活·读书·新知三联书店，2014：27.

同时展开阅读进程。"① 而在评点圈识的体例上，明人归有光在其《史记》圈点凡例中，将其中所包含的形式视角和鉴赏特质总结得特别明了，圈点的重点在于"意句与文章好处"，文章气脉与结构要紧出意要一一指出，以便读者赏识：

> 《史记》起头处来得猛者圈，缓些者点，然须见得不得不圈、不得不点处乃得。黄圈点者，人难晓。朱圈点者，人易晓。朱圈点处，总是意句与叙事好处。黄圈点处，总是气脉。亦有转折处用黄圈，而事乃联下去者。墨掷是背理处，青掷是不好要紧处，朱掷是好要紧处，黄掷是一篇要紧处。②

在明代兴起的此种五色圈点法，通过多种评点方法（评、圈、点、掷）和多种颜色的标识符号，将作者、评点者和读者紧密地拉进了文本阅读过程中，而其中关涉文本辞句和叙事的形式审美更是其鉴赏重点所在。近人吴文治在总结圈点之历史时，以为"圈点之学，始于谢叠山，盛于归震川、钟伯敬、孙月峰，而大昌于方望溪、曾文正。惟昔人圈点所注意者，多在说理、炼气、叙事三端。方、曾两家，乃渐重章法句法"③。实际上，公允地说，明清两代以归有光、钟惺（署名为钟惺的诸多评点）、方苞和曾国藩为代表的诸多评点家，其评点即是属于鉴赏评点，而鉴赏其实关涉的核心即是叙事、章法句式、用字择辞之形式审美。

如前章所述，结合文本进行细致入微的审美鉴赏，正是二十世纪西方以新批评为代表的形式主义美学所极力追求的文本中心主义倾向。而其摒弃形而上理论的宏观构建，回归文本和审美本身，亦是西方接受美学和后现代主义文论所具有的一种反传统的强烈理论倾向。故而，在中西比较的视野下，传统的诗文评注更显出其在传统话语体系中的本体意义和价值。从形式批评角度来说，诗文评点的核心价值正在于关注文本，凸显对字句章法的细致剖析和深入评价。诗文批评最终要落实在具体的文字格法的比较、体验和鉴赏过程中，不离文本而有审美经验之总结，乃为形式批评的核心价值观之所在。评点更多地着重于

---

① 吴承学. 现存评点第一书：论《古文关键》的编选、评点及其影响［C］//章培恒，王靖宇主编. 中国文学评点研究论集. 上海：上海古籍出版社，2002：222.

② 王水照. 历代文话［M］. 上海：复旦大学出版社，2007：5825.

③ 吴文治. 国文经纬贯通大义·例言［M］//王水照. 历代文话. 上海：复旦大学出版社，2007：8244.

文学形式的经验探讨，围绕文本形式本身探讨诗学理论，可以说是中国文论话语中的"文本中心主义"。回归文本，回归对文学形式的审美体认，可以说是当前中国古代文论研究转向的重要方向，亦是文论研究与大众诗学审美相结合的重要出口。正如美国学者叶维廉所指出的，"在传统的中国批评里还有一种不致于太破坏诗中的机枢的解说性批评，相当于西洋的 explicantion de texte（本文的阐说）的批评，其收效有时及于前些年来英美甚流行的'形态主义'批评"①。实际上，此种形态主义批评更多地就呈现于古代诗歌评选与评点之中，亦即重在形式美感经验分析和分享的阐说性批评，而非理论性构建，此正是中国诗学批评存在的特殊形式和价值。

二、体式经验与形式传统

如前所述，明清学者围绕《瀛奎律髓》所进行的评注圈点，将诗话和诗法融为一炉，更多地关注在形式批评所显示出的清人对古代文学经验的全面总结。这类诗法著作和选集评注的价值，以今日的理论情境来重估，正可以加深人们对诗歌字句、章法细致入微的审美体赏，而此种体认亦可以克服当下古代文论研究与传统诗学的隔阂。如清初，作为"虞山诗派"重要作家的冯舒和冯班，为批评初期虞山诗派尚宋诗与推崇"江西诗派"的风气，一方面以集力校订《玉台新咏》、细心评点《才调集》以为世人学诗指南，另一方面通过针对性地批点《瀛奎律髓》来抨击选集中呈现出的江西诗派诗法观念和宗宋的诗学风气。在评点中，二冯凸显其崇唐之诗学主张，对"江西诗派"的字眼说、拗字和变体等形式观念，以及"脱胎换骨""点铁成金"等创作方法都作了具体的否定及抨击。如该书"拗字类"中，方回标举杜甫诗作中的"吴体"，后为江西诗派追求生硬拗峭风格的来源："拗字诗在老杜集七言律诗中谓之'吴体'，老杜七言律一百五十九首。"卷十六中批评"周伯弼定四实四虚、前后虚实为法要之本，亦无定法也"，从定法到变体显示了他对"四实四虚"说的一种补充。而冯舒则完全否定"拗字类"的存在，甚至否定方回所言"变体"之存在，称"拗字不妨为律诗，以其原论声病也。虚谷不知源流，遂立此一类，其为全不为诗

---

①　（美）叶维廉. 中国诗学 ［M］. 北京：生活・读书・新知三联书店，1992：6. 叶维廉在此补充说："formalism 译为'形态主义'的批评，只求异于一般'形式主义'的含义，现在所提到的相似处，只就其着重美感经验的机枢的分析而言，而不指其整套看法。"

信矣"①。又说"体有何常？以此为变，真眯目妄谈也？看此诗即可知诗无常体，乃反谓此类为变体耶？大害诗者，此等议论"②。显然，与方回相比，一为建设一种形式体式，一为否定一种形式体式，代表着不同的诗学思路，虽说在不同的时期均具有一定的合理性，但不可否定的是，在元明时期，"变体"或"吴体"的概念代表着一种诗歌体式美学的成熟和演变。而从审美鉴赏角度而言，"拗字类"或"吴体""变体"作为一种诗律程式化审美观念的形成，此乃一种"定法"。如方回以对法为"变体"之界定，其言"以一句情对一句景，轻重彼我，沉着深郁，中有无穷之味，是为变体"（《瀛奎律髓》卷二十六）。在方回的观念里，景情相对、错综用之而成一种稳定的程式化句法。冯舒则是从审美创造角度而言，否定"变体"和"吴体"的存在价值，亦是一种"无法之法"的追求。冯舒就方回的"变体"说批评曰："言景言情，前人不如此，只是大历以后体，'江西'遂刊定诗法矣。"③ 冯班则曰："虚实无定体，情不离景，景不离情，何轻何重，此类诚属多事。多读古人说，自然变化出没，不为偶句所束。汲汲然讲变体，又增一重障碍。"④ 冯舒批评方回所谓"脱胎换骨法"曰："脱胎换骨者，偷势也。若挦扯吞剥，一钝贼耳。凡谓反案法、脱胎法、换骨法，皆宋人梦中谵语，留一句于胸中，三生不能知诗也。"⑤ 虽然二冯否认了"江西诗派"的诸多后人以为的僵硬化创作教条，认为它们均是学诗之障碍，但他们又不得不承认上述形式法则在后世已成诗法，同样亦不会否定律体的形式美感。二冯只是反对生硬拗峭的江西诗风和脱胎换骨式的诗歌作法，恰恰相反他们推崇的是《才调集》所含的晚唐诗体的秾丽词采，故当方回推崇如黄庭坚、陈师道之"摆脱膏艳，而趋于古淡"的诗风时，冯舒则反驳曰：

> 律体出于南北朝，俳偶须藻丽魁奇，方是作手。若摆脱膏艳，直为古体可矣，何事区区于声偶之间耶？余论律诗，以沈、宋为正始，老杜为变格。然杜诗殊工整，不似黄、陈辈粗硬也，杜诗要是唐诗第一人。沈、宋自是蓝苕翡翠，老杜则碧海琼鱼。⑥

① 李庆甲．瀛奎律髓汇评［M］.上海：上海古籍出版社，1986：1107.
② 李庆甲．瀛奎律髓汇评［M］.上海：上海古籍出版社，1986：1129.
③ 李庆甲．瀛奎律髓汇评［M］.上海：上海古籍出版社，1986：3.
④ 李庆甲．瀛奎律髓汇评［M］.上海：上海古籍出版社，1986：1128.
⑤ 李庆甲．瀛奎律髓汇评［M］.上海：上海古籍出版社，1986：1170.
⑥ 李庆甲．瀛奎律髓汇评［M］.上海：上海古籍出版社，1986：158.

　　二冯与方回诗学理想相异，于诗体的审美风格自然认识不同，但毫无疑问，他们都对律体的形式感有较深入的体认，只不过方回的追求不脱江西诗风的古淡圆熟之美，致后人疑以为生硬；二冯追求的是晚唐律体的藻丽华艳，致后人责之纤细①。然而在具体的形式批评中，历来围绕《瀛奎律髓》所选诗之种种评注，实是古诗形式体认和审美经验层层累积的过程展现，体现的是古代审美经验的历史性和积淀性。

　　比二冯稍晚的王夫之、吴乔等人吸收了二冯的观念，亦对情景体式予以否定。王夫之在《古诗评选》《唐诗评选》和《明诗评选》中以"气脉论"之"活法"来反对"江西诗派"僵硬教条的"死法"，即为二十世纪以来中国美学与诗学理论反复引用的"情中景，景中情""景生情，情生景"之情景交融相生之论。如其在《唐诗评选》评丁仙芝《渡扬子江》诗时，依诗评注曰：

　　　　首句一"望"字统下三句，结"更闻"二字引上"边音""朔吹"，是此诗针线。作者非有意必然，而气脉相比，自是如此者。唯然，故八句无一语入情，乃莫非情者，更不可作景语会。诗之为道，必当立主御宾，顺写现景。若一情一景，彼疆此界，则宾主杂沓，皆不知作者为谁意外设景，景外起意，抑如赘疣上生眼鼻，怪而不恒矣。②（丁仙芝《渡扬子江》：桂楫中流望，空波两畔明。林开扬子驿，山出润州城。海尽边阴静，江寒朔吹生。更闻枫叶下，淅沥度秋声。）

　　而同时的吴乔亦以为："七律大抵两联言情，两联叙景，是为死法。盖景多则浮泛，情多在则虚薄也。然顺逆在境，哀乐在心，能寄情于景，融景入情，无施不可，是为活法。"③其实宋人周弼在《唐三体诗法》中所首倡"四实四虚说"，只是以景物为实以情思为虚。如宋人范晞文《对床夜语》中所言："周伯弼选唐人家法，以四实为第一格，四虚次之，虚实相伴又次之。其说'四实'，

---

① 清人陆元鋐《青芙蓉阁诗话·提要》言："又或取法于古，各立门仞，亦有两体：其从《瀛奎律髓》入手者，多学山谷江西一派，或失之于俚；从二冯《才调集》入手者，多学晚唐纤丽一派，或失之于浮。是皆不能无偏。"（张寅彭. 清诗话三编［M］. 上海：上海古籍出版社，2015：2598.）

② （明）王夫之. 船山全书：第十四册［M］. 长沙：岳麓书社，2011：1012.

③ （清）吴乔. 围炉诗话［M］//郭绍虞. 清诗话续编. 上海：上海古籍出版社，1983：480.

谓中四句皆景物而实也。"① 只不过后世学诗者往往以之为诗歌作法程式，而为学者所抨击。如清人蔡钧辑《诗法指南》中则多汇集周弼之论和方回《瀛奎律髓》之评语，以虚实为诗法创作之形式典范。

显然从宋人周弼的"四实四虚"论，到元人方回的变体说，再到清人王夫之、吴乔等人的情景论，是对江西诗派以来景情相对、错综用之的程式化对法体式的一种理论提升，具有鲜明的美学意涵，然而这种美学话语毫无疑问是建立在对漫长的诗法程式的吸收和超越，具有充分的历史积淀性和形式意味。如果今人将这种程式化对法、章法和体式等诗歌作法传统与抽象化的诗学美学理论相割裂，是无法理解清人诗学、美学话语背后的形式内涵的。如王夫之所批评的丁仙芝诗，其评语中所用起结之"针线说"和"气脉说"，并未否定情语和景语的存在，而只是反对割裂情语和景语的机械化程式作法，而代之以"顺写现景"方式实现的富于生命意味的有机形式感，从此意义上说王夫之的诗评更为一种突出形式美感的审美鉴赏和品评，实是中国诗学形式批评的凝结和升华。此种追求生命圆融感的有机形式审美理想，在明代中前期复古主义诗学氛围中更是主流的形式观，以王世贞所总结的最为代表，其言："首尾开阖，繁简奇正，各极其度，篇法也；抑扬顿挫，长短节奏，各极其致，句法也；点掇关键，金石绮彩，各极其造，字法也。篇有百尺之锦，句有千钧之弩，字有百炼之金。文之与诗，固异象同则。"② 王世贞认为诗文在文本形式审美和结构审美上（即字法、句法和篇法）追求的最终理想是一致的，均是由机械性的法则升华为有机性的诗文妙境。与方回《瀛奎律髓》所倡之"拗字类""变体说"相对，上述王世贞、二冯、王夫之与吴乔等人所重之诗学生命形式观，恰为一正一反，一为形而上的观念建构，一为形而下的作法程式，均为中国诗学形式审美之内在传统。诚如张伯伟所言："放在整个中国文学批评的体系中看，评点所最为倾心的是文本本身的优劣，它努力挖掘的是文学的美究竟何在以及何以美，它注重独文本的结构、意象、遣词、造句等属于文学形式方面的分析，同时也不废义理和内容的考察，尽管这在评点里是次要的。中国文学批评在这一方面

---

① 吴文治. 宋诗话全编［M］. 南京：江苏古籍出版社，1998：9292.
② （明）王世贞. 艺苑卮言校注：卷一［M］. 罗仲鼎，校注. 北京：人民文学出版社，2021：45.

的贡献，是值得我们作进一步抉发的。"① 今天，我们从形式批评和审美体认的视野出发来看历代人围绕《瀛奎律髓》的评点，实显示出其之于明清两代诗学形式理论建构所独有的价值和地位。

从大众诗学角度而言，与传统诗学话语中的其他存在形态不同，依类选诗、评注圈点，就诗歌字句章法格律展开细致的具体讨论，这种以评点为代表的诗学接受与传播形式，虽无抽象的理论构建，然因大家巨手在其间发蒙启发，实蕴涵着充分而又精深的审美体验和艺术精神。从学诗角度言，评注圈点的形式是一种金针度人，更适合初学者研习。此吴瑞草所谓"学者且当从此领会参入，而后渐次展拓，即古人全体之妙，不难尽得"②。明清之际，冯舒、冯班、纪昀、许印芳等人重新在《瀛奎律髓》上的圈识评点，使此书成为当时重要的创作入门指南。从文学接受和创作角度而言，此种文学批评形式更具大众诗学的普及价值和实践意义。同样，四库馆臣在评定周弼《三体唐诗》中所列诸多诗格时，虽然以为不能尽诗之变，但作为诗家传授之规程却有着重要的意义，其言：

> 宋末风气日薄，诗家多不工古体。故赵师秀《众妙集》、方回《瀛奎律髓》所录者，无非近体，此书亦复相同。所列诸格，尤不足尽诗之变，而其时诗家授受，有此规程，存之亦足以备一说。③

显然即使四库馆臣不同意诸多诗格之论，但亦不得不承认宋末元初以《瀛奎律髓》《众妙集》和《三体唐诗》为代表的诗文选集和评点之于底层诗歌教学的重要意义。正如四库馆臣对文学总集编选功能和价值的总结，其"一则网罗放佚，使零章残什，并有所归"，这是指总集编纂的文献记录功能；"一则删汰繁芜，使莠稗咸除，菁华毕出"④，此则文章编选中鉴衡与价值剖定功能，其中自然含有对诗体、文体价值以及诗文审美价值的厘定与凸显，形式批评观念自然蕴于其中。正如作为唐人选唐诗的代表殷璠，其在《河岳英灵集》序中所言，"夫文有神来、气来、情来，有雅体、野体、俗体。编纪者能审鉴诸体，委

---

① 张伯伟. 评点溯源［C］//章培恒，王靖宇. 中国文学评点研究论集. 上海：上海古籍出版社，2002：47.

② 李庆甲. 瀛奎律髓汇评［M］. 上海：上海古籍出版社，1986：1815.

③ （清）永瑢等撰. 四库全书总目［M］. 北京：中华书局，1965：1702.

④ （清）永瑢等撰. 四库全书总目［M］. 北京：中华书局，1965：1685.

详所来，方可定其优劣，论其取舍"①，编选文集取舍文本的过程正是"审鉴诸体"的体式确立和明晰的过程。又如对明代诗学发展起着重大影响的诗歌选集《唐诗品汇》，高棅在其序言里亦强调诗歌选集的编选要持"校其体裁，分体从类，随类定其品类"的体裁和体式观念，才可以"审其变而归于正"②，此种正体意识正是其在明代影响巨大的原因。

三、选本与文学制度

上述选本与评点对诗法、声律等形式方面的具体分析，更使其对明代基层诗文教学产生深远的影响。即使是以"纂类摘比之书，标识评点之册"为"文之末务"的章学诚，亦不得不承认明代五色圈点之作所具有的发蒙作用，其言：

> 归震川氏取《史记》之文，五色标识，以示义法，今之通人，如闻其事，必窃笑之，余不能为归氏解也。然为不知法度之人言，未尝不可资其领会，特不足据为传授之秘耳。③

章学诚在《清漳书院留别条训》中特别提及《瀛奎律髓》为诸生试帖排律之重大教学作用，其言：

> 试帖排律之于诗，犹八股时文之于古文，盖别出一途而自为甘苦者也。方虚谷《瀛奎律髓》，毛西河选《唐诗帖》，乃帖括家之所宗。诸生诵习揣摩，亦有用时文而宗仰古文之法者乎？试得其法，则可晓然于试帖排律之宗仰古诗矣。④

这里章学诚特别指出了《瀛奎律髓》之于士子举业的重要教学意义，《瀛奎律髓》正可为士子学诗之阶石，之所以如此，在于上述《瀛奎律髓》所具有的形式格法解说明晰之特征，正适用于书院学子由试帖而通古诗之途。章氏之论，亦可见《瀛奎律髓》一书在明末清初基层学堂书院教学中影响之大，从制度与文学的关系角度重新审视此书，正可见诗歌选集与评点在乡野政治和基层文化

---

① 傅璇宗，陈尚君，徐俊编．唐人选唐诗新编［M］．北京：中华书局，2014：156.
② （明）高棅．唐诗品汇［M］．北京：中华书局，2015：9.
③ （清）章学诚．文史通义·文理［M］//章学诚．文史通义新编新注．仓修良，编注．北京：商务印书馆，2017：141.
④ （清）章学诚．文史通义新编新注［M］．仓修良，编注．北京：商务印书馆，2017：625.

中的独特功用与意义。从此意义上，今人方孝岳极力推崇此书，以为"除了《瀛奎律髓》而外，我国文学批评界，恐怕还找不出传授师法如此之真切、如此之详密的第二部书"①。

以《瀛奎律髓》为例，由明成化年间龙尊"访于乡之人，得抄本而付之梓，后又再梓于建阳，书遂大行于世"（康熙四十九年刊本陈士泰序）。也就是说，从元代到明初，该书本为乡野发蒙之作。是龙尊推重之，以为"所选之精严，所评之当切，涵泳而隽永之，古人作诗之法，讵复有余蕴哉！"（明成化三年刊本龙尊序）但在前后七子为代表的主流诗学鼓荡下，以《唐诗品汇》为代表的尊唐诗选大行于世，并取唐宋诗而精选律诗的《瀛奎律髓》只能处于边缘的地位。然而到了明末清初，宗唐和宗宋之争起，该书才进入二冯、查慎行、纪昀等主流文人的视野。纪昀充分认识到《瀛奎律髓》的普及性质及其选诗标准和诗学观念对于底层士子的影响，故不只在《瀛奎律髓刊误》中校正其错讹脱衍，更通过圈点评注来纠正其观念的错谬。其序称"然其书行世有年，村塾既奉为典型，莫敢訾议；而知诗法者，又往往不屑论之，谬种益蔓延而不已"②。可见其实。朱庭珍在评赞其师的评点价值时，亦从此角度出发，突出强调圈点评注之于教习诗歌的重要意义：

> 纪文达公最精于论诗，所批评如杜诗、苏诗、李义山、陈后山、黄山谷五家诗集，及《才调集》《瀛奎律髓》诸选本，剖析毫芒，洞见古人得失，精语名论，触笔纷披，大有功于诗教，尤大有益于初学。有志于学诗者，案头日置一编，反复玩味，可启发聪明，销除客气，自无迷途之患。盖公论诗最细，自古大才槃槃，未有不由细入而能得力者。但须看此公批点全本，观其圈点之佳作以为法，观其抹勒之不佳者为戒，方易获益。③

不仅如此，正是意识到选本的重要意义，纪昀在批注此本的基础上，更作《唐人试律说》《我法集》和《庚辰集》以为士子科举之用，因纪昀的巨大影响，这些选本更具有重要的参考楷则意义，对清代中后期诗学的下沉与观念普及起到了重要的影响。如道光时人林联桂所言：

① 方孝岳. 中国文学批评 中国散文概论［M］. 北京：生活·读书·新知三联书店，2007：192.
② 李庆甲. 瀛奎律髓汇评［M］. 上海：上海古籍出版社，1986：1826.
③ （清）朱庭珍. 筱园诗话［M］//郭绍虞编选. 清诗话续编. 上海：上海古籍出版社，1983：2347.

唐诗各体俱高越前古，惟五言八韵试帖之作不若我朝所谓尤盛。法律之细，裁对之工，意境日辟而日新，锤炼愈精而愈密，虚神实义，诠发入微，洵古今之极则也。故纪文达相国《庚辰集》一出，而前人之《近光集》、唐试律诸刻及《瀛奎律髓》等书一时俱废。①

而梁章钜更是以为其师纪昀编选的三部选集，作为试帖之用，实为清代中后期应试诗法的典则，其言：

凡作诗，不可有时文气，惟试帖诗，当以时文法为之。先读纪文达师之《唐人诗律说》，以定格局，其花样，则所选《庚辰集》尽之，晚年又有《我法集》之刻，其苦心指引处，尤为深切著明。时贤所作，惊才绝艳，尽有前人所不及者，而扶质立干，不能出吾师三部书之范围也。②

咸丰时人陈泰来亦总结道："唐人以诗赋取士，创为试律。乾隆间，场屋增试律诗，士子素不习，殊以为苦。纪文达公乃以《我法集》《庚辰集》示以矩镬，于是踵事增华，《九家诗》《七家诗》各擅其胜。"③ 亦指出了以《庚辰集》等代替《瀛奎律髓》等旧选本，其对清中后期科举所产生的巨大影响。

值得注意的是，《瀛奎律髓》在日本亦颇为流行，如文化五年（1808 年）刊本中先后有山本信有、朝川鼎、孝孙有庆和大淈的序跋，亦推崇此书有金针度人的功用。朝川鼎言：

余之教人，必先以作诗。其作诗之法，所谓二四异，二六同，挟声拗字之类，不一而足。初学或难之，因使其诵唐、宋之诗，然未尝句解字释，但优游涵泳，使之自得也已。盖其意谓诗可以至法，法不可入诗也。而唐、宋诗人，各自有集。非就焉而考究，不得尽识其蕴，是在初学为最难矣。若求其简而备者，莫《瀛奎律髓》若也。④（日本文化五年刊本朝川鼎序）

朝川鼎的序言，着重点出了《瀛奎律髓》作为后学津梁和初学法式的重要

---

① （清）林联桂．见星庐馆阁诗话：卷一［M］//张寅彭．清诗话三编．上海：上海古籍出版社，2015：4027.

② （清）梁章钜．退庵随笔［M］//郭绍虞．清诗话续编．上海：上海古籍出版社，1983：1995.

③ （明）陈泰来．寿松堂诗话：卷一［M］//张寅彭．清诗话三编．上海：上海古籍出版社，2015：5569.

④ 李庆甲．瀛奎律髓汇评［M］．上海：上海古籍出版社，1986：1833.

意义，该书在日本之影响，从诗歌教学角度言之，亦可说明该书在大众诗歌教学视野中显示出的重要理论价值和历史意义。

由此，当重新审视《瀛奎律髓》和《瀛奎律髓汇评》这样的汇选汇评时，自然见出其之于发掘和深见古代文论与美学资源的重要性。如在《瀛奎律髓汇评》中，辑有清后期许印芳的评注按语，而研究者或因其未有完整的诗学理论著作而往往忽视他的理论贡献。实际上，许印芳的诗学理念贯串于其对诸多诗歌评注和诗法选本中，如他所撰之《诗法萃编》《诗谱详说》和《律髓辑要》等。作为在云南诸多书院掌管教职的传统士人，其上述所著或所编之书多为授业讲学之用。如其《律髓辑要》乃汇集摘抄《瀛奎律髓刊误》之语，并对方、纪两人的评语多有生发和提炼，大部分按语着重于形式批评，对诗歌字法、句法和格律有诸多详细精彩的论述，虽未构建宏大的体系，却有可见形式批评方面完整的观念，在一定意义上摒弃了江西诗派"一祖三宗"说和"诗眼说"的历史纠葛，得出了诸多远超二冯和纪昀的观点，实是有清一代诗学形式批评观念的一种系统性的总结和升华。兹举其评价方回之诗学观念时之按语，如下：

> 虚谷诗学，只于字句上用工夫，故所选《律髓》一书，专取字句。其讲变体，但取对法活变，又但取虚实相对之一法。全卷选诗二十九首，批词二千余言，凡言一轻一重，一物一我，一景一情，不出虚实二字。二字不能尽律体之变，并不能悉对法之变。学者欲穷其变，取古大家诸名篇熟读深思，又取列代名家诸名篇参观互勘，庶几悉其变态耳。①

如前所论，许印芳对方回诗学思想的整体评价，一方面指出方回拗类、变体说之局限所在，另一方面则点出了《瀛奎律髓》在历代传承中的诗学形式批评价值。从此点而言，许印芳充分肯定了具鉴赏批评价值的诗文评注之美学意义，从定法到活法的学习途径亦在此种形式批评传统中得以显出。

第三节　文章评点中的形式批评传统——以明清《庄子》散文评点为例

文章评选作为古代文话重要的话语资源，与文章作法、科举制度有着直接

---

① 李庆甲．瀛奎律髓汇评［M］．上海：上海古籍出版社，1986：1149．

而密切的关系。尤其值得注意的是，从汉语语言学角度而言，诗文评点形式的兴盛与汉语语言性质和文言文教学法密切相关，瑞典汉学家高本汉很早就指出："语词意义的繁复错综，语句组织的空漠无定，书写上种种辅助记号的缺乏，中国语上这几种性质，连累着文言的学得和熟悉，不是由于文法规则上的练习，而只是由于诵读上的经验。有了良教师的指导，并依据可靠的注释来校正他的解说，一课一课的诵读只有这种方法可以用得。"① 文章选本和评点正是适应汉语言教学实践而兴起的，适合中国语言的本质性形态且与诗文鉴赏密切结合在一起。正如王水照先生对宋代文学选集评点的总结和归纳：

> 文章评选是文坛时代风习的反映，对所选文章加以标抹圈点，揭示其结构脉络，可以具体而微地展示文章作法。这些选集经常附有对作家和文章的评论，将之汇编成册，即构成文话中的独特形式——选集评点类。在宋代，吕祖谦的《古文关键》、楼昉的《崇古文诀》、谢枋得的《文章轨范》以及魏天应、林子长编著的《论学绳尺》即为其中的代表。②

日本学者冈村繁亦曾认为，南朝宋齐作为中国古代第一个编纂历代文集、总集和选集的高峰时期，"编纂的总集及选集、与《文选》的编集形式一样，都已对文体进行了细致的区分，并依据这种细致的区分收列相应的诗文作品"③。显然自《文选》开始的古代编纂文集过程中，诗文总集和选集的形成过程与古代文体形式审美意识的发展密切结合在一起，文体审美和文体意识始终是其核心意识，亦可说是古代文体审美的成熟与发展的自觉呈现过程。正如民国学者骆鸿凯所言："总集为书，必考镜文章之源流，洞悉体制之正变，而又能举历代之大宗，柬名家之精要，符斯义例，乃称雅裁。"④ 从此意义上说，文学作品的编纂绝非文献价值和文化功能，其中自包含着对文学体制、体裁和体式诸多形式观念的体认、辨别和发展。

而在明代八股文应试制度和商业文化消费背景下，结合总集和选集的文章评点之风达到极盛，诸多汇评、集评本大量出现，且又以小说评点为极致。这

---

① （瑞典）高本汉 . 中国语与中国文 [M]. 张世禄，译 . 太原：山西人民出版社，2015：134.

② 王水照，熊海英 . 南宋文学史 [M]. 北京：人民出版社，2009：429.

③ （日）冈村繁 . 文选编纂的实际情况与成书初期所受到的评价 [C] //俞绍初，许逸民 . 中外学者文选学论集 . 北京：中华书局，1998：1050.

④ 骆鸿凯 . 文选学 [M]. 北京：知识产权出版社，2013：13.

些评点在明代中后期逐渐摆脱了依附于道德伦理批评和政治批评的状态，被从经学诠释的氛围中解放出来，发展成为独立的审美评点和审美接受领域。如以万历年间乌程凌氏刻本为例，其先后所刻汇评本《史记评林》（一百三十卷）和《汉书评林》（一百卷），即显示明代对历代评点的全面整理和汇集，即使是历史著作，此类评点本亦重在对文章辞句、章法和结构的分析与鉴赏，以为大众鉴赏与写作之用。故有研究者指出评林中的明人评语很大部分是近于文学批评的，"对明代人而言，他们所看重《史记》的并非汇集既定事实的史书的意义，而是极力发现和阐释其作为文章范本，作为文学的意义"①。可以说，文本批评和形式批评逐渐成为明清两代文学评点的核心范式和价值取向。

在通过评点来确立文学性意义和审美价值的时代，从八股文章法借鉴而来的诸多形式批评术语和法则，逐渐成为此种文章评点和审美鉴赏的核心范畴和言说方式。诸多关涉八股文的冒起、起结、立柱、大小结、格局等诸多格法概念，逐渐脱离其实用性和严肃性，成为一种内在于文章中的抽象形式美感。如归有光在《文章指南》（或称《古今文则》《文章体则》）总论部分，设有"论看文法""看历代名家文法"两则，实是对古文鉴赏中文字体式、用意下句等做出的一种实践性指导。其中对历代文法的分析实是对文章体式、章法的文本细读与形式审美。如言要看"纲目关键"，具体而言即"如何是主意首尾相应？如何是一篇铺叙次第？如何是抑扬开合处？"要看"警策句法"，具体而言即"如何是一篇警策？如何是下句、下字有力处？如何是起头、换头处？如何是缴结有力处？如何是融化曲折、剪裁有力处？如何是实体贴题目处？"②而在"论作文法"中，所总结的为文之妙，更是明人之于文章形式审美的一种总括：

> 为文之妙在叙事情状，笔健而不粗，意深而不晦，句新而不怪，语新而不狂。常中有变，正中有奇，题常则而意新，意常则语新。结前生后，反复操纵，词源浩瀚而不失之冗，意思新转折多而不缓，曲折斡旋，转换有力。③

作为明代"唐宋派"代表作家，上述为文要求虽然集中体现了归有光的儒

① （日）高津孝 . 明代评点考［C］//章培恒，王靖宇 . 中国文学评点研究论集 . 上海：上海古籍出版社，2002：92.
② （明）归有光 . 归有光全集：第九册［M］. 上海：上海人民出版社，2015：1.
③ （明）归有光 . 归有光全集：第九册［M］. 上海：上海人民出版社，2015：5.

141

家审美理想，但其中对文章语句之新、笔法之奇、转折之多的强调，依然体现出了明代评点中之于美感形式和叙事结构的时代审美风尚。

由此，明清散文评点从八股评点中吸收不仅是评点术语和评点方法，更重要的是吸收了对散文形式和章法结构的审美态度，即以形式的自主性和审美性为鉴赏核心，摆脱了经学诠释的权威性阴影。有研究指出，"明清散文评点是在八股评点的基础上发展而来的，经过了一个由借鉴到融合再到超越的阶段，最终形成了自己一套较有特色的批评理论"①，特别是在对行文恣肆纵横的《庄子》评点过程中，更显示出了上述形式批评的拓展范围和审美延伸。

一、从经学文本到审美文本

清末马其昶曾言："《庄子》书，词尤高，好文者尚之。前后为注者百数十家，读郭象《注》最显，陆氏《释文》多存唐以前旧诂。……自象《注》及诸家益各用己意为说，本旨荒矣。余读其书，为襃集群解，略发指趣，要以通其辞为归。"②历代注疏《庄子》者常以通其辞为归，但从晋代郭象解《庄子》到宋代吕惠卿对庄子的注疏③、王安石的《庄子解》和王雱的《南华真经新传》④等，多侧重经义思想阐释。如朱熹所说："旧看郭象解《庄子》，有不可晓处，后得吕吉甫解看，却有说得文义的当者。"⑤ 可见文义阐释和哲学思想注释是宋人注庄的核心。

而到南宋末年，以林希逸《庄子口义》、褚伯秀《南华真经义海纂微》、罗勉道《南华真经循本》以及刘辰翁《南华真经校点》为肇始，开始重视对《庄子》之为文学文本的细读与评点。如《南华真经循本》中言"顾其句法、字面，自是周末时语，有非后世所能尽晓"，"诸家解者，或敷演清淡，或牵连禅语，或强附儒家正理，多非本文指义"⑥，继而要求回归《庄子》文本字句来训

① 李波. 清代《庄子》散文评点研究［M］. 北京：学苑出版社，2013：22.
② （清）马其昶. 定本庄子故［M］. 合肥：黄山书社，1989：2.
③ （宋）吕惠卿. 壬辰重改证吕太尉经进庄子全解［M］. 北京：国家图书馆出版社，2011.
④ 王雱直以"庄周之书，载道之妙也。盖其言救性命未散之初，而所以觉天下之世俗也，岂非不本于道乎？"（王水照. 王安石全集：第九册［M］. 上海：复旦大学出版社，2016：496.）反映了王安石新学思想在注庄中的体现与贯彻。
⑤ （宋）黎靖德. 朱子语类：卷七十八［M］. 北京：中华书局，1986：1986.
⑥ （宋）罗勉道. 南华真经循本［M］. 李波，点校. 北京：中华书局，2016：2.

释和理解庄子本义。降及明人，以署名归有光批阅、文震孟订正的《南华真经评注》为代表，集历代诸家评注于一册，为明代庄子评点的代表作，然其亦不脱古代注释训诂之轨则。在《南华真经评注》序中，蔡逸中题曰："后世学庄者，得其句法章法，而深严之体未备也，变化之机未熟也，超妙之理未臻也，得为庄子也欤哉。"① 依然以评注为通释文章理义之途径。虽然如此，明代《庄子》研究的一大特点是已开始"注意采用文学语言的言道方式"②，来评议庄子之学。如陆西星《南华真经副墨》一书，虽其重点依然在道家经义阐说，但显然其以吸收时文批点法来逐节注疏《庄子》，进而详叙义理。其《批点庄子法》以不同划线、圈点来标明《庄子》文之标题、主意、肯綮、精粹和段落等，已然是一种经文细读法，即如其言"看《庄子》到纯熟处，字字句句皆为奥旨"③。其每篇之后除通释全文外，偶有"文评"，即对经文结构章法的审美品评。如其评《逍遥游》篇：

> 意中生意，言外立言。綖中线引，草里蛇眠。云破月印，藕断丝连。作是观者，许多此篇。④

评《齐物论》篇：

> 钧天之乐，鞺鞳铿锵。常山之蛇，首尾相望。驱车长坂，倏尔羊肠。过脉微眇，结局广洋。……首尾照应，断而复连，藏头于回顾之中，转意于立言之外，于平易中突出多少层峦叠嶂，令人应接不暇。奇哉！妙哉！⑤

而竟陵派代表人物谭元春在《遇庄序》一文中，曾提出对历代《庄子》注释的不满，言自己十五年间六阅《庄子》，其中"四阅本文，一阅本文兼郭注，一阅郭、吕注，旁及近时焦、陆诸注，又回旋本文"⑥，即其通读庄子本文和前代郭象、吕惠卿的注解，以及明人焦竑《庄子翼》和陆西星《南华真经副墨》后，认为上述注释传统根本问题在于对庄子精神的隔阂与疏离。进而他提出读《庄子》必须要有与庄子合二为一、"注庄者自注"的精神体悟法，其言：

①　（晋）郭象. 南华真经评注［M］//胡道静等编. 藏外道书：第三册. 成都：巴蜀书社，1994：2.

②　熊铁基. 中国庄学史：下［M］. 北京：人民出版社，2013：19.

③　（明）陆西星. 南华真经副墨［M］. 蒋门马，点校. 北京：中华书局，2010：276.

④　（明）陆西星. 南华真经副墨［M］. 蒋门马，点校. 北京：中华书局，2010：13..

⑤　（明）陆西星. 南华真经副墨［M］. 蒋门马，点校. 北京：中华书局，2010：44-45.

⑥　（明）谭元春. 谭元春集［M］. 上海：上海古籍出版社，1998：902.

　　　　注弥明，吾疑其明；注愈贯，吾疑其贯。阅《庄》有法，藏去故我，

　　化身庄子，坐而抱想，默而把笔，泛然而游，昧昧然涉，我尽庄现。①

　　同样，明末清初的方以智甚至提出"《庄子》者，可参而不可诂者也。以诂
行，则漆园之天蔽矣"②的激烈主张，其《药地炮庄》一书以"别路粘提"的
体悟方式解《庄》，以别传统注疏方式。在三教汇通的背景下特别是参禅理论的
影响下，方以智对《庄子》传统经学诠释进行了一定程度的消解和重塑，如其
言"子书不经。唯不经，所以为子书。此种亦别有一种不可解处，是彼之妙解
也"③。这正与前所述钱谦益注杜诗时对传统经学训诂多"寻扯字句，割剥章
段。钻研不出故纸，拈放皆成死句"④的批评相一致。同样比《药地炮庄》稍
晚出的，王夫之所著之《庄子解》，更是用"以庄解庄"的方式进行具时代特
色的哲学诠释和修辞重构，将《庄子》身上的宗教权威性和经学神圣性进行了
消解和脱卸。有学者特别指出，从语言学角度而言，《庄子解》"正在透过语汇
的重复与交错使用，语言都在新的脉络中产生新意义，也可使庄子文本重新贯
串、组构，打破原先篇与篇的界线"⑤。上述晚明学者此种解放性的注释与体悟
意识为对《庄》文的审美评点提供了理论前提和契机。

　　清代朴学大盛，乾嘉朴学之于《庄子》考证、辑佚、训诂多有成就，尤以
郭庆藩《庄子集释》、孙诒让《庄子札迻》和王先谦《庄子集解》等为代表。
然此种经学训诂学的视角，之于恣肆汪洋的庄子文章自然有其局限。清末民初
的胡朴安曾在其《庄子章义》自序中批评说："清代学者以文字声韵求训诂，深
得东汉学者之意。于经部大有收获，而出其余以治子者，所得颇少。盖治子方
法与治经方法不同。……以训诂治子，往往违于子之本义。"⑥当然亦有学者认
为，清代朴学与东汉经学有着本质的不同，清代朴学中的考据学方法，特别是

---

① （明）谭元春．谭元春集［M］．上海：上海古籍出版社，1998：902．

② （明）方以智．向子期与郭子玄书［M］//方以智．药地炮庄（修订本）．张永义，刑
　益海，校点．北京：华夏出版社，2016：74．

③ （明）方以智．药地炮庄（修订本）［M］．张永义，刑益海，校点．北京：华夏出版社，
　2016：332．

④ （清）钱谦益．钱注杜诗［M］．上海：上海古籍出版社，2009：3．

⑤ 徐圣心．青天无处不同霞：明末清初三教汇通管窥［M］．台北：台大出版中心，2010：
　126．

⑥ 胡朴安．庄子章义［M］//胡道静，等．藏外道书：第三册．成都：巴蜀书社，1994：
　500．

章学诚"六经皆史"的主张，"使经典无意中降为史学，开启了权威和经典的怀疑之门"①。具体到"以卮言为漫衍、以重言为真、以寓言为广"的《庄子》文本里，不仅要文从字顺才能理析义解，更必借由分明章段方可探讨其行文之肆。而此种庄子文之章句段落分析与鉴赏，实际是由清代《庄子》评点来承担与完成的。

清代对《庄子》的文章学点评，是明代诗文小说的评点至经文诠释的延伸，其注重文章形式审美的鉴赏，注重对文章起承转合、体式和文法等批注，正是以之作为鉴赏之书而非训诂注释之经文。其中尤以陆树芝《庄子雪》、林云铭《庄子因》、宣颖《南华经解》、胡文英《庄子独见》和刘凤苞《南华雪心编》等评点著作为代表。

二、章法结构的美感体认

上述清人庄子评点著作，多注重从读者角度鉴赏《庄子》文情之恣肆惝恍，特别是对于《庄子》文整体结构的剖析鉴赏。如林云铭称赞《庄子》为文之神奇工妙，认为传统注释家的逐字训诂法，往往无法见出其中章法之妙，故其言：

> 庄之为文，其字而有平易醇雅者，即有生割奇创者；其句读有径捷隽爽者，即有艰涩纠缠者；其段落有斩截疏明者，即有曼衍错综者。若不逐字训诂，逐句辨定，逐段分析，如前此注《庄》诸家，解其可解而置其不可解，甚至穿凿附会，颠倒支离，与作者大旨风马牛无涉。②

同样，宣颖在《庄解小言》言：

> 分节分段，非庄原本。但骨节筋脉所在，正须批郤导窾。故不惜犁然分之，先细读其一节，又细读其大段，又总读其全篇，则窍会分明，首尾贯穿，盖必目无全牛者，然后能尽有全牛也。③

林云铭和宣颖反对传统注疏分章分句的注释形式，因其肢解对文章整体结构和气脉的理解和贯通，显然受八股文重章法之起承转合的影响。故在他们的评点中尤重对文章整体结构和内在气脉的鉴赏，如评《逍遥游》章法安排曰：

---

① 葛兆光. 清代学术史与思想史的再认识［J］. 中国典籍与文化，2012（1）：22.

② （清）林云铭. 庄子因［M］. 张京华，点校. 上海：华东师范大学出版社，2011：1.

③ （清）宣颖. 南华经解［M］. 曹础基，校点. 广州：广东人民出版社，2008：1.

篇中忽而叙事，忽而引证，忽而譬喻，忽而议论。以为断而非断，以为续而非续，以为复而非复，只见云气空濛，往返纸上，顷刻之间，顿成异观。陆方壶云"綖中线引，草里蛇眠"，譆，得之矣！①

分三大段看，起处至"小大之辨也"，是前一大段；"知效一官"至"圣人无名"是中一大段；"尧让天下"至末是后一大段。前极参差变化，后独三截分应。澹宕住笔而余音嫋然，真浸淫不测之文。②

又如评《骈拇》章法：

行文段落极整，而其每段中忽添忽减，随手错落。

一线穿去，一段生一段，波澜滚滚然，至束笔处，皆故作悠扬蕴藉，另是一格。③

而胡文英《庄子独见》承继方以智解庄之法，亦完全从读者接受角度，授人以读庄之法，以见《庄子》章法气脉之妙。在《读庄针度》里，其言："读《庄子》须把心收得细如游丝，虚而与之委蛇，望其气上则引而避之，俟其气下复缓而惹之。炼得此一片轻清微妙之质，则气息自通。"④ 强调读者与庄子精神体悟的相通，以见全文之气息脉络。他还要求读庄"须善用照法"。通过正照、斜照、远照、反照诸法以把握全文章法之妙，接人照见庄子真心。在具体的评点中，胡文英完全使用时文批评术语，如"接法""硬接""转法""转法""转笔""收转"等起承转合术语来鉴赏分析。在字法批评上，常评《庄子》文中"字法奇奥""字法奇趣横溢"⑤。在句法批评上，常点出《庄子》文中所用"倒句法""连环句法""锁句法""拖句法"等，并加以品评，如言"句法奇""对面反用，倒句法""锁一句，文法便不散漫，而错综分明，各臻其胜""拖一句，法变""拖此句，委屈缭绕""拘此一句，笔力劲折百倍""劲句作界，铁锁横江"等等⑥。此种之于字法、句法和章法的欣赏，早已溢出《庄子》文本

① （清）林云铭．庄子因［M］．张京华，点校．上海：华东师范大学出版社，2011：10.
② （清）宣颖．南华经解［M］．曹础基，校点．广州：广东人民出版社，2008：1.
③ （清）宣颖．南华经解［M］．曹础基，校点．广州：广东人民出版社，2008：68.
④ （清）胡文英．庄子独见［M］．李花蕾，点校．上海：华东师范大学出版社，2011：5.
⑤ （清）胡文英．庄子独见［M］．李花蕾，点校．上海：华东师范大学出版社，2011：26，63.
⑥ （清）胡文英．庄子独见［M］．李花蕾，点校．上海：华东师范大学出版社，2011：19，81，28，114，128，140，60.

本身，其点评汇总体现出的对时文法则一种鉴赏性的形式审美，或者说是对暗含在文本之中一种抽象形式和内在结构的审美体验，完全体现了明清评点在清代以文评庄中的深化与泛化。

我们可以再举《庄子独见》评《养生主》一段，以见上述评点的审美性和鉴赏意义：

> 《养生主》是言养生之大主脑。开手直起"生"字，反旋"养"字。善恶两层，夹出"缘督为经"句，暗点"主"字下四句。飞花骤雨，千点万点，只是一点。随用"庖丁"一段接住，见养生者虽不随无涯以自殆，亦不至畏物而离群。惟养此一片清刚之气，虽机鼓动，神游于天理，则自不伤于物，明点"养生"二字。折到右师之介，将不养生的样子作衬。末段带出一极养生之老聃，粘著一无关养生闲事，坐他最足伤生的过失，正见得养到老聃模样还须仔细，非贬薄老聃也。通篇只首段文法略为易明，余则月华霞锦，光灿陆离，几使人玩其文辞而忘其命意之处。①

在此段的论述中，作者使用了"大主脑""明点""暗点""反衬"等文法术语，对《养生主》的章法进行了审美性的完善评点，可谓是明代评点美学的一种典型表现。

而上述之于《庄子》章法的审美品评，至清末刘凤苞汇编上述诸家评点而成《南华雪心编》为极致。有学者指出："刘凤苞除直接采录林云铭《庄子因》、宣颖《南华经解》、胡文英《庄子独见》、陆树芝《庄子雪》以外，其余大都为间接引录，且多数源自明天启四年竺坞刊署为归有光、文震孟所著《南华真经评注》。"② 可以说其书是明清《庄子》评点的汇集和总结，其尤重在品评"章法之贯串玲珑、笔力之汪洋恣肆"③，重在释说错综文法之奇。可以说此是文章形式批评和审美的一种极致，品评文字本身即是一种审美性的展示与阐说。正如其在评《大宗师》中所言："此文法错综入妙者，切勿贪看鸳鸯，忘却金针绣谱也。"④ 又如其评《缮性》篇直以"冒起""两扇格局"等时文格法评《庄子》之错综文法，其评曰：

---

① （清）胡文英．庄子独见［M］．李花蕾，点校．上海：华东师范大学出版社，2011：21.

② （清）刘凤苞．南华雪心编：前言［M］．方勇，点校．北京：中华书局，2013：11.

③ （清）刘凤苞．南华雪心编：自序［M］．方勇，点校．北京：中华书局，2013：8。

④ （清）刘凤苞．南华雪心编［M］．方勇，点校．北京：中华书局，2013：146.

"俗学""俗思"冒起通篇，已定两扇格局。前以"蒙蔽"二字双绾"俗学""俗思"，后以"倒置"二字单结俗思一边，究竟俗思俗学同时一样病根，蒙蔽者未有不倒置也。结一边而两边都到，特笔意变化错综，使人莫测耳。①

故在评点过程，刘凤苞所重在章法之剖析和鉴赏，如其评《逍遥游》篇首云：

起首鲲鹏对写，破空而来，两"不知"句，在虚无缥缈之间漾出绝妙文情，便有手挥五弦、目送飞鸿之致。以后撇开北冥，祇写南冥，撇开鲲之大，层层脱卸，云委波兴，尤妙在正解南冥，突接入《齐谐》二语，与南冥作对偶句法，飞絮游丝，结成一片，奇文妙文。指与物化，随引《谐》言，状鹏力之大，而以"六月息"句顿在中间，闲收闲住，极有匠心。②

其评《秋水篇》：

《秋水》一篇，体大思精，文情恣肆。……看他从大处落墨，接连七段文字，洋洋洒洒，如海波接天，浪花无际，却之用"反其真"三字归结通篇，笔力超绝衡绝。③

评《庚桑楚》篇言：

此篇首尾只是一线，以老聃之道为主。起首从庚桑楚闲闲叙入，淡抹微云，露出远山一角，着色在有意无意之间，此画家深浅离合之法，相让相生，亦行文之天然步骤也。……澄心渺虑，深入奥窔，读者亦须屏除尘境，虚而与之委蛇，方能窥其真际也。④

评《大宗师》云：

细按此篇文法，首段已尽其妙。以下逐层逐段，分应上文，神龙嘘气成云，伸缩变化，全在首尾，若隐若显，令人不可捉摸。⑤

此种品评，完全卸去时文评点的严肃性与机械性，突出《庄子》章法之灵

① （清）刘凤苞. 南华雪心编 [M]. 方勇, 点校. 北京：中华书局, 2013：358.
② （清）刘凤苞. 南华雪心编 [M]. 方勇, 点校. 北京：中华书局, 2013：3.
③ （清）刘凤苞. 南华雪心编 [M]. 方勇, 点校. 北京：中华书局, 2013：360.
④ （清）刘凤苞. 南华雪心编 [M]. 方勇, 点校. 北京：中华书局, 2013：545.
⑤ （清）刘凤苞. 南华雪心编 [M]. 方勇, 点校. 北京：中华书局, 2013：137.

活生动、恣肆跳跃之美，将时文评点中机械性的术语完全融于一种美感的鉴赏中，此是与明人评点《庄子》之不同所在。且其评语本身亦变为一种流丽华美的散文写作，令人击赏不已。

三、叙事形式的美感体认

清人评点《庄子》，因《庄子》寓言性质所带来的巧妙叙事手法，清人评《庄子》常借明清之际小说评点中的术语，重在分析《庄子》故事中的叙事手法，以见其叙事之层次、结构之美，在此方面，清代庄子评点已完全溢出了传统的经学诠释和子学注释。

如《庄子因》中评《齐物论》叙事层次曰：

> 文之意中出意，言外立言，层层相生，段段回顾，倏而羊肠鸟道，倏而叠嶂重峦，世儒见之，每不得其肯綮，辄废阁不敢复道。此犹可恕。乃敢率臆曲解，割裂支离，俾千古奇文，埋没尘土。呜呼！庄叟当日下笔落想时，原不许此辈轻易读得也，又何怪焉！①

所谓"层层相生，段段回顾，倏而羊肠鸟道，倏而叠嶂重峦"，可以说是小说叙事笔法中节奏、层次等的审美，完全内在于《庄子》叙事文笔中。而在宣颖《南华经解》中，对《庄子·内篇》的叙述笔法更是体会深刻：

> 盖庄子参透道体，欲以一两言晓畅之而不得也。岂惟一两言晓畅之而不得，虽千万言亦只是说不出，所以多方荡漾，婉转披剥。有时罕譬之，有时旁衬之，有时反跌之，有时白描之，有时紧刺之，有时宽泛之，无非欲人于言外忽地相遇。此内篇所为作也。②

宣颖认为通过罕譬、旁衬、反跌、白描、紧刺、宽泛等叙述手法，《内篇》诸章在叙事样态上呈现出"多方荡漾，婉转披剥"的美感特征。刘凤苞在评《徐无鬼》篇涉及人物摹写时，则直接移用明清小说评点中的叙事结构分析：

> 一段内信手拈出十九种人，赘叙参差，有岭云四起、涧水争流之势，而处处筋摇脉动，体密气疏，绝不形其累赘，又行文之化板为活，机趣环生也。看他开首三句，破空而来，笔力横绝，却用"皆圈于物"一句束住，

---

① （清）林云铭.庄子因［M］.张京华，点校.上海：华东师范大学出版社，2011：29.
② （清）宣颖.南华经解［M］.曹础基，校点.广州：广东人民出版社，2008：1.

束上即带起下文，有官止神行之妙。接连又列叙十六种人，异态殊形，各尽其致，却用"顺比于岁"二句束住，攒簇处极有姿态，挽搏处极有精神。末四句总结全幅，将十九种人一齐抹煞，笔墨欲化为云烟。①

"赘叙参错"的叙事笔法，将十九种人不同形貌和精神一一呈现，而刘凤苞将之形容为"岭云四起、涧水争流"之势，显然之于此种叙事笔法的熟稔和赞赏。此段批评，很容易联想到叶昼、金圣叹等人之于《水浒传》中人物的诸多评点②，此处评点《庄子》诸多叙事之法，实际已完全将《庄子》作为富悬念性和惊奇性的叙事文本看待。又如张竹坡评论金圣叹批评时言："《水浒传》圣叹批处大抵皆腹中小批居多……《水浒》是现成大段毕具的文字，如一百八人各有一传，虽有穿插，实次第分明，故圣叹止批其字句也。"③ 实际上刘凤苞在评点中，常直接引用金圣叹评点中的批评术语，如用"草蛇灰线"评《德充符》："一路草蛇灰线，若隐若潜，为'德'字遗貌取神，为'符'字立竿见影，摹写入微。末用反掉之笔，见益形者适足以累其德。"④众所周知，"草蛇灰线"⑤ 是明清小说文法批评中最核心的范畴，其内涵基本指向小说叙事结构，这类文法术语"是中国古代小说叙事法则的独特呈现，反映了古代小说自身的创作法则"⑥。而显然刘凤苞将此小说文法术语扩展至作为子学著作或道家经文的《庄子》评点中，且在评点中将上述诸多理性的术语变为一种审美品评术语，此是与之前的小说评点不同所在。

① （清）刘凤苞．南华雪心编［M］．方勇，点校．北京：中华书局，2013：602.

② 如金圣叹所论："《水浒》所叙，叙一百八人，人有其性情，人有其气质，人有其形状，人有其声口……施耐庵以一心所运，而一百八人各自入妙者，无他，十年格物而一朝物格，斯以一笔而写百千万人，固不以为难也。"［（清）金圣叹．金圣叹全集：第三册［M］．南京：凤凰出版社，2008：20.］

③ （清）张竹坡．第一奇书凡例［M］//张竹坡．《金瓶梅》评点．北京：中国文史出版社，2017：2.

④ （清）刘凤苞．南华雪心编［M］．方勇，点校．北京：中华书局，2013：114.

⑤ 有学者以为，金圣叹所使用"草蛇灰线"，"似乎于现代批评中所流行的词语'复调意象（recurrent image）'部分相似"（王靖宇．金圣叹的生平及其文学批评［M］．上海：上海古籍出版社，2002：65.）。谭帆等人则认为"草蛇灰线法"在明清小说评点中的使用，包括三个方面：作为结构线索、作为伏笔和照应和作为隐喻（谭帆，等．中国古代小说文体文法术语考释［M］．上海：上海古籍出版社，2013：244.）。我们认为，从形式批评的角度而言，"草蛇灰线法"显然是从明清评点中章法结构批评中延伸而出的，重视章法变化和叙事层次性而使此概念脱颖而出，进而成为小说文法评点的核心术语。

⑥ 谭帆，等．中国古代小说文体文法术语考释［M］．上海：上海古籍出版社，2013：22.

第七章

诗话传统中的形式批评意识

第一节　诗话的内涵与形式经验

关于诗话概念的内涵与外延，古今学界均有不同的理解和理论立场。明人胡震亨言"宋人诗不如唐，诗话胜唐。南宋人及元人诗话，又胜宋初人"，并对诗话作出了性质和功能上的判定，以为"诗话在集部，与文史同类，用以标成法，摧往篇，备琐闻，一切资长吟功，此焉在，不可无录"①。二十世纪以来的诗话整理，尤以郭绍虞先生的《宋诗话考》和《诗话丛话》为代表，郭绍虞先生由章学诚《文史通义·诗话》中所论出发，认为诗话有广义和狭义之分，广义的诗话实即林昌彝《射鹰楼诗话》所云"凡涉论诗，即是诗话体也"。即"凡涉论诗，即是诗话之体"②。郭先生依此说，并将论诗韵语亦加入诗话之范围中，并认为广义的诗话应是涵盖文史之类，而其《诗话丛话》所论范围则界定为："以论诗者列为内编，论文、论四六、论词、论曲以及论小说戏剧诸书，别为外编。如是，既不致过于泛滥，又可以窥其相互的关系。"③ 实际上，在中西比较的视野中，郭先生对诗话的界定实际是认识到古代诗话之名实即中国古代文学批评的话语资源和体系，故不得不以广博之视野来审视此种批评传统。其在《诗话丛话》一文结尾言："总之，以文学批评的眼光而论诗话，则范围不得不广博，不广博不足以见其共同性质；而同时又不得不狭隘，不狭隘又无以

---

① 吴文治．明诗话全编［M］．南京：凤凰出版社，1997：7092，7089.
② 郭绍虞．诗话丛话［M］//郭绍虞．宋诗话考．上海：复旦大学出版社，2015：155.
③ 郭绍虞．诗话丛话［M］//郭绍虞．宋诗话考．上海：复旦大学出版社，2015：190.

异于昔人的论调。"① 在《清诗话·前言》中，他又总结道：

> 诗话之体，顾名思义，应当时一种有关诗的理论著作。溯其渊源所自，可以远推到钟嵘的《诗品》，甚至推到诗三百篇或孔、孟论诗的片言只语，又只能以欧阳修的六一诗话为最早的著作。②

此种理论视野之于二十世纪以来中国古代文学批评史的研究产生了深远的影响，特别是在资料整理方面，如郭绍虞编选《清诗话续编》（1983 年）、吴文治主编的《宋诗话全编》（1998 年）与《明诗话全编》（1997 年）、周维德编《全明诗话》（2004 年）和张寅彭编选《清诗话三编》（2014 年），乃至如唐圭璋主编《词话丛编》（1934 年）、王水照编《历代文话》（2007 年）等均是采取此种外延广博的诗话概念，以拣择与撷拾古代文论资源。

当然此种宽博的诗话外延界定，其缺点亦是明显，如张伯伟就认为：

> 后人论述诗话的体制，往往自觉不自觉地忽略了其自身的特色，将其范围无限制的扩大，这无疑抹煞了中国古代批评的各种形式的不同特点，也不利于解释诗话本身的特色所在。③

张伯伟立论基础即在于若将诗话外延过分延伸，造成的是对诗话体制特有的存在形式和与西方文论相比的民族特色的遮蔽，因为从本质上讲"中国文学理论批评史绝不等同于中国诗话史"④。同样，即使是提倡中国文学抒情传统论的陈世骧先生，亦曾指出："这些'资闲谈'的诗话、词话有时并非真的，仅供助闲谈而已。……诗话一直是在成熟的诗传统中培养出来的高度成熟的文学人圈子里的珍贵形式。"⑤ 此种对本土文论话语存在方式的认同和重新审视，亦得到了二十一世纪以来诸多学者的呼应，如陈广宏所编《明人诗话要籍汇编》（2017 年）则试图从诗话体式的历史发展和内涵变化中，将广义的明人诗话资源分为三类：诗话、诗法、诗评，以此作为明代诗学文献的主要形式⑥。此种认

---

① 郭绍虞. 诗话丛话［M］//郭绍虞. 宋诗话考. 上海：复旦大学出版社，2015：190.
② （清）丁福保辑. 清诗话：前言［M］. 上海：上海古籍出版社，2015：1.
③ 张伯伟. 中国古代文学批评方法研究［M］. 北京：中华书局，2002：465.
④ 张伯伟. 中国古代文学批评方法研究［M］. 北京：中华书局，2002：466.
⑤ （美）陈世骧. 中国文学的抒情传统：陈世骧古典文学论集［M］. 北京：生活·读书·新知三联书店，2015：141.
⑥ 陈广宏. 明人诗话要籍汇编：前言［M］. 上海：复旦大学出版社，2017：10.

识实际上所依据的即是狭义的诗话概念，即如明人祈承爜《澹生堂藏书目》中之分类，将"诗话"与"文式文评""诗式""诗评"相并置，与诗式、诗评重在论辞相比，诗话重在论事。

狭义的诗话，其源头即为欧阳修的《六一诗话》。值得注意的是，《六一诗话》本即是后人所集欧阳修论诗之语①，亦即从起源上讲，诗话本身内涵就具一定含混性和模糊性。很明显，宋代标为诗话之作，多是"集以资闲谈也"，本与西方文学批评所具理论性倾向不同。故章学诚以为，广义上的诗话之作在古代学术体系中分别可通于"史部之传记类"（重在"使人知国史叙诗之意"）、"经部之小学类"（"间或诠释名物"）和"子部之杂家类"（"泛述见闻"）三类，而其批评宋代以来的诗话"降而为说部"，其弊端在于"诗话说部之末流，纠纷而不可犁别，学术不明，而人心风俗或因之而受其敝矣"②。而实际上北宋以来诗话作为说部的性质，恰是其兴起和流传的根本原因，亦是其与诗文评、诗法诗式的根本区别之所在。当然诗话之体在南宋末即已常被借用为诗学理论阐发，最为典型的即为严羽的《沧浪诗话》。《沧浪诗话》虽以"诗话"为名，但可称为诗论总和的诗学专著，因其五个部分分别为诗辨、诗体、诗法、诗评和考证。虽可称其为"宋诗话的压卷之作"③，但显然它与狭义上的诗话概念并不相依。郭绍虞先生在比较同时代的《沧浪诗话》与《后村诗话》时曾言：

> 沧浪之长在识，后村之长在学。重在识，故锋芒毕露而或失之偏；重在学，则不拘一格，而转若无所见其长。《后村诗话》之不及《沧浪诗话》者在此。然而网罗众作，见取材之博，评横惬当，见学力之精，如《四库总目提要》所云："宋代诸诗，其集不传于今者十之五六，亦皆赖是书以存。"则又《后村诗话》之长，而《沧浪诗话》所不能及者。④

由此，我们亦可见如《沧浪诗话》重在诗学观念之评析与如《后村诗话》

---

① 郭绍虞："诗话之作既创自欧氏，故此书原之称'诗话'，初无'六一诗话''六一居士诗话''欧公诗话''欧阳永叔诗话'以及'欧阳文忠公诗话'诸称。其加以特称者，皆出后人所加，取便称引而已。"（郭绍虞. 宋诗话考［M］. 上海：复旦大学出版社，2015：13.）

② （清）章学诚. 文史通义·诗话［M］//章学诚. 文史通义新编新注. 仓修良，编注. 北京：商务印书馆，2017：290.

③ 蔡镇楚. 中国诗话史［M］. 长沙：湖南文艺出版社，2001：121.

④ 郭绍虞. 宋诗话考［M］. 上海：复旦大学出版社，2015：79.

中在"网罗众作"之不同，一是重在理论辨析，一是重在诗史文献，故二者皆有所长和所短，后世多有臧否。正如有学者所指出的，如我们检查北宋诸多诗话，会发现它们多是"论诗及事"的类型，"这正说明北宋诗话以记述诗事为主的叙事特征"①，而如南宋时胡仔所纂之《苕溪渔隐丛话》则以集诸家诗话为"诗总"，其以诗话为最为广博的诗史、诗评和诗论等之总和，则亦是将诗话概念充分泛化。在《前集序》中，胡仔言其编纂目的为："余今但以年代人物之先后次第纂集，则古今诗话，不待捡寻，已粲然毕陈于前，顾不佳哉！"② 可见其以诗话为诗史之助的文献目的。而在《后集序》中胡仔又言：

> 余丁年罹于忧患，投闲二十载，杜门却扫于苕溪之上，心无所事，因网罗元祐以来群贤诗话，纂为六十卷，自谓已略尽矣。比官闽中，及归苕溪，又获数书，其间多评诗句，不忍弃之，遂再采摭，因而撝收群书，旧有遗者，及就余闻见有继得者，各附益之，离为四十卷。噫，前后集共一百卷，亦可谓富矣！余尝谓开元之李、杜，元祐之苏、黄，皆集诗之大成者，故群贤于此四公，尤多品藻；盖欲发扬其旨趣，俾后来观诗者，虽未染指，固已能知其味之美矣。③

胡仔所叙，清晰地表明了本为说部性质的诗话，逐渐广博而收入诗评和诗论，溢出诗话范围，故以"丛话"为其所纂之名。正如《四库全书总目提要》所言，以阮阅《诗话总龟》、蔡正孙《诗林广记》、胡仔《苕溪渔隐丛话》、魏庆之《诗人玉屑》和佚名《全唐诗话》等为代表，宋人在将诸多诗话资源裒集成编的过程中，诗话概念的内涵和外延逐渐扩大，而诗评、诗法、诗体和诗格等诸多诗歌理论亦逐渐涵盖于其中。且此种诗话总集性质的编纂，已是"宋人论诗之概亦略具矣"④。以《诗话总龟分门目录》为例，五十卷中单列"评论

---

① 吴承学．北宋"话"体诗学论辩［M］//吴承学，何诗海．中国文体学与文体史研究．南京：凤凰出版社 2011：236．

② 吴文治．宋诗话全编［M］．南京：江苏古籍出版社，1998：3516．

③ （南宋）胡仔．苕溪渔隐丛话后集：序［M］．北京：人民文学出版社，1981：1．

④ 《四库全书总目》《诗人玉屑》提要："宋人喜为诗话，裒集成编者至多。传于今者，惟阮阅《诗话总龟》、蔡正孙《诗林广记》、胡仔《苕溪渔隐丛话》及庆之是编卷帙为富。然《总龟》芜杂，《广记》挂漏，均不及胡、魏两家之书。仔书作于高宗时，所录北宋人语为多；庆之书作于度宗时，所录南宋人语较备。二书相辅，宋人论诗之概亦略具矣。"［（清）永瑢，等．四库全书总目［M］．北京：中华书局，1965：1786．］

门"四卷①，已在目录中将诗话中诗评内容单列，而在《百家诗话总龟后集门类》中设五十门，其中除含有"评论门"外，又有"句法门""用字门""押韵门""效法门"和"诗病门"等②，实际是按诗格概念将诗话中涉及诗评和诗法的内容分门列出。又如南宋张戒所著《岁寒堂诗话》，日本学者兴膳宏以为它"是继欧阳修《六一诗话》以来最具特点的北宋诗话，他超越了'诗歌散漫记事'的旧弊，是真正的诗歌评论"③，这亦表明了南宋诗话理论性倾向越来越强的趋势。但在二十世纪文艺学观念下，往往重视《沧浪诗话》之理论构建而忽视如《后村诗话》《岁寒堂诗话》等的理论价值，而往往仅以后者为诗学文献。

故在现代学术视野下，可以说狭义的诗话其核心即是"历史诗学"观念，而降及明清两代，诗话中所包含诗论、诗法和诗文评的内容越来越繁多，诗话之说部的性质越来越弱化，"观念诗学"的理论特征越来越明显。而如明人诸多诗话著者在批评宋代诗话资闲谈之弊的过程中，逐渐凸显出诗话之理论品格，如文璧言"诗话必具史笔，宋人之过论也。玄辞冷语，用以博见闻、资谈笑而已"④，谢肇淛则言"盖诗法始于晚唐，而诗话盛于宋。然其言弥详，而去之弥远；法弥密，而功弥疏"⑤。故明代诗话中"形式批评"和"形式诗学"观念越来越凸显，成为诸多诗话言说的重点。如以刘世伟《过庭诗话》、谢肇淛《小草斋诗话》、陈懋仁《藕居士诗话》等为代表，往往重在叙体式、句法、法度、语辞等，而非重在纪闻见。又如明人王昌会所撰《诗话类编》三十二卷，虽名为诗话，但其第一卷为"体格"，实即搜罗历代诗格诗法名目，门类多达六十八种体格术语；而第二卷和第三卷名为"名论"，实即各种诗论和诗评汇编，此种所谓诗话类编，实际包含有诗法、诗评的宽泛理解⑥。降至清代，诸多学者、士大夫之诗话体，大多偏重在诗学理论观点的阐发，实多与诗文评等相类同或混同。

---

① 吴文治. 宋诗话全编［M］. 南京：江苏古籍出版社，1998：1436.
② 吴文治. 宋诗话全编［M］. 南京：江苏古籍出版社，1998：1877.
③ （日）兴膳宏. 略论《岁寒堂诗话》对杜甫诗歌的评论［M］//（日）增野弘幸，等. 日本学者论中国古典文学：村山吉广教授古稀纪念集. 李寅生，译. 成都：巴蜀书社，2005：291.
④ （宋）文璧. 南濠诗话序［M］//陈广宏. 明人诗话要籍汇编. 上海：复旦大学出版社，2017：150.
⑤ （明）谢肇淛. 小草斋诗话［M］//陈广宏. 明人诗话要籍汇编. 上海：复旦大学出版社，2017：1166.
⑥ （明）王昌会. 诗话类编三十二卷［M］//季羡林. 四库全书存目丛书·集部四一九. 济南：齐鲁书社，1995：1.

譬如吴乔在《围炉诗话》序中言："皎然《诗式》持论甚高，而止在字句间。宋人浅于诗而好作诗话，迩言是争，贻误后世。"① 其所作《围炉诗话》与其所赞赏的《载酒园诗话》（贺裳）、《钝吟杂录》（冯班）亦多是诗文理论探讨与演绎，而非闲闻逸事之搜集，早已不是归于说部和史部的宋代诗话范围。同样，王夫之的《姜斋诗话》、薛雪的《一瓢诗话》、方世举的《兰丛诗话》、叶矫然的《龙性堂诗话》、赵翼的《瓯北诗话》等均已与诗式、诗文评等合二为一，即可言是诗话又可言是诗论。又如被认为是清代"可堪称汇辑诗话中空前之作"② 的《雅伦》（费经虞辑），虽然主要内容可称为诗话，但显然里面又包含有"格式""体式"之论，涵盖诗法内容。甚至有如吴琇则将诗话直接等同于讨论诗律字句之学，其言："'晚节渐于诗律细'，'细'之为义，诗话所从来也。予多可否，次第高下，诗于是乎有选；平章风雅，推敲字句，诗于是乎有话。话者，诗选之功臣也。"③ 将诗话体式的起源认为是关乎诗歌理论探讨的字句批评，实际亦是将诗话概念泛化为诗学理论的一种言说方式。又有将诗话界定为包含诗史和诗法两个方面者，实际是将历代诗话的内涵统合为一个整体，如清人沈楙惪所言："诗话有两种：一是论作诗之法，引经据典，求是去非，开后学之法门，如《一瓢诗话》是也。一是述作诗之人，彼短此长，花红玉白，为近来之谈薮，如《莲坡诗话》是也。"④ 一是谈薮之说部性质，一是论辞之批评性质，基本上将历代诗话充满变动的内涵与外延说明白了。从理论性和专业性角度言，蒋寅亦认为清代诗话中存在有侧重于史料价值的漫说性写作与有较高学术价值的专业性写作两种倾向，并认为"前者或许更占多数，因为清人通常视诗话为业余写作"。至于其认为"另一类学术性强的诗话才更具有代表性，更体现了清代诗学的特点"⑤，则值得商榷。如张寅彭就认为清代诗话的写作在乾嘉时期达到高峰，"乾嘉时期诗话善用体例特征、充分记录当代诗坛所获取的

---

① 郭绍虞. 清诗话续编［M］. 上海：上海古籍出版社，1983：469.
② 蒋寅. 清诗话考［M］. 北京：中华书局，2005：305.
③ （清）吴琇. 龙性堂诗话［M］//郭绍虞. 清诗话续编. 上海：上海古籍出版社，1983：931.
④ 沈楙惪. 莲坡诗话·跋［M］//（清）丁福保辑. 清诗话. 上海：上海古籍出版社，2015：534.
⑤ 蒋寅. 清代诗学史：第一卷［M］. 北京：中国社会科学出版社，2012：17，19.

成功"①，故其认为乾嘉诗话是"历史诗学的繁盛及其完成"，即此时的诗话重在文献的历史记录，将诗话谈薮性质发挥到极致。但不管哪一类型的诗话，其命名为诗话者，即保存有诗话之体例，即是以条例形式漫谈而非有完整逻辑体系之建构，当然这也说明了中国文学批评离散型之存在特征与形式②。此类直接等同于诗论的广义诗话中的论辞部分，往往直接关涉诗文的形式批评。即使是在富历史文献意味的狭义诗话体中，亦常有诸多诗论诗评含于其中。另外，在诗话体式中常以摘句比类等方式暗含着丰富的诗学形式意识，从经验诗学的角度而言，此类诗话文献可以说聚集着历代诗学形式经验的沉淀与累积③。具体而言，以宋代诗话为例，即如狭义诗话体中还常内含有三种形式批评意识。

第二节　摘句比类

许彦周言："诗话者，辨句法，备古今，纪圣德，录异事，正讹误也。"④此常被引用为诗话之内涵和定义，其中"辨句法"指的是对诗歌字法、句法等形式的赏析和批评，其中最常用的方法即是以摘句形式进行比类和比较而得出常见的格法。正如有学者所指出的："由于《诗品》《文心雕龙》的大力运用，齐梁之后，摘句评论便成为古代文论中重要的批评方法。"⑤ 而追求"备古今"的历史文献功能的宋代诗话，更是以摘句形式来保存诗人诗事，而其中亦包含有一种形式比类意识，如《六一诗话》中所论及三条：

　　唐之晚年，诗人无复李、杜豪放之格，然亦务以精意相高。如周朴者，

---

① 张寅彭．乾嘉诗话：历史诗学的繁盛及其完成［M］//林宗正，张伯伟．从传统到现代的中国诗学．上海：上海古籍出版社，2017：11.

② 如蔡镇楚认为："同西方诗学相比，由于传统的民族文化性格和审美心理的影响，中国诗话虽然缺乏系统的逻辑思辨，但是在轻松灵巧的笔调中，却蕴藏着重要的丰富的诗歌理论，特别是在诗歌本质论、风格论、作家论、创作论、鉴赏论、批评论、文体论、诗歌史论等方面，更有数不胜数的精辟见解，构成了具有中国特色的古典诗歌理论的基本体系。"（蔡镇楚．中国诗话史［M］．长沙：湖南文艺出版社，2001：37.）

③ 据郭绍虞先生《宋诗话考》所考校，如《六一诗话》《后山诗话》《西清诗话》等诗话著作，多为后人所集或所订，乃至有剽窃雷同之类。但此一特征恰可说明诗话著作之为坊间流传，又体现着特定时代的大众诗学风尚。

④ 许颢．彦周诗话［M］//吴文治．宋诗话全编．南京：江苏古籍出版社，1998：1392.

⑤ 曹旭．诗品研究［M］．上海：上海古籍出版社，1998：158.

构思尤艰，每有所得，必极其雕琢，故时人称朴诗"月锻季炼，未及成篇，已播人口"。其名重当时如此，而今不复传矣。余少时犹见其集，其句有云："风暖鸟声碎，日高花影重。"又云："晓来山鸟闹，雨过杏花稀。"诚佳句也。

诗人贪求好句而理有不通，亦语病也。如"袖中谏草朝天去，头上宫花侍宴归"，诚为佳句矣；但进谏必以章疏，无直用稿草之理。唐人有云："姑苏台下寒山寺，半夜钟声到客船。"说者亦云句则佳矣，其如三更不是打钟时！如贾岛《哭僧》云："写留行道影，焚却坐禅身。"时谓烧杀活和尚，此尤可笑也。若"步随青山影，坐学白塔骨"，又"独行潭底影，数息树边身"，皆岛诗。精粗顿异也！

晏元献公文章擅天下，尤善为诗，而多称引后进，一时名士往往出其门。圣俞平生所作诗多矣，然公独爱其两联，云："寒鱼犹着底，白鹭已飞前。"又："絮暖鮆鱼繁，豉添莼菜紫。"余尝于圣俞家见公自书手简，再三称赏此二联，余疑而问之，圣俞曰："此非我之极致，岂公偶自得意于其间乎？"乃知自古文士不独知己难得，而知人亦难也。①

在此三条中，虽重在叙古今诗人作诗过程中之逸闻趣事，除有保存诗史之作用外，其所集如周朴、贾岛和梅圣俞之名句，实际又暗含着当时士人所赞赏的句法楷范。在鉴赏名句的过程中，实际上传达着宋人之于诗歌句法形式的时代审美趋向。又如《后山诗话》，《宋史艺文志》直接以此书录入子部小说类，因其中包含大量诗歌背后富有悬念的历史掌故与故事，但其中亦有摘句鉴赏之条例：

鲁直谓荆公之诗，暮年方妙，然格高而体下。如云："似闻青秧底，复作龟兆坼。"乃前人所未道。又云："扶舆度阳焰，窈窕一川花。"虽前人亦未易道也。然学二谢，失于巧尔。

世称杜牧"南山与秋色，气势两相高"为警绝。而子美才用一句，语益工，曰"千崖秋气高"也。

余登多景楼，南望丹徒，有大白鸟飞近青林，而得句云："白鸟过林分外明。"谢朓亦云："黄鸟度青枝。"语巧而弱。老杜云："白鸟去边明。"

---

① 吴文治. 宋诗话全编［M］. 南京：江苏古籍出版社，1998：214，216，217.

语少而意广。余每还里，而每觉老，复得句云"坐下渐人多"，而杜云"坐深乡里敬"，而语益工。乃知杜诗无不有也。①

在此陈师道所论杜甫、杜牧、黄庭坚之诗句，以举例形式并置来显示诗句之工拙，且相近句法的诗句并举又为鉴赏之助。又如《西清诗话》述杜甫诗句之文法：

> 杜少陵文自古奥，如"九天之云下垂，四海之水皆立，忽翳日而翻万象，却浮空而留六龙"。万舞凌乱，又似乎春风壮而江海波，其语皆磊落惊人。或言无韵者不可读，是大不然。东坡《有美堂》诗："天外黑风吹海立，浙西飞雨过江来。"盖出此。或谓东坡不喜老杜古文，今复何如？②

其将杜文与苏诗并举，且指出其内在句法关系上的传承性，自然其中亦包含如何脱化古人文意的作诗法则展示。如司马光《温公续诗话》所记惠崇与时人就犯古一说所产生的戏谑故事，呈现了宋人就诗歌创作中如何融汇、借用古人诗句的尺度与标准问题，时人和进士潘阆多讥讽惠崇《访杨云卿淮上别墅》诗中"河分冈势断，春入烧痕青"句直接借用司空曙、刘长卿句，但惠崇却不以为然，并言"此乃秀才忧狱事"③，而《中山诗话》中则亦引此条为惠崇辩护，并引苏舜钦学杜甫诗句事，言"大抵讽古人诗多，则往往为己得也"④。此故事的不断引用与发挥中除可显示北宋僧人作诗法则以及时人大众诗学态度外，抑或可见在当时"脱胎换骨""点石成金"等宋代诗法的来源以及社会情境中的大众态度。

当然，诗话中最常见的方式即摘抄一人、一事而及一诗、一句，以作诗歌批评与鉴赏，如《青琐诗话》中载蒋棠与僧人以诗为交往故事，引出蒋棠诗"告老于君意洒然，年来无事老江边。吾师莫讶无诗去，闲口缄题必不看"，进

---

① 吴文治. 宋诗话全编［M］. 南京：江苏古籍出版社，1998：1019，1020，1027.
② 吴文治. 宋诗话全编［M］. 南京：江苏古籍出版社，1998：2499.
③ 吴文治. 宋诗话全编［M］. 南京：江苏古籍出版社，1998：367.
④ 刘攽《中山诗话》："僧惠崇诗云：'河分冈势断，春入烧痕青。'然唐人旧句。而崇之弟子吟赠其师诗曰：'河分冈势司空曙，春入烧痕刘长卿。不是师偷古人句，古人诗句似师兄。'杜工部有'峡束苍江起，岩排石树圆'，顷苏子美遂用'峡束苍江，岩排石树'做七言句。子美岂窃诗者，大抵讽古人诗多，则往往为己得也。"（吴文治. 宋诗话全编［M］. 南京：江苏古籍出版社，1998：422.）

而以其诗为"清而有格，意旨远到"①。又如《后山诗话》中言"鲁直谓荆公之诗，暮年方妙，然格高而卑体下"，并引"似闻青秧底，复作龟兆坼"，"扶舆度阳焰，窈窕一川花"为例，批评王安石诗"学二谢，而失于巧尔"②。又如《临汉隐居诗话》中以为西昆体自有佳句，摘杨亿"峭帆横渡官桥柳，叠鼓警飞海涯鸥"、刘筠"雨势宫城阔，秋声禁树多"两句为证，言二人"作诗吾积故实，而语意清浅"③。此种摘句形式，正是将诗歌风格评论溶于故事叙事中，是诗话批评和鉴赏长处和优点之所在。

第三节　分别体格

历代诗话中，特别是在宋人诗话中因其说部性质，常因人言体，意在讨论作者之历史地位和价值，故分别体格亦常是诗话言说之重点，由此亦牵涉与包含形式批评意识和形式批评传统。如《六一诗话》中述"白乐天体"，言白诗"语多得于容易"；又如前引黄鲁直言荆公之诗，"暮年方妙，然格高而体下"；前引评周朴诗时言"唐之晚年，诗人无复李、杜豪放之格，然亦务以精意相高"。在故事性的述说中，诗体与诗人往往成为互相映衬的故事因素，诗体亦往往成为诗人个性化的集中体现，显现出诗人与时代的互动关系。如《西清诗话》言黄庭坚诗体之变时：

> 黄鲁直自黔南归，诗变前体，且云："要须唐律中作活计，乃可言诗。如少陵渊蓄云萃，变态百出，虽数十百韵，格律益严谨，盖操制诗家法度如此。"余观鲁直《和吴余干、廖明略白云亭燕集诗》："江静明花竹，山空响管弦。风生学士院，云绕令君筵。百越余生聚，三吴远接连。庖霜刀落脍，执玉酒明船。叶县飞来舄，壶公遮处天。酌多时暴谐，舞短更成妍。唯我孤登览，观诗未究宣。空余五字赏，又似两京然。医是肱三折，官当岁九迁。老夫看镜里，衰白敢争先？"直可拍肩挽袂矣。④

① 吴文治. 宋诗话全编 [M]. 南京：江苏古籍出版社，1998：292.
② 吴文治. 宋诗话全编 [M]. 南京：江苏古籍出版社，1998：1019.
③ 吴文治. 宋诗话全编 [M]. 南京：江苏古籍出版社，1998：1217.
④ 吴文治. 宋诗话全编 [M]. 南京：江苏古籍出版社，1998：2503.

或如汪涌豪所指出的："江西诗派专意研讨诗歌体式，所创制的作诗之法更为人耳熟能详。黄庭坚自然是其中的代表。"① 故宋人诗话特别是言及江西诗派时常重在讨论诗文体式和诗文作法，在富有传奇性的故事讲述中，内含着时代的审美趋向和形式批评意识。如《石林诗话》言黄庭坚诗体时所言："杨大年、刘子仪皆喜唐彦谦诗，以其用事精巧，对偶亲切。黄鲁直诗体虽不类，然亦不以杨、刘为过。"② 实包含着对鲁直诗体重用事和对偶的形式批评，为后人围绕黄庭坚诗话所引申和言说重点。当然较多地总结体式格法的，以《蔡宽夫诗话》为代表，在郭绍虞先生所辑《蔡宽夫诗话》八十五则中，其第二则"五言起源"、第三则"唐人诗之宗陶者"（效体意识）、第五则"乐府辞"、第二十二则"律诗体格"、第四十则"唐人歌诗法"、第六十四则"晚唐诗格"等均对诗歌体式做出较完整的总结和说明，如"律诗体格"条（《苕溪渔隐丛话》前卷十四、《诗人玉屑》卷二引），即对律诗体式变化做出了具体说明：

> 文章变态，固亡穷尽；然高下工拙，亦各系其人才。子美以"盘涡鹭浴底心性，独树花发自分明"为吴体；以"家家养乌鬼，顿顿食黄鱼"为俳谐体；以"江上谁家桃树枝，春寒细雨出疏篱"为新句；虽若为戏，然不害其格力。李义山"但觉游蜂饶舞蝶，岂知孤凤忆雏鸾"，谓之当句有对，固已少贬矣。而唐末有章碣者，乃以八句诗平侧各有一韵，如"东南路尽吴江伴，正是穷愁暮雨天。鸥鹭不嫌斜雨岸，波涛欺得送风船。偶逢岛寺停帆看，深美渔翁下钓眠。今古若论英达算，鸱夷高兴固无边"，自号变体，此尤可怪者也。③

此处，蔡宽夫将律体中的吴体、俳谐体、新句等变体形式一一列出，对后世诗法诗格影响巨大。而范温《潜溪诗眼》中，更以为"律诗法同文章"，举诸杜甫诗句以证"古人律诗亦是一片文章，语或似无伦次，而意若贯珠"④，更显示了宋人以文为诗的体式混同意识。当然，如注重练字炼句之法的《珊瑚钩诗话》，亦常重在分别体类，于诗文古今体制多有阐发，其对体格和体式的批评常为后人多引用。如其言：

---

①　汪涌豪 . 中国文学批评范畴及体系［M］. 上海：复旦大学出版社，2017：185.
②　吴文治 . 宋诗话全编［M］. 南京：江苏古籍出版社，1998：2696.
③　吴文治 . 宋诗话全编［M］. 南京：江苏古籍出版社，1998：614.
④　吴文治 . 宋诗话全编［M］. 南京：江苏古籍出版社，1998：1247.

诗以意为主，又须篇中炼句，句中炼字，乃得工耳。以气韵清高深眇者绝，以格力雅健雄豪者胜。元轻白俗，郊寒岛瘦，皆其病也。①

无论后人如何评价"元轻白俗、郊寒岛瘦"之论，显然其体式批评观念多为后世诗文风格批评和研究提供了范式。当然张表臣在《珊瑚钩诗话》中常重在对古今诗体详叙其源流，分别其体式异同，显示其编纂体例中的形式批评意识。兹可举二例为证：

古今诗体不一，太师之职，掌教六诗，风、赋、比、兴、雅、颂备焉。三代而下，杂体互出。汉唐以来，铙歌鼓吹，拂舞矛渝，因斯而兴。晋宋以降，又有回文反复，寓忧思展转之情；双声叠韵，状连骈嬉戏之态。郡县药石名六甲八卦之属，不胜其变。②

余近作《示客》云：刺美风化，缓而不迫谓之风；采摭事物，摛华布体谓之赋；推明政治，庄语得失谓之雅；形容盛德，扬厉休功谓之颂；幽忧愤悱，寓之比兴谓之骚；感触事物，托于文章谓之辞；程事较功，考实定名谓之铭；援古刺今，箴戒得失谓之箴；狩迁抑扬，永言谓之歌；非鼓非钟，徒歌谓之谣；步骤驰聘，斐然成章谓之行；品秩先后，叙而推之谓之引；声音杂比，高下短长谓之曲；吁嗟慨叹，悲忧深思谓之吟；吟咏情性，总合而言志谓之诗；苏李而上，高简古澹谓之古；沈宋而下，法律精切谓之律：此诗之语众体也。③

故郭绍虞先生曾评《珊瑚钩诗话》，"就其人与诗言，盖无足取。而其论诗则非无胜义"④，即是言其诗话所含之体式批评的理论价值。同样，有清人将诗话功能分为四类，即"折衷群说，则疑释；辨别体裁，则法备；博征逸事，则辞有根；撷取精华，则陈言务去"⑤。其中辨别体裁而法备，实际即是说明诗话的一大内容和功能即是讨论体裁体式，其中自然蕴涵有形式批评传统。当然如《沧浪诗话》《诗人玉屑》等则专列"诗体"，对历代诗歌体式进行系统的总结，则是历来诗论、诗法诗格论述的重点所在，由狭义诗话体中的零散论述阐发转

---

① 吴文治. 宋诗话全编 [M]. 南京：江苏古籍出版社，1998：2603.
② 吴文治. 宋诗话全编 [M]. 南京：江苏古籍出版社，1998：2619.
③ 吴文治. 宋诗话全编 [M]. 南京：江苏古籍出版社，1998：2602.
④ 郭绍虞. 宋诗话考 [M]. 上海：复旦大学出版社，2015：47.
⑤ （清）陶元藻. 凫亭诗话·序 [M] //张寅彭. 清诗话三编. 上海：上海古籍出版社，2015：1649.

为了系统性的理论总结，此亦代表着宋代诗论逐渐精细化和体系化的趋势。

第四节 讨论作法

当然，诗话言说中亦常就诗句作法与造语用字演绎讨论，其中往往呈现着诗文创作中的形式经验和形式审美意识，可以为初学诗者作诗阶梯。故清人言"诗话之作，要皆为初学指示"①，即是点出了诗话中探讨诗法的普及价值。以叶梦得《石林诗话》为例，虽然主要为记录诗坛掌故轶事，但在掌故轶事中常包含诗人创作经验和诗学审美观念，其之于字法、语句等创作经验就有诸多论述，迻录四条如下：

> 王荆公晚年诗律尤精严，造语用字，间不容发。然意与言会，言随意遣，浑然天成，殆不见有牵率排比处。如"含风鸭绿粼粼起，弄日鹅黄袅袅垂"，读之初不觉有对偶。至"细数落花因坐久，缓寻芳草得归迟"，但见舒闲容与之态耳。而字字细考之，若经隐括权衡者，其用意亦深刻矣。尝与叶致远诸人和头字韵诗，往返数四，其末篇有云："名誉子真矜谷口，事功新息困壶头。"以"谷口"对"壶头"，其精切如此。后数日，复取本追改云："岂爱京师传谷口，但知乡里胜壶头。"至今集中两本并存。

> 诗下双字极难，须使七言五言之间除去五字三字外，精神兴致，全见于两言，方为工妙。唐人记"水田飞白鹭，夏木啭黄鹂"为李嘉祐诗，王摩诘窃取之，非也。此两句好处，正在添漠漠阴阴四字，此乃摩诘为嘉祐点化，以自见其妙，如李光弼将郭子仪军，一号令之，精彩数倍。不然，如嘉祐本句，但是咏景耳，人皆可到，要之当令如老杜"无边落木萧萧下，不尽长江滚滚来"，与"江天漠漠鸟双去，风雨时时龙一吟"等，乃为超绝。近世王荆公"新霜浦溆绵绵白，薄晚林峦往往青"，与苏子瞻"泯泯炉香初泛夜，离离花影欲摇春"，皆可以追配前作也。

---

① （清）延君寿．老生常谈［M］//郭绍虞．清诗话续编．上海：上海古籍出版社，1983：1792．

蔡天启云："荆公每称老杜'钩帘宿鹭起，丸药流莺啭'之句，以为用意高妙，五字之模楷。他日公作诗，得'青山扪虱坐，黄鸟挟书眠'，自谓不减杜语，以为得意，然不能举全篇。"余顷尝以语薛肇明，肇明后被旨编公集，求之，终莫得。或云，公但得此一联，未尝成章也。

诗人以一字之工，世固知之，惟老杜变化开阖，出奇不穷，殆不可以形迹捕。如"江山有巴蜀，栋宇自齐梁"，远近数千里，上下数百年，祇在"有"与"自"两字间，而吞纳山川之气，俯仰古今之怀，皆见于言外。《滕王亭子》"粉墙犹竹色，虚阁自松声"，若不用"犹"与"自"两字，则余八言凡亭子皆可用，不必滕王也。此皆工妙至到，人力不可及，而此老独雍容闲肆，出于自然，略不见其用力处。今人多取其已用字模放用之，僵蹇狭陋，尽成死法。不知意与境会，言中其节，凡字皆可用也。①

在此四则中，分别结合王安石、王维、杜甫之具体诗句，讨论造语用字之法，在比较中将用字对偶之虚实巧妙，一一点明，且此种分析将诗文形式审美落到字词语句，实之于诗歌创作具有实际程式和指导意义。又如《中山诗话》中举诗为例，讨论诗歌和韵之奇：

唐诗赓和，有次韵，先后无易。有依韵，同在一韵。有用韵，用彼韵不必次。吏部和皇甫《陆浑山火》是也，今人多不晓。刘长卿《余干旅舍》云："摇落暮天迥，丹枫霜叶稀。孤城向水闭，独鸟背人飞。渡口月初上，邻家渔未归。乡心正欲绝，何处捣征衣。"张籍《宿江上馆》云："楚驿南渡口，夜深来客稀。月明见潮上，江静觉鸥飞。旅宿今已远，此行殊未归。离家久无信，又听捣砧衣。"两诗偶似次韵，皆奇作也。②

此条中，对唐诗和诗用韵做了详细说明，并举刘长卿、张籍诗为例，说明次韵自然之佳作为何，这样的说明对于学诗者最为实用。同样对于诗中偶对《葛立方诗话》（《韵语阳秋》），常列杜甫诸诗中对句来批驳"近时论诗者，皆谓偶对不切，则失之粗；太切，则失之俗"的观念，以为杜诗既有对偶切而

---

① 以上四则分见吴文治.宋诗话全编［M］.南京：江苏古籍出版社，1998：2688，2692，2688，2699.

② 吴文治.宋诗话全编［M］.南京：江苏古籍出版社，1998：445.

雅、不切而不俗的格律规律，并提醒时人"学诗者当审此"①，亦是从学诗角度讲诗文对偶作法规律。当然宋代诗话中讨论用字、造语、体格和用事等作法的条目更是数不胜数，在举例分析中对后人作诗往往有重要的启发作用，此种作法上的启示就使诗话的功能不仅局限于大众或士大夫闲谈之助，更重要的是对于诗歌创作技法和形式意识的学习与实践有着明确的引导作用。

由此之故，诗话中有诸多涉及"学诗""看诗""作诗"的故事、方法和途径，以为普通读者学诗所用，如吴可《藏海诗话》里有"凡作文，其间叙俗事多，则难下语"条，以证作文用事法。又言"学诗当以杜为体，以苏黄为用，拂拭之则自然波峻，读之铿锵。盖杜之妙处藏于内，苏黄之妙发于外，用工夫体学杜之妙处恐难到。用功而效少"②。体现了对江西诗派观念的承袭。其又论作诗要如参禅，要以顿悟入门，又是宋代禅宗与诗学观念在技法层面上融合的开始，进而开《沧浪诗话》以禅论诗的先声。又如《诚斋诗话》中言"初学诗者，须学古人好语，或两字，或三字"，在举黄庭坚、张翰、杜甫名句后，指示初学诗者写诗必须"要诵诗之多，择字之精"③，然后移用、借用出而为自己诗歌语言素材。

总之，由上可见，诗话中的形式批评，不只是说部性质的一种演绎，恰往往体现出一个时代的审美趋向和形式审美的历史积淀。虽多散见于诗话著作中，但又往往如碎金入沙而不掩其光芒，宋诗重在以"筋骨思理"胜④，在诗话中亦有此体现。或如清人所言，精妙的诗谈诗话理应"深而求之，文人才士皆可得其指南；浅而求之，即里师童蒙亦可兹为课诵"⑤。普及性与深刻性兼具往往是历代诗话中优秀之作所有的言说立场与价值所在。从形式经验累积的角度而

①　《韵语阳秋》卷一："近时论诗者，皆谓偶对不切，则失之粗；太切，则失之俗。如江西诗社所作，虑失之俗也，则往往不甚对，是亦一偏之见尔。老杜《江陵诗》云：'地利西通蜀，天文北照秦。'《秦州诗》云：'水落鱼龙夜，山空鸟鼠秋。''丛篁低地碧，高柳半天青。'《竖子至》云：'粗梨且缀碧，梅杏半黄酸。'如此之类，可谓对偶太切矣，又何俗乎？如'杂蕊红相对，他时锦不如'。'磨灭余篇翰，平生一钓舟'之类，虽对不求太切，而未尝失格律也。学诗者当审此。"（吴文治. 宋诗话全编［M］. 南京：江苏古籍出版社，1998：6201.）
②　吴文治. 宋诗话全编［M］. 南京：江苏古籍出版社，1998：5537，5539.
③　吴文治. 宋诗话全编［M］. 南京：江苏古籍出版社，1998：5936.
④　钱锺书. 谈艺录：补定重排本［M］. 北京：生活·读书·新知三联书店，2001：3.
⑤　曹仑. 跋《小清华园诗谈》［M］//郭绍虞. 清诗话续编. 上海：上海古籍出版社，1983：1916.

言，宋代诗话绝非如清人所批评的"宋人浅于诗而好作诗话"①，在轻松自然的闲谈议论中自然包含有可为后世品味的经验美感。最后，我们可引用清人吴琇所言来说明诗话中所蕴涵与生发出的形式批评传统，其言："'晚节渐于诗律细'，'细'字之为义，诗话所从来也。予夺可否，次第高下，诗于是乎有选；平章风雅，推敲字句，诗于是乎有话。话者，诗选之功臣也。"② 实际上，推敲字句、讨论声律体式正是诗话中的核心理论部分，亦是诗话中形式批评传统之依傍所在，故其对于诗歌理论的构建起着重要作用，其对诗文选集的指导作用也是不言而喻的。

---

① （清）吴乔．围炉诗话自序［M］//郭绍虞．清诗话续编．上海：上海古籍出版社，1983：469．

② （清）吴琇．龙性堂诗话序［M］//郭绍虞．清诗话续编．上海：上海古籍出版社，1983：931．

第八章

诗文格法著作中的形式批评传统

第一节　诗法诗格的内涵与形式经验

张伯伟在其《诗格论》一文中，认为"作为书名的'诗格''诗式'或'诗法'，其含意也不外是指诗的法式、标准"①。在诗格与诗话的区分上，他还认为"从写作缘起看，一般说来，诗格是为了适应初学者或应举者的需要而写，诗话则往往是以资文人圈中的同侪议论；从内容来看，诗格主要讲述作诗的规则、范式，而诗话则是'辨句法，备古今，记盛德，录异事，正讹误'（许顗《彦周诗话》）"②。此种总结较好地理清了狭义概念上诗话与诗格的本质差异性，当然诗格的概念随着历史的演进亦发生了明显的变化，降及元末明初，大多数诗格逐渐被归入诗法作品，诗格与诗法的内涵与外延亦逐步趋同，如"元明人就把元代的诗法诗格著作统称为诗法"③。亦有当代学者认为："宋元人理解的诗法，并不仅仅是具体的法度。明清人以为诗法不过是一字一句、对偶雕琢之工，是他们作了狭隘的理解。"④ 当然我们要承认诗法诗格概念的历史性和发展性，但总而言之诗法诗格著作重在诗文格法范式的阐说与举例，而非理论性的阐发，故在很大程度上可以说是经验诗学，而其中形式经验和形式审美可以说为其核心和基础。

---

① 张伯伟.诗格论［M］//张伯伟.全唐五代诗格汇考.南京：江苏古籍出版社，2002：1.
② 吴文治.宋诗话全编［M］.南京：江苏古籍出版社，1998：1392.
③ 张健.元代诗法校考：前言［M］.北京：北京大学出版社，2001：2.
④ 查洪德.元代诗学通论［M］.北京：北京大学出版社，2014：329.

如果说形式批评在诗文注释传统是隐性存在的、在诗文评点传统中是显性存在的话，在包括诗法、诗格、诗式、文格①等诗文格法著作中则是以凝练的格法术语方式得以呈现。如前所述，在发蒙教学中，存在于诗法、诗格、文法、文格著述中的诸多名目、术语、格法是一种时代审美经验的积淀，并且在文学教学中是行之有效的入门阶梯②，亦是古代形式批评理论存在的基础性的资源和核心性的传统所在。无疑这些诗文格法具有很强的实用性，且常为科举或发蒙而用，因而常为古代士人所摒弃或抨击，如前述清人王夫之与章学诚所论。章学诚在为庄复斋所辑《文格举隅》作序时，批评文格曰："古人文无定格，意之所至，而文以至焉，盖有所以为文者也。文而有格，学之不知所以为文，而竟趋于格，于是以格为当然之具，而真文丧矣。"③ 又如对历代诗法诗格持否定态度的四库馆臣，批评宋人周弼所编《三体诗法》④ 所列诸多诗格"尤不足尽诗之变"，但又不得不承认"其时诗家授受由此规程，存之亦足备一说"⑤。亦即是承认宋元间所存此种诗法经验作为诗学规程的意义和价值。而我们如转换理论视角，从"通俗诗学"角度来重新审视这些在历史过程形成和展开的诗文格法术语名目，自然可见其中包含着古代社会最基层也是最顽强的形式美感和形式批评观念，从此角度而言，古代诗文格法批评或更具现代美学意义和人类学价值。新批评代表人物兰瑟姆在呼唤本体批评时，曾指出一些批评家往往明白

---

① 今人祝尚书认为如《文说》《文筌》和《文章矜式》等宋元文章学专著，都是标准的"文格"著作，另外"宋元时期的古文、时文及节文评点本，或讨论文章格法，或直接以'格'立目，显然不能说是'巧合'，而是代表了文章研究方法的一种时代趋向或共识"（祝尚书. 文格论［J］. 中山大学学报（社会科学版），2016，56（03）：4.）。彭国忠则认为，"宋人所用'文格'一词有四义，分别指文章体式、骨力，文章风格，诗歌之格，以及文章作法、方法"（彭国忠. 宋代文格与《黼藻文章百段锦》［J］. 安徽大学学报（哲学社会科学版），2013，37（6）：31.）。

② 如张伯伟认为："诗格既然是以便应举或以训初学的书，那么有理由认为，唐代诗人多有此类书入门，而此类书在当时也必然流传广远。今敦煌残卷中保留的《诗格》断片（见斯三〇一一号），字迹出于童蒙习书，正透露出此类书在当时颇为流行的消息。"（张伯伟. 论《吟窗杂录》［J］. 中国文化，1995（2）：169.）

③ （清）章学诚.《文格举隅》序［M］//章学诚. 文史通义新编新注. 仓修良，编注. 北京：商务印书馆，2017：532.

④ 《笺注唐贤绝句三体诗法》（宋）周弼辑、（元）释圆至注（中国社会科学院文学研究所藏明嘉靖28年吴春刻本），《四库全书》收高士奇补正本，名为《三体唐诗》（见《景印文渊阁四库全书》第1358册，集部·二九七），高本将圆至注释和周弼的阐说一并删改，名称的改变和内容的删改，实际体现着清人对诗法著作的批评与否定态度。

⑤ 纪昀，（清）永瑢. 景印文渊阁四库全书：第1538册［M］. 台北：商务印书馆，2008：1.

诗歌创作需要苦心经营以找到合适的格律与语言形式，虽然他们书写这些格律格法与形式术语，但在具体评论时往往"可能不再感到好奇，或者也不觉得这些情况对于批评有什么用处。他会说，这属于实践诗学，不属于批评领域"①。这种割裂文学实践与文学批评的倾向，遭到了新批评派的强烈抨击，其进而呼唤回归诗歌本体研究的"本体批评家"。虽然兰色姆的观念不免偏颇，但其所言之于古代士大夫轻视带有实践诗学意味的诗文格法的观念，不啻是一种凉剂。或如《词府灵蛇》叙中所言"能法法，则法为我用，不法而法；不能法法，则我为法缚，法而不法"②。此即体现了诗文格法之于创作的本源性意义，为明清诗法诗格编纂的出发点。正如当代学者傅璇宗先生在《谈王昌龄的〈诗格〉》一文中所反思的："那种以启蒙为目的而编纂的诗格式书，无疑会起到相当大的普及知识的作用。这是我们过去的研究所忽视的，也就是说忽视唐诗的群众基础。《四库提要》的作者，正是从其虚拟的'雅'的标准出发，孤立地、抽象地看问题，而没有注意到唐诗是在怎么样的一种具体社会环境中逐步发展的。"③ 实际上提倡"肌理说"的翁方纲，在《诗法论》一文中就曾做出了一种调和性的解说，他以为有"立法之法"为"法之正本探源也"，而"有立乎其节目、立乎其肌理界缝者，此法之穷形尽变也"。实际是指出形而上的"法理"与形而下的"法则"之间的通一性。故翁方纲以为作为具体的诗法，"大而始终条理，细而一字之虚实单双、一音之低昂尺黍。其前后接笋、乘承转换、开合正变，必求助诸古人也"④。在此，翁方纲实际指出了古代诗法的程式化与传承性特征。

而随着对清代诗话和诗法资源的全面整理和深入认识，我们已经了解清代诗话诗法著作的丰富性和全面性，清代诸多诗话和诗法百科全书式的编纂，包括费经虞的《雅伦》、游艺的《诗法入门》、蔡均的《诗法指南》和徐文弼

---

① （美）兰色姆. 新批评［M］. 南京：江苏教育出版社，2006：201.
② 陈广宏. 明人诗话要籍汇编：前言［M］. 上海：复旦大学出版社，2017：1967. 陈广宏认为，《词府灵蛇》中包含此句的一段"虽未找到确切出处，然诸如此类论'法'之说，洵为当时格套语"（陈广宏.《词府灵蛇》之编刊与天启间南京的商业出版［J］. 南京师大学报（社会科学版），2016（3）：124.）。可见此时大众诗学中诗文格法观念之流行与普及。
③ 傅璇宗. 唐诗论学丛稿［M］. 北京：京华出版社，1999：177.
④ （清）翁方纲. 复初斋文集：卷八［M］//清代诗文集汇编：第383册. 上海：上海古籍出版社，2010：82.

的《汇纂诗法度针》等等，标志着清代关涉古典诗学理论特别是诗法诗格的全面整理以及普及运用。如蒋寅亦从此实践诗学的角度，重估清代诗学文献的价值史，认为这些诗法诗格著作可以证实"清代诗学在理论与批评两方面都清楚地显示出学理化的自觉，实践的理论化和理论的实践性时刻盘旋在论者的意识中"①。

具体而言，诗文格法著作中的形式批评传统有以下几个特征。

第二节 以句法审美为核心

罗根泽先生在其《中国文学批评史》中曾指出："诗格有两个盛兴的时代，一在初盛唐，一在晚唐五代以至宋代的初年。"② 由此，作为一种批评文体，"诗格"可以说是对唐代诗歌创作经验的一种形式总结。当然，张伯伟认为，"初、盛唐的诗格以病犯、对偶为中心"③，是对齐梁诗歌创作经验的一种总结，以《文镜秘府论》为代表；而晚唐五代诗格则重在讨论"势""体势"，以皎然《诗式》、僧神或《诗格》为代表，如《诗式》开篇即言"明势"之论。唐代诗格的产生当然与唐代科举和应试诗歌的实用相关，但依然可看出随着唐代诗歌创作经验特别是律诗创作经验的丰盛与凝定。从声律之学到诗文体势的探讨，诗格中的形式审美和形式批评意识越来越抽象和内在。其中在晚唐五代诗格中言及的核心范畴"势"，更是呈现出唐代诗歌句法意识的不断发展和完善④。如旧题王昌龄撰《诗格》中列举有"十七势"，其中的"直把入作势""都商量入作势""比兴入作势"等可看作是诗歌作法程式总结，而其中的"直树两句，第三句入作势""直树三句，第四句入作势""含思落句势""心期落句势"等则讲的是诗文篇法，"势"作为诗文内在整体的有机美感，显然已经溢出了机械

---

① 蒋寅. 在中国发现批评史——清代诗学研究与中国文学理论、批评传统的再认识［J］. 文艺研究，2017（10）：40.

② 罗根泽. 中国文学批评史：第 2 册［M］. 上海：上海古籍出版社，1984：186.

③ 张伯伟. 诗格论［M］//张伯伟. 全唐五代诗格汇考. 南京：江苏古籍出版社，2002：11.

④ 张伯伟认为："这些名目众多的'势'，讲的实际上是诗歌创作中的句法问题。这里的句法，指的是由上下两句在内容上或表现手法的互补、相反或对立所形成的张力。"（张伯伟. 全唐五代诗格汇考［M］. 南京：江苏古籍出版社，2002：31.）

性的诗文作法，成为富有诗意的审美形式感受。值得注意的是，《诗格》中所言"直树一句，第二句入作势""直树两句，第三句入作势""直树三句，第四句入作势"等实际讲的是景情、景理之间的整体配合关系，如"直树一句，第二句入作势"，《诗格》中解释为"直树一句者，题目外直树一句景物当时者，第二句始言题目意是也"，"直树二句，第三句入作势"，《诗格》中解释为"亦题目外直树两句景物，第三句始入作题目意是也"①。故其第十五势"理入景势"，第十六势"景入理势"，与此句法安排密切相关，宋人所言景情关系亦应由此而生发得来，此是律诗作法之于诗文理论产生深远影响的内在历史线索。如宋人周弼《三体诗法》中所言"四实""四虚""前实后虚""前虚后实"等情景关系论，实即以句法关系为核心的诗学形式经验的历史积淀。同样，宋元之际的方回对此亦多有总结，其言"周伯弼诗法，分颔联、颈联、四实、四虚、前虚后实，此不过情景之分"②，又言"老杜、陈简斋诗，两句景即两句情，两句丽即两句淡。……简斋又有一句景对一句情者，妙不可言。下联如或用故事，或他出议论，不情不景，其格无穷"③。亦即是说从唐代诗格中的"势"，到宋代诗法中的虚实关系，再到后代诗学所言情境论，其理论话语的演进与文学审美的变迁实是有着明确的历史渊源和逻辑线索。由此，朱自清先生直接以为宋人特别是江西诗派所重诗法即是重在句法意识上，在其《中国文学批评研究讲义》中，其言：

> 南宋刘克庄《江西诗派小序》说，山谷"荟萃百家句律之长"。句律，就是句法。黄山谷说，句法要"脱胎换骨"，要变古人。④

正如清人所言，炼句之法"其紧要尤在审势"⑤，如僧齐己所撰《风骚旨格》中则言"诗有十势"，分别为"狮子反掷势""猛虎踞林势""丹凤衔珠势""毒龙顾尾势""孤雁失群势""洪河侧掌势""龙凤交吟势""龙潜巨浸势""猛虎投涧势""鲸吞巨海势"，且每类下附有例诗，虽未有详细说明与理论阐发，但显然此处所讲之"势"是指上下句之间在语义、语句之间形成的呼应

---

① 张伯伟. 全唐五代诗格汇考 [M]. 南京：江苏古籍出版社，2002：153.
② （元）方回. 桐江集：卷四 [M] //陈与义. 陈与义集. 北京：中华书局，2007：578.
③ （元）方回. 桐江集：卷五 [M] //陈与义. 陈与义集. 北京：中华书局，2007：578.
④ 朱自清. 朱自清中国文学批评研究讲义 [M]. 天津：天津古籍出版社，2004：71.
⑤ （清）张谦宜. 絸斋诗谈 [M] //郭绍虞. 清诗话续编. 上海：上海古籍出版社，1983：812.

和关联，进而构成诗歌对句之间一种内在的形式美感。故在五代徐夤所撰《雅道机要》"明势含升降"条中，给诗势下的定义即为"势者，诗之力也。如物有势，即无往不克。此道隐其间，作者明然可见"①。这里将"势"理解为内涵于诗句之间的"力"，即是突出超出具体语句所呈现出的律诗内在特有的张力与结构美感。这些众多名目的"势"，实际指的就是诗歌内在的结构和张力，显示了唐诗形式的内在化与抽象化的审美意识的形成与累积。在对唐诗特别是杜甫诗歌的学习与阐释过程，宋人对唐代律诗此种内在的结构张力有了系统的总结和理论的升华，如释惠洪所作诗格《天厨禁脔》② 就以句法关系为核心总结了唐代诗歌创作中超越声律形式而成就的诸多结构审美关系，其引杜诗而讨论的"江左体""偷春格""平头换韵法""促句换韵法""换韵杀断法""四平头韵法""破律琢句法"等，均是指其超越齐梁声律束缚而产生的新型句法关系，如其论"偷春格"为"其法颔联虽不拘对偶，疑非声律，然破题引韵已的对矣"，论"江左体"为"皆于引韵更失粘，既失粘则若不拘声律，然其对偶特精到，谓骨含苏李体"，论"异名对"为"对以异名，则是句法之病，虽是病，然失之于寒松格，则不害为好"，论"换韵杀断法"为"前换三韵，皆四句兼平仄韵相间，及将断，即折四句为两韵，若不尔，便不合格"，均是指在以杜诗为代表的唐诗创作中超越声律束缚所实现的一种内在句式、句法楷则。惠洪以为唐诗创作的成就体现在句法关系上，即超越了传统的声律语法关系，而成一种新型的唐诗句法，如其认为"律诗拘于声律，古诗拘于句语，是以词不能达"，而杜甫和李贺的歌行体式却超越律诗、古诗在声律和句语上的诸多束缚成就其自然流动，所谓"词之遣无所留碍，如云行水流，曲折容曳，而不为声律语句所拘，但于古诗句法中得增辞语耳"③。故虽然惠洪批评"诗话妄易句法之病"④，但在《天厨禁脔》中则列有"十字对句法""十字句法""十四字对句法""错

---

① 张伯伟. 全唐五代诗格汇考［M］. 南京：江苏古籍出版社，2002：434.

② 《四库全书总目·卷一百九十七·集部五十·诗文评类存目》："《天厨禁脔》三卷，宋释惠洪撰。惠洪有《冷斋夜话》，已著录。是编皆标举诗格，而举唐、宋旧作为式。"［（清）永瑢，等. 四库全书总目［M］. 北京：中华书局，1965：1797.］

③ （宋）释惠洪撰《石门洪范天厨禁脔三卷》（北京图书馆藏明活字印本），以上所引惠洪语六条分见《四库全书存目丛书·集部一四五》，齐鲁书社 1997 年，第 110 页、112页、115 页、130 页、123 页、123 页。今人整理本有张伯伟编校《稀见本宋人诗话四种》（江苏古籍出版社 2002 年），则以日本宽文版《天厨禁脔》为底本。

④ （宋）惠洪. 冷斋夜话：卷四［M］//吴文治. 宋诗话全编. 南京：江苏古籍出版社，1998：2440.

综句法""折腰步句法""绝弦句法""影略句法""比物句法""脱胎句法"
"换骨句法""遗音句法""子美五句法""杜甫六句法"等诸多条目，显示了其
以句法关系为核心的批评模式。最为著名的是其引用杜甫"红稻啄残鹦鹉粒，
碧梧栖老凤凰枝"、舒王"缫成白雪桑重绿，割尽黄云稻正青"和郑谷"林下
听经秋苑鹿，割尽黄云稻正青"三句为例，以为"错综句法"，此错综句法实即
宋人之于杜律句法审美超越声律和语序束缚的一种集中总结与认识，如其言
"然是三种错综，以事不错综，则不成文章"①，此种打破正常语序的句法关系
正是承继上述唐诗诗格中以"势"为核心的句法审美而来。

从西方现代诗学的角度而言，我们可以说此种错综句法意味着"由于省略
简化和错综颠倒所造成的意脉和语序的分离引起了诗歌意象的密集化"②，这亦
是宋人对唐代律诗格法的一种规则化的总结，是对唐代诗歌形式创造经验的一
种高度凝练化的表达。故有当代学者特别指出："相对于唐诗，宋诗更是一种在
诗学理论，尤其是'句法'理论自觉指导下的实践。"③ 而在诗格诗法的传承
中，从唐诗诗格中的"势"范畴到宋代诗格中的"句法"范畴，一方面表征唐
宋诗学形式观念的演进与不同，另一方面我们又不能不承认在通俗诗学的视野
下，在诗法诗格的话语资源层面上，唐宋诗学观念又有着明确的稳定性与承继
性，而非如后世人所视唐宋诗学为一种断裂或分径④。故在《苕溪渔隐丛话》
中，胡仔直接以诗格为论诗之作，以为"梅圣俞有《叙金针诗格》，张天觉有
《律诗格》，洪觉范有《禁脔》，此三书皆论诗也"⑤，当然他是褒扬前二书的，
对《天厨禁脔》则是持抨击批评态度。

<hr>

① 季羡林. 四库全书存目丛书·集部一四五 [M]. 济南：齐鲁书社，1997：117.
② 葛兆光. 汉字的魔方：中国古典诗歌语言学札记 [M]. 上海：复旦大学出版社，2008：71.
③ 周裕锴. 宋代诗学通论：引言 [M]. 成都：巴蜀书社，1997：3.
④ 如张伯伟认为《天厨禁脔》"从著述体式撒和概念来看，此书属诗格类著作。而句法也是晚唐五代诗格讨论的中心内容之一，这是本书的另一渊源。……但书中保存了部分唐人遗说，并反映出宋代的论诗风气，则亦有可取"（张伯伟. 稀见本宋人诗话四种：前言 [M]. 南京：江苏古籍出版社，2002：9.）。亦即说在《天厨禁脔》这样的诗格作品中，唐宋诗论的承继性与稳定性是明确的。
⑤ （南宋）胡仔. 苕溪渔隐丛话后集：卷第三十四 [M]. 北京：人民文学出版社，1981：259.

虽然唐代诗格中所言"势""门""式"等术语与佛教密切相关①，但之所以此类诗格广为流传，最值得注意的是，此类"势"之类格法术语，更形象化与通俗化，之于初学诗者有入门导引之用。从通俗诗学角度而言，诗格中诸多"势"之命名自有其典范定法作用，对大众诗歌学习与创作起到了显易的示范作用，而不可如后世文人所论以之为琐碎支离而无理论价值。

而在后世诗法诗格中，句法虽常与篇法、字法并举，如在《木天禁语》《冰川诗式》中。但如我们详细分析所列篇法、字法，实际均是广义的句法关系，即在诗文内在结构的构造上，如何构成有机的诗文整体结构美感。如元人范德机《木天禁语》中所列"七言律诗篇法"十三格：一字血脉、二字贯穿、三字栋梁、数字连序、中断、钩锁连环、顺流直下、双抛、单抛、内剥、外剥、前散、后散②，实际是指诗歌上下句之间形成内在贯串、连环呼应的整体生命感。而其字法部分，虽列有诸多名目，但其言"右用字琢句之诀。先须作三字对或四字对起，然后妆排成全句。不可逐句思量，却似对偶，不成作也"③。亦可说是用字之法当然是句法构成安排的基础和内容，而在篇法中，"有以字论者，有以意论者，有以故事论者，有以血脉论者"④，特别是以"血脉"论篇法，实际就是从句法关系立论。朱熹在注韩愈《送区弘南归》"落以斧斤引以縲徽"句时，引张耒论云："古人作七言诗，其句脉多上四字而下以三字成之。退之乃变句脉，以上三下四，如'落以斧斤引以縲徽''虽欲悔舌不可扪'是也。"⑤ 此指出了韩诗在句脉结构上的创新之处，亦可见句脉、句法意识在宋人诗学中的核心地位。

从此意义上说，"句法"关系实即后世诗法诗格论述和理论建设的核心。又如《冰川诗式》卷三前"句法目录"中列有四十五种句法，实际涵盖用字、琢

---

① 张伯伟指出："晚唐五代的诗格，在形式和内容方面，存在着以下三个较为普遍的特点，而这三个特点正是由佛学影响导致的。简言之，就是'门''势''作用'。"（张伯伟.禅与诗学［M］.北京：人民文学出版社，2008：30.）

② （元）范德机.木天禁语［M］//陈广宏，侯荣川，编校：明代诗话要籍汇编.上海：复旦大学出版社，2017：1552.

③ （元）范德机.木天禁语［M］//陈广宏，侯荣川，编校：明代诗话要籍汇编.上海：复旦大学出版社，2017：1558.

④ （元）范德机.木天禁语［M］//陈广宏，侯荣川，编校：明代诗话要籍汇编.上海：复旦大学出版社，2017：1552.

⑤ （宋）朱熹撰.昌黎先生集考异［M］.曾抗美，校点.上海：上海古籍出版社，2001：31.

对、格律、用事等诸多形式方面，包括诗歌内部的虚实、错综、动静等形式关系，实际是一种形式审美意识的凝结与沉淀。故其总结曰：

> 夫诗贵炼句，尚矣。统贯连属，意与格寔主之。……要在意圆格高，纤秾具备，句老而不俗，理深而意不杂，才纵而气不怒，言简而事不晦，超越今古，思入玄妙，方为作者，而诗道毕矣。①

的确，从诗文创作角度而言，句法关系实即一篇诗歌得以成立和富有生命活力最核心的内容，其即为诗文构思的核心，亦即为诗法诗格着重讨论的核心，故明人亦言"凡炼句妙在浑然"②。由此句法意识出发，如《杨仲弘注少陵诗法》中直接以句法关系为诗歌制作之法，其以赋比兴为诗法，而以诗句直接的起承分合为诗歌制作之法，其言：

> 有主意在上一句，下则贴承一句，而后方发出其意者；有直起一句，而以主意在下一句，而就其中法出其意者；有双起两句，而分作两股以发其意者；有一意作出者；有前六句俱若缓，而收拾在后两句者，此制作之法也。③

这里的句法实即已是起承转合之法，因此如《诗法源流》中所言"起承转合"之审美和创作要求，亦可以说是由句法延展而来的诗文结构美感，其言作诗"大抵起处要平直，转处要春容，承处要变化，合处要渊永。起处戒陡顿，承处戒促迫，转处戒落魄，合处戒断送。起初若笔必突兀，则承处必不优柔，转处必至窘束，合处必至匮竭矣"④。而如清人徐增所总结的，起承转合实际又涉及诗歌体式的不同，是诗歌形制及字法、句法和章法的本质性所在，其言："夫五言与七言不同；律与绝句不同。字有字法，句有句法，章有章法。不知连断则不成句法；不知解数则不成章法；总不出顿挫与起承转合诸法耳。"⑤ 虽然

---

① （明）梁桥．冰川诗式：卷三［M］//陈广宏，侯荣川，编校：明代诗话要籍汇编．上海：复旦大学出版社，2017：1789.
② （明）谢榛．四溟诗话［M］//吴文治．明诗话全编．南京：凤凰出版社，1997：3196.
③ 《新编明贤诗法》卷中。陈广宏，侯荣川，编校．明代诗话要籍汇编［M］.上海：复旦大学出版社，2017：1520.
④ 陈广宏，侯荣川，编校：明代诗话要籍汇编［M］.上海：复旦大学出版社，2017：1385－1386.
⑤ （清）徐增．而庵诗话［M］//（清）丁福保辑．清诗话．上海：上海古籍出版社，2015：441.

后人对起承转合的机械作法有着激烈的批评，但从实用的创作角度而言，这些结构要求实际是要塑造一种作为整体的诗歌有机体，借用新批评代表人物布鲁克斯的话来说，即"这种形式结构与相对复杂的效果相关，即便是一首简单的诗也可以产生这种复杂的效果。同时，这些术语所暗示的形式模式似乎适用于每一首诗"①。而其所追求的和谐圆通、有机和谐的形式审美理想，又是传统文化观念的集中表达，有着丰富的文化意味与美学价值。

或如清人所论，以七律为代表的唐代律诗创作在"宾主、起结、虚实、转折、浓淡、避就、照应，皆有定法"②，而诸多律诗定法其实正是凝练地包含于上述诸多格法术语中，而所谓"宾主""起结""转折""避就""照应"实即是以势为核心的句法结构审美的延伸与扩展。而黄生则以为："唐人炼句，有倒装、横插、明呼、暗应、藏头、歇后诸法。凡二十种。法从所生，本为声律所拘。十字之中，意不能直达，因委取以就之，所以律诗句法多于古人，实由唐贤开此法门。"③

同样，沈德潜亦以"活法"和"死法"之分，来确定诗文章法的意义，其言："诗不可无法，乱杂而无章，非诗也。然所谓法者，行所不得不行，止所不得不止，而起伏照应，应承转换，自神明变化于其中。若泥定此处应如何，彼处应如何，则死法矣。"④ 章法的意义，不在于对诗境诗意的泥定与阻滞，而在于活法意识中由定式而至具有"宽紧远近"之意趣灵活的作诗途径⑤。实际上，有当代学者提出以杜甫和李商隐的五七律诗为代表，其四联之间的起承转合，并不仅仅在于上下两部分组成的二元结构，也不仅仅呈现为一种简单的线性结构，更多的可以"带来一种非线性的叠加乃至断裂结构"⑥，其中所包含的"空隙""小跳跃"，实际构成律诗章法的复杂性和有机性。又如朱庭珍所认识到的，"起伏承接，转折呼应，开合顿挫，擒纵抑扬，反正烘染，伸缩断续，此诗中有

① （美）布鲁克斯．精致的瓮：诗歌结构研究［M］．上海：上海人民出版社，2008：201．

② （清）吴乔．围炉诗话：卷二［M］//郭绍虞．清诗话续编．上海：上海古籍出版社，1983：545．

③ （清）黄生．一木堂诗麈［M］//张寅彭．清诗话三编．上海：上海古籍出版社，2015：81．

④ （清）沈德潜．唐诗别裁集：凡例［M］．上海：上海古籍出版社，2013：4．

⑤ 刘熙载："律诗中二联必分宽窄远近，人皆知之。惟不省其来龙去脉，则宽紧远近为妄施矣。"［（清）刘熙载．艺概［M］．上海：上海古籍出版社，1978：7．］

⑥ （美）蔡宗齐．语法与诗境：汉诗艺术之破析［M］．北京：中华书局，2021：392．

定之法"①，而这些正是句法结构关系所造成的文本内在张力结构，正是历代诗法诗格所集中呈现的"定法"楷则。正如周裕锴先生所论："诗歌的结构是宋人最关注的问题之一。所谓结构，宋人常称之为'句法'，他包括诗歌的章法、句式和偶对。"② 而我们如超越明清人对宋诗特别是宋人诗法的否定与抨击，宋人诗法诗格中对以拗体为代表的句法法则的孜孜追求，从深层次形式审美心理的角度而言，"这些创作法则不仅能在诗艺层面获得新鲜生动的效果，而且隐藏着对价值范畴的诗道的追求"③。乃至明人王骥德在《曲律》中，提出在戏文创作中句法"宜婉曲不宜直致，宜藻艳不宜枯瘁，宜浏亮不宜艰涩，宜轻俊不宜重滞，宜新彩不宜陈腐，宜摆脱不宜堆垛，宜温雅不宜激烈，宜细腻不宜粗率，宜芳润不宜噍杀；又总之，宜自然不宜生造"④ 等一系列主张，显示着句法审美在戏曲创作理论上的衍生。

第三节　以体式审美为基础

古人云"文章先体制，而后论其工拙"⑤，自《文心雕龙》强调"明理以定体"（《征圣》）、"因情定体"（《熔裁》）、"设情以位体"（《熔裁》）的体式理论以来，追求文辞结构周备的体式审美可以说成为中国古代文论的核心立场和观念，如罗宗强先生就认为"所谓观位体，就是考察文章的情理构架是否明确圆通，是否雅正，这是刘勰评论作品的第一个标准"⑥。当然"体"作为中国古代文论的元范畴包含多层含义，亦组成多重名言和术语，如汪涌豪先生在《中国文学批评范畴与体系》一书中所概括的，历代诗人、批评家所使用的"体"或"文体"大概有三层意义："一是体制体裁"；"二是语体语势"；"第三才是所谓

---

① （清）朱庭珍．筱园诗话［M］//郭绍虞．清诗话续编．上海：上海古籍出版社，1983：2327.

② 周裕锴．宋代诗学通论［M］．上海：上海古籍出版社，2007：457.

③ 周裕锴．宋代诗学通论［M］．上海：上海古籍出版社，2007：457.

④ （明）王骥德．曲律［M］//中国戏曲研究院．中国古代戏曲论著集成：第4卷．北京：中国戏曲出版社，2020：123.

⑤ 王思明．金石例序［M］//王水照．历代文话．上海：复旦大学出版社，2007：1369.

⑥ 罗宗强．魏晋南北朝文学思想史［M］．北京：中华书局，1996：285.

'体性'，即作品的风格特征"①。而唐代以来的诗法诗格著作，与上述基于关涉文体、语体、风格的一般性理论表达不同，诗格中的体式法则更具实用性与操作性。如有学者认为，以《文镜秘府论》南卷所载"论体"和"正位"两篇，包括以《唐朝新定诗格》（崔融）和《诗格》（王昌龄）为代表的诗法诗格，实际代表着在唐朝诗论的发展过程中"一种由理论向实用发展的趋势"，"不是侧重于一般性的理论探讨，而是着眼于具体创作问题，把一般性的理论实用化，具体化为文章作法，以更便于操作写作"②。正因为诸多诗法诗格源于实际应用，故其立论基础亦以分体意识为出发点，体式审美在其中亦成为逐渐积淀而成的形式格法的意识根柢。"定体"成为诗法中最为基础和最为首要的任务，如《诗法源流》首句即强调"作诗者必定体于胸中，而后作焉"③，《钟伯敬先生朱评词府灵蛇》卷一首段"诗法正源"亦引此段为开端，《冰川诗式》卷一亦即标有"定体"，乃至《唐音癸签》卷一即讲"体凡"、《诗薮》内编即以"古体""近体"诸体式为纲目，都显示了明人所集诗法诗格中体式审美的成熟与发展。梁桥言："予谓诗格，业已'定体''炼句''贞韵''审声'矣。特示人以规矩准绳，以为方圆平直者也。"④ 可见，其以为"定体"是"炼句""贞韵"和"审声"的诗文制作之法的前提和基础。故在《诗式》卷一结尾，梁桥批评历代诗法诗式之于诗歌体式的混乱无序，强调在诗法格式中"正体"的重要性，其言：

> 予为《诗式》作"定体"一卷，言诗有定体也。尝备览往名家诗式若诗话矣，达几入妙，莫能缕悉，而于式则容有未尽然者。迨《杼山诗式》《金针集》《续金针集》《沧浪诗法》《木天禁语》《诗家一指》等集，格目虽互见，则又无统纪次第，乃初学何述焉。肆予鄙人，僭拟此式，抑皆诗之正体。⑤

---

① 汪涌豪. 中国文学批评范畴与体系［M］. 上海：复旦大学出版社，2017：169.
② 卢盛江，杨宝林.《文笔式》"论体"和"定位"研究［J］. 河南师范大学学报（哲学社会科学版），2014，（03）：146.
③ 陈广宏，侯荣川. 明代诗话要籍汇编［M］. 上海：复旦大学出版社，2017：1381.
④ （明）梁桥. 冰川诗式：卷六［M］//陈广宏，侯荣川，编校：明代诗话要籍汇编. 上海：复旦大学出版社，2017：1847.
⑤ （明）梁桥. 冰川诗式：卷一［M］//陈广宏，侯荣川，编校：明代诗话要籍汇编. 上海：复旦大学出版社，2017：1758.

正如《文镜秘府论》"南卷"所列"论体""定位"两则，"正体"的意义其实正是在文章体格、结构、手法等形式的固定化和明确化，所谓"凡制于文，先布其位，犹夫行陈之有次，阶梯之有依也"①。故胡应麟《诗薮》在讨论五言体式的历史发展时，认为五言体之所以成立，"如《孔雀东南飞》一首。骤读之下。里委谈耳。细绎之。则章法、句法、字法、才情、格律、音响、节奏。弥不具备"②。体式之中包含章法、句法、字法、格律、音响、节奏等诸多形式规则和格式，体制之纯既要落实于诸多诗歌语言形式细处，方可为后人蹊径。同样在《新编名贤诗法》中卷所载"杂咏八体"③，就分列有诸种体式（实只列有咏物体、咏题古迹体、送赠体、寄友体、谒见体、吊挽体、酬谢体七种）的创作和审美要求。而在《西江诗法》中古人又分列"律诗要法""古诗要法""五言古诗法""七言古诗法""绝句诗法"等高度凝练的诗体审美经验，如其言"古诗要法"："凡作古诗，体格、句法俱要苍古。且先立大意，铺叙既定，然后下笔，则文墨贯通，意无断续，整然可观。"④ 均对体式风格做出了明确的形式审美求。其言绝句诗法："要宛曲回环、句绝而意不绝，蹙繁就简。"⑤

当然在宋代科举制度孕育下产生的诸多文章作法文章格法著作，更是以文体分类为中心，"文各标其体，体各归其类"⑥，在实用性作法累积的基础上，关涉诸多文体样式、体制和风格的审美因素和程式化美感更是逐渐成为一种主流性的时代趋向，故古人常言"文章必先论体裁而后可论工拙"，"文章以体制为先，精工次之"，"文莫先于辨体，体正而后意以经之"⑦。如王水照先生在《历代文话》序中所论，作为古代文章学的主要内容之一，文体论"论析文章各体之发生、规范与特点，文体流变过程中之正、变之辨"⑧。如被视为典型文格著作中，《文说》（元陈绎曾撰）在其"正集"列有四十九种文体；而《文体明辨》（明徐师曾撰）则列有一百二十七种文体之多。文格著作中之所以如此不避

---

① 卢盛江. 文镜秘府论汇校汇考［M］. 北京：中华书局，2015：1401.
② （明）胡应麟. 诗薮［M］. 北京：中华书局，1958：126.
③ 陈广宏，侯荣川. 明代诗话要籍汇编［M］. 上海：复旦大学出版社，2017：1544.
④ 陈广宏，侯荣川. 明代诗话要籍汇编［M］. 上海：复旦大学出版社，2017：1458.
⑤ 陈广宏，侯荣川. 明代诗话要籍汇编［M］. 上海：复旦大学出版社，2017：1459.
⑥ 顾尔行. 刻文体明辨序［M］//王水照. 历代文话. 上海：复旦大学出版社，2007：2043.
⑦ 王水照. 历代文话［M］. 上海：复旦大学出版社，2007：2046，2048.
⑧ 王水照. 历代文话·序［M］//王水照. 历代文话. 上海：复旦大学出版社，2007：5.

繁复和琐细而列出如此之多的文体，并分叙其源流、正变和作法格式，实是一种"正体""明体"的法式意识，除包含着从《文心雕龙》以来的文体自觉意识外，更代表着后世对文体审美的历史总结和实践传承。正如徐师曾所言："夫文章之有体裁，犹宫室之有制度，器皿之有法式。……苟舍制度法式而率意为之，其不见笑于识者鲜矣，况文章乎?"① 比照西方当代文学理论，此种繁复的体裁分类和文体分类很容易让人对应于"体裁就是文本种类""诗即体裁，诗学即是体裁理论"② 的形式理论观念，而从读者接受而言，作为一种历史存在的体裁、文体或体式，如托多罗夫所总结的其意义更在于"像一种制度那样存在着，所以它们所起的作用，对读者来说，犹如'期待域'，而对作者来说则如同'写作规范'"③。

第四节　程式化美感与诗文作法

诗法诗格著作，常将诗法归结为诸多程式术语，实出于便于操作，以利教学。明确而直接的分类方法，便于示范。如《诗家法数》所言，"夫诗之为法也，有其说焉。赋、比、兴者，皆诗之制作之法也"④，即在诗法形式观念系统中，直接将"赋""比""兴"视为制作之法，并且可落实在具体可行的起承程式中。《诗学正源》中则从体法上将诗之六义解析为"《诗》之六义，而实则三体。《风》《雅》《颂》者，诗之体；赋、比、兴者，诗之法。故赋、比、兴又所以制作乎《风》《雅》《颂》者也"⑤。实际上此种论述将诗之大义与诗之作法相调和，将风雅颂三体归结为由赋比兴三种作法而成。而赋比兴三种作法又要落实于具体的富有变化的赋起、比起和兴起的程式中，在如何贴承、如何双起、如何收拾中实现诗之体法。故其总结诗之作法有八："曰起句要高远，曰结句要不着迹，曰承句要稳健，曰下字要有金石声，曰上下相生，曰首尾相应，

① 王水照. 历代文话 [M]. 上海：复旦大学出版社，2007：2045.
② （法）托多罗夫. 巴赫金对话及其他 [M]. 天津：百花文艺出版社，2001：25，24.
③ （法）托多罗夫. 巴赫金对话及其他 [M]. 天津：百花文艺出版社，2001：28.
④ 陈广宏，侯荣川. 明代诗话要籍汇编 [M]. 上海：复旦大学出版社，2017：1453.
⑤ 陈广宏，侯荣川. 明代诗话要籍汇编 [M]. 上海：复旦大学出版社，2017：1454.

曰转折不着力，曰占地步要阔。"① 这是对上述种种作法的一种形式审美积淀和经验总结，而此种经验总结往往在历代诗论中往往以理论性的、高度抽象性的方式呈现，如以《二十四诗品》、钟嵘《诗品》为代表的诗品著作。而在此理论性总结中，作法程式其实正是其立论基础资源，此点在诗法著作中体现得尤为明显，尽管后者往往被视为庸腐和窠套。故在《西江诗法》中，除引上述《诗法家数》和《诗学正源》两条外，随即所引即是《作诗准绳》九法，以示诗法之形式要求。故即使是清代提倡"神韵说"的王士禛，亦认为如七言长古作法中的"分段""过段""突兀""用字""归题""送尾"等格法术语，其作用即在于"此等语皆教初学之法"②。同样，方东树亦认为："字句文法，虽诗文末事，而欲精其学，非先于此实下功夫不得。此古人不传之秘，谢、鲍、韩、黄屡以诏人，但浅人不察耳。"③ 实际上所谓字句文法并非不传之秘，恰是古代诗文格法著作所传承的对象，以为后人阶梯。明人袁枚《随园诗话》亦曾指出，虽然"时文之学，有害于诗"，但"暗中消息，又有一贯之理"。同理，王士禛《池北偶谈》亦引汪钝翁语，以为"时文虽无与诗古文，然不解八股，即理路终不分明"。可见在明清人的审美世界中，时人格法自有其独立的形式价值。钱锺书先生在《谈艺录》中专引上述两条材料，总结道：

> 汪、程两家语亦中理，一言以蔽之，即诗学（poetic）亦须取资于修辞学（rhetoric）耳。五七字工而气脉不贯者，知修辞学所谓句法（composition），而不解其所谓章法（disposition）也。④

从句法和章法的统合性上，诗之结构与诗文之结构在内理层次上应是一体和一致的。

当然文章作法亦是宋代文法文格著作的论述核心⑤，基于实用性和科举性目的，诸多论文要法、行文法均是结合文章作法而成，其中饱含着丰富的文体审

① 陈广宏，侯荣川．明代诗话要籍汇编［M］．上海：复旦大学出版社，2017：1454.
② 刘大勤．师友诗传续录［M］∥（清）丁福保．清诗话．上海：上海古籍出版社，2015：153.
③ （清）方东树．昭昧詹言［M］．北京：人民文学出版社，1961：15.
④ 钱锺书．谈艺录（补订本）［M］．北京：中华书局，1984：242.
⑤ 如彭国忠认为："文章作法、法式意义上的文格，是文章学的主要内容。"（彭玉忠．宋代文格与《黼藻文章百段锦》［J］．安徽大学学报（哲学社会科学版），2013，37（6）：32.）

美和结构审美经验，尤为值得后人挖掘和分析。如出于南宋书肆所刊的魏天应《论学绳尺》一书，"首之以名公论诀总目，次之以作论行文要法。每卷则分其格式而为之类意，每题则叙其出处而为之立说。且事为之笺，句为之解，而又标注于上，批点于旁"①，其笺注、评点于一体，面向应举士子而编纂，其应试目的当然是明确的，但其所引或所总结"诸先辈论性文法"则可称是宋代文章学审美经验的总结，如其引戴溪之论："破题欲工而当，欲明而快。破题结题是终始着力处。原题贵新。讲题贵赡。立论讲题是铺叙有条处。接题须援引。结题须壮健。"② 这是对策问之文在程式、定格的一种审美要求，而其所引林图南的《论作文法》要求作文要"有抑扬、有缓急、有生死、有施报、有去来、有冷艳、有起伏、有轻清、有厚重"③，则又可以说是对整体作法的一种抽象化的结构审美体验。故四库馆臣以之为南宋以来科举考试"讲求渐密，程式渐严，试官执定格以待人，人亦循其定格以求合"④ 的时代作文格式的具体呈现，并以之为后世八比之文的"滥觞"。宋人洪迈从实用性角度出发，非常有见地地意识到了骈俪的四六文之于日常世界的实践价值，形式的骈俪和耦合，不仅是种现实生活的装饰，更是一种文化的认同和体验。在《容斋四六丛谈》，洪迈言："四六骈俪，于文章家为至浅，然上自朝廷命令、昭册，下而缙绅之间牋书、祝疏，无所不用，则属辞比事，固宜警策精切，使人读之激印，风味不厌，乃为得体。"⑤ 亦即说从日常世界的角度而言，讲求骈俪的文体，必须符合体式与形制，程式化恰是此种文体的内在要求。同样宋人谢伋亦是从应用的角度，强调四六文制作格法之重要性，即其言"四六之工，在于剪裁"⑥，因为四六之艺"下至往来牋记启状，皆有定式，故谓之应用，四方一律，可不习知?"⑦ 后世作为塾课教材的诸多类编和格法著作，常列范文，一为启蒙，再次为式法，在

① 王水照．历代文话［M］．上海：复旦大学出版社，2007：1071.
② 王水照．历代文话［M］．上海：复旦大学出版社，2007：1078.
③ 王水照．历代文话［M］．上海：复旦大学出版社，2007：1089.
④ （清）永瑢等撰．四库全书总目［M］．北京：中华书局，1965：1720.
⑤ 王水照．历代文话［M］．上海：复旦大学出版社，2007：49.
⑥ （宋）谢伋．四六谈麈［M］//王水照．历代文话．上海：复旦大学出版社，2007：34.
⑦ （宋）谢伋．四六谈麈［M］//王水照．历代文话．上海：复旦大学出版社，2007：33.

此学习基础上方可有行文"行机""参变"等发挥余地①，进而追求个性化的诗文老境与别情。亦即是说从诗文作法的角度而言，上述集体化的教学式法与极具个性化的审美追求绝不相互否定，恰是互为基础的。同样，金圣叹亦是从诗文作法角度将"起承转合"的诗文结构原理作了解释，其言："诗与文虽是两样体，却是一样法。一样法者，起承转合也。除起承转合，更无文法。除起承转合，亦更无诗法也。"② 金圣叹这里所说的"法"实际是从诗文作法角度而言，而非西学意义上的抽象结构法则，而是要落实到具体的字句作法中，故其随即又言："学作文，必从破题起。学作诗，亦必从第一二句起。从第二句起，方谓之诗，为其有起承转合也。不见人学作文，却先作中而比也。"③ 在金圣叹看来，作为诗文格法的起承转合之法，诗文作法和诗文首句、首联即有的整体形式意识，是明晰而具体的诗文美感得以成立的基础。而至清代后期包世臣则将行文之法归结为奇偶、疾徐、垫拽、繁复、顺逆、集散六种形式法则，且其以为"奇偶"为体式结构审美的基础，"是故讨论体势，奇偶为先，凝重多出于偶，流美多出于奇。体虽骈，必有奇以振气；势虽散，必有偶以植其骨。仪厥错综，致为微妙"④。奇偶交错造成或凝重或流美的体势风格和结构美感，代表着对行文过程和作法程式美学的高度概括和总结。

第五节　格法与政治：作为文学惯例的政治功能

美国理论家马克·肖勒尔曾在《作为发现的手法》一文中谈及文学作法或手法的文化意义时，提出"当我们谈论手法时，我们几乎在谈论一切"，"手法

---

① 如清人王步青编《塾课分编》八集："初一曰启蒙，导其源也；次二曰式法，正其趋也；次三曰行机，畅其支也；次四曰参变，博其趣也；自是按之愈深则为精诣，恢弘弥广则为大观；绚烂之极归为平淡，是为老境；谨严之余溢为奇怪，是为别情；凡兹八集，等级分明而指归于一。"[（清）梁章钜. 制义丛话：卷一［M］// 梁章钜. 梁章钜科举文献二种校注. 武汉：武汉大学出版社，2015：33.]

② （清）金圣叹. 金圣叹全集：第四册［M］. 南京：江苏古籍出版社，1985：46.

③ （清）金圣叹. 金圣叹全集：第四册［M］. 南京：江苏古籍出版社，1985：46.

④ （清）包世臣. 艺舟双楫：论文［M］// 王水照. 历代文话. 上海：复旦大学出版社，2007：5188. 值得注意的是，包世臣以为"凝重多出于偶，流美多出于奇"，则明显受其碑学思想的影响，显示了清代后期美学思想的特征。

实际上是托·斯·艾略特所说的'惯例'：任何选择、结构或曲解，施加于行为世界上的任何形式或节奏；还应该说，这些手法充实或更新了我们对世界的理解"①。其用"手法""惯例"来解释文学形式的重要性，突出了文学形式与内容特别是深层次内涵的不可区分，值得我们加以借鉴。实际上古代诗文格法中的分类、条例和术语，看似混杂与繁复，但作为一种理解世界的惯例，实际包含丰富的文化意义，诗文程式与作法实代表着古代诗文背后的生活世界原则和一切。如元人陈绎曾《文说》中所列"抱题法""明体法""分间法""立意法""用事法""造语法""下字法"等文章作法规律，均可视为上述所言"手法"，即从制作经验中总结出的文章惯例，这种文章惯例作为一种内在的结构，又可视为于社会有外在作用的实践"节奏"，从此角度而言，古代文章作法规律确实塑造着中国人对世界的理解方式。又如北京图书馆所藏宋人方颐孙所撰《太学新编黼藻文章百段锦》，在目录部分即列有十七格之多，每一格有分诸多小类，如"遣文格"有十一小类，"议论格"则有二十小类，每一小类附属范例段落，以示程式。此种以格法分门别类的方式，可以说是一种文章作法上的百科全书式的大全与集锦，其优缺点都是非常明显的。其缺点当然是缺少对文章整体气脉的把握，而其优点即在于示人作法程式，当然此种作法程式既包含篇法构思（如"遣文格"）、章法布置（如"布置格""过度格""结尾格"）、句法安排（如"造句格"）和用字法（如"下字格"），也包括各种修辞手法（如"议论格""状情格""比方格""妆点格""譬喻格""说理格"等），还包括各种用典、用事法（如"援引格""用事格"）②。又如元陈绎曾《文说》中"造语法"本有十三种（正语、拗语、累语、联语、歇后语、答问语、变语、省语、助语、实语、对语、隐语、婉语③），而至明人所辑《文式》和《新刻诗文要式》中则扩至十六种之多④，造语法甚至包含了"长句法"和"短句法"等

① （美）马克·肖勒尔. 作为发现的手法［M］// （英）塞尔登. 文学批评理论：从柏拉图到现在. 北京：北京大学出版社，2000：286，287.
② （宋）方颐孙. 太学新编黼藻文章百段锦［M］// 续修四库全书：第1718册. 上海：上海古籍出版社，2002：644.
③ 王水照. 历代文话［M］. 上海：复旦大学出版社，2007：1344-1346.
④ 分别为正语法、物语、反语、累语、联语、问答语、变语、歇后语、省语、助语、实语、对语、隐语、婉语、长句法、短句法。（曾鼎撰《文式》"造语法"，见《历代文话》，第1544-1547页；《新刻诗文要式》见《稀见明人文话二十种》，第321-323页.）陈绎曾《文说》多说"问答语""长句法""短句法"三种。

句法术语，显示了底层诗文格法著作不避烦琐与重复的术语使用规则。由此可见在文格中诸多形式批评格法、术语与题材、创作心理等密切相联，所立格目术语其实是从文章作法入手来不厌其烦地举例与演示，以求足够成为应试举子初学阶梯和入门榜样，更重要的是通过繁复的格法（《百段锦》列有九十九种小类）训练，锻炼对文章背后的逻辑结构、抽象的形式规律的认同与把握，进而"充实"或"实现"文章作法与训练中包含着的世界经验的积淀与传递。从现象学哲学的角度而言，"如果经验同言语行为和生活世界背景知识的三分法观念是联系在一起的，那么经验的分类也就体现了生活世界的结构"①。从此意义上说，如此繁复的格法分类呈现出的就是运用这些术语背后的生活世界所内在的结构。

同样，《文说》中言读诸子当分三科：见地、文章和事料。这里"见地"指诸子之识见妙理，"文章"指诸子行文风格，如"荀卿博雅""杨雄简奥""穰苴典古""韩非严峭"等。值得注意的是，陈绎曾从后人学习诸子手法的角度，界定"事料"为"事料者，古事也、精意也、句法也、字样也、制度名物也、助辞之变例也，往往精古，非汉魏以后所及，皆须摘取以资笔端"②，这里的"事料"既包含典故、制度和名物等关涉内容题材的因素，亦包含句法、字样、助辞等形式"惯例"因素，亦即说文格中所言作法、格式，实际是包含一切的文本创作手法的经验累积，故它是超越内容与形式、题材与意义二分的言说角度。从结构主义诗学角度而言，这些术语实际代表着文本接受的惯例与先见，而对于读者来说，"把一个文本作为文学阅读并不是把自己的大脑变成一块白板并且毫无先入之见地对其加以探讨；人们肯定把对文学话语操作的固有理解带到阅读中来，这种固有理解告诉他从文本中寻找什么"③。由此角度，更可说明作为惯例的诗文格法术语的接受价值，或如明人钟惺所言，"时义非小道也。能至之者不能言，有神存焉；能言之者不能至，有候存焉"④。钟惺所言正可说明创作（"能至之者"）和接受（"能言之者"）的角度不同，亦是对诗法

---

① （德国）哈贝马斯．后形而上学思想［M］．南京：译林出版社，2001：81.
② 王水照．历代文话［M］．上海：复旦大学出版社，2007：1352.
③ （美）乔纳森·卡勒．结构主义诗学［M］//（英）拉曼·塞尔登．文学批评理论——从柏拉图到现在．北京：北京大学出版社，2003：378.
④ （明）钟惺．隐秀轩时义自序［M］//钟惺．隐秀轩集．上海：上海古籍出版社，2017：339.

诗格评价不同的原由之所在。从艺术史和美学角度而言，我们更应跳出古代士大夫传统中以诗文程式与创作灵感相对立的批评意识，正如著名西方美术史家贡布里希所认识到的，虽然"没有一种艺术传统像中国古代艺术传统那样着力坚持对灵感的自发性的需要，但是，我们正是在那里发现了完全依赖习得的语汇的情况"①。作为一种形式传统的惯例、术语和格法并不应该视为艺术创作的阻碍和桎梏，二者在诗文创作过程和接受过程中显然是潜在的心理认同与结构认同，它们体现着诗文创作的经验基础和大众心理共通感。

　　而从自然与文化的共通点上，古代文法格法批评实又是古代之于自然世界的一种观照与沟通，又代表着中国人特有的文化观与自然观。如古人言文法"有开必有合，有唤必有应，首尾当照应，抑扬当相发；血脉宜串，精神宜壮"②，实际文法观即是之于自然生命的整体观照。王世贞则总结文章程式规律为："首尾开阖、繁简奇正，各极其度，篇法也；抑扬顿挫、长短节奏，各极其致，句法也；点掇关键、金石绮彩，各极其造，字法也。篇有百尺之锦，句有千钧之弓，字有百炼之金。"③ 这里王世贞显然将篇法、句法和字法的程式美感与生活世界相接，代表着一种世界的秩序美感和形式的共通感。所谓"一字不工，乃造物不完"④，即是标示练字炼句格法的立论所在。又如顾炎武所言，八股文"每四股之中，一反一正，一虚一实，一浅一深，其两扇立格，则每扇之中各有四股，其次第之法，亦复如之"⑤，都集中体现着中国人在深层次上关涉世界正反、开合、虚实乃至阴阳和合的世界观和审美观，实是中国民族审美心理的集中体现。而袁了凡更是在其文训《心鹄》中，将八股文视作"与天地造化相侔"，并把八比分喻为"首二比春也，次二比夏也，次二比秋也，末二比冬也"⑥，由此八比恰为"一年好景"式的流转回荡之自然整体。

① （英）贡布里希．艺术与错觉：图画再现的心理学研究［M］．长沙：湖南科学技术出版社，2004：109．

② （元）倪士毅．作义要诀［M］//王水照．历代文话．上海：复旦大学出版社，2007：1499．

③ （明）王世贞．艺苑卮言校注：卷一［M］．罗仲鼎，校注．北京：人民文学出版社，2021：45．

④ （明）谢榛．四溟诗话［M］//吴文治．明诗话全编．南京：凤凰出版社，1997：3120．

⑤ （清）梁章钜．制义丛话：卷一［M］// 梁章钜．梁章钜科举文献二种校注．武汉：武汉大学出版社，2015：19．

⑥ （明）袁了凡．心鹄［M］//陈广宏，龚宗杰．稀见明人文话二十种．上海：上海古籍出版社，2016：655．

当然明清人在肯定时文价值时，常将古文与时文的关系比作古诗与律诗的关系，以为"文章之有时文，犹诗之有律"，即强调在格法和形式上时文与律诗具有同等价值，而在道德意义上则以为"时文而能远揽圣衷、深窥理奥，虽与古文并传可也"①。故如西方学者本杰明·艾尔曼从政治学意义上考量科举时文作为程式化的言说方式，以为其之于中国人的认知和精神世界有着重要的意义："对文言文连贯性与多样性的严格规定以及考试中要求合乎道德的辩论采用三段论的结构，都表明在策问与对策中都要有明晰的逻辑结构，以及构建语义式和主题学习式的内在逻辑。这有助于考官与考生根据当时的道德价值、社会取向以及政治约束来表达和区分自己的认知世界。"② 当然关于八股文程式和逻辑结构形成的历史及其合理性，启功先生在《说八股》一文中说得更明了透彻：

> 八股文在反映思想上，吸取了"经义"的原则，即主要的是讲解经书中孔孟的道理。文章自然都要有次序、有条理、又有逻辑性。也就要有主题，有发挥。这就形成有破题、有起讲，到分条议论的分股。对偶、声调是古代文章的艺术手法，也是汉语文学技巧的一些重要组成部分，也逐渐纳入八股的做法中。又要了解应考人的政治头脑，就在文章最后安排一个"大结"，以起政策答案的作用。③

即从修辞政治学角度而言，八股文的技法与形式本就是其内在意义的一部分，而非附属或值得批判的对象，因八股文的内在逻辑、形式美感本身即是其最核心的价值所在。或从伦理学角度而言，此种作为经验的形式正是八股文在古代社会科举制度和政治文化生活中最为重要的合伦理与合目的性。有当代学者指出二十世纪西方美学与文论中的形式论趋向"不仅是表意方式的构筑，更是借形式的构筑给予经验一个伦理目的论：伦理判断是经验的形式构筑过程中不可能减省的部分"④，从此形式论美学角度出发透视上述诗法文格著作，作为技法和经验的古代形式批评其伦理学与政治学指向亦有如此重要的基石价值。

随着近些年明代思想史、社会史研究的深入，对晚明"平民思想家"袁了

① （明）王弘诲. 新刻文字谈苑·谈文［M］//陈广宏，龚宗杰. 稀见明人文话二十种. 上海：上海古籍出版社，2016：364.
② （美）本杰明·艾尔曼. 经学·科举·文化史：艾尔曼自选集［M］. 北京：中华书局，2010：152.
③ 启功. 说八股［J］. 北京师范大学学报，1991（3）：55.
④ 赵毅衡. 重访新批评：导论［M］：成都：四川文艺出版社，2013：12.

凡（袁黄，号了凡，1533—1606）的生平、著述和思想研究逐渐丰富，显出其身上所具有的独特的研究价值和意义。而对其科举制义文章的研究方面，其《游艺塾文规》《游艺塾续文规》和《举业彀率》等作为明末清初广为流行的时文教学法和科举参考用书，对当时民间底层的"劝善运动"起到了非常重要的文化功能，不仅为科举文献研究所重视，亦为近些年来文学和文论研究的重要对象。如吴震先生所论："在袁了凡的庞大著述群当中，为其博得名声的主要是两类书：一是劝善书，一是科考书。前者最为著名的非《了凡四训》而莫属，后者则是有关科举考试的参考书，在当时的销量十分可观，在他逝世后出版的《增订二三场群书备考》4卷（崇祯壬申序刻本）且不论，在其生前，就已出版《四书删正》（日本内阁文库藏本）、《游艺塾文规》10卷、《游艺塾续文规》18卷这部卷帙浩繁的科考用书。"① 可见袁黄的科举用书结合当时的社会道德运动，所起到的巨大普及作用和大众影响。实际上袁了凡的时文格法著作，其一大特色在于试图沟通时文与古人的隔阂，特别是注意沟通文格、文法，识见、理路和涵养之间的关系。如在《举业彀率》中引谢榛之诗论为证强调时文锻炼之法的目的即是追求文境之妙，字法、句法和章法的诸多格法最终是为实现文本的粲然可观，其言：

> 昔人论诗曰："观之如明霞散锦，听之如玉振金声，诵之如行云流水，讲之如独茧抽丝。"今时义亦须如此，然欲文如明霞散锦，当知练字之法。凡用同一句法，有粲然可观，有暗然无色者，其窍在用字不同耳。故一字粗，即一句不雅，一字腐，即一句不新。慎勿草草。欲文如玉振金声，当知炼句之法，词调之铿锵，音节之响亮，全在句中。行云流水，取其运而无迹也。文章过而无过，行而无行，伏而忽起，断而若续，其变多端，大要章法贵熟。……一篇文字，本当一丝到底，故独茧抽丝，当知篇法。近日冯开之、苏君禹辈专炼句、练字，故精采烁烁射人。然锻炼之诀，以涵养为主，而敲推次之。琢痕未化，则伤浑融；句调过奇，则伤步骤。此皆养之不厚，而出之不纯也。故章法之妙，有不见句法也；句法之妙，有不见字法者。锻炼无锻炼之迹，乃佳矣。②

---

① 吴震. 关于袁了凡善书的文献学考察：以《省身录》《立命篇》《阴骘录》为中心 ［J］. 中国哲学史，2016（3）：104.

② 陈广宏，龚宗杰. 稀见明人文话二十种 ［M］. 上海：上海古籍出版社，2016：153.

这里，袁黄发挥谢榛的"四关说"①，以为谢榛所言诗之"气格"论②必然要通过熟知字法、章法、篇法方可实现，其最终效果即为王世贞所言："章法之妙，有不见句法者；句法之妙，有不见字法者。"③ 而清人冒春荣在《葚园诗话》亦引王世贞之论，以为此为诗艺由工巧而至自然之径④。冒春荣之论正是袁黄此段论述的核心立场，即诗法与诗境的相互生发和互为作用，且诗法为诗境之无法和诗意之丰富性的基础。值得注意的是，作为科举用书和普及格法类读物，袁黄所直引用谢榛和王世贞之论，显示了此类普及性文法著作的写作模式。当然这类科举用书言说的重点是如何写作八股文，重在技法、结构和作法上的具体阐说，故《举业彀率》一书大部分介绍的是如何炼格，以为"炼格乃是场中要诀"。袁黄在"论格"条中，强调了从教学上文格法式之于初学者的重要性，由此书的普及我们亦可见文格著作在晚明科举氛围下得以畅销的原因，其言"炼格之法，初学不可不知。格炼则规模自别，便能出人头字矣。文有俗格，宜炼之而雅；腐格，宜炼之而新；板格，宜炼之而活。宜整齐，宜阔大。你看从来魁元，并无不炼格者"⑤。在著述中明言炼格目的为出人头地，并举各种魁元八股文为例加以说明，可以说在古代士大夫的言语模式中并不多见，其明确的功利目的和条理的应试格法，恰或说明在晚明特殊的科举制度和应试氛围下的诗文格法与政治功能之间复杂的互动关系。当然古代诸如墓志碑铭之类的实用文体，从韩愈以来古文派即提倡的诸种写法要例，更是直接呈现着古代文体在社会生活的道德意义，所谓黄宗羲言铭法之例，"祭统，铭之义，称美而不称恶，此孝子孝孙之心也，故昌黎云应铭法。若不应铭法，则不铭之矣，以

---

① 谢榛《四溟诗话》卷一："凡作近体，诵要好，听要好，观要好，讲要好。诵之行云流水，听之金声玉振，观之明霞散，讲之独茧抽丝。此诗家四关。使一关未过，则非佳句矣。"（吴文治．明诗话全编［M］．南京：凤凰出版社，1997：3120.）

② 谢榛《四溟诗话》卷一："诗文以气格为主，繁简勿论。"（吴文治．明诗话全编［M］．南京：凤凰出版社，1997：3119.）

③ 王世贞《艺苑卮言》卷一："篇法之妙，有不见句法者；句法之妙，有不见字法者。此是法极无迹，人能之至，境与天会，未易求也。有俱属象而妙者，有俱属意而妙者，有俱作高调而妙者，有直下不对偶而妙者，皆兴与境诣，神合气守使之然。"［（明）王世贞．艺苑卮言校注：卷一［M］．罗仲鼎，校注．北京：人民文学出版社，2021：34.］

④ （清）冒春荣．葚园诗话［M］//郭绍虞编选．清诗话续编．上海：上海古籍出版社，1983：577-1578.

⑤ 陈广宏，龚宗杰．稀见明人文话二十种［M］．上海：上海古籍出版社，2016：153.

此寓褒贬于其间"①。此类古代碑铭文体，承自史书笔削之法，在书写内容、韵散语体等形式法则上均是有着明晰的道德价值传统，故元人以为"后世之文莫重于金石，盖所以发潜德，诛奸谀，著当今，示方来者"②。同样，以骈体对法形式为核心的四六文传统，亦可建基于此种政治实用价值上而与古文传统相并立，正如清人孙梅在所辑《四六丛话》后序中所言："俗儒执韩子文起八代之衰，遂谓四六不逮古远甚，不知国家制策表笺有必不能废此体者。即如柳、欧、苏、王，文与韩埒，其集中四六，典丽雄伟，何尝不与古文并传。"③ 同样梁章钜亦认为从齐梁开始的四六文至宋代的四书文再到明代的八股文，此种专事对偶形式的骈偶体式传统，恰是"文之正统"，其立论依据即是孔子之言中已有偶对字句而至汉代诸赋中"奇偶相生"，渊源有自、一脉相承④。亦即是说从形式美感的角度而言，骈对之美感是汉语审美的基础，而建基于此种对偶意识和逻辑意识上的诸多经世应世诸文体，成为连接个体思维和公共政治的桥梁，在古代社会政治生活中又有不可替代的价值。

陈寅恪先生在其名著《元白诗笺证稿》和《论韩愈》文中，曾特别指出韩愈古文之所以影响极深，从体式上追究因其古文"乃用先秦两汉之文体，改作唐代当时民间流行之小说"，故"在当时为最便宣传，甚合实际之文体也"⑤。此种韵散同体、诗文合一的体式构建，在中唐之后有着重要的政治与文化价值。这种对诗文作法所包含的道德和政治目的的认同，显然与近现代哲学将美学和政治对立的思维模式和理论范式不同，但从思想史研究角度而言，这正是对古代文论和古代思想进行真切和严格的历史理解的前提和基础。正如列奥·施特劳斯在反思西方对中世纪哲学学的片面印象中所指出的，那种认为中古哲学把

---

① （明）黄宗羲．金石要例［M］// 黄宗羲．黄宗羲全集：第二册．杭州：浙江古籍出版社，2005：270.

② 王思明．金石例序［M］//王水照．历代文话．上海：复旦大学出版社，2007：1369.

③ 王水照．历代文话［M］．上海：复旦大学出版社，2007：4226.

④ 梁章钜以为："明人号唐宋八家为古文者，为其别于四书文也，为其别于骈偶文也。然四书之体皆以比偶成文，不比不行，是明人终日在偶中而不自觉也，是四书排偶之文真乃接唐宋四六为一脉，为文之正统也。"［（清）梁章钜．退庵论文［M］//王水照．历代文话．上海：复旦大学出版社，2007：5158.］

⑤ 陈寅恪．金明馆丛稿初编［M］．上海：上海古籍出版社，1980：294. 当然钱锺书先生则对此持不同意见，在《容安馆札记》第720则中提出"昌黎为文与学道，分成两橛"，王水照先生认为此为陈寅恪与钱锺书两人学术观点交集的一例。（王水照．钱锺书的学术人生［M］．北京：中华书局，2021：21.）

诗学和伦理学、政治科学融为一体的知识体系是一种极端狭隘和落后的观念，是值得质疑的，"正是这种心智习惯使得没有可能历史地理解中古哲学"①。这亦是我们重新历史性地反思古代诗法诗格的价值及其形式术语的功能的理论基点，而寓于其中的诸多格法术语，从思想史的角度而言"每一个指向重要话题的术语都暗示一整套哲学"②，此种理论视野正是我们重新研究与阐释古代形式批评术语的意义所在。

---

① （美）列奥·施特劳斯. 古典政治理性主义的重生：施特劳斯思想入门 ［M］. 北京：华夏出版社，2017：288.
② （美）列奥·施特劳斯. 古典政治理性主义的重生：施特劳斯思想入门 ［M］. 北京：华夏出版社，2017：288.

第九章

古代形式批评传统的对象与内在机理研究：
以清人律赋形式批评为中心

第一节　古代形式批评传统的对象与分类：
在审美和技术经验之间

一、诗学形式批评知识的分类与传统的塑造

虽然古人未有"形式批评"的术语与范畴，但在进行诗学批评和理论总结时，却常有基本的分类与潜在的体系，如前所述晚唐五代诸诗格中，对声病、对偶、句法等形式范畴都作出了大量的类举与例证。而至宋代，如严羽《沧浪诗话》言诗之法有五：体制、格力、气象、兴趣、音节①，姜夔《白石道人诗说》则言："大凡诗，自有气象、体面、血脉、韵度"②，其中所言气象、音节、血脉等都与对诗歌风格、语言面貌、情感的高妙等密切融合在一起，故其所言诗法更多的是从诗歌整体风貌上讨论的。元人范德机在《木天禁语》中列有作诗之六关为：篇法、句法、字法、气象、家数和音节，并以为"一篇诗作，必须精研，合此六关，方为佳作"，则更多地侧重于篇法、句法、字法、家数和音节等形式法则规律的总结，而其所言"气象"亦不是姜夔所言"气象欲其浑厚，其失也俗"的风格概念，更多的是落实到了选题、制题的格法，明人吴默则更直接地将《木天禁语》所言十种气象落实为翰苑气、辇毂气、山林气、出世气、偈颂气、神仙气、神仙气、儒先气、江湖气、闾阎气和末学气，并引王世贞语

---

① （宋）严羽．沧浪诗话校释［M］．郭绍虞，校释．北京：人民文学出版社，1983：7.
② 吴文治．宋诗话全编［M］．南京：江苏古籍出版社，1998：7574.

言："诗家最难者气象，而气象各以类殊。作者须折题而通之，又会题而通之。如翰苑题，写出翰苑气象，以会题通之，学者须会通之"①，此是完全从写作格法角度来谈作诗题材的择取②。故明代刊刻诸多的诗法诗格中的概括分类，实包含近世诗论对诗歌形式制法逐渐清晰化的表达与理论概括。

《西江诗法》"作诗准绳"中列有"九法"，包括立意、炼句、琢对、写景、写意、书事、用事、押韵、下字，即是此种具体的形式批评理论的集中概括：

> 立意。要高古浑厚有气概，要沉着。忌卑弱浅陋。
>
> 炼句。要雄伟清健，有金石声。
>
> 琢对。要宁粗勿弱，宁拙毋巧，宁朴勿华。忌俗对。
>
> 写景。要景中含意，事中瞰景。要细密清淡，忌庸腐雕琢。
>
> 写意。要意中带景，议论发明。
>
> 书事。如大而国事，小而家事、身事、心事。
>
> 用事。陈古讽今，因彼证此，不可着迹，只使影子可也。虽死事亦当活用。
>
> 押韵。押韵稳健，则一句有精神，如柱礎欲其坚牢也。
>
> 下字。或在腰，或在膝，或在足。最要精思，宜的当。③

在此，除立意、写景、写意和书事涉及创作内容与意义的经验指导外，如炼句、琢对、用事、押韵和下字，可谓是文本形式批评理论的具体呈现。而至清人叶葆的《应试诗法浅说》中"学诗须知六则"中将关涉诗歌形式创作分为诗体须知、诗韵须知、限韵须知、平仄须知、裁对须知、记韵须知。在"诗法浅说十八则"中，又列有篇法（包括起韵破题法、次联承题法、三四联诠题法、五联足韵法、末韵结题法）、句法、字法、对法、烘托法、点染法、衬贴法、关照法、运用法、审题法、检韵法、读诗法、抬写法、诗品十八种。此种分类从诗歌学习和作法角度出发，显示了较多的实用性和技术性，但实际体现了明清时期对诗歌形式批评理论的归纳与总结。在此形式上创作与批评理论的总结，实与西方所谓形式理论已经大致相当，而不与选材、立意等内容方面粘连在

---

① 张健. 元代诗法校考［M］. 北京：北京大学出版社，2001：174.

② 费经虞《雅伦》专设有"题引"类来汇聚诸多诗歌制题之法，言"盖古人之题，皆有法度，后世率意妄为，安得题佳"，实显示了科举文化对诗格诗法的深刻影响。

③ 陈广宏. 明人诗话要籍汇编［M］. 上海：复旦大学出版社，2017：1455.

一起。

当然最能体现诗学形式知识及其分类意识的，要以明代费经虞的《雅伦》、梁桥的《冰川诗式》和胡应麟的《唐音癸签》为例，作为带有百科全书式的诗学知识资源，在编纂过程中形成了鲜明的理论知识系统传统。此种百科全书式的知识汇聚意图，明人许承家在《雅伦》序言中表达得最为清楚：

> 诗话盖起于唐之中叶，两宋作夥，元明以来古今诗话遂有百余种，为说滋多于古矣。然人为一编，各有所长，各有所短，或得此失彼，或存甲缺乙，或高者孤峻使人易阻而从，或平者广收使人志杂而易滥，未有集诗法之大成者。成都费鲜民先生之《雅伦》出，而后古今体格名辈才华始兼而不遗。自三帝三王至于晚近，大之郊庙燕享之文，小之杯酒俳谐之语，广之草木鸟兽之观，内之深闺曲阁之思，外之游仙偈颂之旨，靡所不包，无乎不尽，诚艺苑之大观而风雅之渊薮。①

当然，从内容上衡量许氏有夸大之嫌，但从目录分类上，《雅伦》的确称得上是一种百科全书式的分类和汇总。由费密补注、于王枨校理的康熙四十九年（1710 年）版本的《雅伦》，共有二十六卷，其分类为源本、体调、格式、制作、合论、工力、时代、针砭、品衡、盛事、题引、琐语、音韵共十三类。其中如体调、格式、制作、音韵等四类形式批评理论最为密切相关。在体调中，费经虞依据时代不同、宗派不同、家数不同总列有诗体共 75 种，而在格式类中，更是网络历代诗法诗格名目，列有关涉诗体、章法、句法、字法等共 266 种之多，更可见其不避繁复之网罗意图。虽然四库馆臣批评此书"大抵欲求多，而昧于持择"，但其广征博引背后却有着自己的体例意识，其背后深藏着编纂者本人的诗学观念，故有学者赞扬此书"不失为巴蜀古代博大精神的诗学百科全书"②。

而明后七子的代表人物王世贞，则在《艺苑卮言》里总结诗歌结构法则要求为：

> 首尾开阖，繁简奇正，各极其度，篇法也。抑扬顿挫，长短节奏，各极其致，句法也。点掇关键，金石绮彩，各极其造，字法也。篇有百尺之

---

① （明）费经虞. 雅伦：序［M］. 国家图书馆藏雍正五年汪玉球重修本.
② 郑家治.《雅伦》：一部被埋没的诗学百科全书：兼析四库馆臣对《雅伦》的批评［J］. 地方文化研究辑刊，2008（1）：253.

锦，句有千钧之弩，字有百炼之金。文之与诗，固异象同则，孔门一唯，曹溪汗下后，信手拈来，无非妙境。①

这样，在复古思潮影响下，王世贞试图构建一种周密而严饬的诗法体制，显示着"趋于强化的一种文学技术思维"②。除体法外，此种以篇法、句法、字法三分法为主的分类，大致为明清时期诗法诗格类著作中的基本分类模式。

二、文章学形式批评知识的分类与传统的塑造

在中古文学繁盛的时代，出现了以《文赋》《文心雕龙》为代表、以文体论为核心的文章学知识体系，有研究者指出从二陆到刘勰，大致可说"奠定了中国形式批评的基本格局"③。

然虽前有《文心雕龙》统合性的论述，奠定了古文文章学知识的基本格局，但就学科性和专门性而言，"古文研究与批评之真正形成一门学科，即文章学的成立，殆在宋代"④，其中尤以陈骙的《文则》为代表性的理论著作。之所以说《文则》具有专门性，除了其主论文章外，其整体的论述重点侧重在文章修辞和作法上，更是其特殊性所在。在其所分从甲到癸的十部分，具体而言甲部为总论，乙部为语辞事项（助辞、倒言、病辞、疑辞等），丙部包含有取喻手法的说明和体式分析，丁部则重在说明文章写作的诸体式，戊部则侧重于语辞分析（浅语、通语、常语、古语等），己部则含有语辞分析（助辞）和句法分析（长句法、短句法）等七则，庚部则侧重于字法理论的总结，辛部和壬部则集中概括了诸种文体特别是先秦文体的风格，癸部则选集《尚书》《左传》中的语句以作典则。从此我们可以看出，虽然《文则》整体上是以条目式的方式书写，且多以举例为主，缺乏抽象概念的厘定与内在逻辑的演绎，但与《文心雕龙》一样，此书写作的最初目的是指导文章具体的写作。故此书从指导写作出发，就不避烦琐，如取喻法列有十种之多，列有二十多种修辞格，癸部"典则语"甚至罗列有四十八种之多。但从上述各部分的大致总结，《文则》基本建立了古

---

① （明）王世贞. 艺苑卮言校注：卷一［M］. 罗仲鼎，校注. 北京：人民文学出版社，2021：45.
② 郑利华. 王世贞与明代七子派诗学的调协与变向［J］. 文学遗产，2016（6）：101.
③ 张胜利. 论"文之为物"及形式批评的发生［J］. 复旦学报（社会科学版），2019，61（2）：111-122.
④ 王水照. 历代文话序［M］//王水照. 历代文话. 上海：复旦大学出版社，2007：2.

代文章学形式批评知识的基本内容，包括体式知识、修辞知识、语辞知识、结构知识、字法知识等。

吕祖谦则在《古文关键·看古文要法》中从鉴赏的角度，提出看文字法可分为四个方面：大概、主张；文势、规模；纲目、关键；警策、句法。其所言纲目与关键大致相当于章法结构，警策与句法大致相当于句法、字法①。《古文关键》所建立的古文评点话语体系，实际是以上述文章形式批评概念和术语为核心建立起来的，所谓"关键"实是从文章写作的角度而确定的文章结构、意脉、句法和语辞等方面的基本要求。而至元人陈绎曾所作《文章欧冶》（又名《文筌》）②，则更是系统总结了文章作法的知识体系，特别是在《古文谱》部分，除大类分有养气法、识题法、式、制、体、格、律七大类外，更是在小类上不避琐屑，细分抱题法十四种、断题法四小类二十四种、用笔法九十种、造句法十四种、下字法四种、用事法十八种、描写法四种、叙事法十一种等等，甚至其"制法"类多列九十字之多，以示其体制本色及其变化，可谓名目繁多、纤悉无遗，集古人文章作法条例之大成。有研究者认为，《文章欧冶》实际以谱录式、格法型为基本体式，构建了一种"科举背景下的文体学体系"③。

进而在《文说》中，陈绎曾将古代文章学理论框架分为更为合理的八类，即养气法、抱题法、明体法、分间法、立意法、用事法、造语法、下字法。特别是"抱题法"十种，较《文章欧冶》说明更较详尽明了，如《文章欧冶》"超题"例释为"超出题中景意事情之外，而别取一片清虚玄妙之气用之"④，《文说》立为"招题"例，释为：

---

① "第三看纲目关键：如何是主意首尾相应，如何是一篇铺叙次第，如何使抑扬开合处。第四看警策句法：如何是一篇警策，如何是下句下字有力处，如何是起头换头佳处，如何是缴结有力处，如何是融化屈折、剪裁有力处，如何是实体贴题目处。"（王水照.历代文话［M］.上海：复旦大学出版社，2007：234.）有学者亦认为："所谓'关键'，笼统地说，是指看文作文的紧要之处；具体地说，则是指文章意脉的起承转折、开阖照应。"（巩本栋.《古文关键》考论［J］.文学遗产，2020（5）：51.）

② 《文章欧冶》原名《文筌》，据杜泽逊先生考证今藏山东省图书馆的明初刻本《文章欧冶》二册，实为明宁献王朱权刻本，为据元人陈绎曾《文筌》改名而重刻者。（杜泽逊.明宁献王朱权刻本《文章欧冶》及其他［J］.文献，2006（3）：184-185.）《历代文话》据日本元禄元年京都刻本，暨和刻本，录入。（王水照.历代文话［M］.上海：复旦大学出版社，2007：1221.）

③ 朱迎平.《文筌》：构建科举背景下的文体学体系［J］.中山大学学报（社会科学版），2016，56（6）：8-17.

④ 王水照.历代文话［M］.上海：复旦大学出版社，2007：1238.

将题目熟涵泳之，使胸中融化消释，尽将题中合说粗话扫去，就其中取出精华微妙之意，做成文章，超出题外，而不离题中，此作文之极功也。①

由此可见，对于文章作法的讲解来说，过于烦琐的图录或并不有助于写作指导，写作技巧的指导最为重要的在于化繁为简。故《文说》得以入《四库全书》，而《文章欧冶》则隐入历史成为后世稀本。如明人曾鼎综合诸家文章作法而成《文式》二卷，其中上卷中论文部分即是迻录《文说》而成。又如明人杜浚所辑录的《杜氏文谱》卷二即从《文说》中摘录出"抱题""立意""用事""造语"等条例。可见明人对《文说》所概略化的文章学知识分类，有着较大认同。

降至清代，在桐城派义法理论的影响下，对文章"言有物"与"言有序"的关系中深入地探讨着文章格法制度，所谓"约其辞文，去其烦重，以制义法"②。有研究者认为，姚鼐《在古文辞类纂序目》进一步提出的"神、理、气、味、格、律、声、色"的主张，"也大多触及文法层面"，对"言之序"作了更为严密的规定③。当然姚鼐在此还继续说明："神、理、气、味，文之精也；格、律、声、色，文之粗也。然苟舍其粗，则精者亦胡以寓焉？"④ 更是进一步说明作为言之序的"格、律、声、色"的重要性。由此清代桐城派建立起了完整的文章学理论，如马茂元先生所论："能够自成风格的文章，必然有其格、律、声、色，只有在神、理、气、味的前提下谈格、律、声、色，在格律声色的基础上论神理气味，才是完整的散文艺术论。"⑤ 由此，清代桐城派对文章形式批评体系的构建，成为成熟期古代文论的代表。

郭绍虞先生曾对方苞所言"义""法"二端做过详细的阐说，他认为：

盖望溪所谓义法，可视为两个分立的单词，也可作为一个连缀的骈词。由分立的单词言，则义是义，而法是法，义法之说，即所以谋道与文的融

---

① 王水照．历代文话［M］．上海：复旦大学出版社，2007：1340.
② （日）泷川资言．史记会注考证：卷十四［M］．上海：上海古籍出版社，2016：714.
③ 刘文龙．"义""法"离合与方苞的评点实践［J］．文学评论，2020（1）：205-215.
④ （清）姚鼐．古文辞类纂［M］．黄鸣，点校．北京：中华书局，2022：25.
⑤ 马茂元．桐城派方、刘、姚三家文论评述［M］//马茂元．晚照楼文集．北京：商务印书馆，2015：283.

合。有连缀的骈词言，则义法又是学古之途径，只成为学文方式而已。①

郭先生在这里指出作为一个整体术语的"义法"，实际是一种学古的途径与方法，即指出了桐城派理论通过文章评点对文章写作提供一种示范与指点，构建了有清一代最为主流的文章教学法。故从此维度而言，桐城派的义法说确实关涉者清代的文学规训制度②。如清末何家淇《古文方》即综合"义法"理论，简略列举多达一百二十余条，其中以关涉章法、笔法、句法和字法为主，显示了桐城派文章理论的教学实践意义。具体来说，其以"居格"即为章法，要"首高古，次新异，不可袭故常"，"段落层次亦宜分明，间有追叙、覆叙者，须相题位置，然构架不可有迹象"③。又以为句法"长宜奥衍，不可冗；短宜古峭，不可苟"；字法"须奇，须故，须警，须炼，须新异，或虚字实用，或实字虚用"④。更觑举出诸多单字术语，来呈现文章诸多笔法技巧，如"接""应""撇""侧""单""暗""晦""伏""叠""串""束""垫""补""衬""突"等等。要之，上述这些写作术语与法则，"大体重在错综变化之中求'有序'"⑤，由此可见"义法"理论所包含着的古代文章学形式批评知识传统。

而至清末民初的林纾，作为桐城派后期的代表人物，在外来文学观念的冲击下，对桐城派文章理论进行了一种全面的整合和体系化。作为讲义而作的《春觉斋论文》，分列有流别论、应知八则、论文十六忌、用笔八则、用字四法五部分，实即涵盖古代文章学中文体论、章法论、造语论、用笔论、用字论各部分。在《春觉斋论文·述旨》中，林纾还特别反驳了章学诚对归有光以五色笔评《史记》的批评，以为古文评点自有其文法学上的启发和导引之用：

> 愚则谓震川之评《史记》，用联圆处，其妙尚易见；若每句用三角形加于其旁者，始为震川之用心处，亦为《史记》文法之宜研究处。且其连用三角形者，或提醒文之命脉，或点清文之筋节；至于单句之上用三角形者，

---

① 郭绍虞. 中国文学批评史［M］. 北京：商务印书馆，2012：375.

② 张德建. 义法说与清代的文学规训［J］. 安徽大学学报（哲学社会科学版），2018，42（6）63-71；张知强. 桐城派"义法"实践与古文删改［J］. 文学遗产，2019（5）：111-124.

③ 王水照. 历代文话［M］. 上海：复旦大学出版社，2007：6036.

④ 王水照. 历代文话［M］. 上海：复旦大学出版社，2007：6044.

⑤ 聂安福.《古文方》三种提要［M］//王水照. 历代文话. 上海：复旦大学出版社，2007：6033.

尤震川独得之秘诀。余著《震川史记平点发明》，大要即标举文中之顶笔，或遥醒文中之伏线耳。震川深识文中三昧，评骘之本，安可厚非？①

故林纾特别重视论文中缕析条分、以例分类的格法体式，其将对韩愈、柳宗元古文的论析评点命名为"韩柳文研究法"，即以此知识意识展开，虽曰"研究"实则为导人门径而作。至林纾的学生王葆心，则全面承继此种古文研究法，借鉴国文修辞学理论而成的《古文辞通义》（原版名《高等文法讲义》），则可谓在现代视野下对古文形式批评理论的一种全面总结和归纳。作为古文文法教材，王葆心特别指出，对于寻常学生"宜举由浅而深、由简而繁诸法，层递相饷"，对于具有一定根柢的学生则先宜"博举较高之范围与前人已经验之门庭迹象，以推测其内律，文之体也"，再"别其以往之定准可资方来之附以达者，以确实其外象，文之用也"②。由此，使学生体用合一，明白文章的"内律"与"外象"。基于此种古文教法视野，《古文辞通义》二十卷分为解蔽篇、究指篇、识途篇、总术篇、关系篇、义例篇六部分，特别是"识途篇"所汇聚的文章读法、讲法、作法、格法，可谓是集古代文章学形式批评知识体系之大成。其言作文入手，可分为读法、讲法和作法③，可谓是古人文章教学经验的一种总结与归纳。此正呼应本著绪论中所言西方新形式主义和新审美主义④，将文学的审美意义界定在作者和读者之间的阅读行为过程中，而其中形式或文法实是文学阅读事件的中心与纽带。

前面大致括略了古代诗文批评中形式批评理论的知识传统与分类方法，即可更好地观照比较清代律赋形式批评知识的构建与传统。

三、清人律赋形式批评知识的分类与传统

古代诗文理论发展到明清两代，可谓成熟而完备。承继多方面的知识融汇，作为古代文学重要传统的赋体和赋学理论，在清代获得了更为成熟和完备的发

---

① 王水照．历代文话［M］．上海：复旦大学出版社，2007：6330.

② 王水照．历代文话［M］．上海：复旦大学出版社，2007：7033.

③ "为文如手，其法有三：曰读、曰讲、曰作。读有读法，讲有讲法，作有作法。三法所从入，必有其途。"（王葆心．古文辞通义：卷五［M］//王水照．历代文话．上海：复旦大学出版社，2007：7221.）

④ 朱立元，张蕴贤．新审美主义初探：透视后理论时代西方文论的一个面相［J］．学术月刊，2018，50（1）：116-130.

展。正如有学者指出的，明清两朝赋论"在整个赋学批评史上具有集成而开新的理论意义"①，我们认为汇聚律诗理论、文章学、八股文理论和赋学理论的清人律赋理论正是其中的代表，其融汇性或混杂性的形式批评理论体系正值得作为一种成熟期的文论典型。

从康熙十八年（1679 年）开博学宏词科②，设律赋之考后，康熙、乾隆、嘉庆三朝，从地方召试始，均考赋一、诗一和论一，由此清人塑造了独具特色的律赋创作风尚，如商衍鎏所论"清于翰林之庶常馆、散馆与词科及大考均重律赋，生童之经古场并有之"③。故在此创作基础上，清人丰富和发展了唐人律赋理论，形成了区别于八股文和试帖诗的律赋审美观念。有学者曾指出，清人律赋创作与科举考试实际是有一定的偏离，在日常的创作中常常呈现出一种重抒情言志的独立性，如余丙照《赋学指南·论诠题》就转设有"写情"和"情景兼到"两类④。特别是在清代中后期，律赋更成为一种情韵兼到的抒情性文体，如嘉道年间诗人、书法家何绍基⑤的文集《东洲草堂文钞》，共有二十卷，其最后二卷专收其所作"赋类"，但其实都是律赋体。如卷十九《张侍郎看牡丹花赋》《纸赋（以书传今古契察官民为韵）》《新柳赋（以方春着色随地抒情为韵）》，卷二十《风不鸣赋（以太平之世风不鸣条为韵）》《首夏犹清和赋（以四月清和麦秋槐序为韵）》等⑥，多是一题八韵，顺押而下，或课艺或寄情，而非如明人将赋放在文集之首的惯常作法。特别是在乾隆年间，因每年翰林庶吉士考试均以律赋为主，故"在中进士前学习律赋者不少，地方学官也有以律赋教士或预备考律赋的"⑦。由此可见，清人律赋的创作风尚的普及。此种馆阁律赋风气，更以吴锡麟（1746—1818，字圣征，号穀人，有《有正味斋集》《有

---

① 许结. 中国辞赋理论史［M］. 南京：凤凰出版社，2016：463.
② 博学宏词科，有诸多称谓，包括"博学宏辞""博学弘词""博学弘辞""博学宏词""博学宏辞""博学宏儒""博学鸿才"等等，有研究者指出这些诸多的名称，实显示了清初社会对该科考试的重视，"在清初科举、政治、文化史上具有非常重要的意义"（张立敏. 康熙博学鸿词科与清初诗坛［M］. 北京：人民出版社，2019：40.）。
③ （清）商衍鎏. 清代科举考试述录［M］. 北京：故宫出版社，2014：288.
④ 詹杭伦. 清代律赋新论［M］. 北京：北京燕山出版社，2002：11.
⑤ 何绍基（1799—1873），字子贞，晚号蝯叟，37 岁举乡试第一，次年恩科，入翰林院庶常馆，后授编修。
⑥ （清）何绍基. 东洲草堂文钞［M］. 清同治六年何氏家刻本.
⑦ 马积高. 清代骈体文的复兴与考据学［J］. 湖南师范大学社会科学学报，1993（5）：83-87，99.

正味斋外集》）和顾元熙（1781—1821，字丽丙，号耕石，有《兰修馆诗文集》）的创作为代表，清人评价他们的律赋风格：

> 《有正味斋集》《外集》诸赋，清而不浮，丽而不缛，其幽隽之思，雄迈之概，实为赋律中独辟之境；《兰修馆》视《有正味斋》，气象之广狭固不相侔，然一种冷秀道爽之致，亦时出毅翁之右。二家皆深得力于六代三唐者，故词气深稳，笔意跳脱，所谓看似寻常实奇崛，成如容易却艰辛，在时贤中，固当为上乘禅也。①

由于清朝前期文教政策的提倡，赋类总集的编纂成为重要的文化现象。据学者统计，清代的赋总集现今存世有 156 种，是"明代的 20 倍之多"②。如赵维列编的《历代赋钞》三十二卷（成于康熙二十四年）、王修玉编的《历朝赋楷》九卷（成于康熙二十五年）、陆茱评选的《历朝赋格》十五卷（有康熙二十五年敦雅堂刻本）等，特别是康熙四十五年陈元龙奉敕编、康熙御定的《历代赋汇》，多达一百四十卷之多（另有外集二十卷、逸句二卷、补遗二十二卷），可谓集历代赋作于大成。其"按部考辞，分题辨类"（陈元龙《御定历代赋汇告成进呈表》）的编纂方法，显示了清人对赋体内容与形式的衡裁与分类，在《摛藻堂四库全书荟要提要》中，清人馆阁之臣特标明了《历代赋汇》现实与文化意义：

> 因题分类，按代编次。有一题而前后数篇者……亦皆依题类此，义例秩然。伏读圣祖仁皇帝御制序文，特标班固"登高能赋，可以为大夫"之语，而又推本于《舜典》"敷奏以言"之义，往复垂训，俾学者体察物情，而铺陈事理，以务为有用，则是书固非徒以资博赡也。③

而在凡例中，又特别表明所选之赋，既可"裨益于经济学问"，言情体物又可为"格物穷理之资"④，在一定意义上试图恢复汉大赋的荣光地位。

而随着律赋风尚的兴起，为适应科举和教学之用，诸多律赋文集的编纂和注评在清代中后期更是涌现出来。如乾隆朝就有沈丰岐的《国朝律赋偶笺》四

---

① （清）景其濬.《吴顾赋钞》殷寿彭序 [M] // 踪凡. 中国赋学文献考. 济南：齐鲁书社，2020：722.
② 踪凡，郭英德. 历代赋学文献的变迁、类型与研究 [J]. 求索，2017（3）：166.
③ 许结.《历代赋汇：校订本》：前言 [M]. 南京：凤凰出版社，2018：2.
④ 御定历代赋汇凡例 [M] // 许结. 历代赋汇：校订本. 南京：凤凰出版社，2018：3.

卷、周嘉猷和周鉁辑《律赋衡裁》六卷、邹玉郶辑《国朝律赋丽则》六卷、李光理等辑评《本朝诗赋丽则》四卷、蔡霞举和陈翊霄辑注《高潮注释律赋雕龙》四卷、朱一飞编《国朝律赋拣金录》四卷等①。而至嘉庆道光年间，大批用于教学、以律赋主要文体的馆阁赋集大量出现，"其中汇集乾嘉时期翰苑考赋之作的法式善《同馆赋钞》最具有代表性"②。《同馆赋钞》三十二卷本③，汇聚从乾隆十年至嘉庆十四年馆课之试赋，成为其后最为流行的律赋选本，产生了深远的影响。而至嘉庆道光年间，以同馆赋选和律赋选评为名的课业赋选，更是纷繁众多，构成清代中后期士人律赋创作与研习的文化风尚。如顾莼所论，"我朝……自庶吉士散馆、翰詹大考以及学政试生童俱用之，其体固不拘一格，而要之于律为宜"④，可见律赋体的创作与教学已成为清代科举文化的内在要求。

在上述律赋选中，清人构建了自己的律赋理论知识体系。如唐稼堂在《律赋衡裁》后附有诸多赋论评语，而顾莼在其所编《律赋必以集》前，不仅同引《律赋衡裁》诸论四十一条，还在凡例部分简略总结了诸如作赋之层次、运典、用韵、用字等基本规则。在其所选赋后的评语中，顾莼更是重在从制法上点评，以导后学。如其评谢观《周公朝诸侯于明堂赋》：

> 典制题须得此详核之笔。第二及第四五段，俱以"明堂"本文敷陈，妙在第三段原题空处着笔，故不患其板重。⑤

其对"典制题"的写法，说明得较为明白，富有教学启发意义。

又如，朱一飞《律赋拣金录》更载有《赋谱》十条，其总括律赋之法有五：辨源、立格、叶韵、遣词、归宿，律赋之用共有九：起结、转折、烘衬、铺叙、琢练、连缀、脱卸、交互、收束，并进一步作了解释和说明⑥。特别是《赋谱》中概括赋品有四种，即"清""真""雅""正"，实指出了清人律赋的

---

① 许结. 中国辞赋理论史：第五卷：清代赋学文献［M］. 南京：凤凰出版社，2016.

② 潘务正. 法式善《同馆赋钞》与清代翰林院律赋考试［J］. 南京大学学报（哲学·人文科学·社会科学版），2006（4）：100.

③ 据潘务正的研究，《同馆赋钞》二十卷本为初刻本，而三十二卷本则为嘉庆元年刊刻，"最后成书应该在嘉庆十七、十八年之间"（潘务正. 清代赋学论稿［M］. 北京：中华书局，2020：79.）。

④ 孙福轩，韩欣泉. 历代赋论汇编［M］. 北京：人民文学出版社，2014：648.

⑤ 孙福轩，韩欣泉. 历代赋论汇编［M］. 北京：人民文学出版社，2016：657.

⑥ 孙福轩，韩欣泉. 历代赋论汇编［M］. 北京：人民文学出版社，2016：687.

审美理想。徐斗光的《赋学仙丹》"赋学秘诀"则列有"论体例""论层次""论相题""论押韵""论用典""论句法""论平仄""论抬头""论储材料"九条例证①，亦比较全面地总结了赋学创作的基本格法知识。更至光绪年间，徐承埰在《赋法梯程》中，引论吴晓岚《论赋十四则》亦为清人律赋之成法，如其论"限韵之字"：

> 限韵之字，有香艳者，有生新者，有平淡者，有冷僻者，宜一一审之。香艳、生新之字，固宜押出警色；即平淡者宜使之不平淡；至冷僻之韵，无可推敲，只求其稳而已。②

对限韵字香艳、生新、平淡、冷僻的审美追求，可谓是清人律赋审美风范的一种集中体现。同样，缪润被光绪十年所刊刻《律赋准绳》中，亦总结有"律赋要言十二则"：辨体、认题、立意、布局、叶韵、行气、运典、选言、练笔、琢句、调味、博古③，虽皆文章学理论来概述律赋程式，但其对"调味"和"博古"的要求，却是清人律赋所要张扬的创作趋向。

当然清人赋法理论的集大成之作，是道光年间余丙照的《赋学指南》、道光年间林联桂的《见星庐赋话》、同治年间李元度的《赋学正鹄》，集中体现着清人赋学特别是律赋理论的精细化和严密性。《赋学指南》初刻于道光七年（1827年），道光二十八年（1848年）增注重刊，余丙照在增注本叙中言：

> 照于丁亥岁有《赋学指南》之刻，不胫走四方矣。而注解全无，读者每一獭祭苦之。夫示以作赋之法，使仍昧于赋中之典，尚得谓嘉惠来学乎！④

可见在《赋学指南》初版刊刻后，市场需求较大，但因没有注释，所以并不利于初学者取资利用。因此教学之用，《赋学指南》实即是以赋法为核心，构建了一整套的赋学形式理论系统。如其凡例所言：

> 国朝律赋，选本林立，是集专为初学计，不得不细为指示，先引佳联所以讲句法也，次引佳段所以讲段法也，后引全篇所以讲篇法也。⑤

---

① 孙福轩，韩欣泉．历代赋论汇编［M］．北京：人民文学出版社，2016：700.
② 孙福轩，韩欣泉．历代赋论汇编［M］．北京：人民文学出版社，2016：708.
③ 孙福轩，韩欣泉．历代赋论汇编［M］．北京：人民文学出版社，2016：764.
④ 孙福轩，韩欣泉．历代赋论汇编［M］．北京：人民文学出版社，2016：261.
⑤ 孙福轩，韩欣泉．历代赋论汇编［M］．北京：人民文学出版社，2016：261.

除句法、段法和篇法的大致结构上的分类外，《赋学指南》不避细琐，在总目中分列十类十六卷，十类包括押韵、诠题、裁对、琢句、赋品、首段、次段、诸段、结段、炼局。且每一类中有总论、诸多碎目，碎目即第二层级的条例多达七十九例之多，且对所辑佳句、佳段和佳篇后都有详细的评点。更为重要的是，虽然自谦为一部便于初学的格法著作，但其对具体文本的分析和评价，显示了余丙照较高的识见，故可谓是"一部总结乾隆、嘉庆年间律赋学的集大成之作，从其规模大、体系化程度高的角度观察，我们可以认定它是我国律赋格法学最重要的一部著作"①。

在《赋学指南》构建的十大类、近八十种赋学形式批评知识体系中，可谓是集古代诗学、文章学、八股文理论、小说理论于一体的一种交融性或混杂性的集束型话语体系。其中押韵、裁对、琢句可为诗赋共有的格法术语，而所谓诠题、首段、此段、诸段、结段是为文章学（包括八股文理论）与赋学共有的格法术语，而如"搓法""旋风笔""撞法"等诸笔法术语，虽来自八股文术语，但又常为小说批评所使用，余丙照结合律赋的特殊程式，又作了创新性的总结发见。如其界定"搓法"为：

> 上句炼出一字，一手卧定，下句即从此一字，生出意义。回环变幻，如搓绳然，故曰搓法。总要手笔灵便，愈转愈深，愈折愈醒方妙。②

如其所举齐次风《月中桂赋》中"惟水生木，实为坎水之精；有木干云，更出青云之上"句，其中上句炼出"木"字，下句从"木"，生出"有木干云，更出青云之上"的高妙之思。

界定"旋风笔"为：

> 法与搓法不同，彼则炼一字于两句之中，转换见意。如两股之交互，故曰搓。则此拈一字于一句之中，灵变取致，如一丝萦绕，故曰旋。谓之旋风，以笔之宛转迅疾也。③

如其举詹应甲《举烛赋》中"遗来手翰，相喻于不言之言；悟出心葩，乃知有无用之用"句，上句炼出一"言"字，"不言之言"中两"言"字相互萦

① 詹杭伦. 清代律赋新论［M］. 北京：北京燕山出版社，2008：338.
② 孙福轩，韩欣泉. 历代赋论汇编［M］. 北京：人民文学出版社，2016：285.
③ 孙福轩，韩欣泉. 历代赋论汇编［M］. 北京：人民文学出版社，2016：286.

绕。下句炼出一"用"字，"无用之用"中两"用"字相互萦绕。

界定"撞法"为：

> 赋有本题字面属单，难于自为对仗，必须上半联另借他件作出，下半联仍就本题作对。撞成已联，共成绝对，然排偶之中，必参以侧卸之笔，方能宾主分明，无眉目不清之弊。①

如其举宋言《学鸡鸣度关赋》中"念秦关之百二，难起狼心；笑宾客之三千，不如鸡口"句，本题字面难于对仗，故借"秦关""狼心"起对，与观照题面的下联，撞成上下联而成好对。

这里的"搓法""旋风笔""撞法"诸形式批评术语，极为形象生动，可谓是《赋学指南》富有教学启发意义的重要内容。

林联桂在道光二年（1822 年）所辑的《见星庐赋话》十卷，虽为赋话，实则主要研讨嘉庆后期的馆阁律赋格法。据潘务正教授的研究，《见星庐赋话》"所用赋例以嘉庆朝为主"，"体现出去唐律而趋时尚的理论趋向"②。此体现着清人律赋在诠题、起手、限韵、用字等方面有了更为精致性的理论总结。如其论赋题字面："固宜点缀清醒，而名手却将题中要紧之字层层点透，叠唤重呼。如徐熙画梅，千瓣万瓣，却无一瓣重复，令阅者目眩神夺。此诀近时馆阁多用之。"③论赋引题法："赋有如题直起，不必装头作冒，而古质朴重，屹如山立者，此法最为馆阁中制胜之技。"④ 此种用字诀法和起手格法的总结，显示了嘉庆年间对律赋形式更为细化的审美追求。又如其对律赋整体审美风范的夸耀，"赋之有声有色，望之如火如荼，璀璨则万花齐开，叱咤则前人俱废，可谓力大于身，却复心细如发者"⑤，则体现着律赋作为一种清代皇家审美的装饰性意味。当然，也可见在科举制度下，清代律赋所处的官方文化地位。

而至同治十年（1871 年）初刻，李元度所辑《赋学正鹄》，亦值得关注。作为家塾课本的赋选，其将律赋分为十种：层次、气机、风景、细切、庄雅、沉雄、博大、遒炼、神韵、高古。显然"层次"和"气机"术语论赋汉之篇法章法结构，李元度以为它们是"入门第一义"，故其总结一系列格法规律，其实

① 孙福轩，韩欣泉．历代赋论汇编［M］．北京：人民文学出版社，2016：287.
② 潘务正．清代赋学论稿［M］．北京：中华书局，2020：241.
③ 孙福轩，韩欣泉．历代赋论汇编［M］．北京：人民文学出版社，2016：362.
④ 孙福轩，韩欣泉．历代赋论汇编［M］．北京：人民文学出版社，2016：394.
⑤ 孙福轩，韩欣泉．历代赋论汇编［M］．北京：人民文学出版社，2016：368.

是对清代律赋理论的一种总成。如其言："层次类者，赋家不二法门也。作赋如作文，有前路，有中路，有后路，有翻面，有反面，有正面，有衬面，而皆可以层次括之"①，这里他已把"层次"看作赋学的元范畴，包含有诸多结构概念，实将律赋中的形式概念扩展至古赋理论中。其以为："不特律赋不可无层次，即周、秦、汉、魏诸古赋，莫不步骤井然，眉目朗然，虽寥寥短篇，层次自在，特神明于规矩之中，使人莫寻其迹耳。"② 故许结认为，《赋学正鹄》"是清代一部重要的赋选，也是重要的赋学批评著作"③。

总之，通过前面简略的重述，我们可见在律赋创作繁荣的基础上，清人大量的赋论对于律赋的经典化起到了关键作用，一方面可以说构建了以唐代律赋为典范的文本经典，另一方面也为学子提供了学习的阶梯与指导。④ 当然，更重要的是，构建了以清丽雅艳为核心的律赋审美理想和以层次为核心的律赋形式批评理论体系。其中诸多律赋形式术语、概念和范畴熔铸着诗学、文章学、赋学理论等多方面的理论资源，正如蒋寅所指出的："清代诗学异于前代的一大特征，也是其最显著的优点，就是拥有一种能以超越门户之见的胸襟对待诗学遗产的包容性。"⑤ 故我们可以以清代律赋理论为样本，分析古代文论中形式批评的基本对象和内在机理。

第二节 "去唐律而尚时趋"：清代律赋辨体理论的构建

康乾年间，从康熙十七年（1678 年）开博学鸿儒科外，至乾隆二十二年（1757 年）科考恢复试诗，清代试帖、试律理论和知识获得了蓬勃的发展。而作为"试律诗学的奠基人"⑥，纪昀以其《唐人试律说》《庚辰集》和《我法集》三部选本和论著，奠定了清代中后期试律诗学的言说方式和理论构建。纪昀在

---

① 孙福轩，韩欣泉. 历代赋论汇编 [M]. 北京：人民文学出版社，2016：718.
② 孙福轩，韩欣泉. 历代赋论汇编 [M]. 北京：人民文学出版社，2016：718.
③ 踪凡. 中国赋学文献考 [M]. 济南：齐鲁书社，2020：742.
④ 张新科. 古代赋论与赋的经典化 [M] // 许结，易闻晓. 中国赋学·第 3 辑. 济南：齐鲁书社，2016：15-26.
⑤ 蒋寅. 清代诗学史：第 1 卷 [M]. 北京：中国社会科学出版社，2019：28-29.
⑥ 蒋寅. 清代诗学史：第 2 卷 [M]. 北京：中国社会科学出版社，2019：187.

《唐人试律说》绪论中，曾总结试律理论的构成为：

> 为试律者，先辨体。题有题意，诗以发之。不但如应试诸诗，惟求华美，襞积之病可免矣。此贵审题，批窾导会，务中理解，则涂饰之病可免矣。次命意，次布格，次琢句，而终之炼气炼神。①

纪昀将试律作法和知识分为辨体、审题、命意、布格、琢句几部分，基本上符合传统诗文创作的基本理论框架。与前所言余丙照《赋学指南》、朱一飞《律赋拣金录》所附《赋谱》的理论构建大体一致。

但因律赋的特殊性，清人对试帖诗和律赋的理论主张往往有一定的差异。如汪庭珍《作赋例言》则将作赋法分为认题、布势、用笔、着色、造语等，其以为：

> "作赋之法，首重认题，扼住题旨，则百变而不离其宗"，则是在体式明晰基础上的强调认题的重要性。而"着色"则显示着对律赋相题和造语特殊的要求，其言"用词不贵富丽，而贵工切，尤须相题，庄重秀媚，古制今情各具，因物赋形之妙乃佳"。②

当然，无论是诗学还是文章学，在古代文学语境中，辨体和正体是为首要和最重要的形式法则。所谓"文辞以体制为先"③，如研究者指出："古人首先在认识观念上视'辨体'为'先'在的要务，又在具体的批评实践中通过对'划界/越界'的分寸的精微感悟与把握，从而使'辨体'成为古代文体学中贯通其他相关问题的核心问题。"④

同理，清人在律赋的创作过程，首先即是要面对古赋、律赋在体式上的界定，故辨体理论是清人律赋的首要内容。

一、审体：在古赋与律赋之间

《文心雕龙·诠赋》言"赋者，铺也，铺采摛文，体物写志"⑤，基于此种

---

① （清）纪晓岚. 纪晓岚文集：第3册［M］. 石家庄：河北教育出版社，1991：11.

② 孙福轩，韩欣泉. 历代赋论汇编［M］. 北京：人民文学出版社，2016：223.

③ （明）吴讷. 文章辨体凡例［M］// 王水照. 历代文话. 上海：复旦大学出版社，2007：1587.

④ 吴承学，沙红兵. 中国古代文体学学科论纲［J］. 文学遗产，2005（1）：24.

⑤ 詹锳. 文心雕龙义证［M］. 上海：上海古籍出版社，1989：270.

赋体的理解，刘勰综合前人创作和理论，对南朝及之前的赋体及其流派作出了典范性的解释。特别是他指出"赋之大体"，在于要有"丽词雅义，符采相胜"的风范，这为赋之华丽提供了理论基础。后世赋的形式却随着时代的变迁，屡有变迁，包含汉赋与楚赋、唐赋与宋赋都有着鲜明的差异与不同。如儿岛献吉郎所论，唐赋即与古赋不同，"唐赋概属律体之赋，古体赋殆绝迹"①。而宋人崇尚古文，故其赋作虽可分徘体和散文体两种，但多是以理为主的文赋，儿岛献吉郎以为宋赋已不复"闳大绮丽"之色。

而至清人，在科举考试的直接刺激和文体混杂的审美趋向下，试图重新厘正赋及律赋体式的界定，以求律赋体式的合法性。对赋体进行完善的总结与归纳的，在清代尤以王芑孙及其《读赋卮言》（乾隆辛丑年作）为代表。在《读赋卮言》中，王芑孙以为"自唐以前无古赋、排赋、律赋、文赋之名，今既粲陈，不得不假此分目"②，实指出了赋分类命名的历史性。他特别凸显了律赋的重要性，以为"读赋必从《文选》《唐文粹》始，而作赋则当自律赋始，以此约束其心思，而坚整其笔力"③。对于初学赋者，律赋因为声律对偶之工整有型，更易上手和反复修改。《读赋卮言》首列有"导源"和"审体"两大类，在总括赋之源流的基础上，王芑孙强调了赋体创作中"审体"的重要性，要求制置得宜，并批评了明人赋作不审体的三大弊病：

> 欲审体，务先审弊。句不谋始，篇不规终，一句而首尾訾謷，一言而上下硣砀，段段可歇，层层强加。当其命笔，初无置解，将求所谓重译难通，然且自负当行，其弊一也。亦有癖耽佳句，妙善新言，丐小庾之残膏，猎初唐之时体，秀琢鲜妍，诚则可爱，深伟偀傥。或非所长，偶逢警策，却是横安，不从直下，长悬句以仔题；或因词而措意，此由力弱不足以其辞，而才薄未能以毅其大，佻佻公子，非周行任也。更有腹笥既贫，羌无故实，心思懒废，不阅艰辛，粗解之乎，自鸣盍各。……夫此三者，既非当今馆阁之程，又违古昔先民之度。捷足者横奔而出，敏手者徒博为能，宜审去从，正其标的。④

---

① （日）儿岛献吉郎. 中国文学通论 [M]. 孙俍工，译. 太原：山西人民出版社，2015：220.

② 孙福轩，韩欣泉. 历代赋论汇编 [M]. 北京：人民文学出版社，2016：214.

③ 孙福轩，韩欣泉. 历代赋论汇编 [M]. 北京：人民文学出版社，2016：215.

④ 孙福轩，韩欣泉. 历代赋论汇编 [M]. 北京：人民文学出版社，2016：210.

具体来说，王芑孙以为作赋首先要有体式意识，谋篇布局要了然于心。其次不可一味追求用语鲜妍，而不能呼应题目。再次他批评包括屠隆在内的明人，在写赋时脱离经义，多借道释语言，不合赋体大义。要之，王芑孙的审体意识，既指对赋体的规格要求，又包含对赋体的风格整体要求。这种审体去弊的文体思想，统合着谋篇、立意、造语、用韵等诸形制要求。故《读赋卮言》可谓此时赋学正体意识的代表，如梁章钜在《退庵随笔》中所赞赏的："王惕甫有《读赋卮言》一卷，字导源至总指，凡分十六段，自序谓上下源流，考镜得失，略仿东莞《雕龙》之例，盖近人之善言赋，无有过于是书者。"① 可见，此著论赋体源流在清代的影响之大。

而在余丙照的《赋学指南》凡例中，更进一步总结律赋的体制源流曰：

> 律赋盛于国朝，始于唐宋，其先声则源于汉魏，开自六朝，集中全篇多取唐赋，以层次清楚、笔力简劲、篇法完密可为程式也，然不究渊源，率患根柢不厚，故复增两汉六朝赋数篇、宋赋数篇，合当代名程共为一集。②

在此，余丙照认为律赋起于唐宋，而可溯源至汉魏，但终要以唐人律赋为典范。有学者曾指出，在清初经由朝廷提倡和民间的陶冶，"到乾隆年间，清初士人重构的唐宋古文典型得以再度重新建构，摇身一变成为钦定的古文典型，身价倍增"③。其中唐代律赋亦是此种文学经典重塑的重要一极，被明代科举抑制的律赋体，在康乾年间成了极富官方色彩的正统典则。其形制典范，表征为"层次清楚""笔力简劲"和"篇法完密"，体现了清人律赋形式审美的理想。而在《赋学指南》后所附《赋法绪论》中，余丙照取侯心斋之论，首立"贵辨源"则，更完善地界划出古赋与律赋的畛域：

> 贵辨源。赋本于《三百篇》之一体，有古、律二者之分：古赋以司马、班、扬为宗，又有骚赋，若《长门》《登楼》等作，皆屈子遗调；律赋体原徐庾，而格律备至唐始备，宋元之文赋，又律赋之变体，不可训也。今之作者，遇大典礼或用古赋，言情适意之作，或杂用骚赋、文赋，考试所

---

① 刘勰著，詹锳义证. 文心雕龙义证 [M]. 上海：上海古籍出版社，1989：310.

② 孙福轩，韩欣泉. 历代赋论汇编 [M]. 北京：人民文学出版社，2016：262.

③ 郭英德. 唐宋古文典型在清初的重构 [J]. 中国社会科学，2021（5）：203.

用，皆律赋也。①

可以说，此论诚为清人律赋之常识总结，即考试用律赋，实从功能上界定了律赋在清代科举和生活中的重要地位。而其中尊唐赋而贬宋代文赋的观念，成为清人尊律赋为正体的核心立场。

林联桂的《见星庐赋话》则指出，古赋可以分为文体赋、骚体赋和骈体赋三类。他将唐人试赋归为古体赋之一种，以为"唐人骈赋多以八韵解题，后之试赋，率用此式。或八韵，或六七韵，或以题为韵，多寡不等，然有数韵，却不能如律诗之一韵到底也"②。这里实际总结的是唐人律赋的基本形式规制，当林联桂将唐人律赋归为古赋的一种时，实际以清朝的律赋为时赋，即超越唐宋元明的一种新的赋体形制。故其言"馆阁多用律赋"，如阮元的《盛京恭谒三陵》和陈荔峰的《拟潘岳藉田赋》。而更有以古赋为律赋者，如程恩泽的《雪夜入蔡州》③。在《见星庐赋话》中，林联桂揭橥了一系列所谓馆阁中制胜之技，有研究者指出："清人以本朝近科同馆赋为摹本，'去唐律而尚时趋'，律赋宗尚发生了明显变化。"④ 亦即是说，至清朝中后期的律赋理论，发展出了清人自己的成熟技术体系。如林联桂讲其时馆阁之赋，"起手有叠用四字句，似未到题，而题之巅已距，题之气已吞，题之韵已流，题之脑已盥，此诀最为超妙"，这显示了清人律赋起手的程式化美感的塑造结果。

故作为乾隆四十五年（1780 年）的进士，法式善在《同馆赋钞》凡例中张扬曰："赋至国朝，称极盛矣。继轨六朝，扬镳唐宋，今情古艳，郁为一代文章，实创千古未有之格调。"⑤ 此清人赋之格调，实际律赋所包含的"今情古艳"之风格。

二、整、散之间：清代律赋体式的界定

律赋体式的界定，在一定程度上是对律赋骈体体式的规定与认可。以归有光、唐顺之为代表的明代士人，崇尚古人，摒弃骈语，成为明代中后期主流的

---

① 孙福轩，韩欣泉 . 历代赋论汇编［M］. 北京：人民文学出版社，2016：348.
② 孙福轩，韩欣泉 . 历代赋论汇编［M］. 北京：人民文学出版社，2016：356.
③ 孙福轩，韩欣泉 . 历代赋论汇编［M］. 北京：人民文学出版社，2016：396.
④ 潘务正 . 清代赋学论稿［M］. 北京：中华书局，2020：50.
⑤ 孙福轩，韩欣泉 . 历代赋论汇编［M］. 北京：人民文学出版社，2016：640.

古文作法与意识。如归有光就曾指出："夫科举之所为式者，要不违于经，非世俗所谓柔曼、猗莫、媚悦之辞以为式也。"① 即强调古文样式的典雅性，要求以《四书》《五经》《史》《汉》和韩柳之文为鹄。而在清人律赋的发展过程中，实强力地转变了此种明人科举观念和文章理念，强调了律赋作为骈体的一种重要性。如戴纶喆在《汉魏六朝赋摘艳谱说》"辨体二十五则"中，就引鲍桂星《赋则》之论，以之为学赋之大略：

> 赋体不同，有整散兼者，如宋玉诸赋是也。有通体整排者，如潘、陆诸赋是也。有用四六者，如子山《马射》等赋是也。此学赋之大略也。②

又引张之洞《輶轩录》语，以之为作赋之大略：

> 或古或律，须视其题。拟古者须用古人原赋体，平正板重题宜律，纤小咏物题宜律，或拟六朝体，博大颂扬题及咏古有大议论题，可古可律，试场赋于法得用古体，然古赋竟是博学人著作之事，应试者应先求工于律赋可耳。③

可见到了清代中后期，不管是学赋还是作赋，律赋成为最为基本的先导文体，已然成为士大夫科举的基本能力的表征。

由此，古赋在清代科举和士大夫文化中逐渐式微，根据学者研究，作为康熙朝内阁学士、礼部侍郎的陆葇（1630—1699），其评选的《历代赋格》（康熙二十五年刻本）中，共收历代赋作386篇，其中203篇为骈赋格，占比达53%之多④。可见在康熙朝人们对骈体格式的赋作的欣赏。同样顾纯在嘉庆年间所编的《律赋必以集》（有嘉庆二十五年刊本）选集历代律赋经典作品，对清代律赋创作产生了深远影响。在其凡例中，顾纯指出："是选为律赋而设上卷，虽兼及古赋、俳赋，而俳赋倍于古赋者，以俳与律体尤近也。白乐天《动静交相养赋》实为宋人文赋先声，故并采之，以备一体。"⑤ 在这里，宋人文赋只选一篇，古赋极少，俳赋因与律体近似，故选入较多，当然更主要的是以律赋为主。这样，古赋和宋人文赋就被边缘化，律赋成为最核心的程式法则。清人以为，

① 杨峰，张伟. 震川先生集汇评［Z］. 南京：凤凰出版社，2021：236.
② 孙福轩，韩欣泉. 历代赋论汇编［M］. 北京：人民文学出版社，2016：464.
③ 孙福轩，韩欣泉. 历代赋论汇编［M］. 北京：人民文学出版社，2016：464.
④ 踪凡. 中国赋学文献考［M］. 济南：齐鲁书社，2020：614.
⑤ 孙福轩，韩欣泉. 历代赋论汇编［M］. 北京：人民文学出版社，2016：651.

《律赋必以集》其"分层次，押限韵，用以虚实浅深，运典取材，声韵、议论、音节汉字说，均律赋正宗"①，可以说《律赋必以集》塑造了清人律赋的法则体系。王芑孙在《读赋卮言》（嘉庆九年）中更提出"读赋必从《文选》《唐文萃》始，而作赋则当自律赋始，以此约束其心思，而坚整其笔力。声律对偶之间，既规重而矩叠，亦绳直而衡平，律之为言，固非可鲁莽为之也"②，以为律赋体在赋作实践中具有示范与规矩作用，故当为作赋之始。

而至清末景其濬所辑刻的《吴顾赋钞》（有光绪十三年刻本）中，所选乾隆朝最出名的两位律赋作家吴锡麒和顾元熙的赋作，其中吴锡麒的律赋有二十六篇，顾元熙的律赋有三十五篇③。在集吴锡麒《有正味斋赋稿》目录后，景其濬特别说明：

> 右赋从《有正味斋集》及《外集》录出，其《陆羽为茶神赋》则从《玉堂鸣盛集》录出者也，集中尚有《星象》《广陵》《写愁》等赋，以古体故不登入。若《观鱼》《采菱》等赋，胎息六朝隽词秀句，足为咏物题模楷，古并录入。④

在这里，景其濬直接剔除掉古赋，只取二人律赋，可见律赋已然成为清代中后期赋作的核心。而景氏在对吴顾二人律赋的评点中，虽标唐人律赋之格，实则是崇尚清人律赋的风度。如在评点吴锡麒《寒鸦赋（以半天寒色在啼鸦为韵）》时言此赋"以六朝气韵就唐贤格律，逐段分写，清丽居宗"，即可谓清人律赋的最高审美理想。故我们可以不避烦琐，逐录此赋如下：

《寒鸦赋（以半天寒色在啼鸦为韵）》

三家乌桕之村，十里冷枫之岸。积朔气兮寒生，送飞鸦兮影乱。和鹭足而同拳，杂雁行而不断。呕轧之橹声，催起晓角城西；萧疏之墨点，翻来夕阳天半。

尾毕逋而已瘁，项瑟缩其可怜。独舞苍茫之地，同畔料峭之天。

十点五点，山边水边。坠碎玉之一声，轻身扑雪。画疏林之半幅，瘦影偎烟。犹忆白门秋早，灞岸春残。高槐净院，绮柏清坛。明霞树外以徐

---

① 刘岳云. 律赋选读：序［M］//踪凡. 中国赋学文献考. 济南：齐鲁书社，2020：670.

② 孙福轩，韩欣泉. 历代赋论汇编［M］. 北京：人民文学出版社，2016：215.

③ 踪凡. 中国赋学文献考［M］. 济南：齐鲁书社，2020：722.

④ （清）景其濬. 吴顾赋钞［M］. 上海图书馆藏光绪十三年刻本.

徙，香雾花间而未干。莫不黄携雏小，翠刷翎单。但知终古垂杨，尽伊栖
讬。不意西风野渡，有此荒寒。

则见此黯黯神祠，萧萧水国。客路遥通，估樯密织。乍逐队兮迎帆，
或凌虚兮唼食。风行有声，日薄无色。

一群撩乱，攒断岫而纛青。万翅回旋，压空江而阵黑。最结凄迷，如
闻欸乃。霜华惨淡以何之，曙色朦胧而久待。夏别绪兮偏长，恼鬖丝兮顿
改。江湖岁晚，徒令游子心伤。风雪天寒，安得丈人屋在。

况复君住岭北，妾住河西。偏惊醒枕，易惨空闺。鹊已归而尚噪，鸡
未唱而先啼。

玉颜之相嫉何深，年年宫怨。铜笛之吹愁未已，曲曲乌栖。客有情耽
冷趣，目赏烟华。倚柴门而细数，接晚景而无涯。争得林梢，枯枝踏折。
蓦惊头上，落叶飞斜。为之写萧闲之况，慰迟暮之嗟。濡吟毫而寄意，还
自笑乎涂鸦。①

我们详细分析此赋，可见清人律赋体式的诸多体式特点。其以"半天寒色
在啼鸦"为题和为韵，本身就脱离了"四书"题目窠臼，有了抒情性展开的空
间。该赋依次押韵，极尽渲染之功，以呈现一种清丽之况。在文体上，显然并
不严苛遵守八股文的章法。日本学者铃木虎雄在《赋史大要》论清赋时，曾得
出结论，"谓可以清赋看作八股文赋之时代"②。国内许多学者多不同意此论，
如詹杭伦在《清代律赋新论》中以为，因铃木虎雄多举的是清人散体大赋和文
赋，没有观照到清人律赋作为考试所用之体的核心地位，故"所谓清代八股文
色彩浓厚的股赋，主要是指某些散体大赋或文赋，而不是指用于考试的律
赋"③。此论有一定的合理性，但也不是说清代律赋与文赋有着本质的区别，实
际清代律赋显然是融合了八股文章法意识。如在此赋中，七字为韵而成七段，
其中二、四、六段显然是重在过渡，特别是四、六段开始处的"则见""况复"
连接上下文，有明显的八股衔接之法。而如"最结凄迷，如闻欸乃"从乐府诗
化出，"君主岭北，妾住河西"又从词意化出。而从整体结构而言，此赋显然有

---

① （清）景其濬. 吴顾赋钞 [M]. 上海图书馆藏光绪十三年刻本.
② （日）铃木虎雄. 赋史大要 [M]. 太原：山西人民出版社，2015：89.
③ 詹杭伦. 清代律赋新论 [M]. 北京：北京燕山出版社，2008：177.

着八股文的股法痕迹①。故清代的律赋不论从作法、意境的营造、用虚字法等方面看，其体式实具有一种混杂性或交融性。

第三节 炼局与层次：清代律赋篇法与章法理论的构建

清人律赋形式理论的构建，集中体现在对局法和层次的理论研讨上，其中关涉对律赋篇法和章法理论的确立。如余丙照在《赋学指南》凡例中所言，"律赋虽取骈俪，而要以敛气铸局为先"②，即律赋强调的是整体的有机美感，而绝非简单骈对。这实际上说明了清代律赋虽重骈俪，但实际又有文赋的参差之美。关于诗文形式和结构机械性与有机性的关系，清初王夫之论述最为详细。王夫之在《古诗评选》《唐诗评选》《明诗评选》大力批驳八股文文法的僵硬性，以之为"死法"，故他提倡以情事为主，以法式为辅助的诗学创作观③。王夫之在评钱宰《白野太守游贺监故居得水字》时，以为此诗"以情事为起合。诗有真脉理、真局法，则此是也"④。所谓"局法""气局"等形式范畴，实际强调诗歌结构的有机整体性。此种有机形式美感，对清代中后期形成的律赋理论产生了深远的影响。

一、局法：清代律赋的篇法范畴

郑玄注《礼记·曲礼上》中"进退有度，左右有局"句，曾言"局，部分也"。故"局"，本义即为"局部"或"局段"。汪涌豪教授在《局段的讲究》一文中，曾指出"局段"范畴实际关乎作品结构布置，成为宋以后，特别是明清时期"悠长历史时段形式批评理论的关键词"⑤。特别是在清代诗学中，"立

---

① 当然八股文的股对，本就来自唐代律赋的句法和联法。如邝健行所论："从渊源的角度而言……文赋有律赋演变而来，文赋中的某些特点，有时早在律赋中萌芽，长股对就是其中一项。"（邝健行. 诗赋与律调 [M]. 北京：中华书局，1994：174.）

② 孙福轩，韩欣泉. 历代赋论汇编 [M]. 北京：人民文学出版社，2016：261.

③ 邬国平，王镇远. 中国文学批评通史：清代卷 [M]. 上海：上海古籍出版社，1996：82.

④ （明）王夫之. 明诗评选：卷四 [M] //王夫之. 船山全书：第十四册. 长沙：岳麓书社，2011：1286.

⑤ 汪涌豪. 中国文学批评范畴十五讲 [M]. 上海：华东师范大学出版社，2010：149.

局""炼局""构局"等逐渐成为篇法结构安排的关键词。如张谦宜就曾言："作排律，局要阔大，思要绵密，次第中有总分串逆之法，方为当家。"① 朱庭珍以为诗人"体物之功，铸局之法，断不可少"②。毛先舒亦言："古风长篇，先须构局，起伏开合，线索勿紊。"③ 此种构局意识落实到律诗篇法上，即可为"中二联一实一虚，一黏一离；起须高浑，势冒全篇；结欲悠圆，尽而有余；转折收纵，宜使合度，毋得后先倒置，舒促失节，然后可以告篇矣"④。可见，构局的结果即为全篇篇法的合度和节。因而在清代诗论里，铸局之法实是长篇排律和古风的一种结构构思方法，以求整体的生命感和有机感。

当然，局法对于古文写作更为重要，如刘熙载《艺概》所言："文局要先空后实，有先实后空，亦有叠用实叠用空者"⑤，其所谓"空满二向、顺逆二局"，即是突显文章整体布局的抽象结构美感的塑造。

总之，"局"作为明清诗文理论中新建的重要形式批评理论范畴，特别地体现了在文章学知识视野下，对文学创作程式化的一种理论总结。清人律赋理论，对此范畴有着更为明确的承继和发挥，而往往为研究者所忽视。而如前所言余丙照在《赋学指南》凡例中，总结了清代律赋最高的体式规则为："以层次清楚、笔力简劲、篇法完密可为程式也。"其中篇法完密的要求，要落实为：

> 律赋虽取骈俪，而要以敛气铸局为先，故凡有曲折顿挫者，集中多选，气滞局松者不收。⑥

故这里的"气局"概念实际强调律赋整体结构的有机性和整体感，与王夫之所提倡的活法概念一致。值得注意的是，余丙照所提倡的富有活力的气局感，即在内在紧凑的结构上要有曲折顿挫的参差变化。在《赋学指南》卷十一"论炼局"中，他系统地总结了炼局之大略：

---

① （清）张谦宜. 絸斋诗谈：卷二 [M] //郭绍虞编选. 清诗话续编. 上海：上海古籍出版社，1983：779.

② （清）朱庭珍. 筱园诗话：卷四 [M] //郭绍虞编选. 清诗话续编. 上海：上海古籍出版社，1983：2273.

③ （清）毛先舒. 诗辩坻：卷四，[M] //郭绍虞编选. 清诗话续编. 上海：上海古籍出版社，1983：69.

④ （清）毛先舒. 诗辩坻：卷四，[M] //郭绍虞编选. 清诗话续编. 上海：上海古籍出版社，1983：68.

⑤ 袁津琥. 艺概笺释 [M]. 北京：中华书局，2019：932.

⑥ 孙福轩，韩欣泉. 历代赋论汇编 [M]. 北京：人民文学出版社，2016：261.

以上十卷，尚是摘出佳联胜段，零星言之，至全篇法则，固未讲及也。兹选古赋二十六篇，时赋三十四篇，名曰炼局。盖一题到手，认题既真，必先炼局。局贵活不贵板，贵紧不贵宽，贵曲不贵直。总宜相题立格，如长题有截做法，有串做法；扇题有分疏法，有交互法；古题有序在题前者，有述在题后法；时题有因时制宜法，有援古证今法。至短题则宜于中三韵，另立柱头。有溯古法，有写景法，而题系比拟者，尤宜处处双关夹写，抉出题眼，以见本领。题貌不一，须以层次清楚为要。首段总冒，如时艺之起讲也；次段渐次入题，如入手题比也；次赋正面，如中比也；次赋题后，如后比也。又有以古事命题者，即以叙事为层次，事尽而止，至其选词光润，运笔轻圆，向背离合得其情，操纵顺逆尽其势，辽九秋奕，又总不外一熟字。此炼局之大略也，其中细微，各篇碎评可玩。①

此段，可谓是余丙照赋学形式批评理论的总论。所谓"炼局"即要构建全篇的篇法，其中包含着诠题、琢句、层次、用笔等具体的技法体系，故在《赋学指南》中"炼局"成为最高层次的篇法概念，成为一种形式批评理论的元范畴。可以说，对炼局的概念与讲究，"反映了古人尊体的审美趣尚和古代文论对创作经验的适切总结与深化，应和着传统文学程式化的基本特征"②。其中"局贵活不贵板，贵紧不贵宽，贵曲不贵直"，实是清人诗论核心诗学趋向的一种承继。而所谓"首段总冒，如时艺之起讲也"，特别说明了律赋理论对八股文章法的一种审美性的发扬。至于"选词光润""运笔轻圆"，均是对诗文用笔造语之法的引用。故由此可见，清人律赋理论实可作为古代文论成熟期理论的一种典型代表。

在对所引炼局的六十篇代表作品中，余丙照选汉赋一篇、六朝赋八篇、唐赋十五篇、宋赋两篇，而选清朝赋多达三十四篇，意即张扬清人律赋篇法之完美而可为程式。由此，清人律赋理论塑造了清人律赋作品的经典性。

余丙照引诸家所用"制局""居势"等范畴进行的点评，举例如下：

前后总笼，中间分叙，制局与《恨赋》相似，深情远韵，亦令读者黯然。（评《别赋》）

局势开张，层次井然，叙事体当以此为绳墨。（评宋言《渔父辞剑

---

① 孙福轩，韩欣泉．历代赋论汇编［M］．北京：人民文学出版社，2016：339．

② 汪涌豪．中国文学批评范畴十五讲［M］．上海：华东师范大学出版社，2010：159．

赋》）

局势开张，词锋壮厉，堂堂之阵，正正之旗，不减当年铁甲兵。（评夏思沺《岳武穆奉诏班师赋》）

善于布局，工于选词，风檐得此，颇征博洽。（评周召南《龙文百斛鼎赋》）①

而"制局""炼局"的效果，即为篇法的完密与完整，例如：

绘景描情，层层周到，篇法完密，字句古雅。（评谢慧莲《雪赋》）

首末段总笼，明点"恨"字，中数段引证，暗辩"恨"字，篇法最为完善。（评江淹《恨赋》）②

由此，所谓制局和炼局的内涵即为构建完整而富活力的有机结构。而至光绪年间，戴纶喆在《汉魏六朝赋摘艳谱说》中总结清人布局法有十六则，实与《赋学指南》相一致，将诸多字法、句法和破题法等材料作了统合性的构建，并提出了自己的总见。如其言："首段虚笼者，次段必点题。首段已点题者，次段或顺递，或翻腾，或提起，其势须紧。"③ 这里清人对律赋结构"气局要紧"的整体要求，显示了律赋特有的创作经验与程式规律。又如黎希范评顾元熙之赋曰："如题铺叙，而局法一气相生，而开阖顿挫，无一平排呆衍之笔，学唐人而过于唐人。"④ 清人与唐人相比，其对律赋的形式创作就体现在对局法的考究上。

最后至李元度《赋学正鹄》，其总《赋学指南》之论而曰：

胸中既有把握，乃可因题制局。局贵活不贵板，贵紧不贵宽，贵曲不贵直。如长题有逆入法、裁做法、串做法；扇题有分疏法、总翻法、交互法；纤小题有分层铺叙法；理境题有逐层提醒法。此炼局之大略也。⑤

由此，"炼局"理论总括了清人律赋的诸多形式批评术语，构建了清人独有的因题制局观念。

---

① 孙福轩，韩欣泉．历代赋论汇编［M］．北京：人民文学出版社，2016：339-344.
② 孙福轩，韩欣泉．历代赋论汇编［M］．北京：人民文学出版社，2016：339.
③ 孙福轩，韩欣泉．历代赋论汇编［M］．北京：人民文学出版社，2016：473.
④ 詹杭伦．清代律赋新论［M］．北京：北京燕山出版社，2008：99.
⑤ 孙福轩，韩欣泉．历代赋论汇编［M］．北京：人民文学出版社，2016：702.

二、层次：清人律赋章法理论的核心

如果说炼局理论是最高层级的律赋形式理论的话，层次理论则是清人作赋法的第一要义，由此方可构成赋体的基本章法。

在清人诗论中，"层次"本是诸多章法理论中的一种术语。如张谦宜《絸斋诗谈》卷二中言："五言排律，当以少陵为法，有层次，有转折，有渡脉，有盘旋，有闪落收缴，又妙在一气。"① 在这里，"层次"是与"转折""过脉""盘旋"并列的一种结构术语。而在清人律赋创作经验中，"层次"成为一种核心而首要的元范畴。因题制局的观念，落实到写作过程中，即要因题而定层次。当然，在余丙照的《赋学指南》中并未突出"层次"的概念，他使用首段、次段、诸段和结段的分段法，来与八股文的起讲、总冒、中股、后股和收束等结构概念相比拟，来构建律赋的章法理论。其使用的"层次"理论亦是诸章法术语的一种，如"论次段"条："首段既用总冒，次段仍须分出层次。或叙题源委，还清来历；或从题前展拓虚步。"② 又如"论诸段"中，余丙照言："题有层次，则以反正折落之法疏醒之；题近板重，则以开合浅深之法阐发之；题义未尽，则推论之；题神欲传，则咏叹之。"③ 此处题之层次，与题之板重相对指题目可分几层意思，故须使各层意思构成正反折落的呼应性，以此构成章法的有机性。

故在清代律赋理论中，"层次"是为审题和诠题的核心形式术语。顾纯在《律赋必以集》"凡例"中，更是提出：

> 初学作赋，每苦无生发，以不讲层次之故也。每一题到手，须将题之前后细想一番，分作数层，然后将所限之韵，配合某层宜押某韵，某韵宜用某字，或平叙，或提顿，随时变化，初无一定之质，惟期不淩躐，不重复而止。其有么麿小题，不能分层次者，即于用意之虚实、浅深处分之，则无层次亦有层次矣。盖遄分层次，则一题只是一题；既分层次，一题遂成数题，视为一题则生发少，视为数题则生发多，此理之必然者也，熟读

---

① 郭绍虞. 清诗话续编 [M]. 上海：上海古籍出版社，1983：779.
② 孙福轩，韩欣泉. 历代赋论汇编 [M]. 北京：人民文学出版社，2016：320.
③ 孙福轩，韩欣泉. 历代赋论汇编 [M]. 北京：人民文学出版社，2016：322.

唐赋，自得其妙。①

在此段的教法分析中，层次成为审题的核心，顺次押韵而成律赋整篇层次，亦成为律赋写作的核心程式规范。所谓分层次，是即在一篇律赋中能形成曲折变化的结构美感。由一题而生发出诸多意思与层次，反复"旁渲四面"而成一篇律赋，实带有浓厚的科举程式化意味，确实是一种戴着镣铐跳舞的写作过程。刘熙载在《艺概·经义概》中曾总结制义写作中审题之层次曰："题前题后，不必全题之前，全题之后也。如题有三层，一层之后即二层之前，二层之后即三层之前，而一层乃复有前，三层乃复有后也。"② 讲的是题意层次之间的前后勾连。

邱士超在《唐人赋钞·总论》中进一步总结了唐赋中层次塑造，以为"就题之事实，截分数层，明如指掌"，均是清人对律赋结构美感的一种创作经验的总结。其后江含春《楞园赋说》更是进一步发挥顾莼之说，讲明层次与布置对于初学者的重要性：

> 律赋首重层次，初学遇层次少者每以为难，不知统观全局，布置要有一定。场中赋题，多者不过八韵：首韵浑笼，次韵原题，结韵颂扬，是八韵已得其三也。其中五韵必有正面两段，如时文中之中股。余三段中或分或合，或抑或扬，或翻或衬，仅够铺排，章法不过如此。③

江含春以八韵为顺序，与时文股法相对应，应该说对私塾教学来说，是比较形象的说明。这里律赋的章法即是层次的安排，显然成了律赋形式批评理论的核心。如果说炼局是从创作的角度来界定律赋篇法的话，层次则是从教学的角度来形象地说明律赋的章法安排。至清代后期，在律赋教学时，层次即取代章法，而成为律赋教学的章法概念。如姜学渐在《味竹轩赋话》中讲层次更加细致：

> 凡作赋，人知每段各有层次，而不知各段有上下相生，阴开阳合之妙。至每段承接，如"于是""而乃"等字样，用之以点醒层次，不宜概用硬接。且四六长句，人知宜工，而不知各段间用短句以舒其气，尤为峭甚。

① 孙福轩，韩欣泉．历代赋论汇编［M］．北京：人民文学出版社，2016：650．
② 袁津琥．艺概笺释［M］．北京：中华书局，2019：922．
③ 孙福轩，韩欣泉．历代赋论汇编［M］．北京：人民文学出版社，2016：438．

吴毅人赋中多有之，但篇中多不宜多用，惟一二处可也。①

确实，如前所举吴锡麒的《寒鸦赋》，其用"则见""况复"点醒层次，提示章法，确为清人律赋之典范。同理，李元度在同治十年（1871 年）所刊刻的《赋学正鹄》，本即是家塾课本为用。其亦以为初学作赋，"其类有十，曰层次，曰气机，入门第一义也"，"层次类者，赋家不二法门也"。由此，"层次"实际取代了文章学中的章法范畴，成为律赋形式理论的核心范畴。当然李元度是将层次与气机并重，又显示了其对章法有机性的重视，具体来说，其所论律赋"层次"：

> 层次类者，赋家不二法门也。作赋如作文，有前路，有中路，有后路，有翻面，有反面，有正面，有衬面，而皆可以以层次括之。不特律赋不可无层次，即周秦汉魏诸古赋，莫不步骤升降，眉目朗然，虽寥寥短篇，层次自在，特神明于规矩之中，使人莫寻其迹耳。作赋而不讲层次，则犹航断港绝潢，以蕲至于海也。学者每得一题，须将题之前后路细想一番，分作数层，然后将官韵配合，某层宜押某韵，某韵宜用某字，自有一定不易之节次。即题极枯窘，亦须于无层次中分出层次来，是故有叙事题之层次，咏物题之层次，言情题之层次，说理题之层次。初学必从叙事题入手，即以所叙之事为层次，事尽而篇法已完。②

此段论述，可谓是清人律赋层次理论的一种总括。李元度不仅认为层次是律赋作法的核心，更将之扩为古赋的一种程式。在诠题上，李元度认为即使是枯窘题，亦须分出层次来作，此为律赋结构的核心。故如詹杭伦所论，至清代中后期，"清代律赋的层次结构逐渐定型，出现了某种程序化的结构倾向"③。

在《律赋必以集》中，顾莼对六朝及唐代律赋典范中"层次"的运用，作了比较精到的点评，例如：

> 逐段设色，工整中饶有流丽之致，应制正格。（评庾信《三月三日华林园马射赋》）
>
> 层次浅深之法，显然可睹，熟此自然无穷出清新矣。（评李远《题桥

---

① 孙福轩，韩欣泉. 历代赋论汇编 [M]. 北京：人民文学出版社，2016：455.

② 孙福轩，韩欣泉. 历代赋论汇编 [M]. 北京：人民文学出版社，2016：718.

③ 詹杭伦. 清代律赋新论 [M]. 北京：北京燕山出版社，2008：46.

赋》）

此作分段处层次颇觉模糊，用笔亦欠变化，特取其工于引用而粘合之处，尤足益人巧思，尤足益热巧思，故屡置而仍有之。（评王损之《饮马投钱赋》）

题无层次可分，须玩其用笔变化。处处刻画"小"字，雪上浮语，自然尽去矣。（评杜滋《小雪赋》）

逐段设色，情文斐亹，中间如渔父口气。（评《渔父辞剑赋》）①

在对唐宋人律赋的分析中，顾莼以为"逐段设色"方为应制正格。在审题过程中要分成层次，展开赋作时要层折分明、有层次浅深之法。而如杜滋的《小雪赋》则明显地属于所谓枯窘题或纤小题，如无层次可分，则要以用笔法反正着一"雪"字而展开层次。

我们可再举景其濬所选《吴顾赋稿合刻》中，清代律赋创作的另一位代表人物顾元熙的赋作为例，来说明层次美感之于清人律赋理论的重要性。景其濬评顾元熙《观棋烂柯赋（以棋局方终斧柯已烂为韵）》曰："词意雅洁，层折分明。人后神来、气来，所谓文章本天成妙手偶得之者。"② 对此赋评价甚高，此赋为标准的八韵体，一"观棋"，一"烂柯"，题目中的层次明晰，全文迻录如下：

《观棋烂柯赋（以棋局方终斧柯已烂为韵）》

有石室山樵者，尊霜麓，度云湄，缘峻坂，陟幽崖。惟薪可析，将斧以斯。值方枰之局在，乃执柯可以观之。地非太华峰头，谁赌金仙之博箭。人异临邛道上，何来橘叟之围棋。

相视无言，谛观未足。历碌纹楸，琇争暖玉。睇曲蹬之双查，倚生刍之一束。萧萧而木叶零黄，渺渺而涧波回绿。若问山中甲子，不记何年。请看室外沧桑，有如此局？

徒见夫离离马目，连连雁行。势若龙变，机如隼翔。触平生之所好，乃故业之胥忘。原非管辂祈年，来献盈樽之酒。岂羡子房入道，相寻辟谷之方。

而此二人者，珊珊玉骨，了了青瞳。谓我筹之待展，恐尔腹之未充。

---

① 孙福轩，韩欣泉．历代赋论汇编［M］．北京：人民文学出版社，2016：652-662.
② （清）景其濬．吴顾赋钞［M］．上海图书馆藏光绪十三年刻本．

乃贻糗糈，徐决雌雄。倦言残局，莞尔首筒。叹人间蜗角之争，不殊一劫。想天上羽衣之奏，应过三终。

观者凭轼方酣，弈者推枰才数。看白鹿之养茸，指青鸾之刷羽。餐芝之灵鹤将飞，化仗之神龙欲舞。曾斯局之已阑，岂斯柯之未睹。且勿笑子折屐，翻同谢傅之棋。终难教汝还丹，往借吴刚之斧。

归路如何，年华逝波。洞花不落，山鸟犹歌。入户而孙曾莫识，出门而朋旧谁过。惊看畴昔颜衰，鹤发乍生于镜影。犹记枝条手植，龙鳞忽遍于庭柯。

将毋梦邪，何为至是？落子无多，朽株乃尔。惜矣神仙，遇之咫尺。未乞琼浆，徒分石髓。迴忆而溪头树荫，紫气依然。重来则洞口花迷，白云而已。

凡事如斯，浮生可叹。人世千春，仙家一旦。名场争处，方豆剖而瓜分。冷眼观时，倏星移而物换。梯谁接兮青云，槎孰乘兮碧汉。怜尔骖鸾绿浅，莫追西极之筵开。有人叩角心劳，犹咏南山之石烂。①

细读此赋，我们可见其中夹叙夹议并极尽描摹之情而展开一种想象的空间感。在第一韵塑造氛围后，第二韵描写对弈场景。第三韵以"徒见夫"开场，引出此段抽象的议论。第四韵以"而此"过脉，转换语气描写对弈仙人之心理。第五、第六和第七韵则反复腾挪，申说樵者之无从归路，可谓极尽烘托敷染。而第八韵则作总结，又绾和首韵。顾元熙律赋的特点在于章法分明，层次清晰，适合初学者作为范本。故李元度在《赋学正鹄》"层次类"中举了顾元熙四首律赋作为样板，以之为层次分明之代表。如其评顾元熙《沛父老留汉高祖赋》曰：

寓单行于排偶之中，笔若游龙，转折如意，再接再厉，愈出愈奇。其极流走处，正其极洗练处。故无一闲字，此不规规于层次，而神明于层次者也。唐人有此题赋，然情致缠绵，斟酌饱满，实远不及此作，此盖时会为之，亦犹唐人试律，不能如今试帖之工而称也。②

实际，唐人有此题赋的，即为王棨所作，李调元在《赋话》卷四中曾评此

---

① （清）景其濬. 吴顾赋钞［M］. 上海图书馆藏光绪十三年刻本.

② 孙福轩，韩欣泉. 历代赋论汇编［M］. 北京：人民文学出版社，2016：455.

赋"以题之曲折为文之波磔，指点生动，不寂不喧，此妙为王郎中所独擅"①。亦是突出王棨所作《沛父老留汉高祖赋》诠题之曲折生动。而李元度竟以顾元熙之赋远超于唐人同名赋作，并以为"神明于层次者也"，可谓是独标今人。这样，在清末律赋理论里，层次之工甚至成了清人试律超越唐人之所在，虽然有夸张和教条之嫌。但清人之于律赋层次美感的强调，却是清人律赋创作和理论的核心特征。

总之，清人在构建以唐代律赋为典范，又可超越唐代律赋的文体理想中，创作和理论均追求在炼局的过程中塑造出一种简洁而富变化的程式美感。故至光绪年间缪润绂认为"布局"即为"层次"：

> 局者何？层次是也。赋分层次，不但便于发挥，而且易于阅看。不分层次，一题只是一题。层次分，一题编成数题。制义、试帖、律赋一也。制义有破、承、小讲、入手、提比、中比、大比、后比、束比之不同，试帖有首联、项联、腹联、束联之别。由此观之，律赋独无层次乎？学者立意后，当知分布层次，所谓布局也。咏史、吊古、叙事、言情等题，有自然之步骤，自然之层折，须布置妥帖，某意在前，某在后，某在中间，须次第详明。说理题本无层次，须将题分看合看，就题之前后、对面、旁面、反面、侧面排布一番，务合眉目清楚。写景、状物等题，无层次者居多，别有分柱一法，如人物、时地等类。以人则闺怨客感、画苑骚情，以物则飞潜动植，以时则春夏秋冬、晨昏昼夜，为类不一，略具一二，神明变化，存乎其人。至开合反正，浅深浓淡，须参合互用之，方免重叠、堆砌、朦胧诸病，作律赋者，当不可河汉斯言。②

此段论述，可谓是清代律赋炼局和层次理论的总结，凸显了清人律赋创作规律的一种实践性总结。有学者指出，"清代律赋与唐人律赋稍异，非单求对句精切、声调谐美，亦要段落俪偶，盖蒙八股文影响至深，铃木虎雄特名之曰'股文赋'焉"③。从上所述，我们可以说唐人律赋更接近于律诗，而清人律赋

---

① 孙福轩，韩欣泉．历代赋论汇编［M］．北京：人民文学出版社，2016：101.

② （清）缪润绂．律赋准绳［M］//孙福轩，韩欣泉．历代赋论汇编．北京：人民文学出版社，2016：762.

③ 何沛雄．读赋零拾［M］//何沛雄．赋话六种．香港：生活·读书·新知三联书店香港分店，1982：158.

则更接近于骈文，故段落俪偶可谓唐人律赋与清人律赋在结构上的差异特征之所在。总的来说，不管是炼局还是层次范畴，都集中呈现出清代科举文化中重程式之美的时代风尚，内涵与混融着丰富的形式批评理论，可谓是古代形式批评术语、范畴和理论的一种混融与完成。

第四节　"作赋先贵炼韵"：清人律赋格律理论的构建

关于律赋的界定，徐师曾在《文体明辨序说》中以为唐宋间"取试命题，限以八韵。要之以音律谐协、对偶精切为工"①，可以说律赋与古赋、俳赋、文赋根本上即以声律对偶为其核心特征。故如前所述，清人朱一飞在其所编《律赋拣金录》后附有一篇《赋谱》，其中提出律赋之法有五，包括辨源、立格、叶韵、遣辞和归宿②。其中，所包含的叶韵一法，亦是清人律赋理论的核心构成部分。因律赋体式的特殊性，如何用韵、因韵、押字，成为律赋体式得以成立的首要条件。故在余丙照的《赋学指南》中，将"押韵"列为十种赋法之首，并提出"作赋先贵炼韵"的理论主张。而在缪润被的《律赋要言十二则》"叶韵"条，更是总结了清人律赋用韵的基本要求：

> 居布矣，叶韵之说，当加讲求。韵贵响忌哑，贵熟忌生，贵稳忌支，贵新忌腐，总而言之，贵有注脚。官韵尤要务取现成，或地名、或人名、或国名、或年号、或故实、或书句，斟酌用之，如以上数者实不可寻，亦必取粘合之字押之，万万不可胡编。虚字实押，尤足擅胜。如"不"押"余不"，"之"押"羲之"、"徽之"是也。语云："诗向韵中求。"岂惟诗为然哉？谈赋不叶韵，是之谓不知务。③

虽然只是发蒙之知识，但其中"官韵务取现成""虚字实押"等法，却集中地代表着清人律赋声律知识与经验。

---

① （明）徐师曾．文体明辨序说［M］．罗根泽，点校．北京：人民文学出版社，1998：101.

② 孙福轩，韩欣泉．历代赋论汇编［M］．北京：人民文学出版社，2016：687.

③ 孙福轩，韩欣泉．历代赋论汇编［M］．北京：人民文学出版社，2016：763.

一、依次用韵：清人律赋限韵之法

正如有学者所指出的，律赋最重要的标志之一即为"题下限韵"①，律赋的用韵法均由题下所限韵而成规矩的。特别是在宋代科举考试中，试赋对依次用韵与不依次用韵作出了明确的规定，如四库馆臣在评《大全赋汇》永乐大典本时，认为："案宋礼部科举条例，凡赋限三百六十字以上成。其官韵八字，一平一仄相间，即依次用；若官韵八字平仄不相间，即不依次用。"② 可见官韵八字平仄相间者，要依次用韵，已成为宋代程式之文的重要结构特征。今存《大全赋汇》永乐大典本，共两卷七十六首赋，有研究者认为其全部都是律赋体式，③可见律赋在宋代科举试赋中已经居于中心地位。

商衍鎏在评清人吴锡岱课艺律赋时，总结清人律赋的用韵法为：

> 赋题经史子集内或诗句皆可出，限韵亦无一定，六韵七韵八韵均可，有以本题为韵者，有以题外字为韵者。此题八韵，即用题外之字，作法每一韵为一段，顺序押法去，不可倒押失押，其限韵之字，不拘押于何处，只要押于本段之内。④

此分析较好地概括了清人律赋创作押韵法，包括以题为韵和以题外字为韵两种，每一韵为一段，依次顺押法。但商衍鎏的说法也有不太准确的地方，实际上清代律赋多以题内字为韵，以题外字为韵为变格。商衍鎏所举吴锡岱的律赋为陕西关中书院课艺之作，而非正式的科举考试中之作，故不可当作典则。如我们检《吴顾赋合稿》中所选吴锡麒律赋有十六首，均为以题字为韵，未见有用题外之字的。但是商衍鎏指出了清代律赋用韵法的一个核心规律，即顺序押韵，不可倒押和失押。这是清人律赋用韵法，与唐人用韵法的不同所在。李调元在《赋话》卷二中，曾指出"唐人赋韵，有云次用韵者，始依次递用，否则任以己意行之"⑤，也就是依次用韵为尚，也可不依次用韵。在《赋话》卷四

---

① 邝健行. 初唐题下限韵律赋形式的观察及引论 [M] //邝健行. 诗赋合稿论. 杭州：浙江古籍出版社，2002：134.

② （清）永瑢，等. 四库全书总目 [Z]. 北京：中华书局，1965：1736.

③ 罗国威. 大全赋会（永乐大典本）[M]. 成都：巴蜀书社，2022：2.

④ （清）商衍鎏. 清代科举考试述录 [M]. 北京：故宫出版社，2014：289.

⑤ 孙福轩，韩欣泉. 历代赋论汇编 [M]. 北京：人民文学出版社，2016：93.

中，李调元还进一步分析唐代律赋以题限韵的规律：

> 唐人限韵有云："以题为韵者，则字字叶之；以题中字为韵者，则就中任用八字，不必字字尽叶也。"唐郑锡《正月一日含元殿观百兽率舞赋》率用题字，而独遗"月"字不叶，于两者皆不合。至其典丽而雄伟，则律赋中煌煌大篇矣。①

李调元的此段论述其实是自相矛盾的，他既承认郑锡的律赋典丽而雄伟，是为佳作，又提出此赋不合规矩，既不依次押韵亦遗漏"月"字韵，可谓是率用。其实这是一种以今格古的思维，清人以唐赋为典则，又认为本朝律赋更富有体式结构之美。实际，唐人律赋之于押韵的次序与分段并无严苛的要求，或者是相对宽松的规定。此一点，《复小斋赋话》有着更为中肯和细致的总结：

> 唐人限韵，有以题为韵者，"赋"字或押或不押。姑举一二，如元稹《郊天日五色祥云赋》、郭遹《人不易知赋》、刘珣《渭水象天河赋》，俱押"赋"字；王起《元日观上公献寿赋》、王棨《圣人不贵难得之货赋》、吕令问《掌上莲峰赋》，俱不押"赋"字。②

而我们检吴锡麒《有正味斋》中的律赋，其中以题为韵的，如《闰月定四时赋》（以题为韵）、《春水绿波赋》（以题为韵）、《昆明池织女石赋》（以题为韵）、《伏波铜剑赋》（以题为韵）、《晋王右军题扇桥赋》（以题为韵）、《陆羽为茶神赋》（以题为韵）六篇，被景其濬选入《吴顾赋钞》者，多严格遵守格式，均用题中"赋"字作押，为整篇赋末之韵。

《复小斋赋话》还进一步分析唐人律赋限韵规律道：

> 唐律赋限韵中两字同韵者，或押作一段，或仍押两段。如王起《白玉馆赋》"神""人"二字并押。白居易《赋赋》"诗""之"二字分押。李濯《广达楼赋》，"以珠帘无隔露"为韵，"珠""无"同韵，押作两段。蒋防《登天坛山望海日初出赋》，"日""出"二字同押，大约限韵多者则同韵可并，少者则各自为段。③

而我们检清人吴锡麒和顾元熙的律赋，则无此规律，清人律赋只是顺次押

---

① 孙福轩，韩欣泉. 历代赋论汇编［M］. 北京：人民文学出版社，2014：99-100.
② 孙福轩，韩欣泉. 历代赋论汇编［M］. 北京：人民文学出版社，2016：181.
③ 孙福轩，韩欣泉. 历代赋论汇编［M］. 北京：人民文学出版社，2016：189.

韵，并不同韵合并。这样，押韵的分段规律是非常明显的。

由上比较，我们可以说清人在对律赋限韵规律的总结中，更注重程式化和格式化的规律，对唐人律赋的一些模糊的押韵规则有了进一步的凝定和固化，这显然更适合发蒙教学和应试评判。总之，在清人律赋理论中，"依次用韵"已然成为律赋的核心特征。余丙照在《赋学指南》中总结押韵规则为："所限之字，大约依次押去，押在每段之末尾正。或意有所拘，亦不必过拘。"① 而林联桂在《见星庐赋话》中，也指出"赋题所限官韵，近来馆阁巨手，固须挨次顺押，不许上下颠倒。而且顺押之韵，每韵俱押于每段收煞之句，此亦见巧争奇一法"②。林联桂特别指出，当时馆阁能手顾元熙的《兰修馆赋》多用此法而成时尚。可见顺次押韵已成为清人律赋创作的通识。顾莼《律赋必以集》更是直接总结为："唐人于官韵往往任意行之，后来取音节之谐，一平一仄之间押。至宋人始依次递用，然尚不能画一。今则必须挨次押去，断不可错乱，又唐宋人皆有两韵并押者，尤不可学。"③ 挨次顺押、一韵一段成为清人律赋最基本的声律规则。

而此种融合了诗学、赋学和试帖等体式的押韵规则，在徐斗光的《赋学仙丹》"论押韵"条中的总结更为详细，故迻录如下：

> 凡赋中所限官韵，宜顺次押去，并押在每段之末为佳，但不必过拘于段末也。若未限韵，可因题字求之，字少又不必拘矣。惟官韵最宜着意，易押者，须避熟求新；难押者，又争奇生色处也。若苦无可押，乃只求稳稳平平。若所限有两字同一韵者，或押作两段，或押作一段，大抵限韵多，则可作一段，少则各自为段也。然即韵多，亦各自为段为正。……切不可押生涩陈腐字，及有硬押之弊，并牵凑不连，贻诮软脚也。惟宽韵求窄，窄韵求宽，生韵求熟，熟韵求生押之，悉赋家之妙诀也。④

在徐斗光这里，律赋官韵要顺次押去、要以各自为段为正格的规定，实确定了科举考试中律赋的常态押韵法。而所谓"宽韵求窄，窄韵求宽，生韵求熟，熟韵求生押之"，则更体现了在清代声韵学发达的背景下，律赋创作求平庸和正

① 孙福轩，韩欣泉. 历代赋论汇编［M］. 北京：人民文学出版社，2016：263.
② 孙福轩，韩欣泉. 历代赋论汇编［M］. 北京：人民文学出版社，2016：364.
③ 孙福轩，韩欣泉. 历代赋论汇编［M］. 北京：人民文学出版社，2016：651.
④ 孙福轩，韩欣泉. 历代赋论汇编［M］. 北京：人民文学出版社，2016：702.

的大众审美意识。

景其濬在评顾元熙赋《吴越王射潮赋》（以银山直拥铁弩齐飞为韵）赋时言："官韵赋不出二格：一方整，一流峭。此从方整中出流峭，极为合作。"①更是呈现清人律赋官韵押法的审美追求。我们可举顾元熙《吴越王射潮赋》（以银山直拥铁弩齐飞为韵），来看清人律赋押韵之美：

　　《吴越王射潮赋》（以银山直拥铁弩齐飞为韵）

　　钱塘霸主，天目真人。于越故址，晚唐旧臣。奉冠带于帝室，作保障于吴民。至今耆老讴思，郭外隄完于铁。为想君王神武，江边潮涌如银。

　　不见夫潮至人禽赭，而达余杭乎？始浮游大地以奔腾，复束两山之崛屼。既蓄怒于海门，乃伸威于泽国。浩无津涯，肆其雄力。慨群姓分其鱼，观旧仿兮渐蚀。竟欲涉吾土地，峡势倒流。谁能问诸水滨，涛头自直。

　　王乃勃然，军中令颁。选徒旅，列部班。白羽崪，雕弧弯。请君白马素车，诘朝相见。夺我绮塍绣壤，壮士何颜。挽狂澜兮孰砥柱，凭盛气兮作河山。

　　为民御灾，承天矜宠。夺彼先声，贾余余勇。操毒矢与强弓，敌前胥与后种。王怒赫张，江潮神竦。望旌旄而避舍，蛟鼍皆惊。停羽葆以登楼，貔貅方拥。

　　白雨晴卷，神风昼迷。寒星攒镝，迅霆振鼙。俨同背水而营，我军鹅鹳。畴不望风而靡，尔族鲸鲵。千牛力猛，万马声低。顿令雪浪银涛，鸣钲泉咽。想见龙堂鳞屋，弃甲云齐。

　　胜负如斯，雌雄已决。吾无逐北而追奔，尔无雷轰而电掣。况别有苍茫贝阙，任君汗漫而游。请自今分割鸿沟，视我旌旗俗列。由是畚锸兴，橐楗设。镇蛟宫，跨蜃穴。终古长隄，亘处都疑。偃水之虹迩来折镞销余，尚有埋沙之铁。

　　繄夫王之灵也，固人莫能违。潮之神也，亦振古所稀。胡为乎王威方震，而潮势已微。盖以奉天命，为民所祈。天所眷，民所依。征诸往籍，拟彼先机。犹之风云，排鱼腹之图。江流不转，雷雨助昆阳之捷，屋瓦皆飞也。

　　迨今问临安之旧居，访樟亭之故土。衣锦城高，表忠碑古。士陈蘋藻

―――――――――――――

① （清）景其濬. 吴顾赋钞 ［M］. 上海图书馆藏光绪十三年刻本.

之馨，神作湖山之主。中国有圣人在位，当浮毬马而来朝。南邦之海波不扬，长向铿鲸而控弩。①

毋庸置疑，此赋极用典之赡丽，文辞华美。但此赋却非依次顺押，如题以"银山直拥铁弩齐飞"为韵，而是打乱顺序，依次以"银""直""山""拥""齐""铁""飞""弩"八韵为序，而成八段。故景其濬以为此赋押官韵题，但并不严格按题字为序，此种安排显出了作者高超的押韵能力。故整体效果上呈现出"从方整中出流邕"的押韵效果。

二、押虚字：清人律赋押字法

上述顾元熙的律赋，押八字而成八韵，都为实字。但押"飞"字时，为凑句法，句末为"也"字。这说明了清人律赋押韵的一种变通。除押实字外，为造成押字之流丽生动，清人常常重视"押虚字"，押实字和押虚字相间而用之，以形成参差变化之美。这与唐赋的押字法也有了差异，也与传统诗学用字法有了区隔。在宋人诗话中，多要求押韵用实字方健，用虚字则弱。特别是诗眼多用实字，此为宋代诗法的普遍规律。而如魏庆之《诗人玉屑》中，则只是以虚字妆句②。但在清人试律理论中，用虚字成为一种风尚，用虚字表征着清代试律对虚活圆灵的一种追求。如纪昀在《唐人试律说》中所论："初为诗者，不能翕辟自如，出落转折之处，必先以虚字钩接之，渐久渐熟，自能刊落虚字，精神转运于空中，血脉周流于内际。"③ 虚字用法成为试律美感塑造的核心形式特征。确实，在唐人律赋理论中，虚字用法亦是重要的程式特征。作于中唐时期的《赋谱》，概括试赋句法曰："凡赋句，有壮、紧、长、隔、漫、发、送合织成，不可偏舍。"④ 其中"隔"指隔句对，"漫"指不对之句，"发"指发语，"送"指送语，饶宗颐先生指出，这里的"隔""漫""发语""送语"，实皆指虚字也⑤。可见，唐人已经在试赋的写作实践中总结出了一套完整的虚字用法经验。

---

① （清）景其濬. 吴顾赋钞［M］. 上海图书馆藏光绪十三年刻本.
② 吴文治. 宋诗话全编［M］. 南京：江苏古籍出版社，1998：8993.
③ （清）纪昀. 唐人试律说［M］. 国家图书馆藏清乾隆十七年刻本.
④ 张伯伟. 全唐五代诗格汇考［M］. 南京：江苏古籍出版社，2002：555.
⑤ 饶宗颐. 选堂赋话［M］//何沛雄. 赋话六种. 香港：生活·读书·新知三联书店香港分店，1982：119.

故林联桂在《见星庐馆阁诗话》中，言及清人用虚字之风尚：

> 端庄杂流丽，自是试帖正轨。近人诗喜用虚字，欲其流动也。然多用则薄，间用则灵。必须用古如己出，乃云上乘。①

可见，在诗中押虚字本来比较困难，但清人试帖时却喜用虚字。风尚所及，清人律赋亦多用虚字押韵。余丙照《赋学指南》"论押韵"第一则即为"押虚字"，其言：

> 押虚字最难稳惬，而又最易出色。若系官限，注意即在此处，或顺押，或倒押，或实押，总要俱有来历，出于自然，不得勉强凑合。②

余丙照不仅认为可以押虚字，而且认为押虚字可以出彩，但要通过大调整字序和字法来实现押韵的稳重。如顾元熙的《吴季子挂剑赋》中"任尔化龙飞去，此别何如；怜余控马孤远，怀归岂不"句，是以倒押法来实现韵脚为虚字的。冯嘉谷《项羽垓下闻楚歌赋》中"恨不从示玦三番，而今已矣；谁御此埋兵十面，其奈之何"句，是以活押法来实现押虚字的。熊大因《聚头扇赋》中"有时同玉佩之投，赠吾良友；有时并诗囊之载，典自小奚"，这里下句中的"小奚"为虚字，上句以实字"良友"为对。

林联桂则认为，不仅要能"叠醒实字"，更要善用赋题中的虚字，使律赋能醒人眼目③。如赵先雅《崇正如指南赋》中"其化之自下者，若同范乎驰驱；其制之自上者，若独司乎控勒；其辅之一良弼也，若随乡导之指挥"，其中叠"若"字，铺排烂漫。邱士超《唐人赋钞》中也以为唐人律赋用"而乃""若夫"等虚字虚词，起到承上启下的作用，往往富有文气贯穿。故"唐赋之用虚字，诚千古第一也。故每篇、每段其虚字以贯串者，心标出之以醒阅者之目"④，亦是说虚字所起到的醒目作用。

故如何押虚字而使律赋富有情韵，成为教人作赋的核心技巧。王芑孙在《读赋卮言》里亦单列"押虚字例"，以为"限韵有虚字，亦不得不治想于图空。凭虚而作势，要有临危据槁之形而已"⑤。并举古人所作之赋十例，来作为

---

① 张寅彭. 清诗话三编［M］. 上海：上海古籍出版社，2015：4041.
② 孙福轩，韩欣泉. 历代赋论汇编［M］. 北京：人民文学出版社，2016：264.
③ 孙福轩，韩欣泉. 历代赋论汇编［M］. 北京：人民文学出版社，2016：368.
④ 孙福轩，韩欣泉. 历代赋论汇编［M］. 北京：人民文学出版社，2016：692.
⑤ 孙福轩，韩欣泉. 历代赋论汇编［M］. 北京：人民文学出版社，2016：221.

模范，如陈章《水轮赋》用"於"字："磬折而下随慸彼，盈持而上善依於。"又如戴纶喆所言"律赋限韵多用虚字，因难见巧，易于制胜，然又非可以杜撰了事也"，也是言科场制胜必须押虚字而出彩，可见律赋押虚字之于科举写作的重要性。他举了众多的例证，如唐人独孤申叔《处囊锥赋》："既藏身与不固，宁脱颖之无比"句，以为此等押虚字联"无须成语，自然稳洽，是在用笔之妙思也"，其又举清人之例：

> 近人如《蛾子时术》之"教何需乎服不，智何逊乎意而"、《望云思雪》之"非关日暮看云，诗怀白也；岂是时晴快雪，书美羲之"、《三顾草庐》之"三沐三熏，此际情深郾不；一丘一壑，何年归老林於"、《木从绳》之"如彼伐柯睨视，适照其则；宛同斩梓作鳞，亦日之而"、《离为蟹》之"异味浑殊不乃，食单拟佐来其"等联，虚字实押，迥不犹人，然亦须看题旨之合不合，文势之行不行也，不可一味逞奇。①

我们看戴纶喆所举清人律赋押虚字例，实更多的是倒押而成。这样在诗学中特殊的倒押或错综语序，在律赋写作中成为一种普遍模式。因在经义考试中，由于截搭题的广泛流行，此种打破正常语序而成虚字实押，成为士子普遍接受而又能逞才斗胜的时尚做法。

甚至刘熙载更将骚赋句中的语气词，亦以为赋之声调特征。在《艺概·赋概》中，刘熙载以为"骚调以虚字为句腰，如之、於、以、其、而、乎、夫是也。腰上一字与句末一字平仄异为谐调，平仄同为拗调"②。这实际上是将清人声调理论扩大运用到赋的分析上，虽然扞格，但却显示了清人对虚字押韵和用法的高度重视。

要之，在清人律赋押韵法里，虚字押法依然成为正格，虚字实押、实字虚押而成错综之美，成为清人律赋追求的声律之美。如程详栋在《东湖草堂赋钞》中所录侯心斋《律赋约言》中"贵炼韵"条所总结的：

> 赋题所限韵，字字不可率易押过。易押之字，须力僻平熟，务出新意，庶不致千手雷同。难押之字，人皆束手者，争奇角胜，正在于此。一韵之巧，通篇生色。其万无可押，不得不然者，又不得过于凿空，反欠大方。

① 孙福轩，韩欣泉. 历代赋论汇编［M］. 北京：人民文学出版社，2016：482.
② 袁津琥. 艺概笺释［M］. 北京：中华书局，2019：506.

所限之韵，大约依次押去。押在每段之末为正，或意有所便，又不必过拘，如无原限韵，便即以题为韵，字少者一字可分作两段，题止一二字不必拘。每段以四韵为率，多不过十韵，原限韵外，所用散韵脚，须择新丽流活之字，虚实相间押之。切不可押生涩字及新腐字，尤不可凑押硬押。凡韵脚须平日留心，难韵及虚字韵可备押用者，随手摘录，虽欠大方，实便浅学。①

在此段导学之用的押韵教学法中，实际如诗法诗格一样，凝定着清人律赋用韵的基本形式规则和声韵审美意识。虚实相押、押字要新丽流落，不仅是律赋用韵之法，也是清人试帖和诗作所遵循的基本审美经验。而这些凝定的字法、句法和用韵法，又是清人对唐宋以来诸多形式批评经验的全面总结与提炼。如前所述，在教学法经验中，实际包含着中国古代最为基层也是最为核心的程式化审美经验，此亦是对古代形式批评理论作统合性研究的意义之所在。

---

① 孙福轩，韩欣泉．历代赋论汇编 [M]．北京：人民文学出版社，2016：768.

参考文献

一、著作

［1］（清）永瑢等．四库全书总目提要［M］．北京：中华书局，1965．

［2］（清）阮元．十三经注疏［M］．清嘉庆刊本．北京：中华书局，2009．

［3］（清）何文焕．历代诗话［M］．北京：中华书局，2004．

［4］（清）丁福保．历代诗话续编［M］．北京：中华书局，2006．

［5］吴文治．宋诗话全编［M］．南京：江苏古籍出版社，1998．

［6］吴文治．明诗话全编［M］．南京：江苏古籍出版社，1996．

［7］周维德．全明诗话［M］．济南：齐鲁书社，2005．

［8］（清）丁福保．清诗话［M］．上海：上海古籍出版社，2015．

［9］郭绍虞．清诗话续编［M］．上海：上海古籍出版社，1994．

［10］张寅彭．清诗话三编［M］．上海：上海古籍出版社，2015．

［11］张寅彭．清诗话全编·顺治康熙雍正期［M］．上海：上海古籍出版社，2018．

［12］张寅彭．清诗话全编·乾隆期［M］．上海：上海古籍出版社，2020．

［13］张寅彭．清诗话全编·嘉庆期［M］．上海：上海古籍出版社，2021．

［14］蔡镇楚．中国诗话珍本丛书［M］．北京：北京图书馆出版社，2004．

［15］蔡镇楚．域外诗话珍本丛书［M］．北京：北京图书馆出版社，2006．

［16］张伯伟．全唐五代诗格汇考［M］．南京：江苏古籍出版社，2002．

［17］张健．元人诗话校考［M］．北京：北京大学出版社，2001．

［18］陈广宏，侯荣川．明代诗话要籍汇编［M］．上海：复旦大学出版社，2017．

［19］陈广宏．稀见明人诗话十六种［M］．上海：上海古籍出版社，2014．

［20］陈广宏，龚宗杰．稀见明人文话二十种［M］．上海：复旦大学出版社，2016．

［21］王水照．历代文话［M］．上海：复旦大学出版社，2007．

［22］余祖坤．历代文话续编［M］．南京：凤凰出版社，2013．

［23］杨伯峻．春秋左传注（修订本）［M］．北京：中华书局，2016．

［24］（清）孙诒让．周礼正义［M］．北京：中华书局，2015．

［25］（宋）黎靖德．朱子语类［Z］．北京：中华书局，1986．

［26］（宋）郭茂倩．乐府诗集［M］．北京：中华书局，1979．

［27］逯钦立．先秦汉魏晋南北朝诗［M］．北京：中华书局，1983．

［28］（明）归有光．归有光全集［M］．上海：上海人民出版社，2015．

［29］（清）金圣叹．金圣叹全集［M］．南京：江苏古籍出版社，1985．

［30］（清）刘大櫆．刘大櫆集［M］．上海：上海古籍出版社，1990．

［31］（明）顾炎武．顾炎武全集［M］．上海：上海古籍出版社，2011．

［32］（明）方以智．浮山文集［M］．北京：华夏出版社，2017．

［33］（明）方以智．药地炮庄（修订本）［M］．北京：华夏出版社，2016．

［34］（明）王夫之．船山全书［M］．长沙：岳麓书社，2011．

［35］（清）戴震．戴震集［M］．上海：上海古籍出版社，2009．

［36］（明）黄宗羲．黄宗羲全集［M］．杭州：浙江古籍出版社，2005．

［37］（清）王士禛．池北偶谈［M］．北京：中华书局，1982．

［38］（清）章学诚．文史通义新编新注［M］．北京：商务印书馆，2017．

［39］（清）李兆洛．骈体文钞［M］．郑州：中州古籍出版社，1990．

［40］（清）黄生．唐诗评三种［M］．合肥：黄山书社，1995．

［41］（明）袁黄．游艺塾文规正续编［M］．武汉：武汉大学出版社，2009．

［42］（清）汤文璐．诗韵合璧［M］．上海：上海古籍书店，1982．

［43］古典文学研究资料汇编：杜甫卷上编［M］．北京：中华书局，1964．

［44］李庆甲．瀛奎律髓汇评［M］．上海：上海古籍出版社，1986．

［45］萧涤非．杜甫全集校注［M］．北京：人民文学出版社，2014．

［46］谢思炜．杜甫集校注［M］．上海：上海古籍出版社，2016．

［47］（宋）赵次公．杜诗赵次公先后解辑校（修订本）［M］．上海：上海古籍出版社，2012．

［48］（清）钱谦益．钱注杜诗［M］．上海：上海古籍出版社，2009．

［49］（清）仇兆鳌．杜诗详注［M］．北京：中华书局，2015.

［50］（清）朱鹤龄．杜工部诗集辑注［M］．保定：河北大学出版社，2009.

［51］（清）杨伦．杜诗镜诠［M］．上海：上海古籍出版社，1998.

［52］孙微．清代杜集序跋汇录［M］．北京：人民文学出版社，2017.

［53］（宋）洪迈．容斋随笔［M］．上海：上海古籍出版社，2015.

［54］（宋）吕惠卿．壬辰重改证吕太尉经进庄子全解［M］．北京：国家图书馆出版社，2011.

［55］（宋）罗勉道．南华真经循本［M］．北京：中华书局，2016.

［56］（明）陆西星．南华真经副墨［M］．北京：中华书局，2010.

［57］（清）林云铭．庄子因［M］．上海：华东师范大学出版社，2011.

［58］（清）宣颖．南华经解［M］．广州：广东人民出版社，2008.

［59］（清）刘凤苞．南华雪心编［M］．北京：中华书局，2013.

［60］吴平，回达强．楚辞文献集成［M］．扬州：广陵书社，2008.

［61］闻一多．闻一多全集［M］．武汉：湖北人民出版社，1993.

［62］朱光潜．朱光潜全集［M］．北京：中华书局，2012.

［63］宗白华．宗白华全集［M］．合肥：安徽教育出版社，1996.

［64］梁宗岱．诗与真［M］．北京：中央编译出版社，2006.

［65］徐英．诗法通微［M］．合肥：黄山书社，2011.

［66］谢无量．谢无量全集［M］．北京：中国人民大学出版社，2011.

［67］钱锺书．谈艺录（补订本）［M］．北京：中华书局，1984.

［68］陈寅恪．元白诗笺证稿［M］．上海：上海古典文学出版社，1958.

［69］岑仲勉．唐人行第录：外三种［M］．北京：中华书局，2004.

［70］王力．汉语诗律学［M］．上海：上海教育出版社，2005.

［71］高亨．周易古经今注（重订本）［M］．北京：中华书局，1984.

［72］朱东润．中国文学批评史大纲（校补本）［M］．上海：上海古籍出版社，2016.

［73］罗根泽．中国文学批评史［M］．北京：商务印书馆，2015.

［74］罗根泽．罗根泽古典文学论文集［M］．上海：上海古籍出版社，2009.

［75］郭绍虞．中国文学批评史［M］．上海：上海古籍出版社，1979.

［76］郭绍虞．照隅室语言文字论集［M］．上海：上海古籍出版社，2009.

[77] 郭绍虞. 宋诗话考 [M]. 上海：复旦大学出版社，2015.

[78] 方孝岳. 中国文学批评中国散文概论 [M]. 北京：生活·读书·新知三联书店，2007.

[79] 王运熙. 文心雕龙探索（增补本）[M]. 上海：上海古籍出版社，2005.

[80] 王运熙，顾易生. 中国文学批评通史 [M]. 上海：上海古籍出版社，1996.

[81] 詹锳. 文心雕龙义证 [M]. 上海：上海古籍出版社，1989.

[82] 洪业. 杜甫：中国最伟大的诗人 [M]. 上海：上海古籍出版社，2014.

[83] 陈梦家. 殷墟卜辞综述 [M]. 北京：中华书局，1988.

[84] 陈梦家. 陈梦家学术论文集 [M]. 北京：中华书局，2016.

[85] 裘锡圭. 裘锡圭学术文集 [M]. 上海：复旦大学出版社，2012.

[86] 陈鼓应. 黄帝四经今注今译：马王堆汉墓出土帛书 [M]. 北京：商务印书馆，2016.

[87] 游国恩. 游国恩楚辞论著集 [M]. 北京：中华书局，2008.

[88] 陈子展. 楚辞直解 [M]. 上海：复旦大学出版社，1996.

[89] 刘永济. 屈赋通笺：附笺屈余义 [M]. 北京：中华书局，2010.

[90] 姜亮夫. 重订屈原赋校注 [M]. 天津：天津古籍出版社，1987.

[91] 程千帆. 闲堂诗学 [M]. 沈阳：辽海出版社，2011.

[92] 吴小如. 含英咀华：吴小如古典文学丛札 [M]. 北京：北京大学出版社，2012.

[93] 张伯伟. 中国古代文学批评方法研究 [M]. 北京：中华书局，2000.

[94] 章培恒，王靖宇. 中国文学评点研究论集 [M]. 上海：上海古籍出版社，2002.

[95] 傅璇宗. 唐诗论学丛稿 [M]. 北京：京华出版社，1999.

[96] 蔡镇楚. 中国诗话史 [M]. 长沙：湖南文艺出版社，2001.

[97] 葛兆光. 汉字的魔方——中国古典诗歌语言学札记 [M]. 上海：复旦大学出版社，2008.

[98] 周裕锴. 宋代诗学通论 [M]. 成都：巴蜀书社，1997.

[99] 王利器. 文镜秘府论校注 [M]. 北京：中国社会科学出版社，1983.

[100] 卢盛江．文镜秘府论汇校汇考［M］．北京：中华书局，2015．

[101] 汪涌豪．当代视界中的文论传统［M］．沈阳：沈阳出版社，2003．

[102] 汪涌豪．中国文学批评范畴十五讲［M］．上海：华东师范大学出版社，2010．

[103] 汪涌豪．中国文学批评范畴及体系［M］．上海：复旦大学出版社，2017．

[104] 赵宪章．西方形式美学：关于形式的美学研究［M］．上海：上海人民出版社，1996．

[105] 赵宪章．文体与形式［M］．北京：人民文学出版社，2004．

[106] 曹旭．诗品研究［M］．上海：上海古籍出版社，1998．

[107] 蒋寅．清代诗学史：第一卷、第二卷［M］．北京：中国社会科学出版社，2019．

[108] 吴承学．中国古代文体形态研究［M］．北京：北京大学出版社，2013．

[109] 吴中胜．翁方纲与乾嘉形式诗学研究［M］．北京：中国社会科学出版社，2013．

[110] 姚文放．从形式主义到历史主义：晚近文学理论"向外转"的深层机理探究［M］．北京：北京大学出版社，2017．

[111] 罗忼烈．词曲论稿［M］．香港：中华书局香港分局，1977．

[112] 梁工．西方圣经批评引论［M］．北京：商务印书馆，2006．

[113] 陈来．古代思想文化的世界：春秋时代的宗教、伦理与社会思想［M］．北京：北京大学出版社，2017．

[114] 熊铁基．中国庄学史［M］．北京：人民出版社，2013．

[115] 谭帆．中国古代小说文体文法术语考释［M］．上海：上海古籍出版社，2013．

[116] 孙福轩，韩欣泉．历代赋论汇编［M］．北京：人民文学出版社，2016．

[117] 踪凡．中国赋学文献考［M］．济南：齐鲁书社，2020．

[118] 许结．中国辞赋理论通史［M］．南京：凤凰出版社，2016．

[119] 邝健行．律赋与律调［M］．北京：中华书局，1994．

[120] 邝健行．诗赋合论稿［M］．南京：江苏古籍出版社，2002．

［121］詹杭伦．清代律赋新论［M］．北京：燕山出版社，2008．

［122］彭红卫．唐代律赋考［M］．北京：社会科学文献出版社，2009．

［123］（法）勒高夫，等．新史学［M］．姚蒙，译．上海：上海译文出版社，1989．

［124］（德）约翰·吕森．历史思考的新途径［M］．上海：上海人民出版社，2005．

［125］（日）吉川幸次郎．中国诗史［M］．上海：复旦大学出版社，2001．

［126］（日）青木正儿．中国文学发凡［M］．太原：山西人民出版社，2015．

［127］（日）铃木虎雄．赋史大要［M］．太原：山西人民出版社，2015．

［128］（日）增野弘幸，等．日本学者论中国古典文学：村山吉广教授古稀纪念集［M］．成都：巴蜀书社，2005．

［129］（美）勒内·韦勒克．批评的诸概念［M］．上海：上海人民出版社，2015．

［130］（英）特里·伊格尔顿．如何读诗［M］．北京：北京大学出版社，2016．

［131］（加）南希·帕特纳，（英）萨拉·富特．史学理论手册［M］．上海：上海人民出版社，2017．

［132］（美）勒内·韦勒克．辨异：续《批评的诸概念》［M］．上海：上海人民出版社，2015．

［133］（德）加达默尔．真理与方法：哲学诠释学的基本特征［M］．上海：上海译文出版社，2004．

［134］（美）宇文所安．中国文论：英译与评论［M］．上海：上海社会科学院出版社，2002．

［135］（美）宇文所安．中国早期古典诗歌的生成［M］．北京：生活·读书·新知三联书店，2014．

［136］（英）魏根深．中国历史研究手册［M］．北京：北京大学出版社，2016．

［137］（法）皮埃尔·布尔迪厄．实践理论大纲［M］．北京：中国人民大学出版社，2017．

［138］（俄国）巴赫金．巴赫金全集［M］．石家庄：河北教育出版社，2009．

［139］（英）托尼·本尼特．形式主义和马克思主义［M］．郑州：河南大

学出版社，2011.

[140]（英）拉曼·塞尔登. 文学批评理论：从柏拉图到现在 ［M］. 北京：北京大学出版社，2003.

[141]（美）陈世骧. 中国文学的抒情传统：陈世骧古典文学论集 ［M］. 北京：生活·读书·新知三联书店，2015.

[142]（美）高友工，梅祖麟. 唐诗三论：诗歌的结构主义批评 ［M］. 北京：商务印书馆，2013.

二、期刊

[1]（美）乔纳森·卡勒. 当今文学理论（英文）［J］. 文学理论研究，2012，32（4）：83.

[2] 杨建刚，王弦，（美）弗雷德里克·杰姆逊. 马克思主义与形式：弗雷德里克·杰姆逊教授访谈录 ［J］. 文艺理论研究，2012（2）：81.

[3]（美）詹姆斯·缪伦堡，张晓梅. 形式批评的反思与超越 ［J］. 圣经文学研究，2018（0）：21-47.

[4] 王丽亚. 什么是"新形式主义"？：《新形式主义与文学理论》述评 ［J］. 外国文学，2015（5）：152.

[5] 田海华. 古克尔的形式批评及其对圣经诠释的贡献 ［J］. 世界宗教研究，2013（4）：101.

[6] 蔡钟翔，涂光社，汪涌豪. 范畴研究三人谈 ［J］. 文学遗产，2001（1）：110.

[7] 朱立元. 关于中国古代文论现代转换的再思考 ［J］. 中国社会科学，2015（4）：160.

[8] 朱立元. 构建具有中国特色的当代文论话语体系的基础工程 ［J］. 文艺争鸣，2017（1）：15-17.

[9] 汪涌豪. "法"：中国古代文论形式批评的重要范畴 ［J］. 学术月刊，2008（7）：88-94.

[10] 汪涌豪. 文学批评中的"老"与"嫩"：中国古代形式批评理论札记 ［J］. 复旦学报（社会科学版），2010（2）：75-81.

[11] 汪涌豪. 中国古代文论范畴的邻界耦合与对待耦合 ［J］. 北京大学学报（哲学社会科学版），2011，48（6）：20-27.

［12］汪涌豪.走向知识共同体的学术：兼论回到中国语境的重要性［J］.学术月刊，2016，48（12）：5-13.

［13］刘跃进.回归经典，细读文本：文本细读与文学研究推进［J］.文史知识，2017（2）：35.

［14］陈伯海.从古代文论到中国文论：21世纪古文论研究的断想［J］.浙江大学学报（人文社会科学版），2006，36（1）：8.

［15］陈广宏.从《诗法要标》看晚明诗法著作的产成与传播［J］.文学遗产，2016（4）：153-163.

［16］王水照，朱刚.三个遮蔽：中国古代文章学遭遇"五四"［J］.文学评论，2010（4）：21.

［17］蒋寅.在中国发现批评史：清代诗学研究与中国文学理论、批评传统的再认识［J］.文艺研究，2017（10）：40.

后　记

作为英美新批评派的代表人物，布鲁克斯在《精致的瓮——诗歌结构研究》曾言："形式、修辞结构的文体也不容忽视。这是批评的首要问题。即使它被暂时搁置，最终也难以回避。如果存在诗歌这种东西，那我们就不得不解决这个问题。"毋庸置疑，二十世纪古文论研究中对形式与内容的二元性分析阻碍了对古代修辞、结构、文体等形式问题的理解和深入。实际上，从创作者角度，我们绝不能把形式想象成一个空洞的盒子，以用来盛装所谓高贵的诗性内容。从接受者角度而言，要深入文本、进入文本细节去体验意义的生成，才能真正展开文学的审美过程与经验的积淀。而落实于中国古代的文学批评传统中，以体式、篇法、章法、句法、字法和韵法为名，在诗、文、词、曲、小说等诸多文学类型中，古人总结出了丰赡而繁杂的形式观念和语辞审美传统。虽然在近现代以来的古文论研究中，多重古代道器、文质和体用以及意境和意象等观念与范畴的系统研究，古人之于用字、用韵、谋篇、布局所具有的深层次形式批评传统，因国人多与西方"形式主义"或"新批评派"等思潮相关联，导致此种基于汉语本体话语体系多隐晦不明或曼衍不彰。实际上古代诗文格法，本即是古代文论的内在传统。如在盛唐诗歌繁荣的背景下，中晚唐时代出现了大量的诗法诗格著作，其以诗式辨体为中心，如沈曾植所言："皎然《诗式》辨体十九字，《述书赋》字格百二十言，天宝、大历之间，文人自有一种气习。"（沈曾植《全拙庵温故录》）这种文人气习，实即结合文学家自己的创作经验，凝定出一种程式化的形式经验，以导引学子和后来者。

除本著所着重论述的古代诗文传统的形式批评外，在明清古代小说评点中结合诗法和文法而来的形式批评术语，更成为古代小说审美评点展开的基本范式。如金圣叹在《读第五才子书法》后，即列有包括倒插法、夹叙法、草蛇灰线法、大落墨法等十四种文法，并言子弟通过读其对《水浒传》的评点，不仅为闲谈而晓得闲事，更能如读《战国策》《史记》等可"晓得许多文法"。此种说法，虽为小说张扬而抬高通俗小说的价值，但如我们细究，通过评点和阅读，形式的审美其实是更高层次的鉴赏和体验，绝非简单的悦耳悦目之用。又如在词学批评上，清人陈廷焯曾赞柳永《八声甘州》词："情景兼到，骨韵俱高，无起伏之痕，有生动之趣"（《词则·大雅集卷二》），此种批评为古人诗词评价的普遍性术语，乃至王国维《人间词话》中依然使用"境界""情景""骨韵"等元范畴，作为词学批评的话语方式。在重评点鉴赏的古代文论传统中，普遍性的范畴表达虽然重要，但具体到句法字法以及用事用典的作法，之于更为基层的文学教学中的普通士子和大众，却显得更为重要。故同样是在《词则》中，陈廷焯在姜夔《法曲献仙音（张彦远官舍）》的眉批中，推崇创作中用虚字的作法，以为"白石词有以一二虚字唱叹韵味俱出者，虽非最上乘，亦是灵境。篇中如'奈'字、'屡'字，及'谁念我''甚而今''怕平生'等字，俱极有意思，他可类推"（《词则·大雅集卷二》）。此种贴近文本、细读文本的鉴赏方式，之于现今脱离了古汉语文化语境的当代人来说，或许是更为直接和更为有效的阅读方式。

至于本著未多论及的古代曲学批评传统，更有着融汇诸多创作甘苦而来的形式经验，在填词度曲中如何分股、限字和调声叶律更是其讨论的中心问题。正如李渔《闲情偶寄》所言："至于填词一道，则句之长短，字之多寡，声之平、上、去、入，韵之清浊、阴阳，皆有一定不移之格。"李渔特别强调，在戏曲文本的形成过程中，作者往往"搅断肠肺""尽勾磨人"，可谓一种知心人语。更如清人黄图珌认为"曲之难，实有与词倍矣"，从语辞审美上，不仅词采上要"贵乎香艳清幽"，词旨上"字须婉丽，句欲幽芳"，词音上要"用字须活，用笔须松。活则亮，松则清。清如风，亮如月。其音节呜呜然，宛若在于风月光霁间也，宁不出于能活、能松之笔邪！"（《香山阁闲笔》）由此，基于用字造语、词采结构和审声正韵的审美文本创造过程中古人构建着如云销雨霁、彩彻区明般的诗性传统和语言世界。如意大利美学家艾柯所言，"艺术通过自己的形式结构来认识世界"，"文学组织词汇，这些词汇表现世界各个方面的意义，而文学作品正是通过这些词汇的组织方式来表现世界的意义"。（艾柯《开放的作品》）故基于中西古今互鉴融通的视野，古代形式批评传统的命名与彰显，或许正有助于我们更好地走进古人的诗性世界。

需要说明的是，本著是在本人博士论文基础上完善补充而成。回想2015年秋，有幸考入复旦大学汪涌豪先生门下，学习古代文论与美学。先生耳提面命，谆谆教诲，得识古代文学与古代文论研究之门径。经汪师建议，本人博士论文以《形式批评：中国古代文论的内在传统》为题，顺利从复旦大学取得博士学位。在三年读博期间，汪师之于本人博士论文亦常有督促和指点，使此论文得以草创成型。汪师知遇之恩与教诲之功，自然铭记在心而又可为余操存涵养之要、体验扩充之端。清人陆冰修言："或告予曰，学道可以忘忧，改之而已。驱羊者鞭其后，十年学道，而忧未忘，余真钝根也哉！"（《再题载星堂诗》）本著虽欲在全面梳理古代文论资源的基础上，对古代形式批评理论做一全面说明，所涉内容甚夥，而学识与能力又极其浅薄，短绠汲深，难免有徒工獭祭之嫌。惟望汪师谅之，本书诸位读者宥之！

郑重感谢朱立元先生百忙之中为拙重作序，其表彰提携后进之心，令本人感动不已！依然清晰记得在朱老师研究室研习西方美学课程时，热烈和认真的学习氛围。郑重感谢论文指导小组陆扬先生、张德兴先生、王才勇先生等所给予的诸多热情帮助和有益建议。感谢汪老师所领导的"古代形式批评理论类编和研究"项目组中，吴中胜、乔东义、田义勇、张胜利、张守海等诸位同门师友曾给论文写作提供的诸种帮助。在复旦读博期间，孙晨阳、虞思徽、郑健飞、王亚飞等诸位同学，对论文部分篇章中的问题亦提供了宝贵的意见和指导，一并表示感谢。

当然，最后要感谢给我最大鼓励和支持的爱人和家人，中年求学，诸多艰辛自不待言，每往返大江南北，见浩渺烟水与无涯波光，总有古人逝者如斯夫之叹，唯有以哲人"贫贱忧戚，庸玉汝于成"之语为慰！是为记。

王汝虎

2024 年 2 月于黄海之滨